四部要籍選刊·經部　蔣鵬翔　主編

阮刻毛詩注疏

（典藏版）

六

〔清〕阮元　校刻

浙江大學出版社

本册目録

卷十九之三

閔予小子之什

卷十九之四

卷二十之一

魯頌

駉之什

附釋音毛詩注疏卷第十八（十八之四）（六）

毛詩大雅　　鄭氏箋　　孔穎達疏

韓奕尹吉甫美宣王也能錫命諸侯　梁山於韓國之山最高大爲國之鎮所望祀焉故美大其貌奕奕然謂之韓奕也梁山今左馮翊夏陽西北韓姬姓之國也後爲晉所滅故大夫韓氏以爲邑名焉幽王九年王室始騷鄭桓公問於史伯曰周衰其孰興乎對曰武實昭文之功文之祚盡武其嗣乎武王之子應韓不在其晉乎○奕音亦韓姬姓國也梁山奕奕然爲韓國之鎮故曰韓奕翊音翼騷素刀反動也祚徂路反

【疏】韓奕六章章十二句至諸侯○正義曰韓奕詩者尹吉甫所作以美宣王也美其能錫命諸侯謂賞賜韓侯命爲侯伯也不言韓侯者欲見宣王之所錫命非獨一國而已故變言諸侯以廣之錫謂與之以物二章是也命謂授之以政首章是也經序倒者經先言受命以顯其美序先言賜者欲見命亦是賜春秋有來錫公命是命爲賜也三章言公侯得賜而歸四章說其娶妻之事五章言其得妻之由卒章言欲得命歸國施行政事既美其人言汎及之主爲錫命

而作故序言錫命以揔之○箋梁山至晉乎○正義曰此經雖有韓有奕而文非共句故解其名篇之意也知梁山於韓國之山最高大者以韓後屬晉釋山云梁山晉望也孫炎曰晉國所望祭也晉爲大國尚以爲望明於韓地最高大也夏官職方氏每州皆云其山鎮曰某山是其大者謂之爲鎮故知梁山爲韓國之重鎮也祀諸侯之於山川在其地祭以祈福山必望而祀之故云祈望祀焉經云奕奕梁山是美其貌奕奕然以其韓國之奕故謂其篇爲韓奕也又辨其處云今在左馮翊郡夏陽縣之西北也漢於長安畿内立三郡謂之三輔京兆在中馮翊在東扶風在西外郡之長謂之太守此三輔者謂之京兆尹左馮翊右扶風左右猶外郡之名太守也計此止須言馮翊耳不須言左但漢書稱馮翊扶風之人皆并言左右故鄭亦連言左范曄後漢書始於馮翊扶風之人不言左右耳以前皆并言左右服虔左傳解贊云右扶風賈君是也又辨韓國與滅之由襄二十九年左傳說晉滅諸國云霍揚韓魏皆姬姓也以此知韓是姬姓之國後爲晉所滅也此韓是武王之子以卒章之傳已言韓侯之先祖武王之子故直辨其姬姓也故大夫韓氏以爲邑名焉謂食邑於韓以韓爲氏也桓三年左傳云曲沃武公伐翼韓萬御戎服虔云韓萬晉大夫曲沃桓叔之子莊伯之弟晉爲大夫以韓

爲氏也襄昭之間有韓宣子六國之韓王是此韓爲之後也晉之滅韓未知何君之世宣王之時韓爲侯伯武公之世萬已受之蓋晉文侯輔平王爲方伯之時滅之也故韋昭云近宣王時命韓侯爲侯伯其後爲晉所滅以爲邑以賜桓叔之子萬是爲韓萬則其亡在平王時也幽王九年以下皆鄭語文韋昭云騷謂適庶交爭也武武王也文王子孫晉衞是也祚盡謂衰也嗣繼也武王子孫當繼之而興不在者言不在應韓當在晉也引此者證幽王之時韓仍在也彼先言桓公之問史伯之對下言九年王室始騷此引之而與彼文倒者彼文先說史伯之言於後歷陳事驗故始騷之文列之於後此則畧取其意辨其問荅之年故進之於上

奕奕梁山維禹甸之有倬其道韓侯受命奕奕大也甸治也禹治梁山除水災宣王平大亂命諸侯有倬其道有倬然之道者也受命受命爲侯伯也箋云梁山之野堯時俱遭洪水禹甸之者決除其災使成平田定貢賦於天子周有厲王之亂天下失職今有倬然者明復禹之功者韓侯受王命爲侯伯○甸毛徒遍反鄭繩證反或云鄭亦徒遍反倬陟角反明貌韓詩作晫音義皆同

王親命之纘戎祖考無廢朕命夙夜匪

解虞共爾位戎大虞固共執也箋云戎猶女也朕我也古之恭字或作共○解音懈共毛九勇反鄭音恭云古恭字朕命不易榦不庭方以佐戎辟庭直也箋云我之所命者勿改易不行當爲不直違失法度之方作楨榦而正之以佐助女君女君王自謂也○榦古旦反辟音璧君也爲于僞反楨音貞

【疏】奕奕至戎辟○毛以爲此奕奕然高大之梁山其傍之野本遭洪水之災維爲禹所治之謂決除其災使成平田而貢賦於天子也今居其地復禹之之功有偉然著明其道德者韓侯也韓侯以此明德受天子之命爲侯伯也王身親自命之云汝當紹繼光大其祖考之舊職復爲侯伯以繼先祖無得弃我之教命而不用之其在職也當早起夜臥非有解怠用心堅固執持汝此侯伯之職位我之所命汝者不得改易而不行以此爲楨榦有違道不直之方以此佐助汝大君之天子此是王命辟之畧也○鄭以甸爲上甸之甸戎爲汝共爲恭敬言繼汝祖考之舊職恭於汝職以助汝君爲異餘同○傳奕奕至侯伯○正義曰以其言山之形而云奕奕故知大也甸者田也治之爲平田故云甸治大禹之功功在治水故知治梁山除水災謂治山傍之地有水之處使成平田也又本韓侯受命之意宣王平大亂謂

平定厲王之亂政而命諸侯謂擇諸侯賢者而命之故有倬然之道者韓侯受命爲侯伯也以其命之使榦不庭方又言因以其伯故知爲侯伯謂爲州牧也以其言奄受北國知非東西大伯也言宣王平大亂者本其命諸侯所由耳不以平亂北治水也○箋梁山至侯伯○正義曰以言其甸之施於平地之辭故言之野言梁山者表韓國所在亦猶信彼南山其意在於原隰也言俱遭洪水者堯時洪水非獨梁山之傍梁山與天下俱遭之耳見禹之所治不獨梁山上言禹治梁山下言韓侯受命則維禹甸之言亦爲韓侯而發信南山維禹甸之之下云曾孫田之美成王能復禹之功然則此維禹甸之之下又云有倬其道亦美韓侯復禹之功也禹與成王俱爲天子養民之情旣同其功可以相復今韓侯非禹之類而亦言復禹功則所復之事有異於成王故箋辨之禹能決除其災使成平田定其貢賦於天子今韓侯居禹所治之地修理其田供其貢賦於天子禹定其制韓侯奉行以此爲復禹之功也周有厲王之亂天下失職謂諸侯不修臣職不貢賦也今有倬然著明之道復禹之功謂韓侯修臣職奉貢賦也下云介圭入覲卽是著明之事韓侯以此著明故得受命爲侯伯有倬然受命皆是韓侯之事韓侯之文處其中使得上下俱兼也以信南山之箋甸爲丘甸之知此使成平田定貢

賦亦是上句之也定本集注貢賦上皆無定字○傳戎大虔固共執○正義曰皆釋詁文彼唯共作拱耳傳讀爲拱故爲執也○箋朕我至作共○正義曰朕我釋詁文言古之恭字或作共則爲恭敬之義以爲恭字義強故易傳也○傳庭直○正義曰釋詁文之

四牡奕奕孔脩且張韓侯入覲以其介圭入覲于王

脩長張大覲見也箋云諸侯秋見天子曰覲韓侯乘長大之四牡奕奕然以時覲於宣王覲於宣王而奉享禮貢國所出之寶善其尊宣王以常職來也書曰黑水西河其貢璆琳琅玕此覲乃受命先言受命者顯其美也○見賢遍反下同黑水西河一本黑上有書曰二字璆其樛反又其休反琳字又作玪音林孔安國云璆玪美玉也鄭注尚書云璆美玉玪美石琅音郎玕音干琅玕珠也

王錫韓侯淑旂綏章簟茀錯衡玄袞赤舃鉤膺鏤鍚鞹鞃淺幭鞗革金厄

淑善也交龍爲旂綏大綏也錯衡文衡也鏤鍚有金鏤其鍚也鞹革也鞃軾中也淺虎皮淺毛也幭覆式也厄烏蠋也箋云王爲韓侯以常職來朝享之故故多錫以厚之善旂旂之善色者也綏所引以登車有采章也簟

茀漆簟以爲車蔽今之藩也鉤膺樊纓也眉上曰錫刻金飾之今當盧也鞗革謂轡也以金爲小環往往纏搤之○緌本亦作綏毛如誰反鄭音蕤簟徒點反茀音弗錯七各反雜也沈采故反舄音昔鏤音漏錫音羊鞹苦郭反皮去毛曰鞹鞹苦弘反沈又音泓亦作軾胡肱反又苦弘三同幭莫歷反一音蔑本又作幭同鞗音條鞗革謂轡也厄於革反蠋音蜀爾雅作蠋蠋桑蟲也韓子云大如指似蠶沈音昔字爲于爲反朝直遥反藩方袁反本作蕃同樊步丹反搤於革反一本作厄

疏　四牡至金厄○毛以爲上言王命韓侯乃由朝而得命故又本其來朝并言所賜之物言四牡之馬奕奕然其形甚長而且高大韓侯在道乘之將以入而朝覲也既行到京師乃以其所執之大圭入行覲禮而見於王言其朝覲之得禮也王於是錫賚韓侯以美善所畫交龍之旂而建旂之竿其上又有大綏以爲表章以方文漆簟爲車之蔽錯置文采爲車之衡又賜身之所服以玄爲衣而畫以衮龍足之所履配以赤色之舄馬則有金鉤之飾其膺亦有美飾謂樊纓也又以鏤金加於馬面之錫又以皮革鞹於軾中虎皮淺毛幭覆其軾鞗皮爲轡首之革此革之末以金飾之如厄蟲言韓侯有德見命而受此厚賜也○鄭以爲四牡高大者韓侯乘之以入京師行朝覲之禮既畢乃以其國所有寶玉大圭

復入而享覲於王言以常職來朝依禮貢獻也又以綏章爲車上所引之綏有采章金厄爲小環纏搤之以此爲異餘同○傳脩長至覲見○正義曰禮稱廣脩皆謂長爲脩故脩爲長也物之小者張之使大若左傳稱張公室謂使公室強大是張爲大之義也諸侯秋見天子曰覲是覲爲見也毛於嵩高以介圭爲所執之瑞則此言介圭亦爲瑞也以其介圭入覲於王謂正行覲禮則上句言韓侯入覲其在路之時言其將欲入覲非正覲時也執圭入覲禮之常也而詩人言此者美韓侯之德能稱此命圭至京師而卽得見王○箋諸侯至其美○正義曰諸侯秋見天子曰覲大宗伯有其事以朝者四時通名覲則唯是秋禮以非通名故特解之駮異義云朝通名也秋之言覲據時所用禮是鄭意以韓侯秋來見王時行覲禮也下云奄受北國則韓侯是北方諸侯而得秋覲王者諸侯之朝天子四方時節其文不明說周禮者賈逵以爲一方四分之或朝春或覲秋或宗夏或遇冬藩屏之臣不可虛方俱行故分趣四時助祭也馬融以爲在東方者朝春在南方者宗夏在西方者覲秋在北方者遇冬是由經無正文故先儒爲此二說鄭於大宗伯注云六服之內四方以時分來或朝春或宗夏或覲秋或遇冬名殊禮異更遞而徧秋官大行人注云六服以其朝歲四時分來更遞而徧二注並言

分來則是從賈之說一方而分爲四時也韓侯雖是北方諸侯其在北方爲西偏蓋於時分之使當秋覲也若然明堂位注云魯在東方朝必以春似東方諸侯皆朝春者王以彼記魯之祭禮云夏礿秋嘗冬烝獨無春祀明爲朝王闕之故云朝必以春魯在東方尤爲東偏蓋亦分之使春朝故嘗闕春祭也箋以經再云入覲故分之爲二韓侯入覲爲行覲禮入覲于王爲行享禮行享而云介圭則圭是爲享之物大行人陳諸侯見王之禮云廟中將幣三享注云享皆束帛加璧庭實惟國所有朝士儀曰奉國地所出重物明臣職也是朝覲之禮既以朝禮見又以享禮見王故再云入覲也言三享者初享以馬若皮其餘以國地所有之物分之爲二以備三享享者獻也貢獻已國所出之寶是諸侯事天子之常禮故又云善其尊宜王以常職來朝解其備言覲享之意也引書曰者禹貢文彼注云球美玉也琳美石也琅玕珠也引此者以西河之地法當貢玉韓在西河之西故以介圭入覲介圭當是奇異之大玉可以爲圭璧也以所寶善圭故以圭爲衆寶之稱不必獨獻一圭也案禹貢黑水西河之下云惟雍州注云州界自黑水而東至於西河然則箋本云雍州貢球琳琅玕是矣不言雍州而云黑水西河者以禹貢大界畧言所至地形不可如圖境界互相侵入且堯與周世州境不同命韓

侯言奄受北國則是北方之國非雍州也夏官職方氏正北曰并州韓屬并州矣以韓國實在西河而非雍州故唯得言西河不得言雍州也箋又怪其文倒故解之云此覲乃受命先言受命顯其美以受命爲美事故先言以顯之也○傳淑善至烏蠋○正義曰淑善釋詁文交龍爲旂司常文綏大綏者卽王制所謂天子殺下大綏者是也天官夏采注云徐州貢夏翟之羽有虞氏以爲綏後世或無染鳥羽象而用之或以旄牛尾爲之綴於幢上所謂注旄於竿首者然則綏者郎交龍旂竿所建與旂共一竿爲貴賤之表章故云綏章王肅云章所以爲表章是也說文云鞾革也獸皮治去其毛曰革是鞹者去毛之皮也軾者兩較之間有橫木可憑者也鞃爲軾中蓋相傳爲然言鞹鞃者蓋以去毛之皮施於軾之中央持車使牢固也幭字禮記作幦周禮作䄙字異而義同玉藻言羔幦鹿幦春官巾車言犬䄙豻䄙皆以有毛之皮爲幦此云淺幭則以淺毛之皮爲幭也獸之淺毛者唯虎耳故知淺是虎皮淺毛者月令其蟲倮注云虎豹之屬恒淺毛是虎爲獸中之最淺毛者也此幭與天官幂人之字異其義亦同彼幂人之官掌以巾布覆器是幂爲覆蓋之名少儀說御車之法云負良綏申之面拖諸幦前授綏而云拖諸幦明在軾上故知覆軾也禮注謂之覆軨軨卽軾傍之立木此幭亦覆之

故彼此各言其一也厄烏蠋釋蟲文郭璞曰大蟲如指似蠶韓子云蠶似蠋毛以厄爲厄蟲則金厄者以金接轡之端如厄蟲然也○箋王爲至搤之○正義曰旂雖同畫交龍而爲之有惡有善故曰善旂旂之善者以此經所陳其事各別若綏是大綏綏則共旂一物淑旂可以兼之不應重出其文故易傳以綏爲所引登車者卽少儀所謂執君之乘車僕者負良綏注云良綏君綏是也此綏是升車之索當以采絲爲之故云綏章謂有采章也茀者車之蔽簟者席之名言簟茀正是用席爲蔽而知漆簟以爲車蔽者以巾車云王之喪車五乘皆有蔽其一曰木車蒲蔽未有采飾其五曰漆車藩蔽既以漆爲車名明藩亦漆之故注云漆席以爲之此車禪所乘也禪將卽吉尚以漆席爲茀明吉車之等漆之也鉤膺樊纓者以膺文連鉤與巾車金路鉤樊纓同故知膺者見膺上有飾卽樊纓是也巾車注云鉤婁頷之鉤樊讀如鞶帶之鞶謂今馬大帶纓今馬鞅鉤以金爲之樊及纓皆以五采罽飾之案釋言云氂罽也郭璞云氂音貍舍人曰氂謂毛也罽胡人績羊毛而作然則罽者織毛爲之若今之毛氍毹以衣馬之帶鞅也知五采色者以之爲飾明雜色也風有子之淸揚抑若揚兮是揚者人面眉上之名故云眉上曰錫人既如此則馬之鏤錫施鏤於揚之上矣釋器云金謂之鏤故知刻金爲飾

若今之當盧巾車注亦云鍚馬面當盧刻金爲之所謂鏤鍚當盧者當馬之額盧在眉眼之上所謂鏤鍚指此文也案巾車玉路鍚樊纓金路鉤樊纓注云金路無鍚有鉤計玉路非賜臣之物此言鉤膺必金路矣而得有鏤鍚者蓋特賜之使得施於金路也釋器云轡首謂之革故知鞗革謂轡也此不言如厄則非比諸外物不得爲蟲故易傳以金爲小環往往纏搤之往往者言其非一二處也

韓侯出祖出宿于屠顯父餞之清酒百壺屠地名也顯父有顯德者也箋云祖將去而犯軷也既覲而反國必祖者尊其所往去則如始行焉祖於國外畢乃出宿示行不留於是也顯父周之公卿也餞送之故有酒○屠音徒父音甫本亦作甫注同

其殽維何炰鼈鮮魚其蔌維何維筍及蒲其贈維何乘馬路車蔌菜殽也筍竹也蒲蒲蒻也箋云炰鼈以火熟之也鮮魚中膾者也筍竹萌也蒲深蒲也贈送也王既使顯父餞之又使送以車馬所以贈厚意也人君之車曰路車所駕之馬曰乘馬○肴戶交反本亦作殽同炰鄭薄交反徐甫九反鼈卑滅反蔌音速筍字或作笋恤尹反乘繩證反注同下百乘亦同蒻音弱膾古外反

籩豆有且侯氏燕胥箋云且多貌胥皆也諸侯在京師未去者於顯父餞之時皆來相與燕其籩豆且然榮其多也○且子餘反又七救反胥思徐反又思呂反

疏 韓侯至燕胥○正義曰此言韓侯既受賜而將歸在道餞送之事也言韓侯出京師之門爲祖道之祭爲祖若訖將欲出宿于屠地於祖之時王使卿士之顯父以酒餞送之其清美之酒乃多至於百壺言愛韓侯而送酒多也於此餞飲之時其殽饌之物維有何乎乃有以炰之鼈與可膾鮮魚也其蔌菜之物維有何乎維有竹萌之筍及在水深蒲也不但以酒送之王又以物贈之其贈之物維有何乎乃有所乘之四馬與所駕之路車言王以厚意送之也其時所盛脯醢之籩豆有且然而多其在京師未去之諸侯於是飲燕而皆在言其愛樂韓侯俱來餞送之也○傳屠地至德者○正義曰以屠可止宿故知地名又解於時餞者當衆而獨言顯父者以顯父有顯德者故特言之父者丈夫之稱以有顯德故稱顯父廣言有美德者非止一人也○箋祖將至有酒○正義曰始行而爲祖祭者爲尊其往也反則自歸其國非復所尊而亦作祖祭故解之云尊其所往故去則如始行焉言其來爲尊王歸亦謹慎故反國亦爲祖祭也祖與所宿不是一處故云祖於國外畢乃出宿餞訖然後

出宿今出宿之文在餞之上者示行不留於是也故於祖之下即言出宿也諸侯及國爲王臣所迸送者唯卿士耳故知顯父周之卿士也送行飲酒曰餞故云餞送之故有酒解其酒多之意也○傳蔌菜至蒲蒻○正義曰蔌者菜茹之揔名釋器云菜謂之蔌故云蔌菜殺對肉殺故云菜殺謂爲菹也若平常蔌亦兼肉故周易鼎卦云鼎折足覆公蔌鄭注以蔌爲八珍所用是也天官醢人加豆之實有深蒲筍菹是菹有筍有蒲也言筍竹蒲蒻亦謂竹萌深蒲但傳文畧耳○箋炰鱉至曰乘馬○正義曰案字書炰毛燒肉也缹烝也服虔通俗文曰燯煮曰缹然則炰與缹別而此及六月云炰鱉者音皆作缹然則炰與缹以火熟之謂烝煮之也新殺謂之鮮魚餒則不任爲膾故云鮮魚中膾者六月云膾鯉此云鮮魚欲取魚字爲韻因言鮮以見新殺也筍竹萌釋草云孫炎曰竹初萌生謂之筍蒲深蒲謂蒲蒻入水深醢人注云深蒲蒲始生水中是也陸機疏云筍竹萌也皆四月生唯巴竹筍八月九月生始出地長數寸鬻以苦酒豉汁浸之可以就酒及食蒲始生取其中心入地蒻大如匕柄正白生噉之甘脆鬻而以苦酒浸之如食筍法是說筍蒲菹之法也贈者以物送人之名故云贈送也於酒殽之下始言其贈維何則是王使人至餞飲之處贈之故曰既使顯父餞之又使送以車馬所以

贈厚意也采菽及此言乘馬路車皆以賜諸侯故知人君之車曰路車所駕之馬曰乘馬又巾車五路止云以封諸侯不以車賜人臣其卿大夫以下則謂之服車是人君謂之路車也箴膏肓引采薇彼路斯何君子之車言大夫亦得爲路車者以路名本施人君因其散文卿大夫亦得稱路耳於卿大夫亦未有乘馬路車幷言之者故知唯於人君言此者以贈在餞之下文與其殽其蔌相類嫌是顯父所贈卿大夫無乘馬路車之名則非顯父贈之言此以明車馬是王贈之意○箋箋且多至其多○正義曰以配百壺故知且爲多貌胥皆釋詁文言侯而不言韓侯且韓侯一人不足稱皆故知侯氏燕胥諸侯在京師未去者於是之時皆來相與燕也其籩豆且然榮其多言作者以多爲榮故言有且也

韓侯取妻汾王之甥蹶父之子汾大也蹶父卿士也箋云汾王厲王也厲王流于彘彘在汾水之上故時人因以號之猶言莒郊公黎比公也姊妹之子爲甥王之甥卿士之子言尊貴也○取七喻反本亦作娶下注同汾符云反蹶居衞反彘直例反梨音離又力兮反又作黎此音毗梨比莒君號也

韓侯迎止于蹶之里百兩彭彭八鸞鏘鏘不顯其光里邑也箋

云于蹶之里蹶父之里百兩百乘不顯顯也光猶榮也氣有榮光也○將七羊反本亦作鏘

諸娣從之祁祁如雲韓侯顧之爛其盈門

祁祁徐靚也如雲言衆多也諸侯一取九女二國媵之諸娣衆妾也顧之曲顧道義也箋云媵者必娣姪從之獨言娣者舉其貴者爛爛粲然鮮明且衆多之貌○娣大計反妻之女弟爲娣從才用反注同又如字祁巨移反靚音靜又才性反媵音孕又繩證反曲顧一本作回顧道如字又音導

【疏】韓侯至盈門○毛以爲既言韓侯能受王之賜命因言韓侯有可美之事言韓侯之娶妻也乃娶得尊大天王之外甥是卿士蹶父之子女韓侯親自迎之於彼蹶父之邑里其迎之時則有百兩之車彭彭然而行每車皆有八鸞之聲鏘鏘然而鳴也車馬之盛禮備如此可謂不顯其禮之有光榮乎言顯其有光榮也其妻出於蹶父之門諸娣隨而從之其行徐靚祁祁然如雲之衆多也韓侯於是迴顧而視之見其鮮明粲爛然而其盈滿於蹶父之門也此韓侯娶妻未必受命之後始取但作者先言受命乃次及之耳○鄭唯以汾王爲居汾水之王爲異餘同○傳汾大至卿士○正義曰釋詁云墳大也傳音以墳汾音同故亦爲大也王肅云大王王之尊稱也知蹶父卿士者以韓侯娶妻必

於貴家蹶氏父字不書國爵則非諸侯下言靡國不到則是爲王聘使之人故知卿士也○箋汾王至尊貴○正義曰箋口汾作汾水之汾不得訓之爲大且作者當舉其實不宜漫言大王故以爲厲王在汾因號厲王爲汾王也左傳稱王流于彘於漢則河東永安縣也永安西臨汾水故云在汾水之上以其久在汾地時人因以號之猶言莒郊公黎比公亦以所居之地而號之也左傳於昭公之世有莒郊公襄公之世有黎比公箋先言郊公者以其文卑令與莒相配使黎比蒙莒文也莒在東夷不爲君謚每世皆以地號公此外猶有兹丕公著丘公之等以二者足以明義不復徧引之也娣妹之子爲甥釋親文王肅雖申毛傳以汾王爲大王其意亦爲厲王之甥此無其文正以經稱汾王是指他王也若是宣王之甥當如上篇言王之元舅不宜別言王號故知非宣王之甥宣王之前唯厲王耳故箋傳之意皆以爲厲王○傳祁祁至道義○正義曰既言從之則祁祁如雲是行動之貌故以爲徐靚也莊十九年公羊傳曰媵者何諸侯娶一國則二國往媵之以姪娣從姪者何兄之子娣者何女弟也諸侯一娶九女是一娶九女二國媵之之事也衆妾之名有姪有娣有媵媵又自有姪娣其名不盡爲娣而言諸娣衆妾者箋云獨言娣者舉其貴以衆妾之中娣爲最貴故舉娣以言衆妾明諸

言可以兼姪娣也以君子不妄顧視而言韓侯顯之則於禮當顧故云曲顧道義謂既受女揖以出門及升車授綏之時當曲顧以道引其妻之禮義於是之時則有曲顧也本或曲爲回者誤也定本集注皆爲曲字**蹶父孔武靡國不到爲韓姞相攸莫如韓樂**姞蹶父姓也箋云相視攸所也蹶父甚武健爲王使於天下國國皆至爲其女韓侯夫人姞氏視其所居韓國最樂○爲韓于僞反注同姞其一反又其乙反又音佶相息亮反注同樂音洛注及下文注同使所吏反【疏】傳姞蹶父姓○正義曰以婦人稱姓今以姓配夫之國謂之韓姞故知姞是蹶父之姓也○箋相視至最樂○正義曰相視釋詁文攸所釋言文蹶父爲王卿士人臣不得外交故知無國不到是爲王使也昏禮男先求女而蹶父爲女擇夫者禮陽倡陰和固當男行女隨但男女長幼賢愚當最敵取匹女家意相許可然後遣媒故女家亦擇男也天下之國多矣非一人所能盡到不必韓國之樂實能特勝他邦作者爲與奪之勢見深美之言耳**孔樂韓土川澤訏訏魴鱮甫甫麀鹿噳噳有熊有羆有貓有虎**訏訏大也甫甫然大也噳噳然

衆也貓似虎淺毛者也箋云甚樂矣韓之國土也川澤寬大衆魚禽獸備有言饒富也○訏況甫反魴音房鱮音序麀音憂麌愚甫反本亦作麌同熊音雄羆彼皮反貓如字又武交反本又作苗音同爾雅云虎竊毛曰虥貓虥音仕版反

慶既令居韓姞燕譽

箋云慶善也蹶父既善韓之國土使韓姞嫁焉而居之韓姞則安之盡其婦道有顯譽○令力呈反使也又力政反命也王力政反善也燕於遍反又於顯反安也譽協句音餘

溥彼韓城燕師所完

師衆也箋云溥大燕安也大矣彼韓國之城乃古平安時衆民之所築完○溥音普燕於見反注同徐云鄭於顯反王肅孫毓並烏賢反云北燕國完音桓○

以先祖受命因時百蠻王錫韓侯其追其貊奄受北國因以其伯

韓侯之先祖武王之子也因時百蠻長是蠻服之百國也追貊戎狄國也奄撫也箋云韓侯先祖有功德者受先王之命封爲韓侯居韓城爲侯伯其州界外接蠻服因見使時節百蠻貢獻之往來後君微弱用失其業今王以韓侯先祖之事如是而韓侯賢故於入覲使復其先祖之舊職賜之蠻服追貊之戎狄令撫柔其所受王畿北面之國因

以其先祖侯伯之事盡予之皆美其爲人子孫能興復先祖之功其後追也貊也爲玁狁所逼稍稍東遷○追追如字又都回反貊武伯反說文作貉云北方人也長張丈反令力呈反檢本亦作玁音險允如字本亦作狁**實墉實壑實畝實藉**實墉實壑言高其城深其壑也箋云實當作寔趙魏之東實寔同聲寔是也藉稅也韓侯之先祖微弱所受之國多滅絶今復舊職興滅國繼絶世故築治是城濬脩是壑井牧是田畝收斂是賦稅使如故常○實毛如字鄭作寔市力反下同壑火各反城池也濬音峻深也**獻其貔皮赤豹黃羆**貔猛獸也追貊之國來貢而侯伯總領之○貔本亦作貔音毗即白狐也一名執夷草木疏云似虎或曰似熊遼東人謂之白羆〔疏〕溥彼至黃羆○正義曰此言韓侯既受賜歸國行政之事也可美大矣彼韓國所居之城乃於古昔平安之時天下衆民之所築完言其城有之已久矣宣王以此韓侯之先祖嘗受王命爲一州侯伯既治州內之國因又使之時節百蠻之國其有貢獻往來爲之節度也以韓侯先祖如此此故今王賜韓侯北方有其追貊之夷狄亦令時節之也使之撫安其所受王畿北面之國因以其先祖爲侯伯之事而盡與之言韓侯之賢能復先祖舊職也既爲

侯伯以時節百蠻韓侯於是令其州內所有絶滅之國高築是城濬深是壑正是田畝定是稅籍皆使之復於故常又今百蠻追貊獻其貔獸之皮及赤豹黄羆之皮韓侯依舊法而摠領之美韓侯之賢而王命得人也○箋溥大至築完○正義曰溥大釋詁文燕禮所以安賓故燕爲安也此言溥猶生民之言誕故云大矣爲歎美之辭韓城之言爲下而發則韓侯先祖亦居此城故知燕師所完是古昔平安之時衆民共築而完之據於時尚不毀壞故言完也本於古上或有太衍字也定本亦無太字○傳韓侯至奄撫○正義曰僖二十四年左傳曰邘晉應韓武之穆也是韓侯之先祖武王之子也以言先祖受命故本之始封之君言初爲韓君者受此侯伯之命也言因時百蠻者本立侯伯主治州內因主外夷故云因也因時百蠻者與百蠻爲時節是爲之宗長以摠領之故云長此蠻服之百國也四夷之名南蠻北狄散則可以相通故北狄亦稱蠻也周禮要服一曰蠻服謂第六服也言蠻服謂蠻夷之在服中於周禮則夷服鎮服非周禮之蠻服也何則周禮蠻服猶在九州之内自當州牧主之非復時節而已且不得言因此言因時則非州内故知於周禮爲夷鎮之服即大行人所云九州之外謂之蕃國是也皐陶謨云外薄四海咸建五長下曲禮云其在東夷北狄西戎南蠻雖大曰子

注云謂九州之外長也天子亦選其賢者以爲之子子猶牧也然則蠻夷之內自有長牧以領之而此又言中國之侯伯長之者夷中雖自有長而國在九州之外來則由於中國其時節早晚執贄多少之宜皆請於所近州牧由之而後至京以非專屬故云因時以其統之故稱長也知追貊戎狄之國者以貊者四夷之名論語云蠻貊之邦魯頌云淮夷蠻貊是貊爲夷名而追與之連文故知亦是戎狄此追貊是二種之大名耳其種非止一國亦是百蠻之大揔也奄者無有之言故以爲撫謂撫柔之也○箋韓侯至東遷○正義曰以韓侯先祖嘗爲侯伯以是之故命韓侯亦由韓侯有德能復祖舊業此一經皆言得王命復舊職之事爲下四句有施張本於先祖言因時百蠻則王今命韓侯亦○時百蠻也其追其貊貊卽是百蠻之國百蠻言因時明追貊亦因時也於韓侯言奄受北國則先祖亦受北國以文見於下故上空其文也末言因以其伯謂因以先祖伯事與之是今之韓侯盡復舊矣韓是武王之子其封當在成王之時其命爲侯伯或成或康未知定何時也因見使之時節百蠻明州界外接蠻服也時節百蠻貢獻往來謂來則使人致之於王往則使人送之返國制其貢獻之數而爲其來去之節也今王復命韓侯明是往前失職故云後君微弱用失其業謂不得爲侯伯也不知何世

失之故漫言後君耳若使韓侯之先不爲侯伯今王未必命此韓侯若使此韓侯不賢自然王不賜命此則今古相須故云今王以韓侯先祖之事如是而韓侯賢故於入覲使復其先祖之舊職也上言百蠻下言追貊則知追貊即百蠻故云賜之蠻服追貊之戎狄夏官職方氏正北曰幷州言受王畿北面之國當是幷州牧也以其先祖侯伯之事盡與之正謂撫北國時百蠻是侯伯之事盡得之也皆美其爲人子孫能興復先祖之功揔解一經之意也言其後追也貊也爲玁夷所逼稍稍東遷者以經傳說貊多是東夷故職方掌四夷九貊鄭志答趙商云九貊卽九夷也又秋官貊隸注云征東北夷所獲是貊者東夷之種而分居於北故於此時貊爲韓侯所統魯頌云淮夷蠻貊莫不率從是於魯僖之時貊近魯也至於漢氏之初其種皆在東北於幷州之北無復貊種故辨之獫狁之最强故知爲獫夷所逼定本集注皆作獫狁字○傳實墉至其壑○正義曰墉者城也故云高其城壑卽城下之溝釋言云隍壑也舍人曰隍城池也壑溝也李巡曰隍城池壑也易泰卦上六城復于隍注亦云隍壑也○箋實當至故常○正義曰凡言實者已有其事可後實之今此方說所爲不宜爲實故轉爲寔訓之爲是也趙魏之東實寔同聲鄭以時事驗之也春秋桓六年州公寔來而左傳作實來是由

聲同故字有變異也宣十五年公羊傳曰什一而籍是籍為税之義也上論韓城既完則實墉實壑非韓之城壑自然是所部諸國之城壑也今言脩之明是往前絕滅今韓侯既復舊職而興繼之也厲王之時斬伐四國韓之所徵又近於北夷明有絕滅者也故美韓侯能築城脩壑治田收斂使如故常也若然州牧擇州中賢者為之不必繼世為牧韓之先祖自徵他國當自為之而得使諸侯絕滅者以夷厲之時天子不明亦無賢伯公羊傳所謂上無明天子下無賢方伯是也○傳貔猛至領之○正義曰釋獸云貔白狐其子豰郭璞曰一名執夷虎豹之屬陸機疏云貔似虎或曰似熊一名執夷一名白狐遼東人謂之白羆赤豹毛赤而文黑謂之赤豹毛白而文黑謂之白豹羆有黃羆有赤羆大於熊其脂如熊白而麤理不如熊白美也貔皮之上言獻其則豹羆亦獻之貔言皮則豹羆亦獻皮也禹貢梁州貢熊羆狐狸是中國之常貢此則北夷自以所有而獻之所謂各以貴寶也

韓奕六章章十二句

江漢尹吉甫美宣王也能興衰撥亂命召公

平淮夷召公召穆公也名虎○江漢二水名〔疏〕江漢六章章八句至淮夷○正義曰江漢詩者尹吉甫所作以美宣王也以宣王承厲王衰亂之後能興起此衰撥治此亂於時淮水之上有夷不服王命其臣召公爲將使將兵而往平定淮夷故美之也淮夷不服是衰亂之事而命將平定是興撥之事也此實平定淮夷耳而言興衰撥亂者見宣王之所興撥非獨淮夷而已故言興撥以廣之經六章皆是命召公平淮夷之事○箋召公召至名虎○正義曰經言召公皆召康公也嫌此亦爲康公故辨之經云王命召虎是名虎也於世本穆公是康公之十六世孫○**江漢浮浮武夫滔滔匪安匪遊淮夷來求**浮浮衆彊貌滔滔廣大貌淮夷東國在淮浦而夷行也箋云匪非也江漢之水合而東流浮浮然宣王於是水上命將率遣士衆使循流而下滔滔然其順王命而行非敢斯須自安也非敢斯須遊止也主爲來求淮夷所處據至其境故言來○滔吐刀反浦音普夷行下孟反將子匠反帥所類反或作率循流如字本亦作順流爲于僞反下主爲同竟竟境本亦作境同○**既出我車既設我旟匪安匪舒淮夷來鋪**鋪病也箋云車

戎車也鳥隼曰旟兵至竟而期戰地其日○出戎車建旟又不自安不舒行者主爲來伐討淮夷也據至戰地故又言來○鋪普吳反江漢至來鋪○正義曰宣王之時淮夷叛徐音孚○【疏】王於是至江漢之水浮浮然合流衆強之處親自命其將帥勇武之夫滔滔然多而廣大者令之順此東流以行征伐武夫既受王命急趨其事行也非敢斯須自安非敢斯須遊止所以不敢安遊者以已本爲淮夷來求討伐之故也既至淮夷之境克期將戰至於期日此武夫既已自陳出我征伐之戎車既已張設我將帥之旗旟以往對陣而戰又非敢自安非敢寬舒所以不敢安舒者以已主爲淮夷而來當討而病之故也言其肅將王命所以克勝也○傳浮浮至夷行○正義曰浮浮實江漢之貌而言衆強者以其合而東流是水之衆而強大也下云武夫洸洸與此滔滔相類傳以洸洸爲武貌則此言滔滔廣大者亦謂武夫之多大故侯苞云衆至大也禹貢導淮自桐柏東入于海其傍之民不盡爲夷故辨之云淮夷東國在淮之匡浦而爲東夷之行者也知在東國者禹貢徐州淮夷蠙珠則淮夷在徐州也春秋時淮夷病杞齊桓公東會於淮以謀之左傳謂之東畧是淮夷在東國昭四年楚子會諸侯于申而淮夷爲國號其君之名姓則書傳無文○箋江漢至言來○正義曰禹貢嶓冢導漾

水東流爲漢又東爲滄浪之水過三澨至于大別南入于江是至大別之南漢與江合而東流也漢書地理志大別在廬江安豐縣界則江漢合處在揚州之境也下云江漢之滸王命召虎故知宣王於是水上命將帥也并云遣士卒者明武夫之文兼有將帥也宣王不於京師命之而於江漢之上命者蓋別有廵省或親送至彼也言順水流而下者以水東流兵亦東下故云順流而下非乘舟浮水而下也滔滔武夫之貌非水之貌也何則士衆陸行不在於水故言非安非遊不得云水之滔滔也淮在江北相去絕遠夷在淮上兵當適淮而云順流下者命將在江漢之上蓋今廬江左右江自廬江亦東北流故順之而行將至淮夷乃北行嚮之也如此則召公伐淮夷當在淮水之南魯僖所伐淮夷應在淮水之北當淮之南北皆有夷也淮夷來求正是來求淮夷古人之語多倒故箋言來求淮夷所處倒其言以曉人也凡言來據自彼至此之辭今命將始往而言來求故解之據至淮夷之境故言來敘武夫之情言已來也○傳鋪病○正義曰釋詁文彼鋪作痡音義同○箋車戎至言來○正義曰鳥隼曰旟春官司常文也上言來求已至淮夷之境此承其下云出車設旟明至境之後出之設之是爲戰而言故云兵至境而期戰地至期日而出車建旟也兵法止則有壘謂從營壘而出陳之

也旄旆無事則納之於弢故將戰乃建之也。江漢湯湯武夫洸洸經營四方告成于王洸洸武貌箋云召公既受命伐淮夷服之復經營四方之叛國從而伐之克勝則使傳遽告功於王。湯書羊反洸音光又音汪復扶又反傳張戀反以車曰傳遽其據反以馬曰遽鄭注玉藻云以車馬給使。四方既平王國庶定時靡有爭王心載寧箋云庶幸時是也載之言則也召公忠臣順於王命此述其志也。爭爭鬬之爭。〔疏〕江漢至載寧。正義曰上章既言臨戰此又本其命已而言戰勝之事言王初於江漢之水湯湯然流盛之處命此勇武將帥之夫洸洸然武壯者使之征伐今既伐淮夷而克之又以戰勝之威經營於四方之國有不服者則從而伐之每有所克則使傳遽之驛告其成功於宣王也召公既遣人告又自言其事今四方既已平服王國之內幸應安定時既無有叛戾乖爭者我王之心於是則安寧矣言王以四方不服故遣已出伐今王國既定冀王心永安是召公盡忠之言述其志也。箋召公至於王。正義曰上言來至戰地此言經營四方明是既戰而勝乃經營四方之叛國也下云王命召虎式辟四方是王本命之使既克淮夷更討不服也言告成于王是有成而告故知伐之克勝使傳遽告王也王藻云士曰傳遽之臣注云傳遽以車馬給使者也謂若今時乘驛遞傳而遽疾故謂之傳遽也知非召公親告王者以下章方云于疆于理則是召公未還且王國庶定是未見王之辭也故知使人告也

江漢之滸王命召虎式辟四方徹我疆土匪疚匪棘王國來極召虎召穆公也箋云滸水涯也式法疚病棘急極中也王於江漢之水上命召公使以王法征伐開辟四方治我疆界於天下非可以兵病害之也非可以兵急◦躁切之也使來於王國受政教之中正而已齊桓公經陳鄭之閒及伐北戎則違此言者一◦滸音虎沈又音許疆居良反注及下同疚音救王命行伐一本作王法征伐兵操操音七刀反一本無兵字又一本兵操作急躁躁音早報反

于疆于理至于南海箋云于往也于於也◦召公於有叛戾之國則往正其境界脩其分理周行四方至於南海而功大成事終也◦分符問反【疏】江漢至南海◦正義曰既言淮夷平定此又本其命辭言王在江漢之水上王親命召虎云汝當以王法開闢四方之國言有叛戾者皆征之使服又當治我疆界

之土令之脩理土田使徧達四境其爲之也當優寬以禮所經之處非可以兵病害之所與戰者非可以兵急躁切之但以正道伐之使於我王國來復從受其政教之中正而已召公既受此命已定淮夷復平叛戾之國往正其疆界往脩其分理周行四方至於南海言其功成事終稱王之命也○箋滸水至此言者○正義曰滸水厓釋水文疚病釋詁文棘急釋言文彼棘作悈音義同以王法行征伐謂以王者之正法不妄殺以爲功不譎詐以求勝也治我疆界於天下謂畫其土境正定其疆界也上言式辟四方則所爲者廣匪疚匪棘其事非一故以爲二事可以兵病害之謂所過之處不得厚斂貪財使民困病也非可以兵急躁之謂所與對戰不得多所殺傷殘害民命也以病害急躁其言不同明此爲二事矣故引齊桓二事以反之經陳鄭之間取左氏之說是病害之也及伐北戎取公羊之說是急躁之也宣王使行王法齊桓則用霸道霸道劣於王法故違此言僖四年左傳稱桓公率諸侯伐楚楚既與齊盟齊將還師陳轅濤塗謂鄭申侯曰師出於陳鄭之間國必甚病若出於東方觀兵於東夷循海而歸其可也申侯曰善濤塗以告齊侯許之後知其詐而執之其意以齊侯所經之處多有徵發陳鄭二國當其軍道去既過之來又過之則民將困病故欲許之使出於東方是齊桓

之兵病害人也莊三十年齊人伐山戎公羊傳曰齊侯也其稱人何貶曷爲貶子司馬子曰蓋以蹀之爲已蹙矣何休云蹀迫也已甚也蹙痛也蓋戰迫之而甚痛其意言齊桓殺傷過多甚可痛蹙是齊桓之兵急蹀之也鄭言急蹀意出於彼本或作慘慼之者誤也定本云非可急蹀切之公羊爲蹀字則慘非也如彼年世之次先伐山戎後經陳鄭此倒其事者依此疚棘爲次耳○箋于往至事終○正義曰以召公承王命而往治之故以于爲往凡言至于明有從往之辭上言經營四方故知周行四方乃至於南海九州之外謂之四海至於南海則盡天子之境是其功大成由此成功故下章而賜之本或往下有于於二字衍也定本集注皆有于於二字有者是非衍也

王命召虎來旬來宣

文武受命召公維翰旬徧也召公召康公也箋云來勤也旬當作營宣徧也召康公名奭召虎之始祖也王命召虎女勤勞於經營四方勤勞於徧疆理衆國昔文王武王受命召康公爲之楨榦之臣以正天下爲虎之勤勞故述其祖之功以勸之○來毛如字鄭音賚下同旬毛音巡又音荀鄭作營翰戶旦反又音寒徧音遍下同奭音釋爲于僞反下爲虎爲其同

無曰予小子召公是似肇

敏戎公用錫爾祉似嗣肇謀敏疾戎大公事也箋云戎猶女也女無自減損曰我小子耳女之所爲乃嗣女先祖召康公之功今謀女之事乃有敏德我用是故將賜女福慶也王爲虎之志大謙故進之云爾○肇音兆韓詩云長也祉音恥福也大謙音泰

【疏】王命至爾祉○毛以爲王以召公功成將欲賞之此陳其命之之言王乃命召虎曰汝勤勞於偏服四方勤勞於宣揚王命言其功實大已悉知之因又勸之云昔我先王文王武王受命之時汝之先君召康公維爲楨榦之臣以匡正於天下汝亦當繼康公之業不可憚勞也而召虎謙退不敢自同先君王又進之云汝無得言曰我小子耳汝之所爲者乃召公之功是嗣言其堪繼康公也今我謀汝敏德大事足繼先君我用是之故當賜汝之福慶也○鄭唯以旬爲營宣爲徧戎爲汝爲異餘同○傳旬徧至康公○正義曰旬徧釋言文彼旬作徇音義同爲既以旬爲徧則宣不復爲徧當謂宣布王命也召公召康公嫌是召虎故辨之○箋來勤至勸之○正義曰來勤釋詁文宣徧釋言文上章云經營四方告成於王又言于疆于理至於南海則召虎大功在此二事而已今王命召虎稱其功勞則來旬來宣當指此二事且宣訓爲徧旬不宜亦訓爲徧旬之與營字相類故知當爲營來旬謂勤勞於

經營四方來宣謂勤勞於徧理衆國以統上二文也○傳肇謀至公事○正義曰肇謀戎大公事皆釋詁文孔安國論語注云敏行之疾也地官師氏三德有敏德是敏爲識解之疾也**釐爾圭瓚秬鬯一卣告于文人**釐賜也秬黑黍也鬯香草也築煮合而鬱之曰鬯卣器也九命錫圭瓚秬鬯文人文德之人也箋云秬鬯黑黍酒也謂之鬯者芬香條鬯也王賜召虎以鬯酒一罇使以祭其宗廟告其先祖諸有德美見記者○釐力之反洗又音賚瓚才旱反秬音巨鬯勑亮反卣音酉又音由中尊也本或作攸**錫山土田于周受命自召祖命**諸侯有大功德賜之名山土田附庸箋云周岐周也自用也宣王欲尊顯召虎故如岐周使虎受山川土田之賜命用其祖召康公受封之禮岐周周之所起爲其先祖之靈故就之○錫本或作錫之山川土田附庸者是因魯頌之文妄加也**虎拜稽首天子萬年**箋云拜稽首者受王命策書也臣受恩無可以報謝者稱言使君壽考而已

【疏】釐爾至萬年○正義曰上言用錫爾祉此言賜之之事言王命召虎云今賜汝以圭柄之玉瓚又副以秬米之酒芬香條暢者一卣尊汝當受之以告祭於汝

先祖有文德之人王命辭如此於此之時又賜之以山川使得專爲其有又加益以土田令之大於故時也召虎於時往于岐周之地受王此命王乃用召虎之祖康公受命之禮以命之也虎既受命即拜而稽首稱言使天子得万年之壽臣蒙君恩無以報荅故願君長壽而已○傳釐賜至之人○正義曰釐賜釋詁文秬黑黍釋草文禮有鬱鬯者築鬱金之草而煮之以和秬黍之酒使之芬香條鬯故謂之鬱鬯鬯非草名而此傳言鬯草者蓋亦謂鬱爲鬯草何者禮緯有秬鬯之草中候有鬯草生郊皆謂鬱金之草也以其可和秬鬯故謂之鬯草毛言鬯草蓋亦然也言築煮合而鬱之謂築此鬱草又煮之乃與秬鬯之酒合和而鬱積之使氣味相入乃名曰鬯言合而鬱積之非草名如毛此意言秬鬯者必和鬱乃名鬯未和不爲鬯與鄭異也釋器云卣中尊故云卣器也案春官鬱人掌和鬱鬯以實彝而陳之則鬯當在彝而此及尚書左傳皆云秬鬯一卣者當祭之時乃在彝未祭則在卣賜時未祭故卣盛之王制云三公一命衮若有加則賜三公八命復加一命乃始得賜是圭瓚之賜九命乃有故云九命然後賜圭瓚秬鬯也文人謂先祖有文德者故云文德之人○箋秬鬯至見記○正義曰以毛解秬鬯其言不明似必和鬱乃名爲鬯故辨之明黑黍之酒自名爲鬯不待和鬱也春官鬯

人注云秬鬯不和鬱者是黑黍之酒卽名鬯也和者以鬯人掌秬鬯鬱人掌和鬱鬯明鬯人所掌未和鬱也故孫毓云鬱是草名今之鬱金煮以和酒者也鬯是酒名以黑黍秬一秠二米作之芬香條鬯故名曰鬯鬯非草名古今書傳香草無稱鬯者箋說爲長賜之鬯酒令之祭祀是使徧祭宗廟特云告于文人故知告諸有德美見記者○傳諸侯至土田○正義曰禮名山大川不以封諸侯有大功德乃得賜之故云諸侯有大功德則賜之名山土田附庸案召本岐山之陽采地之名且爲畿內之國書傳無召穆出封之文則益之土田大於故耳未成爲大國也此經無附庸傳云附庸者以土田卽是附庸定本集注毛傳皆有附庸二字○箋周岐至就之○正義曰時實周世而特言于周受命明非京師以召祖之故地在岐周故知周爲岐周也又解其命不在京師而向岐周之意由宣王欲尊顯召虎故如岐周如往也以虎祖康公在岐周事文武有功而受采地今虎嗣其業功與之等故往岐周命之明其復祖之業所以尊顯之也還用其祖召康公受封之禮明虎之功與康公同也祭統云賜爵祿必於太廟以岐是周之所起爲其有先王之靈謂有別廟在焉故就之也禮宗子去國則以廟從此周旣徙都仍得有廟存者宗子去國則所居之處非復已有故以廟從文武雖則去岐岐仍天

子之地故因留其廟爲別廟焉

虎拜稽首對揚王休作召公考天子萬壽明明天子令聞不已矢其文德洽此四國

對遂考成矢施也箋云對荅休美作爲也虎既拜而荅王策命之時稱揚王之德美君臣之言宜相成也王命召虎用召祖命故虎對王王亦爲召康公受王命之時對成王命之辭謂如其所言也如其所言者天子萬壽以下是也○休許虯反聞音問施如字爾雅作施式氏反

【疏】虎拜至四國○毛以爲上既受賜今復謝之言虎拜而稽首遂稱揚王之德美乃作其先祖召康公對王王命成事之辭曰使天子得萬年之壽又令此明明顯盛之天子其善聲聞長見稱誦不復有已止之時又施布其經緯天地之文德以和洽此天下四方之國使皆蒙德本召公之荅天子其辭如此令宣王以康公受命之法命召虎故虎亦以康公荅王之辭荅宣王也○鄭唯對爲荅爲異餘同○傳對遂至矢施○正義曰傳以對爲遂者以爲因事之辭言君既命之臣遂稱之矢施也謂施陳文德定本爲施字非也○箋對荅至下是○正義曰箋以君臣共語宜爲應荅故以對爲荅休美釋詁文作爲釋言文以王命召虎用召祖命故虎亦爲召康公受命之

時對成王命之辭謂對王命舊事成辭因而用之謂如其召康公所言天子萬壽以下是也定本集注皆云對成王命之辭

江漢六章章八句

附釋音毛詩注疏卷第十八（十八之四）

清嘉慶二十年重栞
用文選樓藏本校

黃中模栞

毛詩注疏挍勘記 十八之四　阮元撰盧宣旬摘錄

○韓奕

所望祀焉　闽本明監本毛本同小字本相臺本所作祈考文古本同案所字誤也

錫謂與之以物　闽本明監本毛本與作與案所改是也山井鼎云宋板與作賜其實不然當是剜也

三章言公侯得賜而歸　闽本明監本毛本公作諸案皆誤也當作韓

卒章言欲得命歸國　闽本明監本毛本同案山井鼎云宋板欲作其當是剜也其字是

是此韓爲之後也　闽本明監本毛本同案山井鼎云宋板爲作萬當是剜也萬字是

定貢賦於天子　小字本相臺本同案此正義本也正義云定本集注貢賦上皆無定字此箋意謂貢其賦不謂定其貢賦也當以無者爲長

傳庭直。正義曰釋詁文之 [補]案之字衍也閩本明監本毛本文下衍也字

琳字又作玪 [補]通志堂本盧本玪作玲案玲字非也說文玲玉聲從玉令聲玪玪塾石之次玉者從玉今聲二字顯然分別陸氏引鄭注尚書云美石正與說文玪字義合

鉤膺鏤鍚 唐石經小字本相臺本同閩本同明監本毛本鍚誤錫餘同此

鞹鞃淺幭 小字本相臺本同唐石經初刻幭後改幭案五經文字集韻二十三錫皆作幭此釋文云幭本又作篾曲禮素篾釋文云本又作幭二幭字當本作幭爲張參丁度所據也。按正字當作幦假借幭字爲之幭从巾蔑聲五經文字體譌舊按非也

厄烏蠋也 小字本相臺本同案此正義本也正義云厄烏蠋釋蟲文釋文金厄下云毛云烏蠋也下云烏蠋音蜀爾雅作蠋又云沈音晝段玉裁云烏蠋軛也小爾雅釋名謂之烏啄古蠋啄通用沈重音晝是也正義牽合釋蟲如風馬牛之不相及陸氏雖誤引爾雅蠋尚未譌爲蠋鄭士喪禮注云今文軛爲厄此可見軛爲正字厄爲假

借詳見詩經小學

又芃三同　補釋文校勘記通志堂本同盧本作又作芃王同云舊脫作字王誤三今從毛居正改案六經正誤云又作芃王同欠作字王同謂王肅本與此同作三同誤與國本作王同其說最誤此陸說字之或體與王肅如風馬牛之不相及何得謬加附會與國本乃誤字耳上云亦作軌軏此云又芃合而言之故曰三同小字本所附亦作三不誤

善旂旂之善色者也　相臺本同閩本明監本毛本同小字本無也字

又以綏章為車上所引之綏有采章　閩本明監本毛本同案浦鏜云車上疑倒是也

說文云鞟革也　閩本明監本毛本同案鞟當作鞹上下文可證載驅正義引作鞹

顯父周之公卿也　小字本相臺本同案正義云王使卿士之顯父又云送者雖卿士耳故知顯父

周之卿士也是公卿當作卿士

又七救反〔補〕釋文挍勘記通志堂本盧本同案相臺本所字本所附仍誤救山井鼎云初疑救字敘誤及挍元文亦然者謂通志堂本

笱竹萌釋草云〔補〕毛本云作文案所改是也

鬻以苦酒 閩本明監本毛本同案浦鏜云鬻誤鬻下同是

箋箋且多至其多〔補〕案箋箋當衍一字

黎比公也 小字本相臺本同案釋文云棃音離又力兮反又作黎正義本是黎字案此見左襄十六年傳今杜預注本作犂釋文云徐力私反一音力兮反犂黎棃皆通用字也

顧之曲顧道義也 小字本相臺本同案正義云本或曲爲回者誤也定本集注皆爲曲字釋文云一本作回顧段玉裁云曲顧見白虎通列女傳淮南子注是也六經正誤云顧之猶顧蓋曲誤爲由由又轉爲猶當

改作曲以諸本皆誤未有善本可證姑仍其舊依此是宋時監潭撫閩蜀本皆譌作猶字今之宋本因毛居正據正義釋文論之而改正也又云道義者謂引導新婦之儀如此也

韓侯於是迴顧而視之　閩本明監本毛本同案迴當作曲正義下文可證

傳音以墳汾音同　閩本明監本毛本同案上音字當作意形近之譌

正義曰箋口汾　補毛本口作以案以字是也

專以汾王爲大王　閩本明監本毛本專誤傳

而言韓侯顯之　補案顯當作顧形近之譌毛本正作顧

及升車授綏之時　閩本明監本毛本同案山井鼎云綏恐綏誤是也

當最敵取匹　閩本明監本毛本同案此當作當取其敵匹錯誤也

麀鹿噳噳　唐石經小字本相臺本同案此釋文本也釋文云噳噳本亦作麌同吉日釋文云麌麌說文作噳唐

石經彼經作麌此經作噳本諸釋文也正義本此經亦是麌字與吉日經同即亦作本也彼正義云麌麌衆多與韓奕同則傳本作麌字又云此麌不破字則鄭本亦作麌也是其誤考吉日傳麌麌衆多箋易之云麕牡曰麌而此傳不復易者以其文同從可知而省也毛詩字本用噳麕牡曰麌亦當假借此字故說文鹿部無麌是其實二經皆當作噳

爲玁狁所逼 小字本相臺本同案正義云爲獫夷所逼又云故知爲獫夷所逼定本集注皆作獫狁字釋文云允如字本亦作狁與正義本不同

實畝實藉 唐石經小字本同相臺本藉作籍閩本明監本毛本同案正義云定是稅籍又云公羊傳曰什一而籍是籍爲稅之義也是正義本作籍字詳載芟序

所受之國多滅絕 閩本明監本毛本同小字本相臺本受作伯考文古本同案伯字是也

又今百蠻追貊 〔補〕毛本今作令

邢晉應韓誤 〔補〕明監本毛本邘誤邢案邢當作邘形近之

亦時百蠻也其追其貊貊閩本明監本毛本同案亦下當脫因字重貊字衍

獫狁之最彊閩本明監本毛本同案此當作獫夷貊之最彊脫誤也

韓之所獫又近於北夷閩本明監本毛本同案此當作韓之所部又近於獫夷錯誤也

其子穀閩本明監本毛本同案浦鏜云穀誤穀是也

○江漢

使循流而下小字本相臺本同案釋文云循流如字本亦作順流正義本是順字

據至其境小字本同閩本明監本毛本同相臺本境作竟案竟字是也境是正義所易今字

竟竟境〔補〕通志堂本盧本作竟音境案音字是也

其曰出戎車建旗小字本同毛本同相臺本曰作日閩本明監本同考文古本同案日字是也

而淮夷爲國號閩本明監本毛本同案淮夷下當有與會是淮夷五字因複出而脫也

非可以兵急躁切之也　小字本相臺本同案正義云是齊桓之兵急躁之也鄭言急躁意出於彼本或作慘慼之者誤也定本云非可急躁切之公羊爲躁躁字則慘非也釋文云非可以兵操切之也操音七刀反一本無兵字又一本兵操作急躁躁音早報反考此箋躁切卽王風箋之躁慼急字乃兵字之誤不當二字並有正義本無切字讀急躁之連文者非

于於也　小字本相臺本同案正義云本或作下有于於二字衍也依此各本有者皆誤

非可以兵急躁切之也　閩本明監本毛本同案此切字衍也下文急躁之凡三見此合併以後人用經注本添耳

彼棘作械音義同　閩本明監本毛本同案浦鏜云悈誤械是也

故以爲二事可以兵病害之　閩本明監本毛本同案事當作非讀下屬上於二字斷句

定本集注皆有于於二字有者是非衍也閩本明監本毛本同案浦鏜云有者是非衍也六字疑誤衍是也皆有當作皆無○按六字係校書者語

爲旣以旬爲徧閩本明監本毛本上爲字作毛案所改是也

錫山土田小字本相臺本同唐石經錫下旁添之字山下旁添川字土田下旁添附庸字案釋文云錫山土田本或作錫之山川土田附庸者是因魯頌之文妄加也又正義云此經無附庸傳云附庸者以土田卽是附庸定本集注毛傳皆有附庸二字依此是傳亦有本無附庸者釋文或本當如此此故不云因傳加

和者以鬯人掌秬鬯閩本明監本毛本同案浦鏜云知誤和是也

以黑黍和一秠二米作之閩本明監本毛本同案山井鼎云和恐秬誤是也

矢施也相臺本同閩本明監本毛本同小字本施作弛案釋文云施如字爾雅作弛式氏反正義云矢施也謂施陳文德定本爲弛字非也依此是釋文正義二本皆作施惟定本乃作弛耳孔子閒居引此經皇本作施載釋

文其實施弛古今字見周禮小宰等注泮水䲔弛貌釋文云施貌式氏反本又作弛同正義中作弛亦可證也

對成王命之辭小字本相臺本同案正義云定本集注皆云對成王命之辭如其所言非爲異本當有誤也正義本未有明文今無可考

傳對遂至矢弛閩本明監本毛本弛作施案所改是也

附釋音毛詩注疏卷第十八（十八之五）

毛詩大雅　鄭氏箋　孔穎達疏

常武召穆公美宣王也有常德以立武事因以爲戒然戒者王舒保作匪紹匪遊徐方繹騷○釋音亦騷素刀反徐音蕭

疏常武六章章八句至爲戒然○正義曰常武詩者召穆公所作以美宣王也經無常武之字故又解之云美其有常德之故以立此武功征伐之事故名爲常武非直美之又因以爲戒戒之使常然定本集注皆有然字經六章三章上五句以上言命遣將帥脩戒兵戎無所暴掠民得就業此事可常以爲法是有常德也三句以下言征伐徐國使之來庭克翦放命服王威武此事武功成立是立武事也其因以爲戒則如箋之所言就常德之中戒使常行之也宣王末年德衰此云有常德者是謂常時所行之德可以爲常非言宣王終始有常故因以爲戒戒王使之有常也此章王肅述毛以爲王不親行王基述鄭爲此章王自親行王既親行仍須命元帥以統領六軍故左傳鄢陵之戰楚王雖自親行仍命子反將中軍是也○箋戒者至

繹騷○正義曰三事就緒以上命將帥之辭震驚徐方以下是往伐徐國之事唯赫赫業業五句說王之軍行云舒緩而無懈怠自然前敵恐動是用兵之道不假暴疾雖美其實事亦戒使常然故以此言當之

赫赫明明王命卿士南仲大祖大師皇父整我六師以脩我戎

赫赫然盛也明明然察也王命南仲於大祖皇甫爲大師箋云南仲文王時武臣也顯著乎昭察乎宣王之命卿士爲大將也乃用其以南仲爲大祖者今大師皇父是也使之整齊六軍之衆治其兵甲之事命將必本其祖者因有世功於是尤顯大師者公兼官也○赫火百反字又作爀大祖音泰下及注大師大祖皆同將子匠反第一章注同

既敬既戒惠此南國

箋云敬之言警也警戒六軍之衆以惠淮浦之旁國謂勑以無暴掠爲之害也每軍各有將中軍之將尊也○警音景掠音亮

【疏】赫赫至南國○毛以爲今有赫赫然顯盛明明然昭察者宣王也所以爲盛察者以王今命卿士南仲者於王太祖之廟使之爲元帥親兵又命爲太師之公者皇父使之監撫軍衆既使此二人爲將爲監乃告之云當整齊我六軍之衆以治我甲兵之事令師嚴器備既已嚴備當恭

敬臨之既已恭敬又當戒懼而處之施仁愛之心於此南方淮浦之傍國匆得暴掠爲民之害此是王之顯察也鄭以南仲爲皇父遠祖止命皇父一人而已言王命卿士以南仲爲大祖者太師三公皇父也此人爲將以整齊六師又以敬爲警言既以警肅之既已戒勑之以此爲異條同○傳赫赫至太師○正義曰釋訓云赫赫迅也孫炎曰赫赫顯著之迅郭璞曰盛疾之貌是赫赫爲盛之意也明明察釋訓文舍人曰明明言其明甚孫炎曰明明性理之察也言王命南仲於太祖謂於太祖之廟命南仲也皇父爲太師謂命此皇父爲太師毛蓋見其文煩故以爲二人南仲卿士文在太祖之上是先爲卿士今命以爲大將太師皇父在太祖之下則於太祖之廟始命以爲太師其實皆在太祖之廟並命之故太祖之文處其中也南仲爲卿士未知於六官何卿也皇父新爲太師未知於舊何官也正以二文不同知皇父新命之耳下章王謂尹氏命程伯休父則此二人亦當尹氏命之矣此言太祖下言尹氏互相足也太師三公之官則是尊於卿士先言王命南仲者以南仲爲上將皇父爲監以皇父不親兵故特言命南仲王肅云皇父以三公而撫軍也殊南仲於王命親兵也○箋南仲至兼官○正義曰箋以王命卿士以爲大將止當命一人爲元帥不應並命二人故以爲止命皇父而已

以出車之篇言之，知南仲文王時武臣，是今所命者皇父之太祖，故本言之。命皇父爲將，必遠本其祖者，因其有積世之功，尤欲使之彰顯故也。上言王命卿士，則皇父爲卿士矣。太師，三公之名，復言太師皇父，一人是公兼官，謂三公而兼卿士之官。必易傳者，孫毓云：「宣王之大將，復字南仲，傳無聞焉。且古之命將，皆於禰廟，未有於后稷太祖之廟者。又經言南仲太祖，明以南仲爲太祖，非命於太祖之文也。昔陳勝舉兵稱項燕，命將本祖，古今有之。箋義爲長。」陳勝舉兵者，史記、漢書皆有其事。十月之交皇父擅恣，若爲厲王，則在此之先；若爲幽王，則在此之後。皆相接連，與此皇父得爲一人，或皇氏父字，傳世稱之，亦未可知也。○箋「敬之」至「尊」。○正義曰：箋以戒爲戒勑，則敬非戒類，不宜相配而言，故知敬之言警，承上六師之下，故云警戒六軍之士衆。軍之所行，多苦暴掠，故知施惠南國，是使無暴掠爲之害也。又以天子六軍，軍各有將，今獨命皇父使整六師，惠南國，不命餘將，故解之：雖每軍各有將，中軍之將尊，故特命之使總攝諸軍也。左傳稱晉作諸軍，常以中軍之將爲元帥，元帥是其尊也。諸侯三軍，分爲左右，可得有中軍焉。天子六軍而得有中軍者，亦當分之爲三，中與左右各二軍也。春秋桓五年，蔡人、衛人、陳人從王伐鄭，左傳曰：「王爲中軍，虢公林父將右軍，周公黑肩將左軍。」是天了之軍分爲左右之事也鄭轉敬言警而毛不爲傳則毛不變敬字當以敬爲恭敬戒爲戒懼使此二將恭敬以臨之戒懼而處之不得與鄭同也**王謂尹氏命程伯休父左右陳行戒**

我師旅率彼淮浦省此徐土尹氏掌命卿士程伯休父始命爲大司馬淮浦涯也箋云尹氏天子世大夫也率循也王使大夫尹氏策命程伯休父於軍將行治兵之時使其士衆左右陳列而敕戒之使循彼淮浦之旁省視徐國之土地叛逆者軍禮司馬掌其誓戒○陳如字徐直覲反行戶剛反列也浦音普涯也說文云水濱也**不留不處三事就緒**誅其君弔其民爲之立三有事之臣箋云緒業也王又使軍將豫告淮浦徐土之民云不久處於是也女三農之事皆就其業爲其驚怖先以言安之○爲之于僞反下爲其同將子匠反下同

【疏】王謂至就緒○毛以爲上命將元帥此命司馬王謂其內史大夫尹氏汝當爲策書命此程國之伯字休父者謂命之爲大司馬之卿也即言所命之意令軍出之時使此司馬令其士衆左右陳力而爲行稱王之命戒勑我六軍之師旅往循行淮之浦厓省視此徐之國土有叛逆者從而討之又當預告徐土之人我兵之來

也不久留不停處直誅爾叛逆之君爲汝立三有事之臣使就其事業當即還師勿驚怖也○鄭唯三事就緒謂三農之事皆就業爲異餘同○傳尹氏至浦厓○正義曰以王謂之而使命人故知尹氏掌命卿士即內史也其職曰凡命諸侯及孤卿大夫則策命之是也特云命之知往前未爲此官始命之也知爲大司馬者以大司馬職云若大師則掌其戒令此言戒我師旅是司馬之事又楚語云重黎氏世敘天地其在周程伯休父其後也當宣王失其官守而爲司馬氏韋昭云程國伯爵休父名也失官謂失天地之官而以諸侯爲大司馬也案父宜是字而昭以爲名未能審之孫炎曰厓水邊也說文云浦水濱也則浦厓一物故云浦也○箋尹氏至誓戒○正義曰此時尹氏當是尹吉甫也下至春秋之世天子大夫每有尹氏見於經傳以此知天子世大夫也吉甫卿士也而云大夫者以吉甫身爲卿士其繼世者不必常得爲卿而大夫是其摠號且命臣者內史之事周禮內史中大夫故以大夫言之吉甫卿士而掌命臣者蓋爲卿而兼內史也於六軍將行治兵之時者軍禮出曰治兵此行治兵之禮然後乃出故行禮之時勑戒師旅也禮軍行司馬掌其誓戒者即其職所云大司馬掌其戒令是也此經云徐土下云徐方徐國其義一也言其居在一方而有國土耳此徐當謂徐州之地

未必卽是春秋之世徐子之國何則春秋之世徐國甚小宣王之時非能背叛而使王親征之六軍並出則是強敵者也明非春秋徐國但不知於時之君何姓名耳○傳誅其至之臣○正義曰告之以不留不處是安慰民情之辭故解其意誅其君弔其民由弔愍其民故不久留處而擾亂之立三有事之臣與十月之交擇三有事文同彼傳云三有事者國之三卿卽此亦爲之立三卿也止言立卿不言立君舉其立臣明亦爲之立君或擇此君之宗賢者而立之或別封他人無文可以明之就緒者王肅云就其事業亦當謂民得就業○箋緒至安之○正義曰釋詁云業緒也反覆相訓故緒爲業連上命將之事而王實未行故知又使軍將豫告之也以誅君弔民使之就業民之就業唯農事耳故知三事謂三農之事太宰九職一曰三農生九穀注云三農原隰及平地則三農謂此也十月之交云擇三有事是有事者三而擇立之兩無正云三事大夫文連大夫故得以爲公卿至於此者言民就農事不宜以爲三卿故易傳也

赫赫業業有嚴天子王舒保作匪紹匪遊徐方繹騷赫赫然盛也業業然動也嚴然而威舒徐也保安也匪紹匪遊不敢繼以敖遊也繹陳騷動也箋云作行也紹緩也繹當作驛王之

軍行其貌赫赫業業然有尊嚴於天子之威謂聞見者莫不憚之王舒安謂軍行三十里亦非解緩也亦非敖遊也徐國傳遽之驛見之知王兵必克馳走以相恐動○嚴毛魚檢反鄭如字絡如字繼也徐云鄭人遙反繹音亦鄭作驛音同謂傳驛也騷如字徐音蕭舒序也一本作舒徐也憚徒旦反解音懈傳張戀反恐丘勇反下同

震驚徐方如雷如霆徐方震驚箋云震動也驛馳走相恐懼以驚動徐國如雷霆之恐怖人然徐國則驚動而將服罪○霆音庭

【疏】赫赫至震驚○毛以爲上言戒勅將帥此言王軍往行言赫赫然而盛業業然而動有儼然威武而爲天子之容者此宜王之軍也以此而往征伐徐國之君乃舒徐而安行不爲急疾言其依於軍法日行三十里耳雖於祇舒行又非敢繼之以敖遊言其不始而安行末以敖遊繼之謂終常敬戒不惰慢也故徐土之方斥候之使見其如此乃陳說王之此威往告以恐動之其動驚此徐方之國如雷之發聲如霆之奮擊以恐怖人然故使徐方之國聞之則皆動驚而將服罪此事可常以爲法故美王能行之○鄭以爲王之軍行其儀貌赫赫然有尊嚴於天子之威王既其貌如此出則舒而安行亦非解緩亦非敖遊由此徐方之國傳遽之驛見之知王兵必克馳走

以相恐動餘同。傳赫赫至騷動。正義曰赫赫盛貌業業動狀軍行而又見其狀故以業業爲動也儼然而有威謂其軍儼然有可畏之貌舒徐也定本云舒序非也釋詁云紹繼也以紹遊共爲一句皆是不敢爲之故云不敢繼以敖遊以凡人之心莫不初勤後惰況今以安舒爲始或當以敖遊繼之而宣王能終始如一故美其不敢繼以敖遊繹陳騷動皆釋詁文。箋作行至恐動。正義曰此說軍已動發故以爲行匪紹匪遊各自言匪每者一義不得言繼以敖遊也故讀之爲紹紹訓之爲緩言繹騷則騷由此繹故知繹當作傳驛之驛言有嚴天子爲他人所尊嚴故易傳言有嚴天子之威謂聞見者莫不憚之王舒安行嫌其解緩故云亦非敖遊也左傳稱兵交使在其間王將伐徐必使候故云徐國傳遽之驛見之知王兵必克歸以報其國馳走以相恐動

王奮厥武如震如怒進厥虎臣闞如虓虎鋪敦淮濆仍執醜虜虎之自怒虓然濆涯仍就虜服也箋云進前也敦當作屯醜衆也王奮揚其威武而震雷其聲而勃怒其色前其虎臣之將闞然如虎之怒陳屯其兵於淮水大防之上以臨敵就執其衆之降服者也。如震如怒一本此爾如字皆作而闞呼減反徐火斬反又火敢反

一音噉虓火交反虎怒貌鋪普吳反徐音孚陳也韓詩作敷云大也敦王申毛如字厚也韓詩云迫鄭作屯徒門反淮濆符云反鄭大防也仍如字本或作扔音同勃步忽反降戶江反

截彼淮浦王師之所

截治也箋云治淮之旁國有罪者就王師而斷之○截才結反斷端亂反

【疏】王奮至之所○毛以爲既到淮浦臨陳將戰王乃奮揚其威武其狀如天之震雷其聲如人之勃怒其色言嚴威之可懼也卽進而前其虎臣之將闞然如虓怒之虎令布陳敦厚之陣於淮水濆厓之上就而執其衆所降服之虜既敗其根本又窮其枝葉因復使人治彼淮浦之傍有罪之國皆執而送之來就王師之所而聽誓言盡得其支黨也○鄭唯以敦爲屯爲異餘同○傳虎之至虜服○正義曰此論武將之威言如虓虎故知虎之自怒虓然釋丘云墳大防李巡曰墳謂厓岸狀如墳墓是墳爲厓也釋詁云仍因也因是就之義也虜者因係之名爲人虜獲是屈服也○進前至服者○正義曰以其臨陣當進而前之故以進爲前也敦訓爲厚於義不協故破之爲屯毛無破字之理必以爲厚宜爲布陳敦厚之陣也醜衆釋詁文言虎臣之將者以虎臣稱臣爲王所特進幷廣言士卒故知是將也就執其降服者此篇上下不言其戰則是見敵卽服故就執之

王

旅嘽嘽如飛如翰如江如漢如山之苞如川之流嘽嘽然盛也疾如飛摯如翰苞本也箋云嘽嘽閒暇有餘力之貌其行疾自發舉如鳥之飛也翰其中豪俊也江漢以喻盛大也山本以喻不可驚動也川流以喻不可禦也○嘽吐丹反摯音至閒音閑緜緜翼翼不測不克濯征徐國緜緜靚也翼翼敬也濯大也箋云王兵安靚且皆敬其勢不可測度不可攻勝既服淮浦矣今又以大征徐國言必勝也○緜如字韓詩作民民同度待洛反

疏王旅至徐國○正義曰上既克定淮浦之國此又進而伐徐言王之師旅雖經淮夷其師之盛嘽嘽然閒暇而有餘力也其行動之疾也如鳥之飛其赴敵之速也如摯之翰其軍之衆多也如江之廣如漢之大也其固守則不可驚動如山之基本其往戰則不可禦止如川之流逝其行之時緜緜然安靜不行暴掠翼翼然恭敬各司其事其形勢不可測度不可克勝以此嚴威武力將大往而征此徐國言其盛不可當往必克敵也○傳嘽嘽至苞本○正義曰嘽嘽閒暇之貌由軍盛所以嘽嘽然故云盛也疾如飛如鳥飛也摯如翰翰者摯擊也翰是飛之疾者言其擊物尤疾如鳥之疾飛者翰飛戾天飛翰爲一

此別言，如故爲二事也。○箋「嘽嘽」至「可禦」。○正義曰：此皆以傳大畧，故申述之。鳥飛已是迅疾，翰又疾於飛，故云翰。其中豪俊者，若鷹鸇之類，摯擊衆鳥者也，故傳以爲摯。如翰，謂其摯戰之時也。江漢以比盛大，卽「漢之廣矣，江之永矣」，軍師之衆，其廣長似之也。兵法有動有靜，靜則不可驚動，故以山喻；動則不可禦止，故以川喻。如川之流，取流爲喻。如江如漢，不取其流，取其盛大耳。○傳「緜緜」至「濯大」。○正義曰：緜緜，舒緩之意，故爲靜也。《釋訓》云：「翼翼，恭也。」故爲敬。濯，大，《釋詁》文。○箋「王兵」至「必勝」。○正義曰：以上文說其勇猛，而勇猛失於殘害，故言安靜且敬以解之。兵法應敵出奇，故美其不可測度。不可攻勝，正謂他人不能勝己也。上已言「截彼淮浦」，此言「濯征徐國」，是既服淮浦之國，今又伐徐也。此篇與上篇事別，非召穆平淮夷之事，然則淮浦之國非淮夷也，未知何國。以彊弱相懸而云大征，故知言必勝也。

王猶允塞，徐方既來。猶，謀也。箋云：猶，尚；允，信也。王重兵，兵雖臨之，尚守信自實滿，兵未陳而徐國已來告服，所謂善戰者不陳。○陳，直刃反，下同。

徐方既同，天子之功。四方既平，徐方來庭。來王庭也。

徐方不回，王曰還歸。箋云：回，猶違也。還歸，振旅也。

疏 王猶至還歸○毛以爲王師既盛如此又王之謀慮信而誠實用兵有常伐得其罪故兵未陣而徐方既已自來告服其罪因此歸功於王徐方來與他國同服於王者是天子之功使之然也又四方既已平定徐方又來在王庭便是天下寔安不須用武徐方先嘗叛者已不敢違命則無復有事王乃告之曰可以還歸矣是武事既立故述而美之○鄭唯以猶爲尚爲異○傳猶謀○正義曰釋詁文○箋猶尚至不陳○正義曰箋以徐方畏威望軍而服不由計謀所致故易傳以猶爲尚兵法臨敵設權王尚守信自實所以爲美也不言對戰挑虜故知兵未陣徐國已來告服善戰者不陳莊八年穀梁傳文○傳來王庭○正義曰言來王庭謂既降服後朝京師而至王庭不必在王軍之庭也

常武六章章八句

瞻卬凡伯刺幽王大壞也凡伯天子大夫也春秋魯隱公七年冬天王使凡伯來聘○卬音仰此及召旻二篇幽王之變大雅也

疏 瞻卬七章上二章與卒章章十句次三章盡六章章八句至大壞○正義曰幽王承父宣王中興之後以行惡政之故而令周道廢壞故刺之也經七章所陳皆刺大壞之事○箋

凡伯至來聘○正義曰凡國伯爵祇侯伯之入王朝則爲卿故板箋以凡伯爲卿士此言大夫者大夫卿之摠稱也所引春秋者隱七年經也引之者證天子之臣有凡伯也凡國伯爵稱世稱之不謂與此必爲一人矣

瞻卬昊天則不我惠孔塡不寧降此大厲昊天斥王也塡久厲惡也箋云惠愛也仰視幽王爲政則不愛我下民甚久矣天下不安王乃下此大惡以敗亂之○昊戶老反塡音塵下篇同

邦靡有定士民其瘵蟊賊蟊疾靡有夷屆罪罟不收靡有夷瘳瘵病夷常也罪罟設罪以爲罟瘳愈也箋云屆極也天下騷擾邦國無有安定者士卒與民皆勞病其爲殘酷痛病於民如蟊賊之害禾稼然爲之無常亦無止息時施刑罪以羅網天下而不收斂爲之亦無常無止息時此自王所下大惡○瘵側界反字林側例反蟊本又作蝥音牟屆音界罟音古瘳勑留反卒尊忽反

疏瞻卬至夷瘳○正義曰言巳瞻望而仰視此昊天王者之爲政曾不於我百姓而施恩愛也若愛百姓當以善政安之今甚久矣天下不安言不安以來巳久也王又乃下此大惡之政以敗亂之又說所下大惡之狀王爲虐政天下騷擾邦國

無有定安者士卒與民其盡勞病矣其殘酷於民如蟊賊之蟲病害於禾稼然爲此殘酷無有常又無有已止時也其殺害於民則施刑罪以網羅天下一徑施行不復收斂爲此殺害無有常又無瘳愈時也言王降大惡如此故下民所以不安○傳昊天至塡久○正義曰以則不我惠謂王不愛民故知昊天斥王卒章昊天與無不克鞏文連因於天位是王之事故知卒章昊天亦斥王也作者旣假昊天以斥王其言天事則單言天耳天何以刺天之降網實論天事嫌亦斥王故不言昊以異其文釋詁云塵久也古書塡與塵同故以爲久○箋惠愛至亂之○正義曰惠愛釋詁文也言幽王爲政不惠愛我下民正謂降此大厲卽是不愛之驗先言不愛爲目乃覆說不愛之狀甚久矣天下不安來久鄭語稱幽王九年王室始騷此言不安已久蓋九年已後也王下此惡以敗亂之言其不安之意也○傳瘵病至瘳愈○正義曰瘵病夷常釋詁文彼夷作彝音義同罟非罪名而云罪罟故知設罪以爲罟謂多立科條使人易犯若設網以待鳥獸是以謂之罟云瘳謂病愈愈亦止也○箋届極至大惡○正義曰届極釋言文極者窮盡之義故又轉爲已已止也邦國是畿外之辭故云天下騷擾謂王以虐政擾動之也以士民連文故云士卒與民士卒卽從軍者也言爲殘酷與施刑罪者殘酷謂加

害於民施刑謂布陳科禁雖害民是一所從言之異故重設其文也蟊賊者害禾稼之蟲蟊疾是害禾稼之狀言王之害民如蟲之害稼故比之也箋以蟊賊是損害之實故以殘酷痛疾言之罪罟是張設之言故以施刑罪言之不收者以田設網罟有收斂之期王施刑禁則不復收斂故責其不收也言目王所下大惡者謂條目王惡定本作目俗本爲自誤也

人有土田女反有之人有民人女覆奪之箋云此言王削黜諸侯及卿大夫無罪者覆猶反也○覆芳服反服也注及下同**此宜無罪女反收之彼宜有罪女覆說之**收拘收也說赦也○說音稅注同一音他活反**哲夫成城哲婦傾城**哲知也箋云哲謂多謀慮也城猶國也丈夫陽也陽動故多謀慮則成國婦人陰也陰靜故多謀慮乃亂國○知音智下王申毛如字喆音哲本亦作哲

【疏】人有至傾○正義曰上八句言王之爲惡皆由婦人下二句謂婦人之言不可聽用若謂智多謀慮之丈夫則興成人之城國若爲智多謀慮之婦人則傾敗人之城國婦言是用國必滅亡王何故用婦人之言爲此大惡故疾之也○傳哲知○箋哲謂至亂國○正義曰哲

智釋言文智者役心以謀慮故云哲謂多謀慮也國之所在必築城居之作者以城表國箋以其有城居之嫌故云城猶國也箋以丈夫陽陽動故多謀慮則成國婦人陰陰靜故多謀慮則亂國由陰陽不等動靜事異故俱多謀慮而成傾有殊也若然謀慮苟當則婦人亦成國任姒是也謀慮理乖雖丈夫亦傾城宰嚭无極是也然則成敗在於是非得失不由動靜而云陰陽不同者於時褒姒用事干預朝政其意言褒姒有智唯欲身求代后子圖奪宗非有益國之謀勸王不使聽用非言婦人有智皆將亂邦也

懿厥哲婦爲梟爲鴟箋云懿有所痛傷之聲也厥其也其幽王也梟鴟聲之鳥喻褒姒之言無善○懿於其反注同沈又如字梟古堯反姒音似**婦有長舌維厲之階亂匪降自天生自婦人匪教匪誨時維婦寺**寺近也箋云長舌喻多言語是王降大厲之階階所由上下也今王之有此亂政非從天而下但從婦人出耳又非有人教王爲亂語王爲惡者是惟近愛婦人用其言故也○寺徐音侍亦如字近附近之近下近愛近川同上時掌反語魚據反

［疏］箋懿有至無善○正義曰懿與噫字雖異音義同金縢云噫公命我勿敢

言與此同也噫者心有不平而爲聲故云有所痛傷之聲痛傷褒姒亂國政也厥其釋言文此刺幽王而褒姒是其婦故知其幽王也○傳寺近○正義曰寺卽侍也侍御者必近其傍故以寺爲近○箋長舌至言故○正義曰以舌動而爲言故謂多言爲長舌論語云駟不及舌亦謂言爲舌也

鞫人忮忒譖始竟背豈曰不極伊胡爲慝

忮害忒變也箋云鞫窮也譖不信也竟猶終也胡何慝惡也婦人之長舌者多謀慮好窮屈人之語忮害轉化其言無常始於不信終於背違人豈謂其是不得中乎反云維我言何用爲惡不信也○鞫居六反忮之豉反忒他得反譖本又作僭子念反背音佩注同慝他得反好呼報反

如賈三倍君子是識婦無公事休其蠶織

休息也婦人無與外政雖王后猶以蠶織爲事古者天子爲藉千畝冕而朱紘躬秉耒諸侯爲藉百畝冕而青紘躬秉耒以事天地山川社稷先古敬之至也天子諸侯必有公桑蠶室近川而爲之築宮仞有三尺棘牆而外閉之及大昕之朝君皮弁素積卜三宮之夫人世婦之吉者使入蠶于蠶室奉種浴于川桑于公桑風戾以食之歲旣單矣世婦卒蠶奉繭以示于君遂獻繭于夫人夫人

曰此所以爲君服與遂副禕而受之少牢以禮之及良日后夫人繅三盆手遂布于三宮夫人世婦之吉者使繅遂朱綠之玄黄之以爲黼黻文章服既成矣君服之以祀先王先公敬之至也箋云識知也賈物而有三倍之利者小人所宜知也君子反知之非其宜也今婦人休其蠶桑織紝之職而與朝廷之事其爲非宜亦猶是也孔子曰君子喻於義小人喻於利○賈音古注同爾雅云市也倍蒲罪反無與音預紘獲耕反耒力對反所音欣奉芳勇反下同種章勇反扆力計反燥也食音嗣單音丹繭古顯反君服與音餘禕音輝副首飾禕是禕衣少詩照反繅素刀反本亦作繰同盆蒲門反紝女金反而與音預朝鞫人至蠶織○正義曰上言長舌之直遙反下朝廷同

疏

惡更說爲惡之狀此婦人之長舌多謀慮者乃好窮屈人之言語出言則爲人患害且又變化無常所言以不信爲始終竟於後背而違之豈肯自曰我之此言不中正乎反云維我此言何用爲惡惡而不知其非故爲可痛傷也既云出言不善又責其干亂朝政如商賈之求利三倍乃君子之人於是識知之非其宜也汝今婦人之不宜與朝廷公事而休止養蠶織紝干預男子之政亦非宜也○傳忮害忒變○正義曰忮者以心忮格前人爲之患害故以忮爲害也釋言云爽忒也孫炎曰忒變雜不一是忒爲變之

義也○箋鞫窮至不信○正義曰鞫窮釋言文譖者皆不信之言故以譖爲不信也竟者卒盡之義故云竟猶終也胡何慝惡皆詩之通訓佞人似智姦人亂德皆自以爲善此刺褒姒自以爲賢豈謂是不得中乎反云維我言何用爲惡不信自謂所行皆得中疾時人謂之惡不自嫌其不信所以至亡而不改也○傳休息至之至○正義曰休息釋詁文傳解婦人无與外事雖王后之貴猶以蠶織爲事故引礼記以證之自古者天子以下皆祭義文也謂之藉田者天官甸師注云藉之言借也王一耕之而使庶人芸芓終之月令注云借民力所治之然也天子千畝諸侯百畝以事神有多少因而爲之等差也冕者祭服之冠紘謂冕之下而仰屬者止言服冕而冕有等級冕未知服何冕也夫人受繭服副褘則人君耕藉或亦用祭服蓋天子以袞冕也諸侯自祭其廟用玄冕耕耕之服不過用玄冕也其紘天子以朱諸侯以青者以朱南方太陽之色故天子用之青東方少陽之色故諸侯用之所以下天子天子藉田在南郊諸侯藉田在東郊亦此意也躬秉耒者謂親耕之月令孟春天子親載耒耜躬耕帝藉是其事也此文兼有天子諸侯故云以事天地山川社稷先古摠舉諸神以爲言也祭義作先古注云先古先祖定本作先公涉下先公而誤耳既言人君親耕又言王后親蠶見祭祀之

禮必夫婦致敬也蠶室必近川者夏官馬質注引蠶云蠶爲
龍精然則以龍是水物故近川爲之取其氣勢也築宮謂築
蠶宮之院牆也七尺曰仞言仞有三尺則蠶宮之牆高一丈矣
尚書夏傳文與此畧同云築官有三尺者其文誤也故彼注
云官當爲宮雉長三丈高一丈度長以長度高以高則蠶宮高
一丈祇志曰仞有三尺七尺曰仞彼文直云宮有三尺宮下
當脫仞字也雉者城牆之度故鄭計雉之數以推之又引祇
記以證之復言七尺曰仞是仞有三尺乃充一雉之度明其
宮不得高丈三矣彼注或云蠶宮高一丈三尺者衍三尺二
字也棘牆謂牆上布棘以禁人之踰越不以禦寇故外閉之
大昕之朝者彼注云季春朔日之朝也知者以旣卜之下即
言養蠶之事季春始蠶故知是季春也昕者朝旦之名言大
昕明是朔日之朝也皮弁素積者士冠禮注云皮弁者白鹿
皮爲冠象上古也積猶辟也以素爲裳辟蹙其腰中皮弁之
衣用布十五升其色象焉是也卜三宮之夫人世婦之吉者
謂天子則卜三夫人諸侯則卜世婦也月令注留養蠶者所
卜夫夫人與世婦是天子之夫人親蠶事也周祇王后六宮言
三宮者亦據諸侯言之也故彼注云諸侯夫人三宮半王后
也言三宮據諸侯夫人有三宮言三宮之夫人亦容天子三
夫人人各居一宮也以文兼天子諸侯故雜互陳之奉種浴

於川文承大昕之下則以三月浴之矣天官內宰云仲春詔后率外內命婦始蠶于北郊馬質注云月直大火則浴其種以仲春浴之者蓋二月浴之至將生又浴之故不同也風戾以食之者彼注云葉及早涼脆采之風戾之使露氣燥乃可食蠶蠶性惡濕也歲既單矣單盡故彼注云歲單謂三月月盡之後也言歲者蠶歲之大功事畢於此也世婦卒蠶獻繭於夫人據諸侯爲說若天子則夫人卒蠶獻於后夏傳注云此諸侯之祀天子則獻繭於后是也於君言示於夫人言獻以繭是夫人之事主獻夫人故夫人受之夫人而云副褘者彼注云副褘王后之服而云夫人記者容二王之後與以記意或然故言與爲疑之辭雖王后受繭其服尊不過亦副褘也少牢以禮之者設少牢之饌以祀遇世婦也彼注云禮之者禮奉繭之世婦也繅三盆手者彼注云三盆手者三淹也凡繅每淹大揔而手振之以出緒也夏傳注云手猶親也言后夫人親以手揔之也言君服之以祀先王先公敬之至也以文兼天子諸侯故先王先公互言之○箋識知至於利○正義曰利之多少其數無常必以三倍爲言者以三是三才之數數之小成故舉以言焉

天何以刺

何神不富舍爾介狄維予胥忌 刺責富福狄遠忌怨也箋云介

甲也王之爲政既無過惡天何以責王見變異乎神何以不福王而有災害也王不念此而改脩德乃舍女被甲夷狄來侵犯中國者反與我相怨謂其疾怨羣臣叛違也○舍音捨注同介音界狄毛他歷反鄭如字謂夷狄見賢遍反被皮寄反

不弔不祥威儀不類人之云亡邦國殄瘁善類殄盡瘁病也箋云弔至也王之爲政德不至於天矣不能致徵祥於神矣威儀又不善於朝廷矣賢人皆言奔亡則天下邦國將盡困窮○弔如字又音的瘁似醉反

【疏】天何至殄瘁○鄭唯以介狄別解餘皆同○傳刺責至忌怨○正義曰刺譏者皆責之辭故刺爲責也言何神不富則富是神之所加故以富爲福也毛讀狄爲逖故爲遠也則介當訓爲大不得與箋同也忌者相愉怨之言故以忌爲怨也王肅云舍爾大道遠慮反與我賢者怨乎○箋介甲至叛違○正義曰以辭有與奪意爲彼此言維予胥忌是不當怨而怨則舍爾介狄者是當怨而舍之也且幽王荒淫惑亂將至滅亡兵在其頸尚不知悟安能復知大道遠慮又大道遠慮非幽王之所有何云舍汝乎何以者問之辭故云王之政無過惡天何以責王也既問天之刺責又問神不福助亞前爲勢故何在神上天者羣臣之精言天則神可知去天以外而別言

神則謂人鬼地祇山川社稷之類也天之所責唯有妖變而
已故云見變異若日食星殞山崩川竭之屬也神所不福則
是已有禍罰故云有災害謂水旱蟲螟霜雹疫癘之等也於
時已有此等事故責王不改脩德教也不應舍而舍則是已
來犯王故知被甲夷狄來侵犯中國者臣若阿諛順旨必不
爲王所怨故知反與我相怨謂其疾怨羣臣叛違也以正直
不肯從邪故爲王所怨○傳類善殄盡瘁病○正義曰皆釋
詁文○箋弔至困病○正義曰弔至釋詁文此經與上義
相配成天刺神不福皆由政惡所致以王之爲政德不至於
天故天以刺之不能致徵祥於神故神不福之威儀有不善
於朝廷故相與怨惡天之降罔維其優矣人之云亡心之憂
矣優渥也箋云優寬也天下羅罔以取有罪亦甚寬謂但以災異譴告之不指加罰於其身疾王爲惡之甚賢者
奔亡則人心無不憂○渥於角反譴棄戰反天之降罔維其幾矣人之
云亡心之悲矣幾危也箋云幾近也言災異譴告離人身近愚者不能覺○離力智反疏
天之至悲矣毛以爲上既言天刺責王賢人將去此又言其
可憂之狀天之所下此災異之羅網維其饒渥而多矣賢人

之言皆云已欲亡去我天下之人其心爲之憂愁矣又丁寧言之天之所下災異之羅網維其危險而甚矣賢人之言皆云欲亡去我天下之人其心爲之悲哀矣○鄭唯以優爲寬幾爲近爲異餘同○傳優渥○正義曰以優優饒之義故爲渥也信南山云既優既渥是優渥爲豐多之意也○箋優寬至不憂○正義曰以天之降罔是羅網寬廣優饒者寬容之義故易傳以優爲寬天下羅網以取有罪正謂欲取王也不指害其身而微加譴告是其寬也○傳幾危○正義曰釋詁文上言優者謂自天降而多也此言幾者謂至人身而危二者相接成也○箋幾近○正義曰釋詁文上寬者謂微加譴告告而不改則禍及其身故離人近二者亦相接成但以忠臣諫君宜稱禍近爲切故易傳也

觱沸檻泉維其深矣心之憂矣寧自今矣不自我先不自我後 箋云檻泉正出涌出也觱沸其貌涌泉之源所由者深喻己憂所從來久也惡政不先己不後己怪何故正當之○觱音必沸音弗觱沸泉出貌檻胡覽反徐音下斬反 **藐藐昊天無不克鞏** 藐藐大貌鞏固也箋云藐藐美也王者有美德藐藐然無不能自堅固於其位者微箴之也○藐亡角反

鞏九勇反箴之林反**無忝皇祖式救爾後**箋云式用也後謂子孫也〔疏〕觱沸至爾後。正義曰言觱沸然而涌出者檻泉也此泉濆涌而出言其所從來維其深遠矣喻天下之人心之憂悲亦所由來久遠寧從今日矣我之所憂憂此惡政怨恨何故不從我之先何故不從我之後而正當我之身也既言王政之惡故以箴王言人君有美大之德藐藐然可以比於昊天則無不能堅固於其位者是守位者必由美德也王當美德固之无使辱汝君祖之先王用此美德以救汝後世之子孫使之保守王位无喪邦國也。箋檻泉正出涌出。正義曰釋水文也李巡曰水泉從下上出曰涌泉。傳藐藐至鞏固。正義曰釋詁云藐藐美也言大貌者爲美大之貌也鞏固釋詁文。箋王者至箴之。正義曰下云無忝皇祖則知能固者謂能固其王位也不直言無德則不能民而云有美德者無不能固反言以見意而文不指斥是微箴之也

瞻卬七章三章章十句四章章八句

召旻凡伯刺幽王大壞也旻閔也閔天下無如

召公之臣也旻病也。召旻上時照反下密巾反下同【疏】召旻七章上四章章五句下三章章七句至之臣。正義曰召旻詩者周卿士凡國之伯所作以刺幽王大壞也又解名篇之義是閔傷當時天下無如文武之世召康公之臣以時無賢臣深可痛傷故以召旻名篇其敘大壞之意經七章皆大壞之事也首章曰旻天疾威卒章云有如召公雖有召旻之字而其文不次作者錯綜以名篇故敘特解經之旻天自由天之閔下以旻爲天名此敘轉爲閔箋訓爲病則與旻天之義其意小乖是借名以見意作者指言旻天爲此故也先王佐命之臣能開闢土地者蓋多矣而獨言召公者作者意所欲言無他義也

旻天疾威天篤降喪瘨我饑饉民卒流亡箋云天斥王也疾猶急也瘨病也病乎幽王之爲政也急行暴虐之法厚下喪亂之教謂重賦稅也病中國以饑饉令民盡流移。瘨都田反沈又音殄又音田令力呈反一本作令故民

我居圉卒荒圉垂也箋云荒虛也國中至邊竟以此故盡空虛。圉魚呂反竟音境本亦作境【疏】

旻天至卒荒。正義曰言此旻天之王者其爲政教乃急疾而行此威虐之法比天之王者又厚下與民喪亂之教而病

害我國中以饑饉令國中之民盡流移而散亡以此故令我所居中國至於四境邊陲民皆逃散而盡空虛是王暴虐所致之。箋天斥至流移。正義曰箋以此詩刺王大壞而承以饑饉流亡明是王使之然於文勢非言上天故以天爲斥王旻天亦斥王也故箋卽言幽王之爲政急行暴虐之法厚下喪亂之教以幽王文揔二事是經之二天皆斥王也小旻云旻天疾威文與此同彼箋云旻天之德疾王者以刑罰威恐萬民則以天爲上天疾爲疾惡而此不然者以此下云天降罪罟承以蟊賊内訌内訌是人自潰亂非上天降之文與下相類故知疾威降喪亦是王自行之非天疾王非天降之也小旻之文連敷於下土布政下土是王之所爲明天以是故疾惡於王觀文而說故與此異蕩之疾威與此不同義亦然也急行暴虐之法厚下喪亂之教所以爲異者以二句相連疾與篤爲類則威爲酷刑罰喪爲亂亡賦稅則急者行之必速之辭厚者爲之加重之稱則二者俱急而且重也但以言疾則爲行之理已著言篤直是厚而近爲行之理未彰故又言降以見之因此故下單言天降以配而成句也其實天與旻天俱斥王耳箋又揔解暴虐喪亂之事正謂重賦斂病中國以饑饉令盡流移也。傳圉垂。正義曰釋詁文。箋荒虛至空虛。正義曰荒虛釋詁文某氏曰周禮云野荒民散

則削之唯某氏之本有荒字耳其諸家爾雅則無之要周禮野荒必是虛之義也居謂城中所居之處圉謂邊境以此故盡空虛以謂虐政故也

天降罪罟蟊賊內訌訌潰也箋云訌爭訟相陷入之言也王施刑罪以羅罔天下衆爲殘酷之人雖外以害人又自內爭相讒惡○訌戶工反徐云鄭音工爭爭鬭之爭下同惡烏路反

昬椓靡共潰潰回遹實靖夷我邦椓天椓也潰潰亂也靖謀夷平也箋云昬椓皆奄人也昬其官名也椓椓毀陰者也王遠賢者而近任刑奄之人無肯共其職事者皆潰潰然維邪是行皆謀夷滅王之國○椓丁角反共音恭注皆同潰戶對反遹音聿一音述奄如字本又作閹遠于萬反近附近之近邪似嗟反

【疏】天降至我邦○正義曰上言王以暴亂病民此又言所病之事今此天之王者下此刑罰羅網之法於天下諂佞之臣又助爲此刑罰殘酷其害於人如蟊賊之害禾稼然又內自潰亂相陷以罪人也又王所親任是刑餘之人此昬奄椓毀之小人無供其職事者皆潰潰然昬亂其行邪僻實謀滅我王之邦國王何故信任之○傳訌潰○正義曰釋言文○箋訌爭至讒惡○正義曰傳訌潰之義以訌字從言故知訌者是爭訟相陷入之言由爭訟相陷故

至潰敗故爾雅以訌爲潰訌言內則蟊賊爲外故云衆爲殘酷之人雖外以害人又內相讒惡言惡人所在爲害又自不相親也天降罪罟是王所下之知蟊賊內訌是臣之衆殘酷之人爲之者以訌是相惡之言若亦王所下之不得言其相惡故知臣之佞者助王以殘酷害人又內自相讒惡也○傳椓天至夷平○正義曰傳意亦以椓爲去陰但以正月云天天是椓天謂天殺椓謂椓破天椓文連故并舉其類以曉人潰潰昏亂之意故爲亂也靖謀釋詁文夷平易也俱訓爲易是夷得爲平言平殄而滅之○傳昏椓至王之國○正義曰解名此人爲昏椓之意故云皆奄人也天官閽人注云閽人司昏晨以啓閉者是昏其官名也椓椓毁陰者爲犯淫罪而刑之也書傳曰男女不以禮交者其刑宫秋官司刑注云宫者丈夫則割其勢女子閉於宫中此椓毁其陰卽割勢是也謂之奄者天官酒人注云奄精氣閉藏者引月令其器閎以奄是由割去其勢精氣閉藏故謂之奄人也若然秋官掌戮云墨者使守門閽人之注引掌戮之文則閽人乃是墨者非奄人矣而此箋以昏爲奄者案周禮序官閽人上有內小臣下有寺人內小臣之與寺人皆是奄人爲之閽人與之爲類官居其閒則亦奄人也閽人云王宫每門四人囿遊亦如之注云囿禁院也遊離宫也然則王宫之與囿遊所守門者其官

皆曰閽人是閽之用人非獨奄也掌戮墨者使守門宮者使守内刖者使守囿則墨刖皆亦爲閽非獨宮刑者矣但内門則用奄以守之其外門則用墨耳閽人職曰掌守王宮之中門之禁注云中門於外内爲中天子五門雉門爲中門是雉門以内用奄庫門以外用墨其囿則用刖也宮與寺人爲類主以奄者爲名月令仲冬命奄尹審門閭謹房室是門房之守皆奄爲之故知閽是奄人之官名也奄者防守門閣親近人主凡庸之君闇於善惡以其少小慣習朝夕給使顔訪無猜憚之心恩狎有可悅之色且其人久處宮掖頗曉舊章常近牀第探知主意或乃色和貌厚挾術懷姦或乃捷對敏才飾巧亂實於是邪正並行情貌相越遂能迷罔視聽因惑愚主謂其智足匡時忠能輔國信而使之親而任之國之滅亡多由此作故詩人責王遠賢者而近刑奄之人也原其本心不欲滅國但所謀不當滅國之道也故謂之謀滅王國也

皋皋訿訿曾不知其玷 皋皋頑不知道也訿訿窳不供事也箋云玷缺也王政已大壞小人在位曾不知大道之缺。皋音羔爾雅云刺素食也訿音紫爾雅云莫供職也玷丁簟反窳音庾裴駰云病也說文云嬾也一本又作衆

兢兢業業孔填不寧我位孔貶 貶隊也箋

云兢兢戒也業業危也天下之人戒懼危怖甚久矣其不安也我王之位又甚隊矣言見侵侮政教不行後犬戎伐之而周與諸侯無異○業如字一音五荅反貶彼儉反隊直類反又作墜【疏】皐皐至孔貶○正義曰上言小人爲謀將滅王國此言其致滅之狀小人在位皐皐然志識頑鈍而不知治道訿訿然在公竊祿而不供職事心頑力惰自以爲宜王政已壞曾不知其大道之玷缺也臣既如此害及天下故今時之人皆兢兢而戒懼業業然而危怖甚久矣天下不安言不安已久矣民既不安其我王之位又甚貶退言其卑微與諸侯無異也○傳皐皐至共事○正義曰釋訓云皐皐琄琄刺素食也舍人曰皐皐不治之貌某氏曰無德而空食祿也無德不治而空食祿是頑不知其道也釋訓又云翕翕訿訿莫供職也是訿訿爲竊祿不供其職也說文云窳嬾也草木皆自豎立唯瓜瓠之屬臥而不起似若嬾人常臥室故字從字○音眠

如彼歲旱草不潰茂如彼棲苴潰遂也苴水中浮草也箋云潰茂之潰當作彙彙茂貌王無恩惠於天下天下之人如旱歲之草皆枯槁無潤澤如樹上之棲苴○潰毛戶對反鄭作彙音謂棲音西謂棲息也苴士如反槁口老反

我相此邦無不潰止箋云潰亂

也無不亂者言皆亂也春秋傳曰國亂曰潰邑亂曰叛○相息亮反【疏】如彼至潰止○毛以為言王無恩於民致使下民如彼歲之大旱其草不得申遂而盛茂致使此草如彼水上棲止遂流之浮苴也旱歲之草如水上之苴言其枯槁無潤下民不得王恩亦如是也民不見德禍亂將起詩人閔之言我視此王之邦國無有不亂止言其必將亂也後犬戎殺王是此言之信○鄭唯以潰為彙棲苴謂樹上為異餘同○傳潰遂至浮草○正義曰草之生當遂其生長之性今言以草不潰。故以潰為遂苴是草之枯槁遂水流者故云苴水中之浮草如是則棲為浮義謂棲息於水上也○箋潰茂至棲苴○正義曰潰茂連文以潰為遂於義不安故易傳言潰當作彙如易泰卦拔茅以彙彙之字彙是茂盛之貌也箋不直言潰當作彙而云潰茂之潰當作彙者以下有無不潰止嫌亦為彙故連茂言之又以棲者居在木上之名謂水上為棲理亦不愜故以為如樹上之棲苴苴是草木之枯槁者故在樹未落及已落為水漂皆稱苴也此經再云如者言民如旱草又如苴見其枯槁之極喻王無恩之甚也○箋春秋至曰叛○正義曰僖四年公羊傳文也引之者證邦潰為國亂之意也

維昔之富不如時往者富仁賢今也富讒佞箋云富福也時今時也**維**

今之疚不如茲今則病賢也箋云茲此也此者此古昔明王○疚音救病也字或作灾彼疏斯粺胡不自替職兄斯引彼宜食疏今反食精粺替廢況茲也引長也箋云疏麤也謂糲米也職主也彼賢者祿薄食麤而此昏椓之黨反食精粺女小人耳何不自廢退使賢者得進乃茲復主長此爲亂之事乎責之也米之率糲十粺九鑿八侍御七○粺皮賣反兄音況下同糲蘭末反沈音賴又音厲復扶又反下同長如字又張丈反率字又作繂音類又音律又所律反鑿子洛反又音昨字林云糲米一斛舂爲八斗音子沃反

【疏】維昔至斯引○毛以爲邦國之亂由遠賢者而任小人故舉明王之政以並之言維昔明王之所富者不如今之時言昔時富賢人今時富讒佞也又言今時所以異於昔者維今世之所病者不如此明王言明王富賢人今世則病賢人是其異於昔也由病其賢者故小人得進故又責之言彼宜食疏今乃反食精粺之小人由汝當路以病賢者何不早自廢退使賢者得進乃復主爲滋益此亂之事使更長也言小人用事益使亂長故責之○鄭唯彼疏斯粺爲異餘同○傳彼宜至引長○正義曰以小人爲彼故云彼宜食疏今食精粺言其富小人也替廢釋言文爾雅之訓況爲賜

也賜小人之物使之益多故以況爲滋滋又爲益引長釋詁文○箋蔬䊪至御七○正義曰以蔬對粺則䊪於粺也䊪於粺者唯糲米耳故知謂糲米也職主釋詁文以疏粺文稱彼此則有相形之勢上文責王病賢者富小人則此亦相對不得爲一人故易傳以賢者食䊪皆栜之黨食精也職況斯引職訓之爲主茲此引長言主爲益此使亂之長故使而倒之云乃茲復主長此爲亂之事責之也言米之率糲十粺九鑿八侍御七者其術在九章粟米之法彼云粟率五十糲米三十粺二十七鑿二十四御二十一言粟五升爲糲米三升以下則米漸細故數益少四種之米皆以三約之得此數也言此明糲䊪於粺故爲疏也

池之竭矣不云自頻頻厓也箋云頻當作濱厓猶外也自由也池水之溢由外灌焉今池竭人不言由外無益者與言由之也喻王猶池也政之亂由外外無賢臣益之○頻舊云毛如字鄭作濱音賓俱云厓也案張揖字詁云瀕今濱則瀕是古濱字者與音餘

泉之竭矣不云自中泉水從中以益者也箋云泉者中水生則益深水不生則竭喻王猶泉也政之亂又由內無賢妃益之

溥斯害矣職兄斯弘不烖我躬箋云溥猶徧也今時徧有此內外之害矣乃茲

復主大此爲亂之事是不裁王之身乎責王也裁謂見誅伐○溥音普裁音災徧音遍下同〔疏〕池之至我躬○正義曰既言小人在朝又傷王無輔助言人見池水之竭盡矣豈不言云由其外之蘋厓無水以益之故也以喻人見王政之喪亂矣豈不言曰由其外之羣臣無賢以佐之故也人見泉水之枯竭矣豈不言由其內之地中無水以生之故也以喻人見王政危亂矣豈不言曰由其內之妃后無德以助之故也今王內無賢后外無賢臣溥徧有此內外無賢之害矣而在故小人乃復主益此亂使之更大亂漸益大於久豈得不災害我身乎言其必將害之○箋頻當至益之○正義曰以水厓之濱其字不應作頻故破之也傳作頻者蓋以古多假借或通用故也池者穿地引水家語曰池水之大魚龍生焉萑葦長焉誰知其非泉也是池由自外引水而爲之故云池水之益由外灌焉上章刺王遠賢故知以池竭喻外無賢臣益之也既以池竭外無益以喻外無賢臣故知下經以泉竭內無益以喻無賢妃也

昔先王受命有如召公日辟國百里今也日蹙國百里

辟開蹙促也箋云先王受命謂文王武王時也召公召康公也言有如若時賢臣多非獨召公也今今幽王臣○辟音闢

𡖂子六反於乎哀哉維今之人不尚有舊箋云哀哉哀其不高尚賢者尊任有舊德之臣將以喪亡其國○喪息浪反疏昔先王至有舊○正義曰言日闢日蹙甚言之耳不得一日之間便有百里之校於蹙國之上不言無賢臣者以不尚有舊事見於下故空其文以下句互而知之

召旻七章四章章五句三章七句

蕩之什十一篇九十二章七百六十九句

附釋音毛詩注疏卷第十八

十八之五

清嘉慶二十年重栞
用文選樓藏本校定

黃中栻栞

毛詩注疏挍勘記（十八之五）

阮元撰盧宣旬摘錄

○常武

因以爲戒然　唐石經小字本相臺本同案正義云定本集注皆有然字是正義本無標起止云至爲戒然當是後添也

既已戒勑之　閩本明監本毛本已誤以案上文既以警肅之以亦當作已

於軍將行治兵之時　小字本相臺本同案考文古本軍上有六字山井鼎云疏疊出此注作於六軍將有六字者似是其說非也此軍將二字連文將子匠反下箋云王又使軍將云云又者又此箋也行治兵者謂行治兵之禮正義有明文三字連文也釋文於上章大將下云子匠反第二章注同亦其證古本所采正義乃誤字耳見下

傳尹氏至浦厓　明監本毛本厓誤涯閩本不誤下同案厓字經注本多從水釋文亦然正義中

多作厓當是其本不從水也考厓爲正字涯爲俗字依經注本改正義者非○按正義之例多以今字易古字此等轉寫有譌亂耳

於六軍將行治兵之時者 閩本明監本毛本同案於六當作云於錯誤耳

大司掌其戒令是也 閩本明監本毛本司下有馬字案所補是也

舒徐也 小字本相臺本同案此正義本也正義云舒徐也定本云舒序非也釋文云舒序也一本作舒徐也考舒徐也與野有死麕傳同定本釋文依爾雅耳當以正義本爲長

以驚動徐國 小字本相臺本同考文古本同閩本明監本毛本驚誤震案正義云其動驚此徐方之國又云則皆動驚而將服罪是此箋當作動驚下箋云徐國則驚動而將服罪亦動驚之誤也

如震如怒 唐石經小字本相臺本同案釋文云一本此兩如字皆作而正義云其狀如天之震震雷其聲如人之勃怒其色是其本經中字亦作如也考箋云而震雷其聲而勃怒其色鄭意以爲震怒自是實事不假外象轉經如字作

而以說之毛氏詩如而互通鄭但於都人士箋云而亦如也餘多不言者省文耳一本乃依鄭竟改經作而似是實非

緜緜靚也 小字本相臺本同案考文古本靚作靜考靜字與韓奕傳同釋文緜緜下云靚也正義緜緜然安靜者易靚爲靜而說之耳考文古本誤采正義所易之字也韓奕正義字仍作靚不易當是後人改耳○按毛傳於楚茨閟宮皆曰清靜於韓奕常武曰徐靚曰靚毛意靚與靜有别靚有清麗之意上林賦注曰靚糚粉白黛黑也是也

○瞻卬

天王使凡伯來騁 閩本明監本毛本同小字本相臺本騁作聘案騁字誤也正義標起止十行本閩本皆不誤明監本毛本亦誤作騁

稱世稱之 閩本明監本毛本同案上稱字浦鏜云當傳之誤是也常武正義云或皇氏父字傳世稱之可證

其爲殘酷痛病於民　小字本同閩本明監本毛本同相臺本病作疾考文古本同案正義云箋以蟊賊是損害之實故以殘酷痛疾言之相臺本考文古本皆依此所改也正義上文云其殘酷於民如蟊賊之蟲病害於禾稼乃用病字則下疾乃誤字耳依之改者非

施刑罪以羅網天下　小字本同閩本明監本毛本同相臺本網作罔案罔字是也下箋天下羅罔不誤網乃正義所易今字

此自王所下大惡　小字本同閩本同相臺本自作目明監本毛本同案目字是也考文古本作因誤甚

梟鴟聲之鳥　小字本相臺本聲上有惡字閩本剜入明監本毛本同案十行本脫也

借民力所治之然也　閩本明監本毛本然作田案所改是也

夏官馬質注引蠶云　明監本毛本云上有書字閩本剜入案所補是也

則天下邦國將盡困窮閩本明監本毛本同小字本相臺本窮作病考文古本同案病字是也十行本閩本正義中標起止云至困病不誤明監本毛本亦誤改爲窮

天者羣臣之精也閩本同明監本毛本臣作神案所改是

濊沸其貌小字本相臺本同考文古本同閩本明監本毛本其誤出案釋文濊沸下云泉出貌乃㯬栝箋意耳不知者取其改箋誤也

瞻卬七章小字本相臺本同唐石經初刻仰後改卬案雲漢釋文云卬本亦作仰卬仰古今字也考文古本經序皆作仰亦非

○召旻

亡賦稅則急者行之必速之辭閩本明監本毛本則作也案所改非也此亡當作云耳

而近爲行之理未彰 閩本明監本毛本同案近字當衍

窳不供事也 小字本相臺本同案釋文云窳音庾裴駰云病也說文云嬾也一本作窊正義云說文云窳嬾也草木皆自豎立唯瓜瓠之屬臥而不起似若嬾人常臥室故字從宀依此是釋文正義二本皆作窳唐人此字從宀也所引說文今無其文正義所據往往非今十五篇說文如第字之類是也窳字出楊承慶字統草本皆自豎立以下即取彼文以爲說耳毛傳當本用窳字

故字從字音眠 閩本同明監本毛本字作穴案皆誤也當作宀下音眠二字當旁行細書正義自爲音例如此

今言以草不潰故以潰爲遂 閩本明監本毛本同案故上浦鏜云脫茂字又云上以字當衍皆是也

況茲也 小字本相臺本同閩本明監本毛本同案況當作兄正義中作況乃易字耳考文古本經作況亦非

也

乃茲復主長此爲亂之事乎　小字本相臺本同案考文古本茲作滋下章箋同考此及常棣桑柔經傳箋皆當兄茲二字正義中作況滋者皆易字也今常棣唐石經已誤況桑柔傳箋各本皆誤滋此箋考文古本又誤釆正義字改爲滋也又按此等茲字皆當上从艸下从絲省聲艸木多益也滋字从水从艸部之茲益也今人所寫茲滋皆譌字

洫水之溢由外灌焉　閩本明監本毛本同小字本相臺本溢作益考文古本益字亦同案益字是也正義中益字各本不誤

而在故小人　閩本明監本毛本故作位案所改非也在故當作任政形近之譌

於仄豈得不災害我身乎　閩本明監本毛本同案山井鼎云仄恐舊誤其說非也於仄二字當衍我下當脫王之二字上衍而下脫耳

昔先王受命有如召公　唐石經小字本相臺本同案此正義本也序下正義云卒章云有如召公是其證也關雎正義云六字者昔者先王受命有如召公之臣是也所引不與此同如出其東門引白旆英英而本篇乃作央央下泉大東皆引二之日栗冽而本篇仍作烈是其比矣良由撰者既非一人六朝義疏本有各家或復存舊致此歧互耳經義雜記欲依彼正義改此文未爲當也

言曰闕曰慼　閩本明監本毛本闕誤辟案闕是正義所易之今字皇矣江漢正義皆可證

附釋音毛詩注疏卷第十九 十九之一

清廟之什詁訓傳第二十六

毛詩周頌　鄭氏箋　孔穎達疏

周頌譜

周頌者周室成功致太平德洽之詩其作在周公攝政成王即位之初○正義曰言致太平德洽即成功之事據天下言之爲太平德洽據王室言之爲功成治定王功既成成德流兆庶下民歌其德澤即是頌聲作矣然周自文王受命武王伐紂雖屢有豐年未爲德洽及成王嗣位周公攝政修文武之德定武王之烈干戈既息嘉瑞畢臻然後爲太平德洽也書敘既黜殷命之後云唐叔得禾異畝同穎王命唐叔歸公於東周公旅天子之命作嘉禾是攝政之初嘉禾不生也書傳曰三年踐奄多方曰惟五月丁亥王來自奄自此之後無復征伐易注云行誅之後致太平自三年數也故四年之封康叔因欲營洛以觀民心康誥曰周公初基作新大邑於東國洛四方民大和會是德洽及民之事也故書傳曰周公將作禮樂優游之三年不能作君子恥其言而不見從恥其行而不見隨將大作恐天下莫我知將小作恐

不能揚父祖功烈德澤然後營洛以觀天下之心於是四方諸侯率其羣黨各攻位於其庭周公曰示之以力役且猶至況導之以禮樂乎然後敢作禮樂書曰作新大邑于東國洛四方民大和會此之謂也如書傳此言則周公以三年太平卽應作禮樂但爲優游之故至六年乃作其禮樂自優游未作頌聲乃人志所爲制禮之前頌已作矣故周禮太師教六詩六曰頌樂師帥學士歌徹謂歌雝也制禮之時得取頌詩爲樂是制禮之前有頌也制禮之後民俗益和明頌聲乃作可知故揔云其作之時在周公攝政成王卽位之初也史傳羣書稱成康之間四十餘年刑措不用則成王終世太平正言卽位之初者以卽位之初禮樂新定其詠父祖之功業述時世之和樂宏勳盛事已盡之矣以後無以過此採者不爲復錄且檢周頌事迹皆不過成王之初故斷之以爲限耳不謂其後不得作頌也故曰成康沒而頌聲寢不廢康王之時乃有其頌但今詩所無耳雅不言周頌言周者以別商魯也周蓋孔子所加也何則孔子以前六詩並列故太師教六詩是六詩皆別題也書敘列虞夏商周書各爲一科當代異其弟則詩本亦當代爲別商頌不與周頌相雜爲次弟也周詩雖六義並列要先風雅而後頌也見事相因漸爲商頌不得在周頌之上間廁之也商頌自以配樂當如樂貴者用前賤者

用後不可以先代之頌在後代之下必是獨行爲一代之法
國語曰有正考甫者校商之名頌十二篇於周之太師以那
爲首若在周詩之中則天下所共不須獨校於周之太師也
明不與周詩同處矣商既不雜於周不須有所分别則知孔
子以前未題周也孔子論詩雅頌乃次魯商於下以示三代
之法故魯譜云孔子錄其詩之頌同之王者後商譜云孔子
錄詩列之以備三頌是商頌者孔子列之於詩末也既有商
魯須題周以别之故知孔子加周也○頌之言容天子之德光
被四表格于上下無不覆燾無不持載此之謂容於是和樂
興焉頌聲乃作○正義曰此解名之爲頌之意頌之言容歌
成功之容狀也光被四表格于上下堯典文也左傳季札見
舞韶箾曰德至矣哉大矣哉如天之無不燾如地之無不載
是所據之文也尚書說堯之德也左傳說舜之德也帝王之
德當爲優劣此引堯舜之事以言周者聖人示迹不同所遇
異時故號有帝王爲優劣之稱若乃至誠盡物前聖後聖其
歸一也故中庸說孔子之德亦云無不覆燾無不持載明聖
人之道同也噫嘻成王既昭假爾書傳說越常之譯曰久矣
天之無烈風淫雨中候擿雒戒云曰若稽古周公旦欽惟皇
天順踐祚即攝七年鸞鳳見蓂莢生青龍銜甲玄龜背書是
周德光被四表格于上下之事也言頌聲者詩各有聲故公

羊傳曰什一而稅頌聲作是也此頌聲由其時之君德洽於民而作則頌聲係於所興之君不係於所歌之主故周頌三十一篇左方中皆以爲周公成王之頌也以其雖詠往事顯祖業昭文德述武功皆令歌頌述之以美今時不爲祖父之頌矣但祖父之功由此以顯顯其父祖之功所以頌子孫也故時邁之等盡爲武王之事要歸頌聲於周公成王也若然清廟祀文王執競祀武王非文武之頌而那祀成湯烈祖祀中宗玄鳥祀高宗即爲所祀之王頌者頌既治平而興文武雖有盛德時未太平不可爲頌成王致太平乃有頌雖祀文王武王皆歌當時成功告其父祖之神明故周頌祀文王武王者皆非文武之頌也若殷之三王既中興受命本皆太平明生時自有頌聲但商書殘缺無以言焉今死而作頌故係於所歌之王因此而談不廢成王崩後亦有追頌或本不錄今詩無耳祖父未太平而子孫太平頌聲之興係於子孫周頌是也祖父未太平而子孫未太平則所頌之詩係其父祖商頌是也若父祖子孫俱太平作頌於子孫之時論父祖之事者則所係之主由作者本意無定準也頌者述盛德之容至美之名因此復有借其美名因以指所頌者駉頌僖公是也止頌德政之容無復告神之事以位在諸侯不敢輒作雖非告神又非風體故曰季孫行父請命於周而史克作是頌

也然魯頌之文尤類小雅比於商頌體制又異明三頌之名雖同其體各別也此周頌所頌之事多在成王即位之前今檢其作之早晚前後亦參差不同案賚序云大封於廟也箋云大封武王伐紂時封諸臣有功者宣十二年左傳昔武王克商而作頌載戢干戈載櫜弓矢又作武其三曰鋪時繹思我徂惟求定其六曰綏萬邦屢豐年其文在時邁與般敍武賚桓也而桓說武王伐紂之事時邁與般序言巡守案康王之誥云王若曰庶邦侯甸男衛注云獨舉侯甸男衛四服者周公居攝六年制禮班度量至此積三十年再巡守餘六年侯甸男要服正朝要服國遠既事遣之衛服前冬來以王有疾留之如鄭此言以攝政六年而六服咸在以爲年端則成王即位後十年乃巡守是爲攝政至成王之初無巡守也明時邁與般武王時也此四篇皆武王時事也閔予小子訪落敬之三篇序云嗣王經稱小子是成王除喪嗣位未改喪中之稱攝政之前事也有客微子來見祖廟箋云成王既黜殷命殺武庚命微子代殷後既受命來朝而見命尚書敍微子之命在誅管蔡之前則微子來見攝政二年之事也凡此八篇事皆在太平之前也雝禘太祖以魯禮言之武王以成王年十歲十二月崩則成王年十三祫於武王之廟年十四禘於羣廟乃年十七攝政三年而祫至五年而禘雝於周禮徹

而歌之則事在攝政六年之前而攝政五年及成王十四時俱有禘檢其篇中二者無以可明而雖箋云得天下之權心似五年之事也維天之命太平告文王箋云告太平者居攝五年之末則亦五年之事也明堂位曰昔周公朝諸侯於明堂之位謂在洛邑也孝經曰昔者周公郊祀后稷以配天宗祀文王於明堂以配上帝然則朝諸侯郊祀皆攝政六年所爲而清廟周公既成洛邑朝諸侯率以祀文王焉我將祀文王於明堂思文后稷配天皆六年時事也昊天有成命郊祀天地不指年月而郊祀周公所定思文頌所配之人昊天有成命言感生之帝祐及後世以事相況蓋與思文同時也振鷺二王之後來助祭箋云二王夏殷也其後杞也宋也微子攝政二年始爲殷後獨來見於祖廟杞本先封不當與宋俱至今二王之後並來助祭則在有客之後也杞宋異服不應並朝蓋亦周公朝諸侯於明堂之時與天下俱至則振鷺亦六年也或者杞宋一國亦得云二王之後如是則其時不可知也酌告成大武亦六年之事故箋云其始成告之而已是也既告當作之以觀其和否有瞽始作樂而合於太祖云始作明既告之後合而觀之即告也。合各有禮於廟以樂初成所以合而作之故曰既備乃奏肅雝和鳴亦爲六年時事也朝明堂之時諸侯及二王之後皆未去故云我客戾止永觀

厥成以此考之事相符合也周公攝政六年制禮作樂則大
武之樂當奏之矣而酌箋云歸政成王乃後祭於宗廟而奏
之者以周公之作禮樂主爲成王故據成王而言之不言攝
政之時已奏大武則武詩之作其時未可明也載見箋云諸
侯始見君王謂見成王也小毖曰予其懲而毖云我其創艾
於往時矣皆成王卽位之初也烈文成王卽政檢成王除武
王之喪周公未攝之時與周公致政之後二者皆爲卽政若
除喪之時事宜與閔予同時而閔予三篇與羣臣謀事稱未
堪家多難有求賢自退之志今烈文之篇申勑諸侯卿士以
賞罰爲已任亦宜爲歸政之後成王卽位之初也故服虔注
左傳亦云烈文成王初卽洛邑諸侯助祭之樂歌是也其維
清敘皆得爲武王之事但敘云奏者容周公成王時所奏述
其事而爲頌故不可必定也噫嘻曰旣昭假爾臣工曰迄用
康年豐年曰多黍多稌載芟曰萬億及秭良耜曰其崇如墉
潛曰潛有多魚言豐年物多以告神明是論太平後事但不
知攝政三年之後定指何年耳天作祀先王先公事與天保
于公先王文同以禴祠烝嘗類之是爲時祭執競祀武王說
武王生時之功絲衣繹賓尸說繹祭得禮之宜推檢無以知
其早晚以祭乃繹是告神之作亦宜其太平之年事也所檢
止知其事之早晚而作者當時不必皆爲有事而作先後有

事後而先作者不可以事定其作之時也此云頌聲乃作則頌自民之歌謠而外傳引思文時邁皆言周文公之頌所以周公之時還得自頌者以周公攝政歸功成王歌其先人之功事由不涉於已故得自爲風雅此篇既有義理頌亦當有也武王之事不爲頌首不以事之先後必爲次矣雖作於制禮之前而在烈文清廟之後又不以作之先後爲次矣禮記每云升歌清廟然則祭宗廟之盛歌文王之德莫重於清廟故爲周頌之首文王受命爲王者之端武王卽因其業且俱爲聖人令父先於子故頌以文王爲首其事盛者在先所以先清廟也次以維天之命者言文王德與天同溢於後世周公收其道以制法告其廟以太平盛之次也文王既道可爲法政致清明故武王象其伐事以制歌樂故又次維清也道既可法諸侯當法而行之故次烈文也道爲諸侯所法可以祭祀先祖故次天作也人本於祖推以配天既祀於廟又當郊天柴望故次昊天有成命我將時邁也雖告祭之歌說武王能持彊道爲神降福故次執競也武王之持強道致牟麥之瑞由后稷之功故次思文也由稷以致牟麥牟麥爲豐年之祥故次臣工也年之所康者因祈穀而致福故次噫嘻也以祈穀大事必有助祭故次振鷺也助祭得禮以致年豐當以報祭故次豐年也既穫年豐天下和樂故合諸樂奏而聽

之故次有聲也既和樂年豐萬物得所信及潛逃故次潛也既樂作魚多可以告神祭祖故次雝也說諸侯助祭之事而諸侯之來朝有禮故載見也既朝祭得禮則主所愛敬故次有客也以諸侯之來見奏樂以示之使知一代之功德故次武也武武王之大事周之最盛者也但周推文德以先文王則武王爲子道故武詩不在周頌之初故禮記每云升歌清廟下管象象謂武也子道而在堂下示上下之義武詩主歌武王之功而未致太平王崩子幼朝廟謀事羣臣進戒故次閔予小子訪樂敬之也先朝廟而後諮謀君訪問而臣進戒事之次也臣既進謀君又求助故次小毖也既謀事求助致敬民神春祈秋報故次載芟良耜也社稷雖國之貴神卑於郊宗告祭故次時邁之後以所歌皆民事非先王之盛德故也既年豐民安所以祭祀祭則有明日之繹以致胡考故次絲衣也天下所以年豐壽考本以文王得用師之道武王克定厥家封功臣陟四岳祀河海故次酌桓賚般以爲和樂之終焉周頌皆太平之歌所論多告神之事篇多而事相類所次意不似風雅觀其大歸清廟之什陳文武盛德郊宗柴望配祀之大者臣工之什言助祭祈報合樂朝見事劣於清廟閔予之什傷家道之未成創往時之禍難又陳繹告之末祭類禡之小祀比臣工又差劣焉大率周頌之次雖其中有

曲而變要以盛者爲先般與時邁同爲巡守般非告祭之文無明昭震疊之威故同時而不次也且社稷以所報此篇嗣王緣事義相類郊宗由大祀類聚繹禡爲末祭羣分觀此則次有義矣可以惣論難以精悉也。禮運曰政也者君之所以藏身也。正義曰以頌者告神之歌由於政平神悅所致故說政從神下歌以報神所以爲頌之意引禮記以證之言藏身者鄭云藏謂輝光於外而形體不見若日月星辰之神言日月星神有光輝形藏於中而不可見猶人君施政教身藏於中而不可害猶日月星辰然。是故夫政必本於天殽以降命。正義曰既言藏身由政又本政所由出言是故乘上文爲勢也以天爲神之尊者故先之本之者即殽以降命也殽之言效鄭云效天之氣以下教令天有運移之期陰陽之節也若賞以春夏刑以秋冬皆效天也。命降於社之謂殽地。正義曰鄭云謂教令由社下者也社者土地之主土會之法有五地之物生此則教令本下於社是謂效地之宜以下者也教令由社而云效地者以社五土之惣神爲土地主也大司徒職曰以土會之法辨五地之物生一曰山林宜皁物二曰川澤宜膏物三曰丘陵宜核物四曰墳衍宜莢物五曰原隰宜叢物是地有山川高下物生各有所宜人君當效之亦順合所宜而任之山者不使居川渚者不使居中原之

類所效亦多矣以上文因政者君之所以藏身郎云政必本
於天既云本天遂從天向下而言故云殺以降命則云降命
者自人君降之於民也故鄭云效天之氣以下教令是君下
之於民也社廟以下因前文亦政之所本據令教令本之由
於社廟則所云降者皆從社廟降於人君也故鄭云教令由
社下者由社廟下於人君也隨文勢而互言之皆神降於人
君君又降之於民也○降於祖廟之謂仁義○正義曰鄭云謂
教令由祖下者大傳曰自禰率而上之至於祖遠者輕仁也
自祖率而下之至於禰高者重義也是祖廟有仁義降於人
君人君法之下於民○降於山川之謂興作○正義曰鄭云
謂教令由山川下者山川有草木禽獸可作器物供國事也
言山川有材用可以興作器物有此法以降人君人君所效
降興作之教令於民也○降於五祀之謂制度○正義曰鄭
云謂教令由五祀下者五祀有中霤門戶竈行之神中霤謂
室也室及門戶竈行人之動作所由爲皆有制度是五祀有
制度以降人君人君所以下於民爲之制度也上棟下宇起
自黃帝有室則有門戶矣行是道塗所由竈有爨烹之用則
五祀乃人之所爲而云降制度於人君者以五祀雖人所爲
要理自當有聖人有以見天下之賾而創爲之既爲其器郎
立其神神有制度故可法象猶社祀勾龍廟祭先祖亦人立

之而效之降命與此同。又曰祭帝於郊所以定天位祀社於國所以列地利祖廟所以本仁山川所以儐鬼神五祀所以本事。正義曰以上教令皆降於郊社祖廟山川五祀而此又祭之見其爲取法象焉故云所以本仁所以本事也祭帝於郊謂祭感生之帝容五帝之兆也天之法象多不可指其所本因其天象在上而祭有處所故云定天位也祀社土地之主土地生物人所利用祭之而見有此利於民故云列地利也物雖資天所生其見在地所以將地言之地之爲利也博故言其利不言所本也自祖廟以下不言祭蒙上祭文祖廟有仁有義其仁可以揔之五祀本爲制度而制度興舉卽是事也故云本事山川亦有所本因山川爲神不明故云儐鬼神言賓敬山川鬼神而祭之與本仁本事互見敬鬼神而本之。又曰禮行於郊而百神受職焉禮行於社而百貨可極焉禮行於祖廟而孝慈服焉禮行於五祀而正法則焉○正義曰上既言祭羣臣。此言祭得所之驗也故鄭云信得其禮則神物與人皆應之百神列宿也百貨金玉之屬如此爲聖王既法象羣神人君誠心事之禮行於神則百神應而受職百貨出而可盡人服於孝慈俗正其法則矣知百神爲列宿者以繫天言之爲天之諸神分宿所主各守所職使不僭濫寒暑節風雨時令萬物茂百穀成也百貨金玉者舉金玉言之祭地得所地不愛寶山出器車地生醴泉銀甕丹甑金玉百貨可盡爲人用焉又祖廟得所則民化上知孝於祖禰慈愛子孫而服於君之政教矣五祀得所則制度可法是正法則矣不言山川者上既言儐鬼神則已爲禮行矣故畧之○故自郊社祖廟山川五祀義之脩禮之藏也○正義曰以此五者聖王教令所法象祭而事之則神得而事治義理由此以脩飾禮法從之而出見是義興於此禮藏其中故鄭云脩猶飾也藏若其城郭然此言聖王之政法象天地羣神之爲而爲之政。政成而神得其所神得其所則事順人和而德洽於神舉矣功大如此可不美報乎故人君必絜其牛羊馨其黍稷齊明而薦之歌之舞之所以顯神明昭至德也○正義曰案今周頌郊社祖廟山川之祭自以歲時之常非爲太平而報而鄭云功大如此可不美報者人君是羣神之主故曰有天下者祭百神其祭不待於太平也但太平之時人民和樂謳歌吟詠而作頌者皆人君德政之所致也以人君法神以行政歸功於羣神明太平有所由是故因人君祭其羣神則詩人頌其功德故謂太平之祭爲報功也時邁般桓之祭於時雖未太平以其太平乃歌亦爲報也歌之舞之謂祭神之後詩人歌之非謂當祭之時即歌舞也故清廟經曰肅雝顯相濟濟多士駿奔在廟皆是既祭之後述祭時之事明非祭時卽歌也但既作之後常用之故書傳說清廟云周公升歌文王之功烈德澤尊在廟中嘗見文王者愀然如復見文王是作後每祭嘗歌之也頌之作也主爲顯神明多由祭祀而爲故頌敘稱祀告澤及朝廟於廟之事亦多矣唯敬之小毖不言廟祀而承謀廟之下亦當於廟進戒廟中求助者然頌雖告神爲主但天下太平歌頌君德亦有非祭祀者臣工有客烈文振鷺及閔予小子小毖之等皆不論神明之事是頌體不一要是和樂之歌而已不必皆是顯神明也今頌昊天有成命我將思文噫嘻載芟良耜及桓是郊社之歌也其清廟維天之命維清天作執競雖武酌賚之等爲祖廟之祭也其烈文臣工振鷺豐年潛有瞽載見有客閔予小子訪落絲衣之等雖有祖廟之事其頌德又與上異也時邁與般有望祭河岳之事是山川之祭也唯五祀之祭頌無其歌耳頌爲四始之主歌其盛德者也五祀爲制度常事非其盛故無之羣神之中亦有圜丘之天神方澤之地祇五方之帝六宗之祀今頌皆無者以其頌者感今德澤上述祖父郊以祖配故其言及之至於圜丘方澤所配非周之祖不可歌之以美周德五方之帝與六宗同於天神所配之人不異於思文與我將詩人不爲之頌所以今皆無也毛氏之義傳訓不具王肅準鴟鴞之傳而爲之說則周公攝政成王之事年毛意

或如王肅言也維天之命傳曰成王能厚行之爲成王卽政之後事也成王年十四周公攝政爲元年攝政三年春朝廟閔予小子之篇是也有客亦周公東征三年之後來而始封宜攝政四年之事以王來自奄非攝政時與鄭異不可約之爲三年中也三年除喪明年禘於羣廟則雖爲四年事其餘則錯互不可盡檢或與鄭同

清廟祀文王也周公既成洛邑朝諸侯率以祀文王焉　清廟者祭有清明之德者之宮也謂祭文王也天德清明文王象焉故祭之而歌此詩也廟之言貌也死者精神不可得而見但以生時之居立宮室象貌爲之耳成洛邑居攝五年時○廟本又作庿古今字也苗笑反杜預云肅然清淨之稱也雒音洛本亦作洛水名字從水後漢都洛陽以火德爲水剋火故改爲各傍隹朝直遙反

疏　清廟八句至王焉○正義曰清廟詩者祀文王之樂歌也序又申說祀之時節周公攝王之政營邑於洛既已成此洛邑於是大朝諸侯既受其朝又率之而至於清廟以祀此文王焉以其祀之得禮詩人歌詠其事而作此清廟之詩後乃用之於樂以爲常歌也周禮四時之祭其祭者春曰祠因春是四時之首故以祠爲通名楚茨經云烝嘗序稱祭祀是秋冬

之祭亦以祀目之此祀文王自當在春餘序之稱祀不必皆
春祀也以王制之法及鄭志所云殷禮春禴夏禘四時皆無
祀名而商頌之序亦稱祀者子夏生於周世因以周法言之
那與烈祖皆云烝嘗而序稱爲祀是祀爲通名也案召誥經
序營洛邑者乃是召公所爲而云周公既成洛邑者以周公
攝行王事君統臣功故以周公爲主既成洛邑在居攝五年
其朝諸侯則在六年明堂位所云周公踐天子之位以治天
下六年朝諸侯於明堂即此時也成洛邑後年始朝諸侯而
此繫之成洛邑者以洛邑既成之後朝事莫此之先故繫之
也此朝諸侯在明堂之上於時之位五等四夷莫不咸在言
率之以祀文王則朝者悉皆助祭雖文王諸侯其實亦有
四夷但四夷世乃一見助祭非常故序畧而不言之耳諸侯之
朝當依服數而至明堂之位得夷夏并在者以其禮樂初成
將頒度量故特使俱至異於常朝也顧命諸侯見王之禮召
公率西方諸侯畢公率東方諸侯則率諸侯者皆二伯爲之
此言率者謂周公使二伯率之以從周公祀文王也文王之
廟雖四時常祀而禮特異於常諸侯皆在祭事最盛詩人述
此祭而爲此詩故序備言其事此經所陳皆是祀文王之事
其言成洛邑朝諸侯自明祀之時節於經無所當也○箋清
廟至年時○正義曰此解文王神之所居稱爲清廟之意以

其所祭乃祭有清明之德者之宫故謂之清廟也此所祭者止祭文王文王之神所以有清廟之德者天德清明文王象焉以文王能象天清明故謂其廟爲清廟樂記曰是故清明象天是天德清明也孔子閒居曰清明在躬注云謂聖人之德亦清明也易稱聖人與天地合其德是文王能象天也賈逵左傳注云肅然清靜謂之清廟鄭不然者以書傳說清廟之義云於穆清廟周公升歌文王之功烈德澤尊在廟中嘗見文王者愀然如復見文王說清廟而言功德則清是功德之名非清靜之義也廟者人所不居雖非文王孰不清靜何獨文王之廟顯清靜之名以此故不從賈氏之說也言祭之而歌此詩者謂公之時詩人述之而作此清廟之詩墓門云歌以訊之箋云歌謂作此詩是也既作之後其祭皆升堂歌之以爲常曲故禮記每云升歌清廟是其事也立宫室象貌而爲之者言死者之宗廟象生時之宫室容貌故冬官匠人所論宗廟及路寢皆制如明堂是死之宗廟猶生之路寢故云象貌爲之由此而言自天子至於卿士得立廟者其制皆如生居之宫矣案鄭志說顧命成王崩於鎬因先王之宫故有左右房爲諸侯制也是文武之世路寢未如明堂樂記注云文王之廟爲明堂制則文王之廟不類生宫而云象貌爲之者文王以紂尚在武王初定天下其宫室制度未暇爲天子制

耳若爲天子之制其寢必與廟同亦是象王生宮也若然祭法注云宗廟者先祖之尊貌也孝經注云宗尊也廟貌也親雖亡沒事之若生爲立宮室四時祭之若見鬼神之容貌如此二注象先祖身之形貌者以廟類生人之室祭則想見其容故彼注通言其意耳作廟者爲室不爲形必不得象先祖之面貌矣知成洛邑攝五年時者書序云成王在豐欲宅洛邑使召公先相宅作召誥召公既相宅周公往營成周使來告卜作洛誥如是則作洛邑與成周同年營之矣書傳說周公攝政五年營成周故知洛邑亦以五年成之也言此者以成洛邑在五年則朝諸侯在六年明此朝諸侯與明堂位所朝爲一事也

於穆清廟肅雝顯相於歎辭也穆美肅敬雝和相助也箋云顯光也見也於乎美哉周公之祭清廟也其禮儀敬且和又諸侯有光明著見之德者來助祭。於音烏注同後發句皆放此以意求之相息亮反注同見賢遍反下著見同

疏於穆清廟。毛以爲於乎美哉周公之祭清廟也其祭之禮義既內敬於心且外和於色又諸侯有明著之德來助祭也其祭之時又有濟濟然美容儀之衆士亦來助祭於此衆士等皆能執持文王之德無所失墜文王精神已在於天此衆士之行皆能配於在天言其行同文王與之相合也此明著諸

侯與威儀衆士長奔走而來在文王之廟後世常然供承不絶則文王之德豈不顯於天豈不承於人所以得然者以文王之德爲人所樂無見厭倦於人斯由人樂之不厭故皆奔走承之。鄭唯以駿奔走二句爲異言諸侯之與多士大奔走而來在文王之廟豈不光明文王之德與言其光明之豈不承順文王之意與言其承順之餘同。傳於歎歎至相助。正義曰於乎於戲皆古之嗚呼之字故爲歎辭穆美釋詁文書傳云穆者敬之言穆爲敬敬之美也樂記引詩云肅雝和鳴夫肅肅敬也雝雝和也夫敬與和何事而不行是肅爲敬雝爲和也釋詁云相助勴也俱訓爲勴是相得爲助。箋顯光至助祭。正義曰顯光釋詁文定本集注皆云顯光也見也於義爲是以此祀文王之歌美其祀不美其廟故云周公之祭清廟也其禮儀敬且和者謂周公祭祀能敬和也以肅雝承清廟之下宜爲祭祀之事而顯相之文又在其下明是相者肅雝故屬於周公唯顯相爲諸侯耳知顯相是諸侯者序言朝諸侯率以祀文王於此經當有諸侯之事而下文別言多士多士非諸侯則顯相是諸侯可知於諸侯言相名。多士亦爲相矣此箋以肅雝屬周公而書傳云肅雝顯相注云四海敬和明德來助祭以敬和爲諸侯者義得兩通也

濟濟多士秉文之德對越

在天執文德之人也箋云對配越於也濟濟之衆士皆執行文王之德文王精神已在天矣猶配順其素如存。生存【疏】傳執文德之人。正義曰經云秉文之德謂多士執文王之德故傳申其意言此多士皆是執文德之人也亦與鄭同。箋對配至生存。正義曰釋詁云妃合會對也是對爲配之義越於釋詁文濟濟之衆士謂朝廷之臣也執行文王之德謂被文王之化執而行之不使失墜也言在天則是有物在天而非天此祀文王之事故知在天謂文王精神已在天也文王在天而云多士能配者正謂順其素先之行如其生存之時焉文王既有是德多士今猶行之是與之相配也序言朝諸侯率以祀文王止率諸侯耳多士亦助祭序不言率之者王朝之臣助祭爲常非所當率故不須言也以朝廷之臣親受文王之化故言秉文之德則外臣疏遠言其自有光明亦所以互相通也駿奔走在廟不顯不承無射於人斯駿長也顯於天矣見承於人矣不見厭於人矣。箋云駿大也諸侯與衆士於周公祭文王俱奔走而來在廟中助祭是不光明文王之德與言其光明之也是不承順文王志意與言其承順之也此文王之德人無厭之。駿音峻。下篇同射音亦厭也見厭於豔反下同與音餘下同【疏】傳駿長至於人矣。正義曰：駿長釋詁文言長者此奔走在廟非唯一時之事乃百世長然故言長也以文王精神已在於天光顯文王是顯於天也此奔走助祭是承事文王故見承於人也不見厭於人者由文王德美不爲人厭所以諸侯多士奔走助之結上助祭之意也見承於人上或有不字衍字與不見厭相涉爲誤定本集注並無不字。箋駿大至厭之。正義曰駿大釋詁文也以詩人所歌據其見事非是逆探後世不宜以駿爲長此承諸侯多士之下揔言奔走則文兼上事故云諸侯與衆士於周公祭文王俱奔走而來在廟中助祭以其俱來故訓駿爲大大者多而疾來之意祇記大傳亦云駿奔走注駿疾也疾奔走言勸事也其意與此相接成也又以上言在天者見文王其身雖死其道猶存既言人能配行故指在天爲義此言奔走在廟主述祭時之事無取於在天故以爲光明文王之德承順文王之意光明文王之德雖亦得爲顯之於天但於文勢直言人所昭見不當遠指上天故易傳也此文王之德人無厭之即是不見厭於人與傳同也

清廟一章八句

維天之命大平告文王也

告大平者居攝五年之末也文王受命不卒而

崩今天下大平故承其意而告之明六年制禮作樂○維韓詩云維念也大音泰後大平皆放此【疏】維天之命八句○正義曰維天之命詩者大平告文王之樂歌也以文王受命造立周邦未及大平而崩不得制禮作樂今周公攝政繼父之業致得大平將欲作樂制禮其所制作皆是文王之意故以大平之時告於文王謂設祭以告文王之廟言今已大平已將制作詩人述其事而爲此歌焉經陳文王德有餘衍周公收以制禮順文王之意使後世行之是所告之事也○箋告大平至作樂○正義曰樂記云王者功成作樂治定制禮功成治定即大平之事此經所云我其收之駿惠我文王是制作之意明其將欲制作有此告耳制禮作樂在六年之初故知此告大平五年之末也又解所以必告文王者文王受命不卒而崩卒者終也聖人之受天命必致天下大平制作一代大法乃可謂之終耳文王未終此事而身已崩是其心有遺恨今既天下大平成就文王之志故承其素意而告之冀使文王知之不復懷恨故也文王之不作禮樂者非謂智謀不能制作正以時未大平故不爲耳今於五年之末以大平告之明已欲以六年成就之言六年者爲制作成就之時其始草創當先於此矣明堂位云六年制禮作樂頒度量而天下大服明是制作已就故度量可頒其禮亦應頒

之末即施用洛誥說七年時事周公猶戒成王使擘稱殷禮祀于新邑則是成王即政始用周禮也武王亦不卒而崩惟告文王者當時亦應並告但以文王是創基之主紂尚未滅遺恨爲深周公之作周禮稱爲文王之意故作者主於文王辭不及武王序亦順經之意指言告文王焉

維天之命於穆不已孟仲子曰大哉天命之無極而美周之禮也箋云命猶道也天之道於乎美哉動而不止行而不已〔疏〕維天之命○毛以爲言維此天所爲之教命於乎美哉動行而不已言天道轉運無極止時也天德之美如此而文王能當於天心又歎文王於乎豈不顯乎此文王之德之大言文王美德之大實光顯也文王德既顯大而亦行之不已與天同功又以此嘉美之道以戒愼我子孫言欲使子孫謹愼行其道文王意既如此我周公其當斂聚之以制典法大順我文王之本意作之若成當使曾孫成王厚行之以爲天下之法周公以此意告文王故作者述而歌之○鄭以純爲純美溢爲盈曾孫通謂後世之王唯此爲異其大意則同○傳孟仲至之禮○正義曰文當如此孟子云齊王以孟子辭病使人問醫來孟仲子對趙岐云孟仲子孟子從昆弟學於孟子者也譜云孟仲子者子思弟子蓋與孟軻共事子思後學於孟軻著書論詩毛氏取以

爲說言此詩之意稱天命以述制禮之事者歎大哉天命之無極而嘉美周世之禮也美天道行而不已是歎大天命之極文王能順天而行周禮順文王之意是周之禮法效天爲之故此言文王是美周之禮也定本作美周之禮或作周公之禮者誤也譜云子思論詩於穆不已仲子曰於穆不似此傳雖引仲子之言而文無不似之義蓋取其所說而不從其讀故王肅述毛亦爲不已與鄭同也○箋命猶至不已○正義曰天之教命卽是天道故云命猶道也中庸引此詩乃云蓋曰天之所以爲天也是不已爲天之事故云動而不已行而不止易繫辭云日往則月來暑往則寒來乾卦象曰天行健君子以自強不息是天道不已止之事也

於乎不顯文王之德之純假以溢我我其收之駿惠我文王純大假嘉溢愼收聚也箋云純亦不已也溢盈溢之言也於乎不光明與文王之施德教之無倦已美其與天同功也以嘉美之道饒衍與我我其聚斂之以制法度以大順我文王之意謂爲周禮六官之職也書曰考朕昭子刑乃單文祖德○假音暇溢音逸徐云毛音謐愼市震反本或作順案爾雅云謐神溢愼也不作順字王肅及崔申毛並作順解也明與音餘單音丹

曾孫篤

之成王能厚行之也箋云曾猶重也自孫之子而下事先祖皆稱曾孫是言曾孫欲使後王皆厚行之非維今也。厚之也一本作能厚行之也今或作能厚成之也重直龍反【疏】傳純大至收聚。正義曰純大假嘉溢慎皆釋詁文舍人曰溢行之慎某氏曰詩云假以溢我慎也收者斂聚之義故爲聚也。箋純亦至祖德。正義曰中庸引此云於乎不顯文王之德之純蓋曰文王之所以爲文也純亦不已指說此文故箋依用之箋意言純亦不已則不訓爲大當謂德之純美無玷缺而行之不止息也孝經云滿而不溢是溢爲盈溢之言也易傳者以下句即云我其收之溢是流散收爲收聚上下相成於理爲密故易之也文王既行不倦已與天同功是其道有饒行至於滿溢故言以嘉美之道饒衍與我我其聚斂之以制法度謂收聚文王流散之德以制之也其實周公自是聖人作法出於己意但以歸功文王故言收文王之德而爲之耳文王本意欲得制作但以時未可爲是意有所恨今既太平作之是大順我文王之本意也欲指言所作以曉人故言謂爲周禮六官之職即今之周禮是也禮經三百威儀三千皆是周公所作以儀禮威儀行事禮之末節樂又崩亡無可指據指以周禮統之於心是禮之根本故舉以言焉引書曰者洛誥文也書之意言周公告成王云今所承。我明子成王所用六典之法者乃盡是配文祖明堂之人文王之德我制之以授子是用文王之德制作之事故引以證此彼注云成我所用明子之法度者乃盡明堂之德明堂者祀五帝太皞之屬爲用其法度也周公制祀六典就其法度而損益用之如彼注直以文祖爲明堂不爲文王者彼上文注云文祖者周曰明堂以稱文王是文王德稱文祖也彼法。更自觀經爲說與此引意不同義得兩通故也。傳成王能厚行之。正義曰傳以周公制禮成王行之乃是爲成王而作故以信南山經序準之以曾孫爲成王也厚行之者用意尊而隆厚卽假樂所云不愆不忘率由舊章是也。箋曾猶至維今。正義曰箋以告之時禮猶未成不宜偏指一人使之施用一代。法當通之後王故知曾孫之王非獨成王也曾猶重也孫之子爲曾孫也孫是其正稱自曾孫已下皆得稱孫哀二年左傳云曾孫蒯聵敢告皇祖文王烈祖康叔是雖歷多世亦稱曾孫也小雅曾孫唯斥成王文各有施不得同也

維天之命一章八句

維清奏象舞也 象舞象用兵時刺伐之舞武王制焉。刺七亦反 疏 維清五句

正義曰維清詩者奏象舞之歌樂也謂文王時有擊刺之法武王作樂象而爲舞號其樂曰象舞至周公成王之時用而奏之於廟詩人以今大平由彼五伐覩其奏而思其本故述之而爲此歌焉時邁般桓之等皆武王時事成王之世乃頌之此象舞武王所制以爲成王之時奏之成王之時頌之理亦可矣但武王既制此樂其法遂傳於後春秋之世季札見觀樂見舞象是。於成王之世猶尚奏之可知頌必大平乃爲明是覩之而作又此詩所述述其作樂所象不言初成新奏以此知奏在成王之世作者見而歌之也經言文王之法可用以成功是制象舞之意○箋象舞至制焉○正義曰此詩經言文王序稱象舞則此樂象文王之事以象武爲名故解其名此之意牧誓曰今日之事不愆于六伐七伐乃止齊焉注云一擊一刺曰一伐是用兵之時有刺有伐此樂象於用兵之時刺伐之事而爲之舞故謂之象武也知者以其言象則是有所法象樂記說文○武之樂象武王之伐明此象武象文王之伐知武王制焉者以爲人子者貴其成父之事文王既有大功武王無容不述中庸曰武王周公其達孝矣乎孝者善繼人之志善述人之事明武王有所述矣於周公之時已象伐紂之功作大武之樂不言復象文王之伐制爲別樂故知象舞武王制焉武王未及太平而作此樂一代大典須

待大平此象文王之功非爲易代大法故雖未制禮亦得爲
之周公大作故別爲武樂耳春官大司樂六代之樂唯舞大
武以享先祖此象舞不列於六樂蓋大合諸樂乃爲此舞或
祈告所用周禮無之代。二十九年晉爲季札舞之。明其有用
明矣案彼傳云見舞象箾南籥者服虔曰象文王之樂舞象
也箾舞曲名言天下樂削去無道杜預曰箾舞者所執南籥
以籥。也其言箾爲所執未審何器以箾爲舞曲不知所出要
知箾與南籥必是此樂所有也傳直云舞象象下更無舞字
則此樂名象而已以其象事爲舞故此文稱象。象舞也象舞
之樂象文王之事其大武之樂象武王之事二者俱是爲象
但序者於此云奏象舞於武之篇不可復言奏象故指其樂
名言奏大武耳其實大武之樂亦爲象也故禮記文王世子
明堂位祭統皆云升歌清廟下管象象與清廟相對卽俱是
詩篇故明堂位注象謂周頌武也謂武詩爲象明大武之樂
亦爲象矣但記文於管之下別云舞大武謂武詩則簫管以
吹之武樂則干戚以舞之所以並設其文故鄭幷武解其意
於文王世子注云象周武王伐紂之樂也以管播其聲又爲
之舞於祭統注云管象吹管而舞武象之樂也皆武詩武樂
並解之也必知彼象非此篇者以彼三文皆云升歌清廟下
管象若是此篇則與清廟俱是文王之事不容一升一下今

清廟則升歌歌象則下管明有父子尊卑之異文王世子於升歌下管之後覆述其意云正君臣之位貴賤之等而上下之義行焉言君臣上下之義明象非文王之事故知下管象者謂武詩但序者避此象名不言象耳

維清緝熙文王之典典法也箋云緝熙光明也天下之所以無敗亂之政而清明者乃文王有征伐之法故也文王受命七年五伐也○緝七入反熙許其反

【疏】維清緝熙○正義曰詩人旣覩太平見奏象舞乃述其所象之事而歸功於文王言今日所以維皆清靜光明無敗亂之政者乃由在前文王有征伐之法故也其伐早晚爲之乃本受命始爲禋祀昊天之時以行此法而伐紂之枝黨言其祭天乃伐其法垂而可遵故至今武王用之伐紂而有成功致得天下清明是此征伐之法維爲周家得天下之吉祥矣故武王述其事而制此舞詩人見其奏而歌之焉此維清緝熙是當時之事作者先言時事然後上本文王又據文王說之而下故其言不次○傳典法○正義曰釋詁云典法常也俱訓爲常是典得爲法○箋緝熙至五伐○正義曰釋詁緝熙皆爲光也但光亦明也故連言之無敗亂之政而清明者雖伐紂之後亦得爲此言要大爲清明必是太平之世此當是周公成王之時見其清明乃上本文王也文王七年五伐

即尚書傳所云二年伐邘三年伐密須四年伐犬夷五年伐耆六年伐崇是也

肇禋肇始禋祀也箋云文王受命始祭天而枝伐也周禮以禋祀祀昊天上帝○肇音召禋音因徐又音烟

【疏】傳肇始禋祀○正義曰肇始釋詁文又云禋祀祭也是禋祭爲祀○箋文王至上帝○正義曰禋者祭天之名故云文王受命始祭天而枝伐中候我應云枝伐弱勢注云先伐紂之枝黨以弱其勢若崇侯之屬是枝之文也文王祭天必在受命之後未知以何年初祭皇矣說伐崇之事云是類是禡類即祭天也伐崇之後乃稱王應伐崇之時始祭天耳五伐容有未祭天而已伐者但所伐唯崇爲強言祭天而伐據崇爲說也我應云玄湯伐亂崇孽首王曰於戲斯在伐崇謝告注云斯此也天命此在伐崇侯虎謝百姓且告天是祭天而伐主爲崇也引周禮者大宗伯文引之以證禋爲祭天也文王之時禘郊未備所祭不過感生之帝而已引昊天上帝者取禋祀之成文彼又云祀五帝亦如之雖祭感生帝亦用禋也

迄用有成維周之禎迄至禎祥也箋云文王造此征伐之法至今用之而有成功謂伐紂克勝也征伐之法乃周家得天下之吉祥○迄許乞反祺音其爾雅云同徐云本又作禎音貞與崔本同

【疏】傳迄至禎祥○正義曰迄至釋

詁文䄎祥釋言文舍人曰䄎福之祥ム氏曰詩云維周之䄎定本集注䄎字作禎○箋文王至吉祥○正義曰此詩之作在周公成王之時以文王爲古故謂武王爲今自是辭相對耳非言作詩之時爲武王也祥者是徵兆之先見者也文王始造伐法武王用以成功是文王之法爲伐紂徵兆故爲周家得天下之吉祥

維清一章五句

烈文成王卽政諸侯助祭也新王卽政必以朝享之禮祭於祖考告嗣位也○朝直遙反

〔疏〕烈文十三句○正義曰烈文詩者成王卽政諸侯助祭之樂歌也謂周公居攝七年致政成王成王乃以明年歲首卽此爲君之政於是用朝享之禮祭於祖考有諸侯助王之祭既祭因而戒之詩人述其戒辭而爲此歌焉經之所陳皆戒辭也武王崩之明年周公歸政明年俱得爲成王卽政但此篇勑戒諸侯用賞不以爲己任非復喪中之辭故知是致政之後年之事也臣工序云遣於廟此不言遣者彼勑之使在國有事來咨於王又令及時教民農業是將遣而戒故言遣以戒之此則戒以爲君之法其辭不爲將遣故不言遣箋意於經亦有卿士序不言者以

諸侯爲重故舉諸侯以揔之○箋新王至嗣位○正義曰解卽政所以有祭得爲諸侯所助之意以新王卽政必以朝享之祀祭於祖考廟告已今繼嗣其位有此祭故諸侯助之也必知用朝享之祀者以此告事而已不得用時祭之祀而周祀四時之閒祀有追享朝享者追享者追祭遷廟之主以事有所禱請非卽政所當用朝享者朝廟受政而因祭先祖以月朔爲之卽春秋文六年閏月不告朔猶朝於廟祭法天子親廟與太祖皆月祭之是其事也人君卽政必以月正元日此日於法自當行朝享之祀故知成王卽政用此祀以祭而有諸侯助之也新王卽政以歲首朔日則是周正月矣臣工箋周之季春於夏爲孟春諸侯之朝在周之季春此於周之孟春得有諸侯在京助王祭者以新王卽政故特命使朝或去冬朝者留得歲初也鄭於顧命之注以居攝六年爲年端則此年未必六服盡來蓋近者至也案洛誥說周公致政之事云烝至歲文王騂牛一武王騂牛一王命作冊逸祝冊惟告周公其後注云歲成王元年正月朔日也用二特牛祫祭文王武王於文王廟使史逸讀所冊祝之書告神以周公其宜爲後謂封伯禽也彼言正月朔日與此祭祖告嗣同日事也此言以朝享之祀彼言祫祭文武者此言卽政助祭是王自祭廟告已嗣位彼祭文武謂告封周公此二祀必不得同

也何則身未受位不可先以封人明是二者各自設祭當是先以朝享之禮徧祭羣廟以告已嗣位於祭之末卽勑戒諸侯事訖乃更以禮合祭文武於文王之廟以告封周公也必知彼與此非一祭者此卽政用朝享之禮當各就其廟彼封周公唯祭文武而已故知不同也彼注知合祭文武於文王廟者以彼經云文王騂牛一武王騂牛一卽云王命作冊是并告二神一處爲祭卑當就尊故知在文王廟也此祭祖者則徧告羣廟而箋唯言祖考者祖考揔辭可以兼諸廟也

烈文辟公錫茲祉福惠我無疆子孫保之烈光也文王錫之箋云惠愛也光文百辟卿士及天下諸侯者天錫之以此祉福也又長愛之無有期竟子孫得傳世安而居之謂文王武王以純德受命定天位○辟音璧注下皆同祉音恥疆居良反竟也傳直專反

〔疏〕烈文辟公○毛以爲成王於祭之末呼諸侯而戒之曰汝等有是光明文章者君人之辟公我先君文王賜汝以此祉福也言文王造始周國此等作周藩屏得爲諸侯之福乃是文王賜之文王既賜以此福又愛我此等諸侯無有竟已之時令其子孫得常安之言文王終常愛之使得傳世不絕也既言文王如此又說武王亦然我武王伐紂之後以舊國皆應削滅而我武王觀汝

舊爲君者誠無大累於汝國維我武王其就封立之言武王亦愛諸侯不復貶退也我文王武王愛汝先人如此汝當念此先人之大功繼續父祖餘胤序其美之欲使之循行美政以繼其先祖也又爲之陳武王之德無彊○乎維是得賢人若得其賢則國家强矣四方有不率服者其可訓導之不顯乎維是有德若能有德此賢人則身必顯矣百辟有無所法者其可師此顯德而法象之言武王有顯德任賢人能以訓四方刑百辟是武王之道至美矣於乎我之前王則此武王其道不可忘也示之以武王之道欲使法而行之○鄭以爲助祭者有卿士與諸侯公辟兼戒之成王於祭之末呼之曰汝有光明文章者百辟卿士與羣公諸侯等上天賜我文王以此王天下之祉福又愛我文王武王其愛之多無有彊畔使其子孫常得安而居之故我今得嗣守其位制賞罰之柄汝諸侯等若無大罪惡累及於汝國維我王家其必寵而益厚之謂增其爵命加之土地也汝卿大夫等若能念此居官大功勤事不廢我則使汝繼世在位得其次序有殊勳異績其出於外而居○之汝等當勤力爲善也又教之爲善之法汝辟公等無彊乎維是得賢人若得賢人則國家强矣四方鄰國知汝任賢其皆順從之汝卿士等不明乎維是勤其德若能勤德則身明顯矣百辟卿士知汝有德其皆法則之此任賢

勤德之事事之美者於乎我之前王文王武王能勤行此道之故人稱誦之不忘汝等宜法效前王亦勤行之○傳烈光至錫之○正義曰烈光釋詁文以辟公之下卽言賜福是賜之以福使得爲此辟公也文王是周之創業之主文王造此周國此等得在周統内列爲諸侯乃是文王之所錫故言文王錫之其實武王封建亦是武王賜之矣傳以錫茲祉福爲文王賜諸侯則惠我無疆亦是文王愛諸侯子孫保之謂諸侯得繼世也其文皆無卿士則辟公謂君人之公非百辟卿士矣○箋惠愛至天位○正義曰惠愛釋詁文也以月令云百辟是卿士之揔稱下有爾邦百辟與此相承則辟當下百辟公當下爾邦故分辟公爲二卽辟公謂卿士及天下諸侯也此旣分辟公爲二故下兩經亦分爲二皆上戒諸侯下戒百辟與此勢相成也又以下云爾邦謂諸侯爲爾則此經云我是成王自我非我諸侯也故易傳以爲天賜祉福謂賜文王武王以王天下之福也愛之無有期竟謂卜世三十卜年七百是長遠無期也先解經文後指其事故云謂文王武王以純德受命定天位也純德者純美之德卽上篇所云之德之純是也以文武俱受天命故連言之

無封靡于爾邦維王其崇之念茲戎功繼序其皇之

封大也靡累也崇立也戎大皇美也箋云崇厚也皇君也無大累於女國謂。侯治國無罪惡也王其厚之增其爵土也念此大功勤事不廢謂卿大夫能守其職得繼世在位以其次序其君之者謂有大功王則出而封之○累劣僞反下同

疏傳封大至皇美○正義曰定四年左傳云吳爲封豕長蛇封與長爲類則封豕爲大豕故封爲大也靡謂侈靡奢侈淫靡是罪累之事故靡爲累也釋詁云崇高也高是立之義故以崇爲立也戎大皇美皆釋詁文傳於此篇不言鄉士則此經所陳皆戒諸侯之事上已言文王賜之此又言維王立之封立諸侯始至。於武王則維王立之謂武王也既陳文武之愛諸侯乃云念此戎功則是戒諸侯使念父祖之大功也諸侯各爲一國之君不得有次序之義釋詁云敘緒也則繼父祖之胥緒也故王肅云武王得天下因殷諸侯無大累於其國者就立之序繼也思繼續先人之大功而美之○箋崇厚至封之○正義曰以崇訓高也高是厚義故爲厚也皇君釋詁文無大累於汝國爲王者勸誘之辭耳其實小累亦不可也若無罪累則是有功王者之於諸侯有功則賞之故知厚之謂增其爵土也念此大功勤事不廢謂人臣守職當念立所職之功奉行不倦也言大功者爲之揔目於大功之中又爲等級功小者猶得繼世在位得其次序謂卿之子

爲卿大夫之子爲大夫守其祿位不失舊業也功尤大者則其君之謂出封爲諸侯也春官典命云王之三公八命其卿六命其大夫四命其出封加一等是有大功者王則出而封之**無競維人四方其訓**

之不顯維德百辟其刑之於乎前王不忘競彊

訓道也前王武王也箋云無彊乎維得賢人也得賢人則國家彊矣故天下諸侯順其所爲也不勤明其德乎勤明之也故卿大夫法其所爲也於乎先王文王武王其於此道人稱頌之不忘。道音導【疏】傳競彊至武王。正義曰競彊釋言文也教訓者所以導誘人故訓爲道也成王之前唯武王耳故知前王武王傳以此篇皆戒諸侯之辭此經所言陳武王之事使諸侯慕之也。箋無彊至不忘。正義曰得賢國強則四鄰畏威慕德故天下諸侯順其所爲言諸侯得賢人則其餘諸侯順之不顯維德與上無競維人相當箋云不明乎維勤其德勤其德則身明矣欲明其德必勤行之故箋從省文通以爲句耳其意亦與上同也人雖同在寮位有德則尊故卿大夫能勤明其德者其餘卿大夫則法其所爲也文王武王勤行此道謂行此求賢勤德之事故人稱誦之不忘也定本有文王武王俗本唯有武王誤也

烈文一章十三句

天作祀先王先公也先王謂大王已下先公諸盩至不窋。大音泰大王大祖皆同盩直留反又音佛窋陟律反

疏天作七句。正義曰天作詩者祀先王先公之樂歌也謂周公成王之時祭祀先王先公詩人以今太平是先祖之力故因此祭述其事而作歌焉祀先王先公謂四時之祭祠礿嘗烝但祀是揔名未知在何時也時祭所及唯親廟與大祖於成王之世爲時祭當自大王以下上及后稷一人而已言先公者唯斥后稷耳於王既揔稱先王故亦謂后稷爲先公令使其文相類經之所陳唯有先王之事而序并言先公者以詩人因於祭祀而作此歌近舉王跡所起其辭不及於后稷序以祭時實祭后稷故其言及之昊天有成命經無地而序言地般經無海而序言海亦此類也。箋先王至不窋。正義曰周公之追王自大王以下此序並云王公故辨之也諸盩至不窋於時並爲毁廟唯祫乃及之此言祀者乃是時祭其祭不及此等先公而箋言之者因以先公之言廣解先公之義不謂時祭皆及也時祭先公唯后稷耳若直言先公謂后稷嫌此等不爲先公欲斷此皆爲先公非獨后稷故除去后稷而指此先公

也或緣鄭此言謂此篇本爲祫祭案玄鳥箋云祀當爲祫若鄭以爲祫亦當破此祀字今不破祀字明非祫也天保云禴祠烝嘗于公先王彼舉時祭之名亦兼言公王此亦時祭何故不可兼言公王也彼祭亦不盡及先公而箋廣解先公此何故不可廣解先公也且此詩若是祫祭作序者言祫於太祖則辭要理當何須煩文言先王先公也以此知所言祀者正是時祭

天作高山大王荒之作生荒大也天生萬物於高山大王行道能安天之所作也箋云高山謂岐山也書曰道岍及岐至于荆山天生此高山使興雲雨以利萬物大王自豳遷焉則能尊大之廣其德澤居之一年成邑二年成都三年五倍其初○岐其宜反道音導汧口田反又口見反豳彼貧反

【疏】天作高山毛以爲天之生此萬物在於高山之上大王居岐脩其道德使與雲雨長大此天所生者卽陰陽和是其能長大之下四句又說文王之德彼萬民居岐邦築作宮室者文王則能安之彼萬民又後往者由此岐邦之君有佼易之德故也下一句云由父祖之德若此令子孫得保天位前往者文王安之後往者亦能安之後往者以岐邦之君有佼易之德前往者亦然爲互文也○鄭上二句别具在箋餘同○傳作生至所作○正義曰作者造立之言故爲生也荒者寬廣之義

故爲大也○箋高山至其初○正義曰以文王未徙豐之前與大王皆在岐故知高山謂岐山也以云天生高山不言天萬物故易毛也引書曰導岍及岐至于荆山禹貢文彼言禹所開導從岍山及岐山至於荆山皆舉大山以言而岐山在其中引之以證岐山爲高山也祭法稱山林川谷能出風雨僖三十一年公羊傳云觸石而出膚寸而合不崇朝而雨天下者其唯泰山乎是高山能興雲雨而利萬物也大王能尊大之廣其德澤者謂德及草木使之茂殖若旱麓云榛楛濟濟是廣山之德澤也山之德澤既廣則山之爲神益尊是尊大之也韋昭云大王秩祀之而尊大焉指謂祭之爲大未必然也大王能廣山德澤明其愛民甚矣故民皆從之居之一年成邑二年成都三年五倍其初是由王之有德故致然也自一年成邑以下中候稷起之注亦與此同當有成文不知事何所出周禮四井爲邑四邑爲丘四丘爲甸四甸爲縣四縣爲都左傳曰邑有先君之宗廟曰都無曰邑邑各自相對爲文耳此都邑不與彼同也邑是居處之名都是衆聚之稱都必大於邑故一年即成邑二年乃成都也書傳説大王遷岐周民束脩奔而從之者三千乘止而成三千戶之邑謂初遷時也此云一年當謂年終之時其邑當不啻三千但不知其定數耳○鄭注禹貢以爲堯之時土廣五千里禹弼成五服

土廣萬里王肅難鄭云禹之時土廣三倍於堯計萬里爲方五千里者四而肅謂三倍則除本而三此云五倍蓋亦除本而五并本爲六也

彼作矣文王康之彼徂矣岐有夷之行

夷易也箋云彼彼萬民也徂往行道也彼萬民居岐邦者皆築作宮室以爲常居文王則能安之後之往者又以岐邦之君有佼易之道故也易曰乾以易知坤以簡能易則易知簡則易從易知則有親易從則有功有親則可久有功則可大可久則賢人之德可大則賢人之業以此訂大王文王之道卓爾與天地合其德。行如字王徐並下孟反夷夷易羊豉反下除易曰皆同佼古卯反乾其連反徂苦魂反字亦作坤訂待頂反沈又直丁反說文云評議也譜云參訂時驗謂平比之也字詁云訂平也

子孫保之

疏

傳夷易。正義曰釋詁文。箋彼彼至其德。正義曰彼徂爲民往則彼作爲民作徂作皆是民事故知彼彼萬民也徂往釋詁文以道者人所行故行爲道也徂謂新往者則作爲前至者此作矣卽緜詩所謂曰止曰時築室於茲故云皆築作宮室以爲常居言常者見其心樂此居不復移轉也後之往者以岐邦之君有佼易之道者謂此君其性佼健和易愛民之情深故歸之也引易曰盡賢人之業皆繫辭文也言

乾以佼易故爲知坤以凝簡故爲能人能佼易則其情易知凝簡則其行易從情易知則人親之故易知則有親行易從則功可就故易從則有功人以物不我親不能以久故有親則可久由舉事無功不能以大故有功則可大爲物所親事可長久是爲德有所成故可久則賢人之德舉事有功道可廣大是爲業有所就故可大則賢人之業生人能事德業而已易簡爲之無往不究故彼又云易簡而天下之理得是天地之德易簡而已岐邦之君亦有易簡之行是與天地同功訂者比並之言卓然高遠之稱以此乾坤之義比並大王文王之道則此二王之德卓爾高遠與天地合其德矣若然易簡之義窮天下之精則聖人乃能而云賢人之德賢人之業者王弼云不曰聖人者聖人體無不可以人名而名故易簡之主皆以賢人名之然則以賢是聖之次故寄賢以爲名窮易簡之理盡乾坤之奧必聖人乃能耳文王可以當之大王則未能而並云與天地合德者以大王是亞聖大賢可以比於文王襃美其事故連言之其實大王未能盡此妙也譜云參訂時驗是訂爲比並之言也論語云如有所立卓爾是卓爾爲高遠之稱

天作一章七句

附釋音毛詩注疏卷第十九（十九之二）

毛詩注疏挍勘記十九之一

阮元撰盧宣旬摘錄

周頌譜

脩文武之德　閩本明監本毛本同案浦鏜云武當王誤是也

當代異其弟　閩本明監本毛本弟作第案所改是也餘同此

德至矣哉大矣哉　閩本明監本毛本同案浦鏜云下哉字衍是也

但商書殘鈌　明監本毛本鈌誤闕閩本作缺案鈌卽缺之別體俗字耳

其文在時邁與般敘武賚桓也　閩本明監本毛本同案此不誤浦鏜云敘武賚三字疑衍文非也敘卽序般序在下文

至此積三十年　閩本明監本毛本同案此不誤浦鏜云當作十三年誤倒非也此依鄭以顧命在致政後廿八年見尚書正義是上距攝政六年制禮時積三十年也十二年一巡狩故下云再巡守餘六年

也浦不考之甚

是成王除沒嗣位閩本明監本同毛本沒作喪案所改是也

來朝而見命閩本明監本毛本同案浦鏜云也誤命以彼箋考之是也

或者杞宋一國毛本一誤二閩本明監本不誤案浦鏜云監本誤非也杞宋一國者或杞或宋一國也

明既告之後合而觀之卽告也合各有禮於廟閩本明監本毛本同案也字當在觀之下錯誤耳卽正義每用爲則告合二字連文告謂酌合謂有聲故云各

而作者當時不必皆爲有事而作先後閩本明監本毛本同案讀當作時字爲字斷句下文云故得自爲又云多由祭祀而爲可證也下當云有事先而後作誤錯先後二字在下耳

風雅此篇既有義理閩本明監本毛本同案山井鼎云此篇恐誤是也此當作比形近之

譌

武王之事不爲頌首不以事之先後必爲次矣　閩本明監本毛本同案武字當重上武詩也下武謚也正義下文云武武王之大事可證也必字衍

雖祭告之歌　閩本明監本毛本同案此不誤山井鼎云雖恐唯誤非也執競既祭告之歌即當與雍相次而今乃次思文上故曰雖耳浦鏜所改則更誤

訪樂敬之也　閩本明監本毛本同案浦鏜云落誤樂是也

郊宗柴望配禮之大者　閩本明監本毛本同案此不誤浦鏜云配當祀字誤非也配謂思文

且社稷以祈報此篇　閩本明監本毛本同案此當作比

山林宜皇物　閩本明監本同毛本皇作皁案所改是也

君又降之於民也閩本明監本同毛本也下剜入○案所補是也

而德洽於神舉矣閩本明監本同毛本矣下剜入○案所補是也

○清廟

周公既成洛邑唐石經小字本相臺本同案釋文雒音洛本亦作洛水名字從水後漢都洛陽以火德爲水尅火故改爲各旁隹正義中字作洛是其本與亦作同唐石經所本也段玉裁云豫州之水自古作雒周禮逸周書職方淮南地形訓之屬皆有其證後漢改之魚豢錄魏詔云爾則魏文帝之失也詳見尚書撰異中當以釋文本爲長考文古本作雒采釋文

雖文王諸侯也閩本明監本毛本同案浦鏜云主誤王是也

所以有清廟之德者閩本明監本毛本廟作明案所改是也

謂公之時閩本明監本同毛本公上剜添周字案所補是也

顯光也見也 小字本相臺本同案釋文云見也賢遍反正義云顯光釋詁文定本集注皆云顯光也見也於義爲是當是正義無見也二字

於穆清廟○ 閩本明監本毛本同案此一乃每下篇之總正義也合併經注正義乃以隷於首節有注之下爲割裂而失其交經注正義宜各單行於此可見以後盡同

其祭之禮義 閩本明監本毛本同案盧文弨云義當作儀是也

鄭唯以駿奔走二句爲異 閩本明監本毛本同案浦鏜云三誤二是也

名多士亦爲相矣 閩本明監本毛本同案名當作明

如存生存 小字本同閩本上存作在明監本同毛本如誤知相臺本無上存字考文古本無亦同案無者是也

皆是執文德之人也 毛本也上有謂是能執行文王之德之人十一字閩本明監本無案

此誤補也

不見厭於矣　小字本相臺本於下有入字閩本明監本毛本同案此十行本誤脫

○維天之命

動而不止行而不已　小字本相臺本同案正義云故云動而不已行而不止又云是天道不已止之事也是其本上已下止今各本互誤

溢慎　小字本相臺本同案釋文云溢慎也市震反或本作順案爾雅毖神溢慎也不作順字王肅及崔申毛皆作順解也正義本是慎字

成王能厚行之也　小字本相臺本同案此正義本也釋文云成王能厚之也一本作能厚行之也今或作能厚成之也正義本與一本同今考此傳但云能厚之箋始云能厚行之一本有行字者涉箋而衍耳當以釋文本爲長

今所承我明子成王閩本明監本毛本同案浦鏜云成誤承是也此成爲考作訓

彼法更自覩經爲說閩本明監本毛本同案浦鏜云法當注字誤是也

一代法當通之後王閩本明監本毛本同案此當作一代之法當通後王錯之字在下耳

○維清

季札見觀樂見舞象是於成王之世閩本明監本毛本同案上見字衍是下當有後字

故謂之象武也閩本明監本毛本武作舞案所改是也上云以象武爲名下云明此象武二武字亦當作舞

樂記說文武之樂閩本明監本毛本同案浦鏜云文當大誤是也

伐二十九年閩本明監本毛本伐作成案皆誤也山井鼎云當作襄是也

明其有用明矣　毛本同閩本明監本上明作名案所改非也此明字當作則

南籥以籥也　閩本明監本同毛本籥下剜入舞字案所補是也

故此文稱象象舞也　閩本明監本毛本同案浦鏜云當衍一象字是也

而枝伐也　閩本明監本毛本同小字本相臺本枝作征考文古本同案箋上下言征伐此言枝伐正義於此引中候以說枝伐之義不容并此亦改爲征伐也小字本相臺本自是誤字

維周之禎　小字本相臺本同唐石經初刻楨後改禎案釋文云祺音其祥也爾雅同徐云本又作禎音貞與崔本同正義云定本集注祺字作禎考此傳云祺祥也箋云乃周家得天下之吉祥皆用爾雅祺祥祺吉之文釋文正義二本皆作祺是也其作禎字者非也詩經小學云恐是改易取韻亦見經義雜記唐石經初刻又誤作楨乃涉大雅耳

ㄙ氏曰　閩本明監本毛本ㄙ誤某案ㄙ字出穀梁桓二年傳注正義中惟此一字作ㄙ或舊用此字餘皆作某者爲後改也

○烈文

祭於祖者 諸本者作考是也

用賞不以爲已任 閩本明監本毛本同案不當作罰諸正義可證

無疆乎唯是得賢人 閩本明監本毛本同案浦鏜云彊誤疆下同是也

其出於外而居之 閩本明監本毛本同案浦鏜云君誤居是也

是長遠無期也 閩本明監本毛本同案浦鏜云期下當脫竟字是也

謂侯治國無罪惡也 閩本明監本毛本同小字本相臺本謂下有諸字考文古本同案有者是也

始至於武王 閩本明監本毛本同案至當作立形近之譌

人稱頌之不忘 小字本相臺本同案正義云故人稱誦之不忘也是其本頌作誦字

○天作

能安天之所作也小字本相臺本同案段玉裁云當作能大天之所作也晉語叔詹曰周頌曰天作高山大王荒之荒大之也大天所作可謂親有天矣箋云大王能尊大之今本云能安天之所作誤今考正義云長大此天所生者又云是其能長大之是正義本此傳作能大天之所作不誤

下徐易曰皆同補通志堂本同盧本徐作除云舊譌徐從山井鼎挍改釋文挍勘云所改是也

彼萬民居岐邦築作宮室者閩本明監本毛本同案浦鏜云彼誤被是也

有佼易之德故也閩本明監本毛本同案德當作道下同

但不知其定數耳○閩本明監本毛本脱定字案浦鏜云衍○是也

附釋音毛詩注疏卷第十九（十九之二）

六四

毛詩周頌　鄭氏箋　孔穎達疏

昊天有成命郊祀天地也〔疏〕昊天有成命七句。正義曰昊天有成命詩者郊祀天地之樂歌也謂於南郊祀所感之天神於北郊祭神州之地祇也天地神祇佑助周室文武受其靈命王有天下詩人見其郊祀思此二王能受天之命勤行道德故述之而爲此歌焉經之所陳皆言文武施行道德撫民不倦之事也所感天神者周人木德感蒼帝靈威仰而生祭之於南郊神州之神則祭之於北郊此二者雖南北有異祭俱在郊故揔言郊祀也案禮祭祀天地非止一事此言郊祀天地不言所祀之神但祭之於郊而天地相對唯有此二神耳何者春官大司樂職曰冬日至於地上之圜丘奏樂六變則天神皆降夏日至於澤中之方丘奏樂八變則地祇皆出注云天神則主北極地祇則主崑崙彼以二至之日祭之於丘不在於郊此言郊祀必非彼也大司樂又曰舞雲門以祀天神舞咸池以祭地祇注云天神謂五帝王者又各以夏正月祀其所受命之帝於南郊地祇所祭於北郊謂神州之神也地官牧人云陽祀用騂牲毛之陰祀用黝牲毛之注云陽祀祭天於南郊陰祀祭地於北郊此二祀文恒相對此郊祀天地俱言在郊而天地相對故知是所感之帝神州之神也其祀天南郊鄭云夏之正月其祭神州之月則無文此序同言郊祀蓋與郊天同亦夏正月也此經不言地序云地者作者因祭天地而為此歌王者之有天下乃是天地同助言天可以兼地故辭不及地序知其因此二祭而作故具言之

昊天有成命二后受之成王不敢康夙夜基命宥密二后文武也基始命信宥寬密寧也箋云昊天天大號也有成命者言周自后稷之生而已有王命也文王武王受其業施行道德成此王功不敢自安逸早夜始順天命不敢解倦行寬仁安靜之政以定天下寬仁所以止苛刻也安靜所以息暴亂也○成王于如字徐于況反其音基本亦作基宥音又王功于況反解音懈下同苛音河刻音克

【疏】昊天有成命○正義曰此篇毛傳皆依國語唯廣固二字鄭不為別訓而破以同巳則是不異於毛但意不必有感生之帝與鄭小異今既無迹可據皆同之鄭焉言昊天蒼帝有此成就之命謂降生后稷為將王之兆而經歷多世至於文武二君乃應而受之二君既受此業施行道德以成此

王功而不敢暫自安逸常早起夜臥始於信順天命不敢解倦行其寬仁安靜之政以定天下二君既能如此於乎可歎美也此二君成王之德既光明矣又能篤厚其心而爲之不倦故於其功業終能和而安之以此之故得至於太平是乃昊天之德故因其祭而歌之○傳二后至密寧○正義曰此以太平之歌作在周公成王之世成王之前有成其王功者唯文武耳故知二后文王武王也以二王俱受天命共成周道故連言之自基始以下及下傳皆周語文也周語稱叔向聘於周單靖公與之語說昊天有成命叔向告單子之老曰昊天有成命頌之盛德也卽全引此篇乃云是道成王之德也成王能明文昭定武烈者天道成命者而稱昊天翼其上也二后受之讓於德也成王不敢康敬百姓也夙夜恭也基始也命信也宥寬也密寧也緝明也熙廣也亶厚也肆固也靖和也其始也翼上德讓而敬百姓其中也恭儉信寬帥歸於寧其終也廣厚其心固和之始於德讓中於信寬終於固和故曰成上是全釋此篇之義也古人說詩者因其節文比義起象理頗溢於經意不必全與本同但檢其大旨不爲乖異故傳采而用焉此詩作在成王之初非是崩後不得稱成之謚所言成王有涉成王之嫌韋昭云謂文武脩己自勤成其王功非謂周成王身也鄭賈唐說皆然是時人有疑是成

王身者故辨之也○箋昊天至暴亂○正義曰以此郊天之歌言其所感蒼帝蒼帝非太帝而云昊天昊天與帝名同故解昊天是天之大號故蒼帝亦得稱之也后稷以大迹而生是天之精氣中苗興稱堯受圖書已有稷名在錄言其苗裔當王是周自后稷之生已有王命言其有將王之兆也傳訓命爲信既有所信必將順之故言早夜始順天命經中之命已訓爲信其言天命鄭自解義之辭故非經之命也正以言信必所信有信上言天有成命故知所信順者始信順天命也言始者王肅云言其脩德常如始易曰日新之謂盛德義當然也傳以密爲寧寧又訓爲安也故云行寬仁安靖之政以定天下又解二后行寬安之意寬者體度弘廣性有仁恩已上行既如此則其下效之不復爲苛虐急刻安者緩於御物爲政清靖上行既如此其下效之不復爲殘暴擾亂此寬仁所以止苛刻安靜所以息暴亂故二后勤行之

於緝熙單厥心肆其靖之 緝明熙廣單厚肆固靖和也箋云廣當爲光固當爲故字之誤也於美乎此成王之德也既光明矣又能厚其心矣爲之不解倦故於其功終能和安之謂夙夜自勤至於天下太平○單都但反注同

【疏】箋廣當至之誤也○正義曰箋以外傳之訓與爾雅皆同而釋詁云熙光也肆故也則是

聲相涉而字
因誤故破之

昊天有成命一章七句

我將祀文王於明堂也〔疏〕我將十句○正義曰我將詩者祀文王於明堂之樂歌也謂祭五帝之於明堂以文王配而祀之以今之大平由此明堂所配之文王故詩人因其配祭述其事而為此歌焉經陳周公成王法文王之道為神祐而保之皆是述文王之事也此言祀文王於明堂即孝經所謂宗祀文王於明堂以配上帝是也文王之配明堂其祀非一此言祀文王於明堂謂大享五帝於明堂也曲禮曰大饗不問卜注云大饗五帝於明堂莫適卜月令季秋是月也大享帝注云言大享者徧祭五帝曲禮曰大饗不問卜謂此也是於明堂有摠祭五帝之禮但鄭以月令為秦世之書秦法自季秋周法不必然矣故雜問志云不審周以何月於月令則季秋正可不審祭月必有大享之禮明堂是祀天之處知大享當在明堂又以孝經言之明堂之祀必以文王為配故知祀文王於明堂是大享五帝之時也其餘明堂之祀則法小於此矣玉藻注云凡聽朔必以特牲告其帝及神配以文王武王論語注云

諸侯告朔以羊則天子特牛焉是告朔之在明堂其祭止用特牛此經言維牛維羊非徒特牲而已故知非告朔之祭也雜問志云四時迎氣於四郊祭帝還於明堂亦如之則四時迎氣亦祀明堂但迎氣於郊已有祭事還至明堂不可不爲禮耳其盛乃在於郊明堂之祭不過與告朔同也何則堯典說巡守之禮云歸格于藝祖用特鄭以藝祖爲文祖猶周之明堂巡守之禮歸其告止用特牲則迎氣之還其祭亦不是過也明亦用特牲矣此之維牛維羊則是祭之大禮故知此祀明堂是大享五帝非迎氣告朔也此經雖有維牛之文不言其牛之色大宗伯云以玉作六器以禮天地四方以蒼璧禮天以黃琮禮地以青圭禮東方以赤璋禮南方以白琥禮西方以玄璜禮北方皆有牲幣各放其器之色注云禮東方以立春謂蒼精之帝禮南方以立夏謂赤精之帝禮西方以立秋謂白精之帝禮北方以立冬謂黑精之帝然則彼稱禮四方者謂四時迎氣牲如其器之色則五帝之牲當用五色矣然則大享五帝雖是施設一祭必周五種之牲國語云禘郊之事則有全烝既總享五帝明不用一全烝而已論語云敢用玄牡敢昭告于皇皇后帝者彼謂告天之祭故用天色之玄與此別祭法云祖文王而宗武王注云祭五帝之神於明堂曰祖宗則明堂之祀武王亦配之矣此唯言祀文王者詩

人雖同祀明堂而作其辭主說文王故序達其意唯言文王耳郊天之祭祭天而以后稷配也昊天有成命指說天之命周辭不及稷思文唯言后稷有德不述天功皆作者之心有異序亦順經爲辭此之類也

我將我享維羊維牛維天其右之

將大享獻也箋云將猶奉也我奉養我享祭之羊牛皆充盛肥腯有天氣之力助言神饗其德而右助之○將如字享許丈反徐許亮反右音又注及下同本亦作佑肥腯徒忽反說文云羊曰肥豕曰腯

【疏】我將我享○毛以爲周公成王之時祀於明堂言我所美大我所獻薦者維是肥羊維是肥牛也以此牛羊所以得肥者維爲上天其佑助之故得無傷病也我周公成王善用法此文王之常道日日用之以謀四方之政維天乃大文王既佑助文王於我周公成王之祭又歆饗之也善法文王之常道而得爲天所佑我周公成王而今而後其常早起夜臥畏敬天之威怒於是安之言安行文王之道以爲常法也○鄭上三句唯一將字別爲四句云我周公成王則法象行此文王之常道以日日施於天下以治此四方之民維我得受此嘏福於文王此文王既佑助我而歆饗之故所以與我嘏福也餘同○傳將大享獻○正義曰皆釋詁文○箋將猶至助之○正義曰以

將與享相類當謂致之於神不宜爲大將者送致之義故云猶奉養謂以此牛羊奉養明神也牛羊充盛肥腯有天氣之助有其爲天佑助故無病傷桓六年左傳云奉牲以告曰博碩肥腯謂民力之普存也謂其畜之碩大蕃滋也謂其不疾瘯蠡也謂其備腯咸有也彼傳言善於治民不妄勞役民之畜產無疾故祭祀之牲得肥明牛羊肥而無疾是天之力助天之助人唯德是與故云神饗其德而佑助之維天佑之當是佑助於人而已爲佑助牛羊者以下句乃云旣佑饗之則此未是佑人文連牛羊知是佑助牛羊亦是饗人之德故助之也此祀文王於明堂則是祭天矣禮稱郊用特牲祭法云燔柴於泰壇祭天用騂犢則明堂祭天亦當用特牛矣而得有羊者祭天以物莫稱焉貴誠用犢其配之人無莫稱之義自當用太牢也郊特牲云帝牛不吉以爲稷牛是配者與天異饌明其當用太牢此祀有文武爲配於禮得其有羊也夏官羊人云釁積共羊牲注云積積柴以祭天有羊牲者彼釁在積上明所云積柴非祭天當謂槱燎祀司中司命之等有羊也

儀式刑文王之典日靖四方伊嘏文王旣右饗之儀善刑法典常靖謀也箋云靖治也受福曰嘏我儀則式象法行文王之常道以日施政于天

下維受福於文王文王既右而饗之〔疏〕傳儀善至靖謀○
言受而福之○嘏古雅反毛大也　正義曰皆釋詁文
也刑既爲法則式不復爲法當訓爲用毛於嘏字皆訓爲大
此嘏亦爲大也王肅云善用法文王之常道日謀四方維天
乃大文王之德既佑助而歆饗之○箋靖治至而福之○正
義曰靖治釋詁文特牲少牢皆祝以神辭嘏主人與之以福
是受福曰嘏儀者威儀式者法式故以儀式爲則象謂則象
法行文王之常道也以此能治四方所以蒙佑不宜爲謀之
故以靖爲治謂施於天下也既佑助饗之是釋其所以致
福之意故云言受而福之謂神受其德故降與之福也　我

其夙夜畏天之威于時保之　箋云于於時是也早夜敬天於是得安文王之道

我將一章十句

時邁巡守告祭柴望也　巡守告祭者天子巡行邦國至于方岳之下而封禪也書曰歲二月東巡守至于岱宗柴望秩于山川徧于羣神
遠行也○巡音旬守手又反本或作狩注同柴士佳反說文

字林作柴行下孟反下出【疏】時邁十五句○正義曰時邁詩者巡守告祭柴望之樂歌也謂武王既定天下而巡行其守土諸侯至于方岳之下乃作告至之祭爲柴望之禮柴祭昊天望祭山川巡守而安祀百神乃是王者盛事周公既致太平追念武王之業故述其事而爲此歌焉宣十二年左傳云昔武王克商作頌曰載戢干戈明此篇武王事也國語稱周公之頌曰載戢干戈明此詩周公作也治天下而使之太平者乃是周公爲之得自作頌者於時和樂既興頌聲咸作周公採民之意以追述先王非是自頌其身故得親爲之序不言周公作者頌見天下同心歌詠側皆不言姓名經之所陳皆述巡守告祭之事指文而言時邁其邦是巡守之辭也懷柔百神及河喬嶽是告祭之事柴望祭天經不言天百神以天爲宗其文可以兼之矣○箋巡守至羣神○正義曰此解巡守之名及告祭之意天子封建諸侯以爲邦國令之爲王者守土天子以時往行其邦國至於其方岳之下爲此告祭而又爲封禪禮焉以此故有柴望之事也書曰以下堯典文彼說舜受堯禪卽位之後巡守之事其言柴望與此同故引以證之明此告祭柴望是至方岳而祭也所以爲此巡守之禮者以諸侯爲王者守土專制一國告從令行而王者垂帷端拱深居高視一日二日

庶事萬機耳目不達於遠方神明不照於幽僻或將強以陵弱恃衆以侵寡擁遏王命寃不上聞而使遠道細民受枉聖世聖王知其如是故制爲此禮時自巡之大司馬職曰及師大合軍以行禁令以救無辜伐有罪注云師謂巡守若會同是巡守之禮有伐罪正民之事也堯典說巡守之禮云協時月正日同律度量衡王制說巡守之禮云命太師陳詩以觀民風命市納賈以觀民之所好惡不敬者君削以地不孝者君黜以爵革制度衣服者爲叛叛者君討有功德於民者加地進律是其事也王者代天理民今既爲天遠行所至不可不告五岳地之貴神今既來至其傍又亦不可無禮是故燔柴以告天望祭山川白虎通云巡守爲祭天何本巡守爲天所告至也王制注亦云柴祭天告至也云望秩者山川之神望其所在以尊卑次秩祭之堯典注云徧以尊卑次秩祭之是也言至於方岳之下者每至其方之岳皆爲告祭之禮非獨東岳而已告祭則四岳皆然其封禪者唯岱宗而已餘岳不封禪也聚土曰封除地曰禪禪變墠言禪神之也封禪必因巡守而巡守不必封禪何則雖未太平王者觀民風俗而可以巡守其封禪必太平功成乃告成於天非太平不可也又封禪者每一代唯一封而已其巡守則唐虞五載一巡守周則十二年一巡守以爲常非直一巡而已此其所以異也封禪

之見於經者唯大宗伯云王大封則先告后土以外更無封文也禮器云因名山升中于天而鳳凰降龜龍假雖不言封亦是封禪之事故注云升上也中猶成也謂巡守至於方岳而燔柴祭天告以諸侯之成功而太平陰陽和而致象物是則功成瑞至然後可以升中明未太平必不可也白虎通云王者易姓而起必升封太山何告之義也始受命之時改制應天天下太平功成封禪以告太平也所以必於太山何萬物交代之處也必於其上何因高告高順其類也故升封者增高也下禪梁甫之山基廣厚也天以高爲尊地以厚爲德增太山之高以報天附梁甫之基以報地明天之所命功成事就有益於天地若高者加高厚者加厚矣是說封禪之義若然巡守不必封禪封禪必待太平則武王之時未封禪矣此詩述武王之事而箋云至方岳之下而封禪者廣解巡守所爲之事言封禪者亦因巡守爲之非言武王得封禪也史記封禪書云齊桓公欲封禪管仲曰古者封泰山禪梁甫者七十二家而夷吾所記者十有二焉乃數十二於周唯言成王封泰山禪社首是武必不封禪其巡守則武王爲之以左傳之文參之此詩是武王巡守矣白虎通曰何以知太平乃巡守以武王不巡守至成王乃巡守其言違詩反傳所說非也徧於羣神一句於堯典乃在上文正月上日受終於文祖之

時云類於上帝禋於六宗望於山川偏於羣神於二月巡守之下唯有柴望秩於山川而已不言偏於羣神此一句衍字也定本集注皆有此一句案王制說巡守之禮亦云柴而望祀不言偏羣神也堯典注云羣神丘陵墳衍之屬般序止云四岳河海經唯言墮山喬岳不言墳衍丘陵是必不偏羣神也其以堯典之文上下相校正月所祭之神多於祭岱之時而至岱不禋六宗何知當偏羣神也是由二文相涉後人遂增之耳

時邁其邦昊天其子之實右序有周薄言震之莫不震疊懷柔百神及河喬嶽允王維后邁行震動疊懼懷來柔安喬高也高岳岱宗也箋云薄猶甫也甫始也允信也武王既定天下時出行其邦國謂巡守也天其子愛之右助次序其事謂多生賢知使爲之臣也其兵所征伐甫動之以威則莫不動懼而服者言其威武又見畏也王行巡守其至方岳之下來安羣神望于山川皆以尊卑祭之信哉武王之宜爲君美之也。右音又注同助也疊徒協反柔如字本亦作濡兩通俱訓安也喬音橋嶽本亦作岳同音岳知音智

疏時邁其邦。正義曰周公以時既大平追述武王之事言武王既定

天下以時行其邦國其出也天行雲轉六軍皆從羣臣賢智
各司其職於是乃見昊天其於武王子愛之矣實佑助而次
序我有周之事謂生賢智之臣使得以爲用是子愛之也其
所往之處始欲我武王以軍威動之莫不動懼而服是威又
可畏不假用兵也至於方岳之下其來乃爲安寧百神及河
與高岳皆次秩祭之武王巡行邦國而使人神得所信乎武
王之德如是維宜爲天下之君也於此行也明見天之愛我
有周使俊乂之臣用次序在位多生賢哲令之在官是其子
愛之效於此明見之也動之以威莫敢不服武王於是則聚
其干戈而納之則韜其弓矢而藏之是由往則震懼故不用
之也我武王能如此求有美德之士而任用之其功其大美
矣故陳其功狀於是大樂而歌之信哉我武王之德能長安
之言能安此大樂之美故歌之也○傳邁行至岱宗○正義
曰邁行懷來釋言文震動疊懼喬高釋詁文彼疊作慴音義
同釋詁云柔安也某氏引詩云懷柔百神定本作柔集注作
濡柔是也言高岳岱宗者以巡守之禮必始於東方故以岱
宗言之其實理兼四岳般祀四岳是也謂之岱宗者應劭風
俗通云岱始也宗長也万物之始陰陽交代故爲五岳長曰
虎通云岱者言万物相代於東方也○箋薄猶至美之○正
義曰芣苢傳云薄辭箋云薄言我薄其云薄欲如此亦是初

始之義故轉之爲甫訓甫爲始也允信釋詁文序言巡守故知出行其邦國謂巡守也佑序之文承昊天之下故知亦是昊天助之次序其事下云式序在位故知謂多生賢智使爲之臣也時雖無敵可伐但兵行主伐有罪故云其兵所征伐甫動之以威則莫不動懼而服言其威武又見畏謂不但爲天所愛復爲人所畏故言又也樂記說武王克定天下其兵包以虎皮示不復用則伐紂之後天下卽服至於巡守始言莫不服者以王者之爲巡守慮有不服之處故美其無不服耳非謂時有叛者見兵乃服也又解巡守之行得有動威之意以王行巡守以軍從故也知者以大司馬云及師大合軍以行禁令以救無辜伐有罪又曰若大師則掌其戒令涖釁主及軍器上云及師下云若大師則二者之師不同也大師言釁主及軍器是征伐實事則上云及師非征伐也明大師爲征伐及師爲巡守故及師之下注云師謂王巡守若會同司馬起師合軍以從所以威天下行其政也不言大者未有敵不尚武是巡守之禮當師從也言大合軍猶大司樂言大合樂大合樂者徧作六代之樂則知大合軍者亦六軍皆行也而雜問志云天子巡守禮無六軍之文者鄭意以巡守必有六軍但禮無正文故云無六軍之文耳天子海內之主安不忘危且云救無辜伐有罪安得無六軍也百神者謂天與

山川之神神以王爲主祭之則安故云來安羣神謂望於山川堯典云望秩於山川秩者次秩故云皆以尊卑祭之此解百神止云山川而已益明序下之箋無偏於羣神也允王維后惣上事而歎之故云信哉武王之德宜爲君美之也**明昭有周式序在位**明矣知未然也昭然不疑也箋云昭見也王巡守而明見天之子有周家也以其有俊乂用次第處位言此者著天其子愛之右序之效也【疏】傳明矣至不疑○正義曰明之與昭俱是見義但以達見遠事謂之爲明其昭者大明之狀故云明矣知未然也昭然不疑言因此巡守知天而今而後常愛周家其事昭然不復爲疑與鄭明見之義同但分而言之耳○箋明見至之效○正義曰昭見釋詁文也以毛意微申使易曉故云王巡守而明見天之子有周○正以俊乂之人用次第處位故也此經二句覆上佑序有周故云言此者著天其子愛佑序之效驗也**載戢干戈載櫜弓矢**戢聚櫜韜也箋云載之言則也王巡守而天下咸服兵不復用此又著震疊之效也○戢側立反櫜音羔韜吐刀反復扶又反【疏】傳戢聚櫜韜○正義曰戢聚釋詁文櫜者弓衣一名韜故內弓於衣謂之韜弓**我求懿德肆于時夏**

夏大也箋云懿美肆陳也我武王求有美德之士而任用之故陳其功於是夏而歌之樂歌大者稱夏○肆音四夏戶雅反下注同

允王保之

箋云允信也信哉武王之德能長保此時夏之美

【疏】傳夏大○正義曰釋詁文○箋懿美至稱夏○正義曰懿美釋詁文肆者張設之言故爲陳也言求是自此求彼之辭故知求美德之士而用之謂式序在位是武王求而得之也以言陳之於夏故知夏爲樂名又解名爲夏之意以夏者大也樂歌之大者稱夏也思文箋云夏之屬有九與此意相足言由周禮有九夏知此夏爲樂歌也春官鍾師凡樂事以鍾鼓奏九夏王夏肆夏昭夏納夏章夏齊夏族夏陔夏驁夏注云夏大也樂之大歌有九是九夏之名也彼注引呂叔玉云肆夏繁遏渠皆周頌也肆夏時邁也繁遏執競也渠思文也玄謂以文王鹿鳴言之則九夏皆詩篇名頌之族類也此歌之大者載在樂章樂崩亦從而亡是以頌不能具然則鄭以九夏別有樂歌之篇非頌也但以歌之大者皆稱夏耳

時邁一章十五句

執競祀武王也

執競其敬反執持也韓詩云執服也

【疏】執競十四句○正義曰執

競詩者，祀武王之樂歌也。謂周公成王之時既致太平，祀於武王之廟。時人以今得太平由武王所致，故因其祀，述其功而爲此歌焉。經之所陳，皆述武王生時之功也。

執競武王，無競維烈。不顯成康，上帝是皇。無競，競也。烈，業也。不顯，顯乎其成大功而安之也。顯，光也。皇，美也。箋云：競，彊也。能持彊道者，維有武王耳。不彊乎其克商之功業？言其彊也。不顯乎其成安祖考之道？言其又顯也。天以是故美之，予之福祿。○大功，本或作天功。

【疏】執競武王○正義曰：言有能持強盛之道者，維武王耳。此武王豈爲無強乎？維克商之功業，實爲強也。豈不顯乎其成安祖考之道？實爲顯也。由其既強且顯，上天以是之故，嘉美之，以大福。又重述武王強顯得福之事。武王用彼成安祖考之道，故得受命伐紂，同有天下四方之民，而斤斤然其爲周家一代明察之君，是其顯而得福也。又武王之祭宗廟也，作鍾鼓之樂，其聲和樂，喤喤然；奏磬管之音，其聲合集，鏘鏘然，合於禮度，當於神明，故神下與之福。福衆多而穰穰然，下與福豐大而簡簡然。於時助祭之人，又威儀順習，反反然。其祭之末，此羣臣等既醉於酒矣，既飽於德矣。於祭之事，終始無違，故致福祿，復來與之。言武王受此多福，故今得太平，是以述而歌之。○傳無競至皇美○正義曰無競反其言故爲競也烈業顯光皇美皆釋詁文又曰康安故云成大功而安之大功謂伐紂也安之謂安祖考也武王祖考其心冀成王業。未就心皆不安武王既伐紂是成大功安祖考故云成大功而安之其意與鄭同○箋競強至成福祿○正義曰競強釋言文時是釋詁文武王大業在於伐紂故知維烈是克商之功業也下武云三后在天王配於京永言孝思應侯順德故知成安是成安祖考之道也既強顯之下乃言天美之與之福祿謂使之胤嗣長遠享國不絕也

自彼成康奄有四方斤斤其明自彼成康用彼成安之道也奄同也斤斤明察也箋云四方謂天下也武王用成安祖考之道故受命伐紂定天下爲周明察之君斤斤如也○斤紀覲反

【疏】傳自彼至明察○正義曰訓自爲用故云用彼成安之道奄同釋言文又云奄蓋也鄭於閟宮𤣥鳥箋皆以奄爲覆覆蓋四方同爲已有與傳不異也釋訓文○明明斤斤察也此連其明故云明察

鍾鼓喤喤磬筦將將降福穰穰降福簡簡威儀反反既醉既飽福祿來反喤喤和也將將集也穰穰衆也簡簡大也反反難也反復也箋云反

反順習之貌武王既定天下祭祖考之廟奏樂而八音克諧神與之福又衆大謂如嘏辭也君臣醉飽禮無違者以重得福祿也○喤華彭反徐音皇又音宏注同篪音管本亦作管同將七羊反注同說文作䪫䪫行貌穰如羊反反如字沈符板反又音販復扶又反重也又音服重直用反

【疏】傳喤喤至反復○正義曰喤喤將將俱是聲也故言和與集謂與諸聲相和與諸樂合集也釋訓云喤喤樂也穰穰福也舍人曰喤喤鐘鼓之樂也穰穰衆多之貌也某氏引此詩明穰穰是福豐之貌也簡簡大釋訓文李巡曰簡簡降福之大也箋以反反爲順習之貌傳言反反難者謂順禮閑習自重難也釋言云復反也是反得爲復定本作覆○箋武王至福祿○正義曰箋以文承奄有之下降福是祭祀之事故知是武王既定天下祭祖考之廟也少牢大夫報辭尚云受祿于天宜稼于田天子嘏辭致福固當衆且大矣故云謂如嘏辭也祭義說祭祀之禮主人慤而趨賓客則濟濟漆漆然則威儀反反是卽祭者之容也既醉既飽文在反反之下故知謂羣神醉飽也祭末旅酬下及羣臣故有醉飽之義卽既醉所云醉酒飽德是也此時祭之末節人多倦而違禮故美其禮無遠者以重得福祿卽經之來反也此陳祭之事止應一降福耳但作者於樂音和集之下以言降福於羣臣既醉之

下復言福祿每於一事得禮一言獲福欲見善不虛作福必報之爲節文之勢故言福祿復來也祭祀宗廟當有酒食之饌此不言黍稷牲牢唯云聲樂者詩人意之所言無義例也

執競一章十四句

思文后稷配天也〔疏〕思文八句○正義曰思文詩者后稷配天之樂歌也周公既已制禮推后稷以配所感之帝祭於南郊既已祀之因述后稷之德可以配天之意而爲此歌焉經皆陳后稷有德可以配天之事國語云周文公之爲頌曰思文后稷克配彼天是此篇周公所自歌與時邁同也后稷之配南郊與文王之配明堂其義一也而此與我將序不同者我將主言文王饗其祭祀不說文王可以配上帝故云祀文王於明堂此篇主說后稷有德可以配天不說后稷饗其祭祀故言后稷配天由經文有異故爲序不同也

思文后稷克配彼天立我烝民莫匪爾極極中也箋云克能也立當作粒烝衆也周公思先祖有文德者后稷之功能配天昔堯遭洪水黎民阻飢后稷播殖百穀烝民乃粒萬邦作乂天下之人

無不於女時得其中者言反其性○烝之丞反粒音立阻莊呂反難也馬融注尚書作祖云始也艾音刈鄭注尚書五蓋反本或作反音同

【疏】思文后稷○毛以爲周公自言我思先祖之有文德者后稷也此后稷有大功德堪能配彼上天昔堯遭洪水后稷播殖百穀存立我天下衆民之命使衆民無不於爾后稷得其中正言民賴后稷復其常性是后稷有大功矣由后稷有穀養民之故天乃遺我武王以所來之牟麥正以牟麥遺我者帝意所命用此后稷養天下之物表記后稷之功欲廣其子孫之國使無疆境於汝今之經界言於此今之經界其內不立封疆是命大有天下牢籠九服也以是之故陳其久常之功於是夏樂而歌之言后稷功爲常久永在歌樂故所以配天共食也○鄭唯以立爲粒率爲循其文義大同○傳極中○正義曰北極以居天之中故謂之極是爲中之義也傳不解立但毛無破字之理必其不與鄭同宜爲存立衆民也○箋克能至其性○正義曰克能釋言文此立我烝民與尚書烝民乃粒事義正同故破立從粒烝衆釋詁文孝經云昔者周公郊祀后稷以配天是后稷配天周公爲之此詩周公所作故云周公思先祖有文德者后稷有此文德故周公思之非謂偏思先祖后稷獨有文德也堯典云帝曰咨四岳湯湯洪水方割是堯遭洪水也又舜

典云帝曰弃黎民阻飢汝后稷播時百穀注云阻讀曰阻阻
戹也時讀曰蒔蒔始者洪水時衆民戹於飢汝居稷官種蒔百
穀以救活之是黎民阻飢后稷播殖百穀也益稷云禹曰予
曁稷播奏庶艱食鮮食烝民乃粒万邦作乂注云禹復與稷
教民種澤物菜蔬艱戹之食授以水之衆鼃食謂魚鼈也粒
米也乂養也衆民乃復粒食万國作相養之禮是烝民乃粒
万邦作乂也

貽我來牟帝命率育無此疆爾界陳常于時夏

牟麥率用也箋云貽遺率循育養也武王渡
孟津白魚躍入于舟出涘以燎後五日火流
爲烏五至以穀俱來此謂遺我來牟天命以是循存后稷養
天下之功而廣大其子孫之國無此封竟於女今之經界乃
大有天下也用是故陳其久常之功於是夏而歌之夏之屬
有九書說烏以穀俱來云穀紀后稷之德○貽音夷字又作
詒同牟亡侯反如字字書作麰音同牟字或作麳孟子云麰大麥
也廣雅云麰小麥麳大麥也疆居良反竟也介音界大也後
放此夏戸雅反注同遺唯季反下同【疏】傳牟麥率用○正
涘音仕燎力召反竟音境本或作境　義曰孟子云麰麥
播種而耰之趙岐注云麰麥大麥也說文云麰周受來牟也
一麥二夆象其芒刺之形天所來也釋詁云率由自也由自

俱訓爲用故率爲用也○箋貽遺至之德○正義曰貽遺釋言文率循育養釋詁文武王渡孟津至以穀俱來皆尚書文大誓云惟四月太子發上祭於畢下至於孟津之上注云孟津地名又云大子發升舟中流白魚入於王舟王跪取出涘以燎之注云白魚入舟天之瑞也魚無手足象紂無助白者殷正也天意若曰以殷予武王當待無助今尚仁人在位未可伐也得白魚之瑞卽變稱王應天命定號也涘涯也王出於岸上燔魚以祭變禮也又云至於五日有火自上復於下至於王屋流之爲鵰其色赤其聲魄五至以穀俱來注云五日燎後日數王屋所在之舍上流猶變也鵰當爲鴉鴉烏也燎後五日而有火爲烏天報武王以此瑞書說曰烏有孝名武王卒父業故烏瑞臻赤周之正穀記后稷之德又禮說曰武王赤烏穀芒應周尚赤用兵王命曰爲牟天意若曰須暇紂五年乃可誅之武王卽位此時已三年矣穀蓋牟麥也詩云貽我來牟是鄭所據之文也周自后稷以來得穀瑞者唯彼云以穀俱來此言來牟彼云穀至彼此交相證明其事同也太誓止云白魚不言魚之大小中候合符后云魚長三尺赤文有字題之目下授右注云右助也天告以伐紂之意是其助然則目下有此授右之字也而彼授右之下猶有一百二十餘字乃云王維退寫成以二十字魚文消蓋其鱗甲之

上有此字非目下所能容直言出渙以燎不言廻舟盡在此岸燎也太誓之注不解五至而合符后注云五至猶五來不知爲一日五來爲當異日也言五至以穀則第五至時乃有穀耳彼穀此牟理當爲一故云此謂遺我來牟也又解帝命率育之義天命武王正以是牟麥者循而存記此后稷養天下之功言后稷以穀養天下故命武王以穀存記之也是欲廣大其子孫之國也無此封境於汝今之經界者謂當時經界已廣大萬里於汝此之內使無封疆是乃大有天下之辭也言無此疆爾界者周公自據當時故云此稱天之意故云爾自汝當時之土境也此與時邁皆周公所作俱云時夏則以此二者爲大功故於樂爲大歌也夏之屬有九郎鍾師九夏是也書說烏以穀具來云穀以記后稷之德者尚書旋機鈐及合符后皆有此文注云稷好農稼今烏銜穀故云記之也

思文一章八句

清廟之什十篇十章九十五句

臣工之什詁訓傳第二十七

臣工諸侯助祭遣於廟也【疏】臣工十五句○正義曰臣工詩者諸侯助祭遣於廟之樂歌也謂周公成王之時諸侯以禮春朝因助天子之祭事畢將歸天子戒勑而遣之於廟詩人述其事而作此歌焉此諸侯來朝行朝享之禮巳終天子饗食燕賜之事又畢唯待祭訖而去故於祭之末因在廟中遣之經陳戒諸侯之臣使助其公事又戒車右令及時勸農天子賓敬諸侯不勑其身戒其臣亦所以戒諸侯是其遣之事也此諸侯助祭是下土諸侯自外來也振鷺有客序皆云來此與烈文不言來者振鷺有客經言有客戾止主陳其來之意故序言來助來見此與烈文王告戒之以事不說其來但因助祭而戒之當言其助而巳不須言來也載見述其始見故序亦指言始見不言其來

嗟嗟臣工敬爾在公王釐爾成來咨來茹嗟嗟勑之也工官也公君也箋云臣謂諸侯也釐理咨謀茹度也諸侯來朝天子有不純臣之義於其將歸故於廟中正君臣之禮勑其諸官卿大夫云敬女在君之事王乃平理女之成功女有事當來謀之來度之於王之朝無自專○釐力之反茹如預反徐音如度待洛反下同朝直遙反下皆同【疏】嗟嗟臣工○正義曰此周公成

王於祭之末將遣諸侯不直戒其身爲其太斥故戒其卿大夫及車右以警切之將戒先嗟而又嗟重歎以呼之曰我臣之下諸官謂諸侯之卿大夫也汝等皆當敬慎於汝在君之職事汝能如此則我王家當平理汝之成功知其勤惰亦不忘汝勞汝若有大事賞罰當來咨謀計度於我王之廟無得自專欲使諸侯聞之亦敬其事而不自專也又勑其車右以農事亦嗟而又嗟重歎而呼之曰爾從君之保介謂車右衣甲之人也今已是維暮之春矣汝若歸國亦有何所求施於民乎維汝如何於民之新田畬田言汝當祭此民之新田畬田何欲其勸民耕之也所以令汝勸民耕田者何於乎美哉本赤烏所與俱來之牟麥以瑞我周家大受其光明謂得此牟麥之瑞而爲天下所休慶也此光明之事乃見於上帝言爲上帝所揭知也至今用以此瑞之故常有樂歲遂時和年豐耕則必獲是田不可舍汝可命我衆民令之具汝所用錢鎛之田器勤力以事農畝於久必多銍刈宜以此告勸下民使勤於田事○傳嗟嗟至公君○正義曰嗟嗟歎聲將勑而嗟歎故云嗟嗟勑之非訓爲勑也臯陶謨曰百工惟時天工人其代之皆謂官也故以工爲官公君釋詁文○箋臣至自專○正義曰此遣諸侯之歌勑臣之工使敬君事故知臣謂諸侯堯典云允釐爲理之義故爲理也咨謀釋詁文茹度釋

言文又解所以謂諸侯爲臣者諸侯來朝天子有不純臣之義於其歸故於廟正其爲臣之禮明天子以主人之義不純臣於諸侯其諸侯之心則當純臣於天子恐彼不知以不純爲常故於廟中稱之爲臣以正臣之禮既正臣禮而君臣分定因以示義見事當上逸下勞故勑其下諸官而警切之使之敬其君事有大事來謀於王雖呼其臣而戒之實亦戒諸侯之身也言諸侯朝天子有不純臣之義者以秋官大行人掌大賓之禮與大客之儀注云大賓要服以內諸侯大客謂其孤卿然則天子之於諸侯謂之爲賓賓者敵主之辭是不純臣之義也異義公羊說諸侯不純臣左氏說諸侯者天子蕃衛純臣謹案禮王者所不純臣者謂彼人爲臣皆非己德所及易曰利建侯侯者王所親建純臣也玄之聞也賓者敵主人之稱而禮諸侯見天子稱之曰賓不純臣諸侯之明文矣雖鄭據大行人之文以爲不純之證也以賓客之文明不純臣之義則謂天子與諸侯對爲賓主行禮是爲不純臣君與朝廷之臣行禮饗燕則使人爲主諸侯燕其臣使宰夫爲獻主不與臣對行禮是純臣之也大行人又云九州之外謂之蕃國世一見注云謂其君爲小賓臣爲小客小行人云凡四方之使大客則擯小客則受其幣聽其辭見於夷狄君臣亦稱賓客則四夷諸侯亦不純臣也此則天子於諸侯之義

耳若諸侯於天子皆純臣矣北山云率土之濱莫非王臣皁陶謨云萬邦黎獻共惟帝臣是彼於王者皆純臣也書傳周公謂越常氏之譯曰德澤不加焉則君子不享其質政令不施焉則君子不臣明政令之所及盡爲純臣故此所以正臣之禮也何知不是臣之與工君臣並勑而以爲獨勑其卿大夫者以下勑保介其文不與臣連是獨勑保介則知此亦獨勑其臣不勑其君也且君臣禮絶尊卑不同天子之戒諸侯當正尊卑之禮不可使人臣與君並受其命以此知勑臣之工不勑臣也諸侯之朝天子必有卿與大夫隨之爲介故云勑其諸官卿大夫也秋官司儀云諸公相爲賓及將幣每門止一相及廟唯上相入則諸侯朝天子亦應唯上相入廟耳此得卿大夫及車右俱在廟中受勑者彼謂將幣饗食行禮之時唯上相入耳此諸侯將歸遣之於廟是召入而戒之非致幣之類也敬汝在君之事王乃平理汝之成功謂有大功則賜之車服以寵章之若左傳宣十六年晉侯請於王以黻冕命士會將中軍襄十九年鄭公孫蠆卒范宣子言諸晉侯以其善於伐秦晉侯請於王王追賜之大路以行禮是有功王平理之事也言來謀之度之於王之廟者以其在廟勑之而言來故知來謀於王之廟也且古者大事謀於廟中訪落序云嗣王謀於廟國語云謀之廊廟失之中原是大事必謀於

廟也定本集注廟字作廟於義爲是

嗟嗟保介維莫之春亦又何求如何新畬田二歲曰新三歲曰畬箋云保介車右也月令孟春天子親載耒耜措之於參保介之御間莫晚也周之季春於夏爲孟春諸侯朝周之春故晚春遣之勑其車右以時事女歸當何求於民將如新田畬田何急其教農趨時也介甲也車右勇力之士被甲執兵也○莫音暮本或作暮注同畬音餘耒力對反耜音似措七故反夏戶雅反被皮寄反

【疏】箋保介至執兵○正義曰此所以勑人也以月令準之知保介爲車右故即引月令以證之盡保介之御間皆月令文彼說天子耕籍田之禮天子親載耒耜措置之於參乘之人保介之與御者二人間君之車上止有御者與車右二人而已今言保介與御明保介即車右也引之者證保介爲車右也又明以農事勑車右之意以諸侯耕籍勸農則此人與之同車而置田器於其間常見勸農之事故勑之也不勑御人偏勑車右者以御人本主於御車不主轄君故專勑車右明其衛君車也言保介之御間者以人君在左載御在中央明其遠君措之故繫於車右因御間字而言之以便文耒耜不近君而置御右之間者彼注云明已勸人非農人故也暮晚者古暮字作莫說文云日在茻中

爲莫是晚之義也時有三月季爲其晚故以周之季春爲晚春也知非夏之季春者以月令季冬命民修耒耜具田器農書稱孟春耕者急發不得於建辰之月方始勸農故知是夏之孟春也且此諸侯來朝而遣之若是夏之季春非復朝王之月故云諸侯朝周之春以明此爲夏之正月也知諸侯之朝必以夏之正月者明堂位云季夏六月以禘禮記周公於太廟雜記云七月而禘獻子爲之以六月爲正譏用七月則祭用夏之孟月矣故王制注云祭以首時薦以仲月諸侯時祭用夏之正月王制云諸侯礿則不禘禘則不嘗嘗則不烝烝則不礿注云虞夏之制諸侯歲朝廢一時祭明是朝祭同月故廢之也明堂位云夏礿秋嘗冬烝天子之禮獨不言春祀得不爲朝王而闕之故彼注云魯在東方朝必以春或闕之以此而言明諸侯之朝皆用孟月可知由孟春耕期既逼故勑其車右以其時事卽耕田是也汝歸當何求於民言無所可求於民唯求其勤力於農耳如新田畬田何如猶奈何也當奈此田何王意急其教農以趍時恐時之晚過也更解謂車右與保介之義介甲也車右勇力之士被甲執兵故謂之保介也月令注云保猶衣也勇力之士衣甲執兵此云被彼云衣皆保之義

於皇來牟將受厥明明昭上帝迄用

康年康樂也箋云將大迄至也於美乎赤烏以牟麥俱來故我周家大受其光明謂爲珍瑞天下所休慶也此瑞乃明見於天至今用之有樂歲五穀豐熟○傳康樂於音烏注同迄許乞反樂音洛下同見賢遍反○疏○正義曰釋詁文○箋將大至豐熟○正義曰將大迄至釋詁文於者歎辭皇訓爲美於美乎歎其受麥瑞而得豐年也大受其光明謂爲天下所休慶者由受天瑞而人歸之是其爲所美慶也此瑞乃明見於上天言既爲人知又爲天知美其瑞之著也人知謂天下歸之天知謂今之豐熟此瑞本自天來而云見於天者見天人相因以爲人見天瑞而歸之天見人歸而降福美此周德賜之豐年至今用之常有樂歲正謂五穀豐熟五穀者五行之穀月令春食麥夏食菽季夏食稷秋食麻冬食黍天官疾醫以五穀養其病注云五穀麻黍稷麥豆是也鄭以五行之穀爲五穀也夏官職方氏豫州其穀宜五種注云五種黍稷菽麥稻不以五行之穀爲五種者以職方辨九州土地生殖之所宜每州不同非五行常穀豫州之界東接青州宜稻麥西接雍州宜黍稷明豫州宜黍稷稻麥也菽則土地多生人所常種明通菽爲五也職方又云幽州宜三種注云黍稷稻兗州宜四種注云黍稷稻麥皆準約所與連接者言之也命我衆人庤乃

錢鎛奄觀銍艾庤具錢銚鎛鎒銍穫也箋云奄久觀多也教我庶民具女田器終久必多銍艾勸之也○庤持耻反錢子踐反鎛音博奄鄭音淹王徐並如字觀古玩反又如字注同銍珍栗反艾音刈銚七遥反何士堯反沈音遥世本云垂作銚鎒乃豆反或作耨呂氏春秋云耨柄尺此其度也其耨六寸所以間稼也高誘注云耨芸田也六寸所以入苗間也字詁云頭長六寸柄長一尺鎒古字也今作耨同穫戶郭反本或作鑊音同釋名云銍穫鐵也說文云銍穫禾短鐮也此則銍器可以穫禾故云銍穫也小爾雅云截頴謂之桎截頴即穫也

疏　傳庤具至銍穫

正義曰庤具釋詁文說文云錢銚古田器世本云垂作銚宋仲子注云銚刈也然則銚刈物之器也說文云鎛田器也釋名云鎛鋤類也鎛迫也去草也本云垂作耨釋器云斪斸謂之定李巡曰鋤也郭璞曰鋤屬廣雅云定謂之耨呂氏春秋云耨柄尺此其度也其耨六寸所以間稼也高誘注云耨芸苗也六寸所以入苗間此云鎛耨當是一器但諸文或以爲耨即鋤或云鋤類古器變易未能審之釋名云銍穫禾鐵也說文曰銍穫禾短鐮也然則銍器可以穫禾故云銍穫也管子云一農之事必有一銍一耨一銚然後成農是三者皆田器○箋奄久觀多○正義曰釋詁文彼奄作淹蓋鄭讀爾雅

以渰爲奄故也王肅云奄同也毛於執競之傳以奄爲同言同多銍刈但無傳可據故同之鄭焉

臣工一章十五句

噫嘻春夏祈穀于上帝也祈猶禱也求也月令孟春祈穀于上帝夏則龍見而雩是與。意嘻意又作噫同於其反噫音禧禱丁老反又丁報反見賢遍反雩音于與音餘

〔疏〕噫嘻八句。正義曰噫嘻詩者春夏祈穀於上帝之樂歌也謂周公成王之時春郊夏雩以禱求膏雨而成其穀實爲此祭於上帝詩人述其事而作此歌焉經陳播種耕田之事是重穀爲之祈禱戒民使勤農業故作者因其禱祭而述其農事。箋祈猶至是與。正義曰春官太祝掌六祈之辭以祈福祥求永貞知祈爲禱求謂禱請求天降雨以成穀也月令孟春祈穀於上帝及左傳夏則龍星見而雩此二者皆是此春夏祈穀於上帝之事與以孟春祈穀文與此同以雩者又是爲穀求雨之祭故以二者爲此祭也龍星見而雩桓五年左傳有其事此引之不言左傳者以月令事在孟春其時月分明故顯言月令左傳之言龍見則時月不明引取其意言夏則非彼成文故不云左傳也言是與者爲若不審之辭亦所以足

句也必知雩祭亦是祈穀者月令仲夏大雩帝以祈穀實是雩爲祈穀之明文但雩以龍見爲之當在孟夏之日爲月令者錯至於仲夏失正雩之月故不引之左傳稱凡祀啓蟄而郊龍見而雩郊雩交連事正當此不并引左傳者又以傳無祈穀之文故月令左傳各取其一也郊特牲云郊之祭也大報天而主日書傳曰祀上帝於南郊所以報天德然則郊以報天而云祈穀者以人非神之福不生爲郊祀以報其已往又祈其將來故祈報兩言也天者至尊之物善惡莫不由之故於此一祭可以爲報天可以爲祈穀襄七年左傳曰夫郊祀后稷以祈農事故啓蟄而郊郊而後祈是郊爲祈穀之事也孝經云郊祀后稷以配天宗祀文王於明堂以配上帝止言配天不言祈穀者鄭箴膏肓云孝經主說周公孝以必配天之義本不爲郊祈之禮出是以其言不備月令孟春元日祈穀於上帝是即郊天也後乃擇元辰天子親載耒耜躬耕帝籍是郊而後耕二者之禮獻子之言合是郊天之與祈穀爲一祭也案禮記大傳注云王者之先祖皆感太微五帝之精以生蒼則靈威仰皆用正歲之正月郊祭之蓋特尊焉孝經曰郊祀后稷以配天配靈威仰也然則夏正郊天祭所感一帝而已月令注云雩祀五精之帝則雩祭總祀五帝矣郊雩所祭其神不同此序并云祈穀于上帝者以其所郊之帝

亦五帝之一同有五帝之名故一名上帝可以兼之也月令
孟春祈穀於上帝之下注云上帝大微五帝者亦謂祈穀所
祭也是大微之一不言祈穀揔祀五帝也春官典瑞云四圭
有邸以祀天旅上帝注云祀天夏正郊天也上帝五帝所郊
亦五帝殊言天者尊異之此不殊之者
非周祀相對之例序者省以便文也

噫嘻成王既昭意歎也嘻和也成王成是王事也箋云噫嘻有所多大之聲也假至也播猶種也噫嘻乎能成周王之功其德已著至矣謂光被四表格于上下也又能率是主田之吏農夫使民耕田而種百穀也○成王如字又于况反注同假鄭王並音格沈云毛如字彼皮寄反**假爾率時農夫播厥百穀**

〔疏〕噫嘻成王○毛以爲噫嘻然嗟歎而有所戒勑者成是王事之王
謂周公成王也此王既已政教光明至於天下德既光明顯
著如此猶能敬重農事率是典田之官令之教民耕田而種
百穀典田之官既受率約卽告民云我欲得大發汝之私田
終於三十里欲使各極其望無不墾耕汝等須大事汝所耕
及時趍農十千人維爲配耦恐其失時欲令万夫俱作天下
既已太平尚能重民如此爲之祈神殷勤戒勑故美而歌之
○鄭唯噫嘻二字與毛別又三十里爲一部一吏主之實

有十千之數具說在箋。傳噫歎至王事。正義曰孔子見顏淵死曰噫天喪予成湯見四面羅者曰嘻盡之矣則噫嘻皆是歎歎聲爲歎以勑之傳因其文重分而屬之非訓噫嘻爲歎歎勑也此噫嘻猶上篇云嗟嗟耳毛亦以上篇重農嗟嗟而勑勑保介此文類之明亦噫嘻而勑之。箋噫嘻至百穀。正義曰以噫嘻之下方美其成王明至而率時農夫乃在下句則噫嘻之言未是勑戒故以爲有所多大之聲謂作者有所裒多美大而爲聲以歎之故言噫嘻有所多大之聲假至釋詁文彼假作格音義同言既明至亦是君德著明而有所至故引尚書以當之光彼四表格于上下堯典文也注云言堯德光耀及四海之外至於天地所謂大人與天地合其德與日月齊其明彼說堯德而聖人道同周公成王德亦如之故美其能昭假也先言此者人之恒性莫不急於未就惰於已成今成王者德既著至而猶尚重農以是而稱可美矣故云又能率是主田之吏農夫使民耕田而種百穀謂王者率農夫教下民也知農夫是主田之吏者以文承成王之下則是王者率之若田農之夫非王所親率而釋言云畯農夫也畯即豳風小雅及春官籥師所云田畯者也田畯至典田之官而爾雅謂之農夫故知農夫是主田之吏也

駿發爾私終三十里亦

服爾耕十千維耦私民田也言上欲富其民而讓於下欲民之大發其私田耳終三十里言各極其望也箋云駿疾也發伐也亦大服事也使民疾耕發其私田竟三十里者一部一吏主之於是民大事耕其私田萬耦同時舉也周禮曰凡治野田夫間有遂遂上有徑十夫有溝溝上有畛百夫有洫洫上有塗千夫有澮澮上有道萬夫有川川上有路計此萬夫之地方三十三里少半里也耜廣五寸二耜爲耦一川之間萬夫故有萬耦耕言三十里者舉其成數○浚本亦作駿音峻毛大也鄭云疾也發發伐一本無一發字徑古定反畛之忍反又之人反洫況域反澮古外反廣古曠反

【疏】傳私民至其望○正義曰毛以此經皆勑民之言故解其勑意所在皆有公田在民井田之問亦當民所耕發而云駿發爾私者上意欲富其民而讓於下欲民之大發私田使之耕以取富故言私而不及公令民知君於已之專則感而樂業故也大田云雨我公田遂及我私是民意之先公也此云駿發爾私言不及公主意之讓下也以彼公私相對知此言私對公訓駿爲大故云大發其私田也又解正言三十里意終三十里者各極其望謂人目之望所見極於三十每各極望則徧及天下矣三十以極望爲言則十千維耦者以萬爲盈數故舉之以言非謂三

十里內有十千人也王肅云三十里天地合所之而三十則天下徧此申毛之意也言人目所望三十里而天地合於三十里外不復見之是爲極望也○箋駿疾至成數○正義曰釋詁云速疾也駿速也轉以相訓是駿爲疾也冬官匠人云一耦之伐伐發地故云發伐也言伐者以耜擊伐此地使之發起也亦大服事釋詁文彼亦作弈音義同箋以播厥百穀是王者率約農夫之言駿發爾私終三十里是農夫教民之言故云使民疾耕發其私田謂農夫使之也終訓竟也正使之竟三十里者王者之立田官每三十里分爲一部令一主田之吏主之主田之吏謂農夫是也農夫自勑終巳境界故指言三十里也亦服爾耕十千維耦是民從農夫號令之事故云於是民大耕其田萬耦同時舉足而耕也知此三十里爲部使一吏主之者以王者率農夫使教民種穀農夫即號令其人令疾發私田終三十里明三十里者此農夫所部之界故知每三十里分爲一部使一吏主之公羊傳曰三公者何天子之吏則吏者在官之通稱七月傳云畯田大夫畯即此農夫也三十里而有一吏蓋皆以大夫爲之箋又以萬人爲耦與三十里大數相應故引周禮以證之所引周禮盡川上有路皆地官遂人文也彼意言凡治郊外野人之田一夫之間有遂水之遂廣深各二尺也此遂上即有一步徑以通

牛馬其十夫有通水之溝廣深各四尺也此溝上即有一徑畛以通大車其百夫有通水之洫廣深各八尺也此洫上即有一大塗以通乘車其千夫有通水之澮廣丈六尺深丈四尺也此澮上即有一道以容二軌其萬夫有自然之大川此川上即有一廣路以容三軌是周禮以萬夫爲限與此十千相當又計此萬夫之地一夫百畝方百步積萬夫方之是廣長各百夫以百百乘是萬也既廣長皆百夫夫有百步三夫爲一里則百夫爲三十三里餘百步即三分里之一爲少半里是三十三里又少半里也耜廣五寸二耜爲耦冬官匠人文也此一川之間有萬夫故爲萬人對耦而耕此萬人受田計之乃三十三里少半里正言三十里者舉其成數也以三十里與十千舉其成數正足相充故鄭首尾爲一以易傳也遂人注云十夫二鄰之田百夫一酇之田千夫二鄙之田萬夫四縣之田遂溝洫澮皆所以通水於川也遂廣深各二尺溝倍遂洫倍溝澮廣二尋深二仞徑畛塗道路皆所以通車徒於國都也徑容牛馬畛容大車塗容車一軌道容二軌路容三軌以南畝圖之則遂從溝橫洫從澮橫九塗而川周其外焉是鄭具解五溝五塗之事也以遂人治野田故還據遂中鄰里酇鄙縣而說之四縣爲一部計六遂三十縣爲七部猶餘二部蓋與公邑采地共爲部也何者遂人於川上有

路之下云以達於畿鄭云以至於畿則中雖有都鄙遂人盡主其地是都鄙與遂同制此法明其共爲部也地官序縣正每縣下大夫一人鄙師每鄙上士一人鄼長每鄼中士一人里宰每里下士一人鄰長五家則一人計四縣有二十鄙百鄼四百里二千鄰則鄰長以上合有二千五百二十四人矣而云一吏主之者彼謂主民之官與典田者別職其主田之吏一部唯一人也遂人注所言遂溝洫澮廣深之數皆冬官之文也徑畛塗道路所容於匠人差約而爲之耳無正文言以南晦圖之遂從溝橫洫從澮橫者以夫間有遂則兩夫俱南晦於畔上有遂故遂從也其遂既從則必注於橫者也故溝橫也百夫方千步除外畔畔其間則南北者九遂東西者九溝其東西之畔郎是洫也從洫必注於橫澮則南北之畔郎是澮也萬夫方萬步爲方千步者百除外畔其間南北者九洫東西者九澮其四畔則川周之故云川周其外也如是者九則方百里故遂人注又云萬夫者方三十三里少半里九而方一同也此皆設法耳川者自然之物當逐地形而流非於萬夫之外必有大川遶之且川者流水不得方折而匝之也

噫嘻一章八句

附釋音毛詩注疏卷第十九（十九之二）

南昌盧氏宣旬校定

大清嘉慶二十年重栞宋本十三經注疏

黃中模栞

毛詩注疏校勘記（十九之二）

阮元撰盧宣旬摘錄

○昊天有成命

注云天神謂言五帝　閩本明監本毛本同案浦鏜云言衍字是也

早夜始順天命　小字本相臺本同案正義云始於信順天命又云故知所信順者始信順天命也考此箋始信乃經之基命傳所云基始命信也故正義云傳訓命爲信既有所信必將順之故言早夜始信順天命經中之命已訓爲信其言天命鄭自解義之辭故非經中之命也其順上有信字顯然今各本箋中脫者非也又此正義信字今亦删去見下

天道成命者而稱昊天　閩本明監本毛本同案上天字浦鏜云夫誤是也

故曰成王　閩本明監本毛本同案此不誤浦鏜云王衍字非也今周語脫王字韋昭注云成成其王命也當成王成其王命也亦誤删王字

蒼帝非太帝也　閩本明監本毛本同案浦鏜云大誤太是

中苗興稱堯受圖書　閩本明監本毛本同案中下當脫候字盧文弨補之是也生民正義引作稷起注當是鄭據苗興以注稷起耳

故言早夜始順天命　閩本明監本毛本同案中下當脫信字上下文皆可證

所必信有信　閩本明監本毛本同案下信字當作事

王上行既如此　閩本明監本毛本同案王當作已

肆設也　補　案設當故字之譌毛本正作故

○我將

謂祭五帝之於明堂　閩本明監本毛本同案浦鏜云之下當脫神字是也

莫適十　閩本明監本毛本同毛本十作卜案所改是也

四時迎氣於四郊祭帝 毛本祭下剜添一字閩本明監本無案此誤補也言帝於文自足南齊書禮志有一字以義添之耳

詩人雖同祀明堂而作 閩本明監本毛本同案浦鏜云同當因字誤是也

維羊維牛 唐石經小字本相臺本同案經義雜記云正義本作維牛維羊周禮羊人疏隋書宇文愷傳引亦如此今考正義其說是也唐石經與正義本不合未詳其所本經注各本箋皆云我奉養我享祭之羊牛與唐石經合當是一本也

維是肥羊維是肥牛也 閩本明監本毛本同案經義雜記云此非孔氏原本原本作維牛維羊前後俱未及盡改是也羊牛字當互換

謂其不疾瘯蠡也 明監本毛本蠡誤癳閩本不誤○案集韻有癳字正義以今字易古字耳左傳祇作蠡

○時邁

徧于羣神　小字本相臺本同案正義云此一句衍字也定本集注皆有此一句云云釋文云徧于音遍段玉裁云司馬彪祭祀志光武封大山刻石文亦有此四字經言秩則包攝徧于羣神在內鄭注云徧以尊卑次秩祭之是也鄭以經文前後詳略互見故引之如此正義非是見尚書撰異中

遠行也　閩本明監本毛本同小字本同相臺本無此三字案山井鼎云古本無後補入考無者是也此釋文邁行也誤入於注而又譌邁作遠遂不可解當是經注各本始附釋文者不加○為隔故也小字本正如此是其驗矣

國語稱周公之頌曰　閩本明監本毛本同案公上浦鏜云脫文字是也

除地曰禪　閩本明監本毛本禪作墠案所改是也

而鳳望降　閩本明監本同毛本望作皇案所改是也

七十三家補閩本明監本毛本同案三當作二

懷柔百神也唐石經小字本相臺本同案正義云釋詁云柔安是也釋文云懷柔如字本亦作濡兩通俱訓安也段玉裁云當從集注本作濡見詩經小學

高岳岱宗也閩本明監本毛本同小字本相臺本岳作嶽案嶽字是也十行本經中皆作嶽字注及正義中多作岳字乃以岳爲嶽之別體字而用之以取省也與說文所謂岳爲古文者全不相涉盧文弨經典釋文考證牽合之殊誤

而明見天之子有周閩本明監本毛本同案周下浦鏜云脫家字是也

○執競

祀武王也閩本明監本毛本此下有注小字本相臺本無考文古本同案山井鼎云此亦釋文混入於注是也

其心冀成王業未就閩本明監本毛本同案浦鏜云王業下當脫王業二字是也

釋訓文明明斤斤〔補〕案文當作云

君臣醉飽 小字本相臺本同閩本明監本毛本同案正義云此羣臣等既醉於酒矣既飽於德矣又云故知謂羣臣醉飽也祭末旅酬下及羣臣是其本作羣各本作君皆誤考文古本作羣采正義

穰穰衆多之貌也 閩本明監本毛本同案貌當作福

故知謂羣神醉飽也 閩本明監本毛本同案山井鼎云神恐臣誤是也

○思文

黎民俎飢 閩本明監本毛本俎誤阻

俎讀曰阻 閩本明監本毛本俎阻字互誤按此條可證古本尚書十行本最佳處也古文尚書撰異中詳之

無此疆爾界 小字本相臺本同唐石經初刻界後磨改介案釋文云界音介大也是釋文本此字作介也考

箋無此封竟於女今之經界乃大有天下也云無此封竟於女之經界者說經疆爾也經界之界鄭自解義之辭非經中之介云乃大有天下者訓介爲大乃經中之介也正義本亦自不誤故釋文正義初無異說不知者誤認箋中界字爲經中介字乃改經耳此唐石經初刻之誤而各本同之者也李善注魏都賦引薛君云介界也然則韓詩讀介爲界或相涉而亂耳當據釋文本正之考文古本作介采釋文

白魚躍入于舟　小字本同閩本明監本毛本同相臺本于作王案相臺本非也正義引大誓白魚入於王舟尚書之文本如此箋以上句有武王故下不更云王耳考文古本于王並有亦采正義而誤

說文云麰周受來牟也　閩本明監本毛本同案麰當作來此引說文來字下文不知者誤改之耳

言無此疆爾界者　閩本明監本毛本同案界當作介此因經注本之誤而改正義耳

○臣工

於王之朝無自專小字本相臺相同案此釋文本也釋文上來朝下云直遙反下皆同謂此箋及下箋諸侯朝周之春二朝字也正義云定本集注朝字作廟於義爲是正義本亦是廟字與釋文不同

言汝當祭此民之新田畬田何[補]祭當作奈形近之譌毛本正作奈

耕則必獲閩本明監本毛本同案浦鏜云獲當作穫是也

於以必多銍刈閩本明監本毛本同案浦鏜云終誤於是也

周公謂越常氏之譯曰閩本明監本毛本常誤裳

定本集注廟字作廟閩本明監本毛本上廟作庿案所改非也山井鼎云恐朝字誤是也

曰在茻音莽中爲莫毛本音莽誤口閩本明監本不誤案此正義自爲音之未誤入正文者也

○按此則文理不得不作小字者與前有別

以禘禮記周公於太廟閩本明監本毛本同案山井鼎云記恐祀誤是也

更解謂車右與保介之義　閩本明監本毛本同案山井鼎云與恐爲誤是也

麻黍稷麥豆是也鄭以五行之穀　閩本明監本毛本同案是也當誤倒是屬下句讀

非五行當穀　[補]毛本當作常案所改是也

鎛鎒　小字本相臺本同案此釋文本也釋文云鎒乃豆反或作耨又引字詁云鎒古字也今作耨同正義云此云鎛耨當是其本作耨

高誘注云耨芸田也　[補]釋文挍勘記通志堂本同盧本田作苗云苗舊作田今依本書改案此當是陸所引與今本不同改之未是小字本所附亦作田也○按當云所以芸田也俗人往往刪古書所以二字

銍獲鐵也　[補]通志堂本盧本獲作穫案穫字是也

截穎謂之桎 補 通志堂本盧本桎作銍案銍字是也

鎛迫也 補 毛本也作地案所改是也

也本云垂作耨 閩本明監本同毛本剜也作世案所改是也

○噫嘻

噫嘻 唐石經小字本相臺本同案釋文意嘻下云意本又作噫同正義引噫天喪予是其本作噫唐石經以下之所本也其實意卽噫之古字假借耳當以釋文本爲長

當在孟夏之日 閩本明監本同毛本日作月案所改是也

夫報天而主日 補 閩本明監本毛本同案夫當作大

郊而後祈 閩本明監本同毛本祈作耕案所改是也

意歎也 補 案此不誤意卽噫之古字假借耳毛本改作噫非

噫和也　小字本同閩本明監本毛本同相臺本和作勑考文古本同案釋文云毛云噫歎也嘻和也是其本作和正義云爲歎以勑之因其文重分而屬之非訓噫嘻爲歎勑也是其本作勑經注本當出於釋文岳氏古本皆依正義改之

及春官籥師　閩本明監本毛本官誤宮案浦鏜云章誤師是也

田畯至典田之官　閩本明監本毛本同案山井鼎云至恐主誤是也

駿發爾私　唐石經小字本相臺本同案釋文云浚本亦作駿音峻毛云大也鄭云疾也正義本是駿字

發伐也　小字本相臺本同案釋文云發發伐也一本無一發字正義云冬官匠人云一耦之伐伐發地故云發伐也是正義本與一本同考發伐於聲類爲至近故用爲訓詁無取於疊字也當以正義本爲長○按俗有墢字坺字皆謂耕起土也古祇作發作伐淺人謂土曰伐人發之曰發故增一發字

竟三十里者一部一吏主之於是民大事耕其私田　小字本同

相臺本者下衍言字閩本明監本此二十字全脱去毛本初刻同後改有案因上文云使民疾耕發其私田複出私田而致誤

方三十三里少半里也　小字本相臺本同閩本明監本毛本上三字誤作二考文古本三字不誤但物觀補遺所載但云三十里無下三字則更誤矣

主意之讓下也　〔補〕閩本明監本毛本同案主當作上

深丈四尺也　閩本明監本毛本同案此不誤浦鏜云六尺誤四尺非也此深二仞七尺曰仞是丈四尺考工匠人鄭遂人注及此正義皆有明文浦不考之甚

以百百乘是萬也　閩本明監本毛本下百字作自案所改非也

九塗而川周其外焉　閩本明監本毛本同案浦鏜云澮誤塗是也

附釋音毛詩注疏卷第十九　十九之三

毛詩周頌　鄭氏箋　孔穎達疏

振鷺二王之後來助祭也二王夏殷也其後杞也宋也○振鷺上之愼反下音路一名春鉏水鳥也一音盧夏戸雅反杞音起

【疏】振鷺八句○正義曰振鷺詩者二王之後來助祭之樂歌也謂周公成王之時已致大平諸侯助祭二王之後亦在其中能盡禮備儀尊崇王室故詩人述其事而爲此歌焉天子之祭諸侯皆助獨美二王之後來助祭者以先代之後一旦事人自非聖德服之則彼情未適今二王之後助祭得宜是其敬服時王故能盡禮客主之美光益王室所以特歌頌之○箋二王至杞宋○正義曰樂記稱武王伐紂旣下車封夏后氏之後於杞投殷之後於宋故知之也史記杞世家云武王克殷求禹之後得東樓公封之於杞以奉夏后氏之祀是杞之初封卽爲夏之後矣其殷後則初封武庚於殷墟後以叛而誅之更命微子爲殷後書序云成王旣黜殷命殺武庚命微子啓作微子之命是宋爲殷後後成王始命之也樂記武王封先代之後巳言投殷之後於宋者以微子終爲殷後作記者

從後錄之其實武王之時始封於宋宋爲殷後也樂記注云投者舉徙之辭謂微子在殷先有國邑今舉而徙之別封宋國也若然僖六年左傳曰許僖公見楚子於武城許男面縛銜璧大夫衰絰士輿櫬楚子問諸逢伯對曰昔武王克殷微子啓如是武王親釋其縛受其璧而祓之焚其櫬禮而命之使復其所史記宋世家亦云周武王克殷微子乃持其祭器造於軍門肉袒面縛左牽羊右把茅膝行而前以告於是武王乃釋微子復其位如故言復位以還爲微子但微國本在紂之畿內既以武庚君於畿內則微子不得復封於微也但微子自囚以見武王武王使復其位正謂解釋其囚使復臣位不是復封微國也以樂記之文知武王初即封微子於宋矣但未知爵之尊卑國之大小耳至成王既殺武庚命爲殷後當爵爲公地方百里至制禮之後當受上公之地更方五百里史記以爲成王之時始封微子於宋與樂記文乖其說非也如樂記之文武王始封夏後於杞而漢書酇食其說漢王曰昔湯伐桀封其後於杞武王伐紂封其後於宋者主言夏殷之滅其後得封耳以伐夏者湯克殷者武故繫而言之其意不言湯即封杞武即封宋也王者所以必立二王之後者以二代之先受命之祖皆聖哲之君故能克成王業功濟天下後世子孫無道喪其國家遂令宗廟絕享非仁者之意

也故王者既行天罰封其支子爵爲上公使得行其正朔用其禮樂立祖王之廟郊所感之帝而所以爲尊賢德崇三統明王位非一家之有也故郊特牲曰王者存二代之後猶尊賢也尊賢不過二代書傳曰天子存二王之後與已三所以通天三統立三正鄭駁異義云言所存二王之後者命使郊天以天子禮祭其始祖受命之王自行其正朔服色此之謂通天三統是言王者立二王後之義也

振鷺于飛于彼西雝我客戾止亦有斯容興也振振羣飛貌鷺白鳥也雝澤也客二王之後箋云白鳥集于西雝之澤言所集得其處也興者喻杞宋之君有絜白之德來助祭於周之廟得禮之宜也其至止亦有此容言威儀之善如鷺然○處昌慮反

〔疏〕振鷺于飛○正義曰言有振振然絜白之鷺鳥往飛也其往飛則集止於西雝之澤色絜白之水鳥而集於澤誠得其處也以興有威儀之杞宋往行也其往而行則來助祭於有周之廟美威儀之人臣而助祭王廟亦得其宜也此鷺鳥之色有絜白之容我客杞宋之君其來至止也亦有此絜白之容非但其來助祭有此姿美耳又在於彼國國人皆悅慕之無怨惡之者今來朝周周人皆愛敬之無厭倦之者猶復庶幾於善夙夜行之以此而能長終美譽言其善

於終始爲可愛之極也○傳振振至之後○正義曰此鳥名鷺而已振與鷺連即言于飛魯頌之言振振鷺故知振振羣飛貌也言鷺白鳥者以言亦有斯容則義取絜白故云白鳥也以鷺是水鳥明所往爲澤故知雝澤也謂澤名爲雝故箋云西雝之澤也明在作者之西有此澤言其往嚮彼耳無取於西之義也序言二王之後故知客二王之後客者敵主之言諸侯之於天子雖皆有賓客之義但先代之後時王偏所尊敬特謂之客昭二十五年左傳云宋樂大心曰我於周爲客臯陶謨曰虞賓在位此及有瞽皆云我客有客之篇以微子爲客皆以二王之後特稱賓客也○箋白鳥至鷺然○正義曰以此詩美其助祭明以在澤喻在廟取其得所爲義也以鷺鳥之白興客之威儀前云絜白之德即鷺鳥之容也以上言飛往西雝喻其嚮京而朝而其容之美未見故又云亦有斯容明上句興喻之中亦有絜白之義故云杞宋之君有絜白之德也言威儀之善如鷺然正謂絜白是也

在彼無惡在此無斁庶幾夙夜以永終譽箋云在彼謂居其國無怨惡之者在此謂其來朝人皆愛敬之無厭之者永長也譽聲美也○斁音亦厭也厭於豔反

振鷺一章八句

豐年秋冬報也報者謂嘗也烝也○豐芳弓反疏豐年七句○正義曰豐年詩者秋冬報之樂歌也謂周公成王之時致太平而大豐熟秋冬嘗烝報祭宗廟詩人述其事而爲此歌焉經言年豐而多穫黍稻爲酒醴以進與祖妣是報之事也言烝畀祖妣則是祭於宗廟但作者主美其報故不言祀廟耳不言祈而言報者所以追養繼孝義不祈於父祖至秋冬物成以爲鬼神之助故歸功而稱報亦孝子之情也作者見其然而主意於報故此序特言報耳其時則不然故那與烈祖實爲烝嘗而序稱爲祀以義不取於報故也其天地社稷之神雖則常祭謂之祈報故噫嘻載芟良耜之等與宗廟異也

豐年多黍多稌亦有高廩萬億及秭豐大稌稻也廩所以藏齍盛之穗也數萬至萬曰億數億至億曰秭箋云豐年大有年也亦大也萬億及秭以言穀數多○稌音杜徐勑古反廩徐力錦反又力荏反倉也秭咨履反一本作數韓詩曰陳穀曰秭也齍盛上音資下音成穗音遂數萬色主反下數億同爲酒爲醴烝畀祖妣

以洽百禮降福孔皆皆偏也箋云烝進畀予也○醴音禮畀必寐反予也注同妣必履反祫胡甲反本或作洽偏音遍予音與

【疏】豐年多黍○正義曰言今爲鬼神祐助而得大有之豐年多有黍矣多有稻矣既黍稻之多復有高大之廩於中盛五穀矣其廩積之數有萬與億及秭也爲神所祐致豐積如此故以之爲酒以之爲醴而進與先祖先妣以會其百衆之禮謂牲玉幣帛之屬合用以祭故神又下予之福甚周偏矣○傳豐大至曰秭○正義曰豐大釋詁文稌稻釋草文郭璞曰今沛國呼稻爲稌是也言廩所以藏齍盛之穗者器實曰齍在器曰盛齍盛謂飯食也以米粟爲之遠本其初出於禾穗故謂廩之所藏爲齍盛之穗也禹貢百里賦納總卽禾稼也二百里銍卽穗也禾稼當積而貯之不在倉廩其穗當在廩藏之故言藏齍盛之穗則自穗以往秸及粟米皆在倉廩矣以穗鄰於禾稼嫌不在廩故特舉其穗以下皆可知也又以經言高廩則廩之高大於藏穗爲宜故言穗也此言藏穗則廩唯藏粟也而地官廩人注云藏米曰廩者對則藏米曰廩藏粟曰倉其散卽通也彼廩人職掌萬民之食四釜三釜皆是米事故云藏米耳彼注又云廩人舍人倉人司祿官之長是廩爲倉之惣可以兼米粟也明堂位云米廩有虞氏之庠注云魯謂

之米廩虞帝令藏齍盛之委焉記言米鄭言委則以廩之所容兼米兼粟也且此言爲酒爲醴以米爲之明亦藏米可知祭祀酒食當用籍田之粟此言廩之所容乃至萬億及秭則是稅民之物而云以爲酒醴者祭祀之禮亦用稅物信南山云曾孫之穡以爲酒食畀我尸賓是用稅物之文也由其亦用稅物故舉廩之多容以爲豐年之狀也言數萬至萬曰億數億至億曰秭於今數爲然定本集注皆云數億至萬曰秭毛以億云及秭萬下不云及億嫌爲萬箇億故辨之也知然者以億言及秭則万與億亦宜相累但文不可再言及耳○箋豐年大有年○正義曰年之豐熟必大有物豐訓爲大故云豐年大有之年也春秋宣十六年穀梁傳曰五穀大熟爲大有年公羊以爲大豐年是也桓三年經書有年穀梁傳曰五穀皆熟爲有年公羊傳曰僅有年彼春秋之文相對爲例耳他經散文不必然也魯頌曰歲其有年亦當謂大豐年矣○傳皆徧○正義曰偕訓俱也亦徧之義○箋烝進畀予○正義曰皆釋詁文

豐年一章七句

有瞽始作樂而合乎祖也 王者治定制禮功成作樂合者大合諸樂

而奏之○瞽音古無目眹曰瞽眹音直謹反本或作鼓合乎祖也本或作合乎大祖治直吏反

疏有瞽十三句○正義曰有瞽詩者始作樂而合於太祖之樂歌也謂周公攝政六年制禮作樂一代之樂功成而合諸樂器於太祖之廟奏之告神以知善否詩人述其事而爲此歌焉經皆言合諸樂器奏之事也言合於太祖則特告太祖不因祭祀且不告餘廟以樂初成故於最尊之廟奏之耳定本集注直云合於祖無太字此太祖謂文王也○箋王者至奏之○正義曰王者功成作樂治定制禮樂記文也引之者證此時成功故作樂也彼注云功成治定同時耳功主於王業治主於教民然則武王雖已克殷未爲功成故至於太平始功成作樂也大合諸樂而奏之謂合諸樂器一時奏之卽經所云鞉磬柷圉簫管之屬是也知不合諸異代樂者以序者序經之所陳止說周之樂器言既備乃奏是諸器備集然後奏之無他代之樂故知非合諸異代樂也

有瞽有瞽在周之庭設業設虡崇牙樹羽應田縣鼓鞉磬柷圉瞽樂官也業大板也所以飾栒爲縣也捷業如鋸齒或曰畫之植者爲虡衡者爲栒崇牙上飾卷然可以縣也樹羽置羽也應小鞞也田大鼓也縣鼓周鼓也鞉鞉

鼓也柷木椌也圉楬也箋云瞽矇也以爲樂官者目無所見於音聲審也周禮上瞽四十人中瞽百人下瞽百六十人有視瞭者相之又設縣鼓田當作朄朄小鼓在大鼓旁應鞞之屬也聲轉字誤變而作田○虡音巨應應對之應注同田毛如字鄭作朄音胤縣音玄注皆同鞉字亦作鼗音桃柷尺叔反圉魚吕反栒荀允反鐻音據植時力反又直吏反衡華盲反卷音權又起圓反鞞步兮反椌苦江反楬苦瞎反矇音蒙有目眹而無見也瞭音了視瞭有目人也相息亮反

【疏】有瞽有瞽○毛以爲始作大武之樂合於太廟之時有此瞽人有此瞽人其作樂者皆在周之廟庭矣既有瞽人又使人爲之設其橫者之業又設其植者之虡其上刻爲崇牙因樹置五采之羽以爲之飾既有應之小鼓又有田之大鼓其鼓懸之虡業爲懸鼓也又有鞉有磬有柷有圉皆視瞭設之於庭矣既備具乃使瞽人擊而奏之又有吹者編竹之簫併竹之管已備舉作之喤喤然和集其聲此等諸聲皆恭敬和諧而鳴不相奪理先祖之神於是降而聽之於時我客二王之後適來至止與聞此樂其音感之長令多其成功謂感於和樂遂入善道也此樂能感人神爲美之極故述而歌之○鄭唯應田俱爲小鼓爲異餘同文須如此者以樂皆瞽人爲之故先言有瞽有瞽於瞽下言於周之庭則樂皆在庭矣周人

初改爲縣故於諸樂先言懸事於虡業言設則柷圉以上皆蒙設文其簫管則執以吹之非所當設於乃奏之下別言備舉助祭之人蓋應多矣獨言我客者以二王之後尊故特言之也○傳瞽樂至圉楬○正義曰周禮瞽矇爲大師之屬職播鞉柷圉簫管弦歌是瞽爲樂官也釋器云大板謂之業是業爲大板也又解業之所用所以飾栒爲懸也懸之橫者爲栒其上加之以業所以飾此栒而爲懸設也其形刻之捷業然如鋸齒故謂之業或曰畫之謂既刻又畫之以無明文故爲兩解業即栒上之板與栒相配爲一故通解栒虡之體植者爲虡橫者爲栒也知者以春官典庸器冬官梓人及明堂位植弓皆言栒虡而不言業此及靈臺言虡業而無栒文皆與虡相配栒業互見明一事也名生於體而謂之爲業則是其形捷業宜橫以置懸故知橫者爲栒既言業所以飾栒則與之爲一據栒定其橫植而業統名焉故不言橫曰業也栒業既橫則虡者自然植矣釋器云木謂之虡郭璞云懸鍾磬之木植者名虡虡既用木則栒亦木爲之也又知崇牙上飾卷然可以爲懸者靈臺云虡業維樅即崇牙上飾卷然可以爲懸者也繫於業而言維明在業上爲之故與此二文以互言業不言栒也虡者立於兩端栒則橫入於虡其栒之上加於大板則著於栒其上刻爲崇牙似鋸齒捷業然故謂之

業牙卽業之上齒也故明堂位云夏后氏之龍簨虡殷之崇牙注云横曰簨飾之以鱗屬以大板爲之謂之業殷又於龍上刻畫之爲重牙以掛懸紘是牙卽業之上齒也以其形卷然得掛繩於上故言可以爲懸也言掛懸紘者紘謂懸之繩也樹羽置羽者置之於栒虡之上角漢禮器制度云爲龍頭及頷口銜璧璧下有旄牛尾明堂位於崇牙之下又云周之璧翣注云周人畫繒爲翣戴以璧垂五采羽其下樹翣於簨之角上飾鞞多是也知應小鞞者釋樂云大鼓謂之鼖小者謂之應是應爲小鼓也大射禮應鞞在建鼓東則爲應和建鼓應鞞共文是爲一器故知應小鞞也應既是小田宜爲大故云田大鼓也明堂位云夏后氏之足鼓殷人楹鼓周人懸鼓是周法鼓始在懸故云懸鼓周鼓解此詩特言懸意也若然大射禮者是周禮也其樂用建鼓建鼓則殷之楹鼓也而大射用之者以彼諸侯射禮畧於樂備三面而已故無懸鼓也鞉者春官小師注云鞉如鼓而小持其柄搖之傍耳還自擊是也柷木椌圉楬者以樂記有椌楬之文與此柷圉爲一故辨之言木椌者明用木爲之言柷用木則圉亦用木以木可知而畧之大師注木柷敔也是二器皆用木也皐陶謨云合止柷敔注云柷狀如漆筩中有椎合之者投椎於其中而撞之敔狀如伏虎背上刻之所以止鼓謂之止釋樂云所以鼓

柷謂之止所以鼓敔謂之籈郭璞云柷如漆筩方二尺四寸深一尺八寸中有推柄連底挏之令左右擊止者其椎名也敔如伏虎背上有二十七鉏敔刻以木長尺櫟之籈者其名也此等形狀蓋依漢之大○予○樂而知之其椈籈圉敔古今字耳○箋瞽矇至作田○正義曰瞽矇相對則目有小異周禮謂其官為瞽矇故連言之解以瞽矇為樂官之意以目無所見思絕外物於音聲審故也周禮上瞽四十人中瞽百人下瞽百六十人春官序官文也彼注云命其賢智者以為太師小師是以才智為差等不以目狀為異也又解此無目而可用者有視瞭者相之又使此視瞭設縣鼓因明設業以下皆視瞭設之非瞽自設也春官序於瞽矇之下云視瞭三百人則一瞽一視瞭也注云瞭目明者也其職云掌大師之縣凡樂事相瞽注云大師當縣則為之相謂扶工是主相瞽又設縣也以經傳皆無田鼓之名而田與應連文皆在縣鼓之上應皆應大鼓則田亦應之類大師職云下管播樂器令奏鼓朄注云為大鼓先引是古有名朄引導鼓故知田當為朄是應鼙之屬也又解誤為田意朄字以柬為聲聲既轉去柬唯有申在申字又誤去其上下故變作田也○既備

乃奏簫管備舉喤喤厥聲肅雝和鳴先

祖是聽箋云既備者懸也柷也皆畢已也乃奏謂樂作也簫編小竹管如今賣餳者所吹也管如篴併而吹之。喤華盲反又音橫又音皇編薄殄反又必緜反史記音甫連反字林聲類韻集並布千反餳夕清反蜜也又音唐方言云張皇也郎乾餹也音唐篴字又作笛同徒歷反併步頂反

疏箋簫編至吹之。正義曰釋樂云大簫謂之言小者謂之筊李巡曰大簫聲大者言言也小者聲揚而小故言筊筊小也郭璞曰簫大者編二十三管長尺四寸小者十六管長尺二寸一名籟易通卦驗云簫長尺四寸風俗通云簫參差象鳳翼十管長二尺其言管數長短不同蓋有大小故也要是編小竹管爲之耳如今賣餳者所吹其時賣餳之人吹簫以自表也史記稱伍子胥鼓腹吹簫乞食吳市亦爲自表異也方言云餳謂之張皇或云滑餹凡飴謂之餳關東之通語也然則餳者餹之類也管如笛併而吹之謂並吹兩管也小師注云管如笛形小併兩而吹之今大予樂官有之是也釋樂云大管謂之簥李巡曰聲高大故曰簥簥高也郭璞曰管長尺圍寸併漆之有底賈氏以爲如篪六孔

我客戾止永觀厥成箋云我客二王之後也長多其成功謂深感於和樂遂入善道終無愆過。觀古亂反又如字注同多也樂如字或音洛愆去連反

有瞽一章十三句

潛季冬〻薦魚春獻鮪也冬〻魚之性定春鮪新來薦獻之者謂於宗廟也

○潛在廉反爾雅作涔郭音潛又音岑韓詩云涔魚池小雅作槮時砧反鮪于軌反【疏】潛六句○正義曰潛詩者季冬〻薦魚春獻鮪之樂歌也謂周公成王太平○時季冬〻薦魚於宗廟至春又獻鮪澤及潛逃魚皆肥美獻之先祖神明降福作者述其事而爲此歌焉經懋言冬〻春雜陳魚鮪皆是薦獻之事也先言季冬〻而後言春者冬〻即次春故依先後爲文且冬〻薦魚多故先言之冬〻言季冬〻春亦季春也月令季春薦鮪於寢廟天官漁人春獻王鮪注引月令季春之事是薦鮪在季春也不言季者以季春鮪魚新來正月未有鮪言春則季可知且文承季冬〻之下從而畧之也冬〻言薦春云獻者皆謂子孫獻進於先祖其義一也經言以享是冬〻亦爲獻月令季春言薦鮪是冬〻亦有薦因時異而變文耳冬〻則衆魚皆可薦故懋稱魚春唯獻鮪而已故特言鮪○箋冬〻魚至宗廟○正義曰冬〻魚之性定者冬〻月既寒魚不行乃性定而肥充故冬〻薦之也天官庖人注云魚鴈水涸而性定則十月已定矣但十月初定季冬〻始肥取其尤美之時薦之也月令季冬〻乃

命魚師始漁天子親往乃嘗魚先薦寢廟注云此時魚絜美故特薦之白虎通云王者不親取魚以薦廟故親行非此則不可故隱五年公矢漁於棠春秋譏之是也魯語里革云古者大寒降土蟄發水虞於是乎講罛罶取名魚而嘗之廟言大寒降與此季冬同其言土蟄發則孟春也以春魚始動猶乘冬先肥氣序既移故又取以薦然則季冬孟春皆可以薦魚也韋昭以爲薦魚唯在季冬國語云孟春者誤案月令孟春獺祭魚則魚肥而可薦但自祀文不具無其事耳里革稱古以言不當謬也言春鮪新來者陸機云河南鞏縣東北崖上山腹有穴舊說云此穴與江湖通鮪從此穴而來北入河西上龍門入漆沮故張衡云王鮪岫居山穴爲岫謂此穴也然則其來有時以春取而獻之明新來也陸機又云大者爲王鮪小者爲鮛鮪言王鮪謂鮪之大者也序止言薦獻不言所在故言薦獻之者謂於宗廟也

猗與漆沮

潛有多魚有鱣有鮪鰷鱨鰋鯉漆沮岐周之二水也潛糝也箋云猗與歎美之言也鱣大鯉也鮪鮥也鰷白鰷也鰋鮎也○猗於宜反與音余漆音七沮七余反鱣張連反鰷音條鱨音常鰋音偃鯉音里糝素感反舊詩傳及爾雅本並作米傍參小爾雅云魚之所息謂之橬橬糝也謂積柴水中令魚依之

止息因而取之也郭景純因改爾雅從小爾雅作木傍參音霜甚反又疏廕反又心廩反字林仁冧音山沁反義同鮥音洛爾雅云鮥叔鮪鮎乃謙反沇又奴廉反

【疏】猗與漆沮○毛以爲可猗嗟而歎美與此漆沮之二水其中有養魚之潛此潛之內乃有多衆之魚有鱣有鮪又有鰷鱨鰋鯉是其多也我太平王者以獻之先祖以之祀宗廟神明饗之以此得大大之福也○鄭唯介爲助餘同○傳漆沮至潛槮○正義曰漆沮自豳歷岐周以至豐鎬以其薦獻所取不宜遠於京邑故不言豳言岐周者鎬京去岐不遠故繫而言之其實此爲潛之處當近京邑釋器云槮謂之涔李巡曰今以木投水中養魚曰涔孫炎曰積柴養魚曰槮郭璞曰今之作槮者聚積柴木於水中魚得寒入其裏藏隱因以薄圍捕取之槮字諸家本作米邊爾雅作木邊積柴之義也然則槮用木不用米當從木爲正也涔潛古今字○箋鱣大至鰋鮎○正義曰鱣鮪已釋於衛風言白鰷鰋鮎以時驗而言之也釋魚有鰋郭璞曰今鰋額白魚也

以享以祀以介景福箋云介助景大也

潛一章六句

雝，禘大祖也。禘，大祭也。大於四時而小於祫。大祖，謂文王。○禘，大計反。大音泰。祫，戶夾反。大祭名。

【疏】雝十六句。○正義曰：雝者，禘大祖之樂歌也。謂周公、成王太平之時，禘祭大祖之廟。詩人以今之太平由此大祖，故因其祭，述其事而爲此歌焉。經言祭祀文王，諸侯來助，神明安慶孝子，愛之多福，皆是禘文王之事也。毛於禘祫，其言不明。唯閟宫傳曰：「諸侯夏禘則不礿，秋祫則不嘗。」然則天子亦有禘祫。禘祫者皆殷祭，蓋亦如鄭三年一祫、五年一禘也。武王以周十二月崩，其明年周公攝政，稱元年。十二月小祥，二年十二月大祥，三年二月禫，四年春禘，蓋此明也。若復五年，則成王即政之年，頌之大例皆是元年前事，此不應獨在五年禘時也。鄭以武王十二月崩，成王三年二月禫，周公避流言而出，明年春禘，於時周公未反，時非太平，必不得爲此頌也。又明年周公反而居攝，是爲元年。至三年而祫，五年禘。常禘當以夏，此即攝政五年之夏禘也。然則此禘，毛以春，鄭以夏，又不同。○箋「禘大」至「文王」。○正義曰：「禘，大祭」，釋天文。嫌祭之最大，故又辨之，云「大於四時而小於祫」。禮記祭法「禘嚳而郊稷」，禘謂祭天圜丘也。大傳曰「王者禘其祖之所自出」，禘謂祭感生之帝於南郊也。然則圜丘與郊亦爲禘祭。知釋天所云非祭天者，以爾雅之文即云「繹，又祭」，繹是宗廟之祭故知禘亦宗廟之禘也但宗廟尚爲大祭則郊丘大祭可知故鄭志云禘大祭天人共之是也若然禘既大祭宜大不是過而得小於祫者以四時之外特爲此祭大於四時故云大祭但此大祭五年再爲一則合聚祭之一則各就其廟故以合祭爲祫就廟爲禘禘尚大祭祫大可知是舉輕以明重故鄭每云五年再殷祭殷大也謂祫禘二者俱爲大祭也禮宜小者稠大者稀而禮緯言三年一祫五年一禘反禘稀而祫數者聖人因事見法以天道三年一閏五年再閏故制禮象之三年一祫五年一禘每於五年之內爲此二禮據其年端數之故言三年五年耳其實禘祫自相距各五年非祫多而禘少也知禘小於祫者春秋文二年大事於大廟公羊傳曰大事者何祫也毀廟之主陳於大祖未毀廟之主皆升合食於大祖是合祭羣廟之主謂之大事昭十五年有事於武宮左傳曰禘於武公是禘祭一廟謂之有事也祫言大事禘言有事是祫大於禘也知大祖謂文王者以經云假哉皇考又言文武維后是此皇考爲天下之人后明非后稷若是后稷則身非天子不得言維后也大祖謂祖之大者旣非后稷明知謂文王也文王雖不得爲始祖可以爲大祖也若此祭文王則於禮當諱而經云克昌厥後者以此詩自是四海之人歌頌之聲本非廟中之事故其辭不爲廟諱及採得

之後即為經典詩書不諱故无嫌耳烝民云四方爰發亦此類也○有來雝雝至止肅肅相維辟公天子穆穆於薦廣牡相予肆祀

相助廣大也箋云雝雝和也肅肅敬也有是來時雝雝然既至止而肅肅然者乃助王禘祭百辟與諸侯也天子是時則穆穆然於進大牡之牲百辟與諸侯又助我陳祭祀之饌言得天下之歡心○相息亮反注同辟音璧君也注同於鄭如字王音烏

【疏】有來雝雝毛以為有是從彼本國而來其顏色雝雝然而柔和既至止於此則容貌肅肅然而恭敬助祭事者維為國君之諸公於是時天子之容則穆穆然而美言助祭者敬和祭者又美賓主各得其宜又指言助祭之事於我天子薦進大牡之牲其時辟公助祭陳其祭祀之饌言得天下之歡心由大祖德及使之然可嘉美哉君考文王其德彼於後世能安定我之孝子故今為天下所歸是可嘉也皇考徧使之有才智者維天下之人謂皇考行化教之令之有智所以然者由以文德武功維為之君故也由皇考能徧使民智故孝子得安皇考之德又能安及皇天使無三辰之災而有徵祥之瑞以此為天所祐故能昌大其後之子孫令長有天下以今禘祭則皇考又安祐我之孝子得年有秀

眉之壽光大孝子以繁多之福也我孝子非徒爲皇考所福既見祐助於光明之考亦見祐助於文德之母言武王大姒以皇考之故亦祐助孝子也○鄭唯辟爲卿士公謂諸侯又以介爲助爲異餘同○傳相助廣大○正義曰釋詁云相助勴也俱訓爲勴是相得爲助廣是寬博亦大之義傳於烈文辟公皆斥諸侯無卿士之義則此辟亦非卿士當謂國君諸公也故王肅云來助祭者維國君諸公天子穆穆然以美德爲之王○箋雝雝至歡心○正義曰雝雝和肅肅敬樂記文也和在色敬在心和敬賢者之嘗因未至異文而分之耳其實常雝肅也以序言禘故云助王禘祭孝子當慇而趍言穆穆者以孝子於祖父則爲子孫之容若非對神前則可爲穆穆也言於薦大牡之牲舉其祭時所用楚茨所謂潔爾牛羊以往烝嘗或剝或亨之類是助王陳祭祀之饌言其得天下之歡心此言肆祀箋以爲陳祭祀之饌敉誓云商王受昬弃厥肆祀注云肆祀祭名者以祭必肆之故言肆祀尚書指言紂之所弃故知祭名此言所助是其爲肆故不以爲祭名理亦相通也

假哉皇考綏予孝子。宣哲維人文武維后假嘉也箋云宣徧也嘉哉皇考斥文王也文王之德乃安我孝子謂受命定其基業也又徧使天下之人有才知以文德武功爲之君故○假音暇徐古雅反哲音哲本亦作哲同徧音遍下同知音智【疏】傳假加○正義曰釋詁文○箋宣徧至君故○正義曰宣徧釋言文釋詁云皇君也此大祖宜爲一代始王故知嘉哉君考斥文王也閔予小子皇考與皇祖相對故知皇考爲武王此則下有烈考爲武王故知皇考爲文王考者成德之名可以通其父祖故也祭法云父曰考祖父曰王考曾祖曰皇考此與閔予小子非曾祖亦云皇考者以其散文取尊君之義故父祖皆得稱之安我孝子言其享有天下故知謂受命定其基業述皇考一人之德而言文武故知謂文德武功即文王有聲所云文王受命有此武功是文王有文有武也並舉文武者文以教化武以除暴暴止教興故人皆有才智也○**燕及皇天，克昌厥後。綏我眉壽，介以繁祉。**燕安也箋云繁多也文王之德安及皇天謂降瑞應無變異也又能昌大其子孫安助之以考壽與多福祿○克昌如字或云文王名此諱於文王之詩也周人以諱事神不應犯諱當音處亮反應應對之應○【疏】箋繁多至福祿○正義曰昭二十八年左傳曰惡直醜正寔繁有徒是繁爲衆之義故爲多也天之監下作爲徵祥今言皇考之德能安及皇天故知謂降瑞應也以此福慶流及後昆故言又能昌大其子孫子孫既蒙其福今祭而得祉故文王之神安我孝子以壽考予之以福祿上言綏予孝子是皇考綏之今言綏我眉壽亦是皇考綏之以覆成上意也**既右烈考亦右文母**烈考武王也文母大姒也箋云烈光也子孫所以得考壽與多福者乃以見右助於光明之考與文德之母歸美焉。右音祐下同助也【疏】傳烈考至大姒。正義曰以大姒音泰下音似文王妃大祖爲文王皇考當之矣而別言烈考故知爲武王卽洛誥所云烈考武王宏朕恭一也彼注以烈爲威此箋以烈爲光者義得兩通故也文母繼文言之雖大似自有文德亦因文王而稱之也此非頌所主而言之者明時得祐之多故歸美焉

雝一章十六句

載見諸侯始見乎武王廟也。見賢遍反下同。【疏】載見十四句。正義曰載見詩者諸侯始見武王廟之樂歌也謂周公居攝七年而歸政成王成王卽政諸侯來朝於是率之以祭武王之廟詩人述其事而爲此歌焉經言諸侯來朝車服有法助祭得福皆爲見廟而言故舉見廟以總之案經載

見辟王謂見成王也又言率見昭考乃是見於武王之廟今
序唯言始見於武王廟不言始見成王者以作者美其助祭
不美朝王主意於見廟故序特言之但諸侯之來必先朝而
後助祭故經始見君王與率見昭考爲首引耳武王之崩至
於成王卽政歷年多矣立廟久矣諸侯往前之朝已應嘗經
助祭於此乃言始見於武王廟者以成王初卽王位乃事改
新成王之於此時親爲祭主言諸侯於成王之世始見武王
非謂立廟以來諸侯始見也烈文成王卽政諸侯助祭箋以
爲朝享之祭則是周之正月朔日也於時始告嗣位不得祭
前已受諸侯之朝此詩言旣朝成王乃後助祭則與烈文異
時也要言始見君王不宜過後淹久蓋以夏之正月來朝卽
助春祀之祭也四時之祭徧祭羣廟獨言見武王者作者特
言昭考其意主
於武王故也○**載見辟王曰求厥章龍旂陽陽**
和鈴央央鞗革有鶬休有烈光載始也龍旂陽陽言有文章也
和在軾前鈴在旂上鞗革有鶬言有法度也箋云諸侯始見
君王謂見成王也曰求其章也求車服禮儀之文章制度也
交龍爲旂鞗革轡首也鶬金飾貌休者休然盛壯○辟音璧
下同鈴音零左傳云錫鸞和鈴昭其聲也央於良反徐音英

鞗音條鶬七羊反本亦作鎗同休許蚪反又許求反注同軾音式○【疏】載見辟王○毛以爲諸侯始來朝而見君王作者美而述之曰此等皆能自求其章謂能內脩諸巳自求車服禮儀文章使不失法度以此之故其所建交龍之旂陽陽然而有文章其在軾之和與旂上之鈴央央然而有音聲又以鞗皮爲轡首之革其末以金爲飾有鎗然而美此旂和鈴革如是休然盛壯而有以光是能自求文章故無所不美也既能朝見以禮至於祭時伯又率之以見於明德之考謂令入武王之廟使之助祭以致孝子之事以獻祭祀之禮以光大我王使得秀眉之壽又敘諸侯之意言此孝享介壽之道長我諸侯能安而行之思使我君成王得衆多之福也是光明文章之君公能得禮如是我昭考之神乃安此諸侯以多福使之皆有光明之德以至於大大謂令傳世無窮長爲國君也○鄭以介爲助辟公謂百辟與諸侯俾緝熙于純嘏謂使之皆光明於大嘏之意唯此爲異餘同○傳載始至法度○正義曰釋詁云哉始也哉載義同故亦爲始龍旂者旂上畫爲交龍故知陽陽言有文章和亦鈴也言在軾前相傳爲然無正文也釋天云有鈴曰旂李巡曰以鈴著旐端郭璞曰懸鈴於竿頭畫交龍於旐是鈴在旂上鞗革有鎗鎗爲革之貌言有法度雖在有鎗之下主爲鞗革而言其意亦兼

言旂鈴皆有法也○箋諸侯至盛壯○正義曰以府公文見於下故先言諸侯此詩成王時事故知始見君王謂見成王也日求其章者將自說其事故言曰以目之作者所稱曰非諸侯自言曰也諸侯謹慎奉法即是自求其章旂鈴是在車之物故知車服禮儀文章制度也交龍爲旂春官司常文釋器云轡首謂之革故知鞗革轡首也轡用皮革而云有鶬故知鶬爲金飾貌即韓奕所云鞗革金厄是也休與烈光連文故爲盛壯○

率見昭考以孝以享以介眉壽永言保之思皇多祜昭考武王也享獻也箋云言我皇君也諸侯既以朝禮見於成王至祭時伯又率之見於武王廟使助祭也以致孝子之事以獻祭祀之禮以助考壽之福長我安行此道思。成王之多福○祜音戸福也朝直遙反下篇並同○【疏】傳昭考武王享獻○正義曰見武王而言昭考故知爲武王享獻釋詁文○箋言我至多福○正義曰言我皇君皆釋詁文又上謂諸侯見成王即云率見昭考明是率此諸侯以孝以享是祭祀之事也故知於祭時伯又率之見於武王廟使助祭也以顧命畢公召公爲二伯率諸侯故知此亦伯率之也三言以者皆以諸侯爲此也以致孝子之事孝子即成王也之事謂祭事諸侯致之謂助行之也以獻祭祀之祀亦是孝子之事但所助非一別言之耳以助壽考之福謂助行其祀使孝子得壽考之福三者相通爲一事也長我安行此道敘諸侯之意此道卽以孝以享以介眉壽之道也長安行之庶當神明之意思使成王之多福言諸侯之愛成王卽經之思皇也

烈文辟公綏以多福俾緝熙于純嘏箋云俾使純大也祭有十倫之義成王乃光文百辟與諸侯安之以多福使光明於大嘏之意天子受福曰大嘏辭有福祚之言○卑必爾反本又作俾緝七入反嘏古雅反祚才故反

【疏】○箋俾使至之言○正義曰俾使純大釋詁文十倫之義者祭統文也彼云夫祭有十倫焉見事鬼神之道焉見君臣之義焉見父子之倫焉見貴賤之等焉見親踈之殺焉見爵賞之施焉見夫婦之別焉見政事之均焉見長幼之序焉見上下之際此之謂十倫引之者解其言俾意以祭祀大而難明有十種倫理之義是爲難曉故言使光明之也此光文百辟與諸侯助祭得祀當於神明昭考之神乃安之以多福又使之光明於大嘏之意謂神使之光明之也所以得光明大嘏意者天子受福故曰大嘏嘏辭有福祚之言以諸侯之意思使成王得多福令嘏辭以福予成王是稱滿諸侯之意則諸侯曉解神心故云使之光明之

也俾緝熙是神使辟公光明之則綏以多福是神其辟公以多福非謂安孝子也知天子受福曰大嘏者禮運曰天子祭天地諸侯祭社稷祝嘏莫敢易其常。是謂大嘏案特牲少牢皆祝以福慶之言告主人謂之嘏故知禮運大嘏是天子受福之事也彼天子與諸侯連文獨言天子者以此天子之事故言天子耳不可謂諸侯不然曾頌曰天錫公純嘏是諸侯亦為大嘏也此經雖無毛傳但毛於辟公皆不言百辟嘏皆為大不為嘏辭則此辟公指謂諸侯純嘏謂大大也。

載見一章十四句

有客微子來見祖廟也成王既黜殷命殺武庚命微子代殷後既受命來朝而見也。有客二王之後為客也見賢遍反序注同絀勑律反又作黜同【疏】有客十二句。正義曰有客詩者微子來見於祖廟之樂歌也謂周公攝政二年殺武庚命微子代為殷後乃來朝而見於周之祖廟詩人因其來見述其美德而為此歌焉經之所陳皆說微子之美雖因見廟而歌其意不美在廟故經無廟事為周太平之歌而述微子之美者言王者所封得人即為王者之美故歌之也言見於祖廟必是助祭序不言所祭之名不指所在之廟無得而知之也。

箋成王至而見○正義曰：自命微子以上皆書序文。彼注云黜殷命謂殺武庚也微采地名微子啓紂同母庶兄也武王投之於宋因命之封爲宋公代殷後承湯祀是也彼言作微子之命所由微子先封於宋但未得爲殷後耳於此時命爲宋公故作此命辭或召來命之或遣使就命史傳無文未可知也要是既受命乃來朝而見也知非此時召來受命見祖廟者以經言亦白其馬敦琢其旅是自國而來之辭若未受命不得已乘白馬明是受命而後乃來與上有瞽振鷺或亦一時事也

有客有客亦白其馬有萋有且敦琢其旅

殷尚白也亦亦周也萋且敬慎貌箋云有客有客重言之者異之也亦亦武庚也武庚爲二王後乘殷之馬乃叛而誅不肖之甚也今微子代之亦乘殷之馬獨賢而見尊異故言亦駮而美之其來威儀萋萋且且盡心力於其事又選擇衆臣卿大夫之賢者與之朝王言敦琢者以賢美之故王言之○萋七西反且七序反敦都回反徐又音彫琢陟角反重直用反肖音笑駮邦角反又音角雜也

疏 有客有客○毛以爲微子來至京師爲周人所愛故述而歌之言我周家今有承先代之客此客亦如我周自乘所尚而白其馬其來則有萋萋然有且且然言能敬慎威儀盡心力於

其事也身既如此又敦琢其從行之徒旅言選擇從者如敦琢玉然是從者皆賢故爲周人所愛有客已一宿又一宿有客經一信復一信至巳多日可以去矣我周人授之縶絆以絆其馬愛而留之不欲使去也至於將去王始言餞送之左右之臣又從而安樂之謂與之餞燕厚之無已又歎美微子得爲王者之後用其正朔行其礼樂既有大法則矣神明降與之福則又甚易言有德故易福。鄭唯亦白其馬亦武庚爲異餘同。傳殷尚至愼貌。正義曰解言亦白其馬意以殷尚白故也檀弓曰殷人戎事乘翰翰白色馬雖戎事乘之亦以所尚故白言亦白其馬則是一代所尚宜以代相亦故云亦亦周也萋萋且且承白馬之下則是微子威儀故云敬愼貌。箋有客至言之。正義曰客止一人而重言有客有客是丁寧殊異以尊大之以亦爲亦武庚者此自周人而言有客爲彼此之勢則是據周爲辭不宜反以亦巳故爲亦武庚也白馬武庚所當乘乃叛而誅之不肖之甚今微子亦乘殷之白馬不應乘而得乘之獨賢而見尊異故丁寧美大之言亦者駮武庚之惡而反以美之此箋申明易傳之意也既言有客見其乘馬則萋且爲來至之貌故云其來也威儀萋萋且且威儀多之狀故復言之威儀出於心而以力行之故言盡心力於其事也旅是從者之衆敦琢治玉之名人而言敦琢故爲選擇明尊其所往故擇卿大夫之賢者與之朝王從亦有士舉卿大夫而士同可知又解人而言敦琢之意以其此人賢故以玉言之謂以治玉之事言擇人也釋器云玉謂之雕又云玉謂之琢是雕琢皆治玉之名敦雕古今字。

有客宿宿有客信信言授之縶以縶其馬一宿曰宿再宿曰信欲縶其馬而留之箋云縶絆也周之君臣皆愛微子其所館宿可以去矣而言絆其馬意各殷勤。縶陟立反絆音半。**薄言追之左右綏之**箋云追送也於微子去王始言餞送之左右之臣又欲從而安樂之厚之無已。餞音賤樂音洛。

【疏】傳一宿至曰信。正義曰釋訓云有客宿宿再宿也有客信信四宿也彼因文重而倍之此傳分而各言之其意同也。箋周之至殷勤。正義曰言其所館宿可以去矣是宿宿信信之後也古之朝聘留停月數不可得而詳易豐卦初九遇其配主雖旬無咎注云初脩禮上朝四四以匹敵恩厚待之雖留十日不爲咎正以十日者朝聘之禮止於主國以爲限聘禮畢歸大禮曰旬而稍旬之外爲稍久留非常如鄭此言似諸侯之朝鄰國其留以十日爲限案春秋相朝動經時月雖復亂世之法正禮亦應當然又聘禮記曰致饔明日又夫人歸祀既致襚則旬而稍於大祀之後每旬而稍稍供其芻秣亦非一旬即歸且諸侯朝王必待助祭祭前齋齋猶十日明非一旬而反但鄭以雖旬之言故云十日爲限不必從來至去唯十日也故此唯言可以去矣亦不知於信信之後幾日乃可去也○箋追送至無已○正義曰追謂已發上道逐而送之故以追爲送客以王爲主故知於微子去王始言餞送亦以王意不欲其去故留之以久於是始言餞送之明先不言送故稱始也左右之諸臣又從而安樂之亦猶顯父餞之與之歡燕以安樂其心是厚之無已

既有淫威降福孔夷淫大威則夷易也箋云既有大則謂用殷正朔行其禮樂如天子也神與之福又甚易也言動作而有度○易以豉反下同○疏傳淫大威則夷易○正義曰淫大夷易釋詁文威則釋言文○

有客一章十二句

武奏大武也

大武周公作樂所爲舞也○大如字徐音泰注同○疏武七句○正義曰武詩者奏大武之樂歌也謂周公攝政六年之時象武王伐紂之事作大武之樂既成而於廟奏之詩人覩其奏而思武功

故述其事而作此歌焉經之所陳皆武王生時之功也直言其奏不言其所奏之廟作者雖因奏作歌其意不在於廟故不言廟此與有瞽及酌或是一時之事但作者之意各有主耳○箋大武至爲舞○正義曰以王者功成作樂必待太平明堂位云周公攝政六年制禮作樂故知大武是周公作樂所爲舞也謂之武者禮器云樂也者樂其所自成注云非樂者緣民所樂於己之功然則以武王用武除暴爲天下所樂故謂其樂爲武樂武樂爲一代大事故歷代皆稱大也

於皇武王無競維烈允文文王克開厥後烈業也箋云皇君也於乎君哉武王也無彊乎其克商之功業言其彊也信有文德哉武王也能開其子孫之基緒○於音烏注同

【疏】於皇武王○毛以爲於乎可美而君哉者武王也此武王可謂無強乎維其克商之功業言克商之功業實最爲強也所以能致此業而得爲強者由於信有文德者之文王以聖德受命能開其後世子孫之基緒故武王繼嗣其迹而受之謂復受天命以伐紂勝此殷家止於殺人之害以致安定汝武王之大功其盛業如此故象而制樂是以美而歌之○鄭下三句爲異言嗣子武王受其業而行之舉兵伐紂勝殷而止其殺人至年老乃定汝之大功言不汲汲誅紂是

其功業之盛故作樂象之。傳烈業。正義曰釋詁文。箋皇君至基緒。正義曰皇君釋詁文臣工於皇箋以爲美此爲君者以其述伐紂之事是爲君之道故也文王能開子孫之基緒謂受命作周七年五伐皆是也

嗣武受之勝殷遏劉者定爾功

武迹劉殺者致也箋云遏止者老也嗣子武王受文王之業舉兵伐殷而勝之以止天下之暴虐而殺人者年老乃定女之此功言不汲汲於誅紂須暇五年。遏於葛反耆毛音指致也鄭巨移反韓詩音同鄭云惡也汲音急

疏傳武迹至耆致。正義曰武迹釋訓文劉殺釋詁文宣十二年左傳引此云耆定爾功者昧也其意言致紂於昧故以耆爲致王肅云致定其大功謂誅紂定天下。箋遏止至五年。正義曰遏止釋詁文曲禮云六十曰耆耆爲老也既言文王開後即云嗣武受之其文相承故以爲嗣子武王受文王之業也其勝殷巳是殺紂而別言遏劉者則所遏非紂也故以爲止天下暴虐而殺人者言天下爲衆多之辭謂紂時諸官亦化紂暴虐而殺害善人紂身既巳被誅此等亦皆貶黜故得止殺人者論語云如有王者必世而後仁謂積世始得去殺此武王纔始伐紂即得止殺人者論語所云謂令天下盡仁不復刑殺此謂遏止其時枉殺人者非止天下之用刑

也年老乃安定汝之功者言武王之意不汲汲於早誅紂也紂惡久矣武王嗣位卽應誅之猶尚冀紂變改須待寬暇積年始誅之文王受命七年而崩武王以八年卽位至十三年乃誅紂是須暇五年也多方云維爾商後王逸厥逸天惟降時喪惟聖罔念作狂惟狂克念作聖天惟五年須暇湯之子孫注云天待暇其終至五年欲使傳子孫五年者文王受命八年至十三年是須暇五年之事也如尚書之言是天須暇紂此箋意以爲武王須暇紂者武王知天未喪故亦順天不伐據人事而言亦是武王須暇之也天生此紂故以滅殷下愚不移非可待變而云克念作聖須暇子孫者設教勸誘之言耳易傳者以其美武王能老乃定功不汲汲於誅紂以爲不得已而取天下是美之深故易之

武一章七句

臣工之什十篇十章二百六句

閔予小子之什詁訓傳第二十八

閔予小子嗣王朝於廟也嗣王者謂成王也除武王之喪將始卽政朝於

廟也○朝直遙反注同○【疏】閔予小子十一句○正義曰閔予小子詩者嗣王朝於廟之樂歌也謂成王嗣父爲王朝於宗廟自言當嗣之意詩人述其事而作此詩歌焉此朝廟早晚毛無其說毛無避居之事此朝廟事武王崩之明年周公卽巳攝政成王未得朝廟且又無政可謀此欲夙夜敬慎繼續先緒必非居攝之年也王肅以此篇爲周公致政成王嗣位始朝於廟之樂歌毛意或當然也此及小毖四篇俱言嗣王文勢相類則毛意俱爲攝政之後成王嗣位之初有此事詩人當卽歌之也鄭以爲成王除武王之喪將始卽政則是成王十三周公未居攝於是之時成王朝廟自言敬慎思繼先緒訪落與羣臣共謀敬之則羣臣進戒文相應和事在一時則俱是未攝之前後至太平之時詩人追述其事爲此歌也小毖言懲創往時則是歸政之後元年之事以其居攝之日抗禮世子今始卽政周之新王故亦與此爲類稱嗣王也經云於乎皇考下篇羣臣進謀云率時昭考皆以武王爲言計歲首命諸羣廟皆朝此特謀政故在武王廟也此篇王所自言亦是謀政之事但謀者與人之辭故下篇言謀此則獨述王言故稱爲朝且此三篇一時之事以一人之作皆因朝廟而有此事故首篇言朝以冠之○箋嗣王至朝於廟○正義曰以頌皆成王時事故知嗣王謂成王曲禮云內

事曰孝王某外事曰嗣王某彼謂祝之所言以告神因其內外而異稱此非告神之辭直以嗣續先王稱嗣王耳古者天子崩百官聽於冢宰世子以三年之內不言政事此嗣王朝廟自謀爲政則是即政之事故知除武王喪將始即政朝於廟也曲禮稱天子在喪曰予小子若已除喪當爲吉稱而經言小子在疚爲喪中辭者以其服雖除去喪曰近又序其在喪之事故仍同喪稱言將始即政者始欲即政先朝於廟旣朝而即聽政故言將也烈文箋云新王即政必以朝享之禮祭祖考告嗣位然則除喪朝廟亦用朝享之禮祭於廟矣序不言祭者以作者主述王言其意不在於祭故畧而言朝則祭可知。

閔予小子遭家不造嬛嬛在疚

閔病造爲疚病也箋云閔悼傷之言也造猶成也可悼傷乎我小子耳遭武王崩家道未成嬛嬛然孤特在憂病之中。嬛其傾反崔本作煢疚本又作宊音救

【疏】閔予小子。○毛以爲成王將涖政而朝於廟乃追悼於已過欲自強於未然故感傷而言曰困病乎我小子也往日遭此家道之不爲言先王旣崩家事無人爲之使已孤特嬛嬛然在於憂病之中賴周公代爲家事得致太平今將自爲政故追述其父於乎可歎美者我之君考謂武王也此武王之道長可後世法之能爲孝行常

能念此君祖文王上事天下治民以正直之道而行止子行父業是能孝也皇考以念皇祖而能同其德行維我之小子當早起夜卧敬慎而行此祖考之道止言將不敢懈倦也於乎可歎美者我文武之君以道有此德故我當繼其緒業思其所行不敢遺忘也由不敢忘故夙夜行之○鄭以爲周公未攝之前成王因朝廟而感傷言曰可悼傷乎我小子耳今遭此家道之不成雖此爲異餘同○傳閔病至疚病○正義曰閔病疚病皆釋詁文造爲釋言文言毛意若在歸政之後則武王崩已多載今言小子在疚遭家不爲追述武王初崩之時也言遭家不爲謂家事無人爲之賴周公爲之巳得太平將欲躬行故上念父祖追述此事爲下言發端故王肅云病乎我小子乃遭家之不爲言先王崩則家事莫爲徒嬛嬛在憂而病故周公代爲家事以致太平傳意或然○箋閔悼至之中○正義曰閔者哀閔之辭故爲悼傷之言有所造爲終必成就故造猶成也人之所行死則事廢後主當更造立故云家道未成父在則有所依恃無之則巳身孤特故云嬛嬛孤特在憂病之中易傳者以閔疚並訓爲病於文太重孫毓云傳以閔爲病以造訓爲雖義不異於辭不便箋說爲長

於乎皇考永世克孝念茲皇祖陟降庭止

庭直也箋云茲此也陟降上下也於乎我君考武王長世能孝謂能以孝行爲子孫法度使長見行也念此君祖文王上以直道事天下以直道治民信無私枉○上時掌反又如字孝行下孟反[疏]傳庭直○正義曰釋詁文○箋茲此至私枉○正義曰茲此釋詁文又云陟升也釋言云降下也故以陟降爲上下也武王身爲孝子耳而云長世是其孝之法可後世長行故知謂以孝行爲子孫法度使長見行之也文王身爲王矣無人得在其上故爲上以直道事天爲君所以牧民故爲下以直道治民與文王所云文王陟降一也以庭止與陟降共文則二者皆用直道故分而屬之直者即不私枉之謂故云言無私枉論語云舉直措諸枉是枉者不直也禮記曰奉三無私是直者無私

維予小子夙夜敬止於乎皇王繼序思不忘序緒也箋云夙早敬慎也我小子早夜慎行祖考之道言不敢懈。倦也於乎君王歎文王武王也我繼其緒思其所行不忘也○解音懈

[疏]傳序緒○正義曰釋詁文以王世相繼如絲之端緒故轉爲緒○箋敬慎至不忘○正義曰敬者必慎故言敬慎也以上有皇考皇祖故云慎行祖考之道上文之意言皇考自念皇祖非成王念之此言繼緒思不忘宜爲繼武王之

緒思不忘武王耳而以爲兼念文王者以成王美武王能念文王明成王亦當念之此文處未可以惣前祖考故知兼念文王也

閔予小子一章十一句

訪落嗣王謀於廟也謀者謀政事也疏訪落十二句○正義曰訪落詩者嗣王謀於廟之樂歌也謂成王既朝廟而與羣臣謀事詩人述之而爲此歌焉

訪予落止率時昭考於乎悠哉朕未有艾將予就之繼猶判渙訪謀落始時是率循悠遠猶道判分渙散也箋云昭明艾數猶圖也成王始即政自以承聖父之業懼不能遵其道德故於廟中與羣臣謀我始即政之事羣臣曰當循是明德之考所施行故荅之以謙曰於乎遠哉我於是未有數言遠不可及也艾○扶將我就其典法而行之繼續其業圖我所失分散者收斂之○艾五蓋反徐音刈判普半反渙音奐疏訪予落止○毛以爲成王始即王政恐不能繼聖父之業故於廟中與羣臣謀事汝等當謀我始即政之

事止羣臣對王曰當循是明德之考令效武王所施而爲之王又謙而荅之曰於乎可嗟嘆也此昭考之道悠然至遠哉我去之懸絶未有等數言其遠不可及不能循之汝若將我就之使我繼此先人之業則先人之道乃分散而去矣言已之才不足以繼之也維我小子才智淺短未任統理國家衆難成之事所以不能循是昭考也又述昭考之德言武王能繼其父文王以直道施於上下又能上下其家之職事謂治理羣臣使有次序也美矣我之君考武王能以此文王之道自安尊其身是昭考德同文王已不能及欲令羣臣助謀之也○鄭唯繼猶判渙謂繼續其業圖我所失分散者而收斂之未堪家多難謂年幼未堪以此爲異餘同○傳訪謀至渙散○正義曰訪謀落始率循時是悠遠猶道皆釋詁文春秋莊三年紀季以酅入于齊左傳曰紀於是乎始判是判爲分之義也渙然是散之意故爲散也王肅云將予就繼先人之道業乃分散而去言已才不能繼傳意或然○箋昭明至收歛之○正義曰釋詁云昭光也光即明義故爲明也釋詁云艾歷也歷數也轉以相訓故艾爲數猶圖釋言文此篇所述皆是王言獨知率時昭考一句爲羣臣言者以王方謀於臣不得自言率考且於乎悠哉朕未有艾是報荅率時昭考之言序云謀於廟明此句是臣爲君謀也率時昭考猶曰儀刑

文王欲令法效之也就其典法而行之謂就昭考之法也圖我所失分散者謂已不能行分張散失者欲令羣臣圖謀而收斂聚之以助已也易傳者以謀於羣臣當是求臣之助不宜過自謙退言已不堪繼續故易之

維予小子未堪家多難

箋云多衆也我小子耳未任統理國家衆難成之事必有任賢待年長大之志難成之事謂諸政有業未平者○難如字協韻乃旦反任音壬下二篇注皆同長張丈反

疏 箋多衆至未平者。○正義曰多衆釋詁文此未堪家多難文與小毖正同但鄭以此篇在居攝之前小毖在致政之後下箋云謂使周公居攝時與此異者各準時事而爲說故不同也又重解難成之事謂諸政教已有基業未得平平亦成也謂若制禮作樂營洛之等於時未成也此經雖無傳但毛以此篇爲致政之後不得言年幼而未堪也當自謂才智淺短而未堪耳言未者言已得臣之助則堪之故以無助爲未堪也

紹庭上下陟降厥家休矣皇考以保明其身

箋云紹繼也厥家謂羣臣也繼文王陟降庭止之道上下羣臣之職以次序者美矣我君考武王能以此道尊安其身謂定天下居天子之位○休許虬反

疏 箋紹繼至之位○正

義曰紹繼釋詁文以大夫稱家其家謂其羣臣之家故知謂羣臣也上言昭考此言皇考皆斥武王也武王所繼者文王耳故知繼文王陟降庭止之道上篇陟降庭止與此文相協故全引而說之上云念茲皇祖此言紹庭上下文義正同彌似一人之作上下羣臣之職以次序者謂以德詔爵以功詔祿隨才任之不失次序也言尊安其身則以保爲安明爲尊禮運云君者所明注云明猶尊也以此道尊安其身謂用此文王之道以定天下居天子之位是安而且尊也言此者以武王美道如是已欲謀而行之故以此事告羣臣令爲已謀之也

訪落一章十二句

敬之羣臣進戒嗣王也。○敬之一本無之字【疏】敬之十二句○正義曰敬之詩者羣臣進戒嗣王之樂歌也謂成王朝廟與羣臣謀事羣臣因在廟而進戒嗣王詩人述其事而作此歌焉

敬之敬之天維顯思命不易哉無曰高高在上陟降厥士日監在玆顯見士事也箋云顯光監視也羣臣見王謀即政之事故因時

戒之曰敬之哉敬之哉天乃光明去惡與善其命吉凶不變易也無謂天高又高在上遠人而不畏也天上下其事謂轉運日月施其所行日月。瞻視近在此也。易鄭音亦王以鼓反見賢遍反遠于萬反上時掌反

【疏】敬之之。毛以爲成王既謀於廟羣臣進而戒之曰王當敬其事而行之敬其事而行之天之臨下乃光明顯見去惡與善其命吉凶不變易哉王無得稱曰此天乃高而又高在上以爲不見人之善惡而不畏天乃升降以行其事謂轉運日月照臨四方日日視人其神近在於此不爲遠也王既承其戒荅之以謙曰維我小子不聰達於此敬之之意言已心不能達將欲以漸學之令日有所成就月有所可行且欲學作有光明之事於彼光明之人謂賢中之賢乃從之學又大是相克勝之道汝等羣臣當示導我以顯明之德行是王求戒之言也。鄭唯佛時仔肩一句別義具在箋。傳顯見士事。正義曰顯見釋詁文士察也獄官謂之士者言其能察理衆事是士爲事之義也。箋顯光至在此。正義曰顯光監視釋詁文以此承上篇事相首尾故言羣臣見王謀卽政之事故因時戒之天乃光明去惡與善謂天道去惡人與善人其事光明不暗昧也其吉凶不可變易謂善則予之吉惡則加之凶此事一定終不變易言天之可畏也天高又高在上言遠人之意

勿以天爲極高謂其不見人之善惡而不畏之言天上下其事謂以日月行於晝夜自上至下照知其事故云轉運日月施其所行日月○日聽視其神近在於此故須敬也天神察物不必以日月而知以人事所見舉驗者言之定本注云無謂天高又高在上

維予小子不聰敬止日就月將學有緝熙于光明佛時仔肩示我顯德行小子嗣王也將行也光廣也佛大也仔肩克也箋云緝熙光明也佛輔也時是也仔肩任也羣臣戒成王以敬之敬之故承之以謙云我小子耳不聰達於敬之之意日就月行言當習之以積漸也且欲學於有光明之光明者謂賢中之賢也輔佛是任示道我以顯明之德行是時自知未能成文武之功周公始有居攝之志○佛毛符弗反鄭音弼仔音茲毛云仔肩克也此二字共訓鄭亦同訓此二字云仔肩任也肩古賢反德行下孟反注同淩子鳩反道音導

【疏】傳小子至肩克○正義曰上二篇亦有小子於是始解者舉下以明上釋言云將送也孫炎曰將行之送是將亦行之義故爲行也以光之照耀所及廣遠故以光爲廣佛之爲大其義未聞釋詁云肩克也直以肩爲克耳傳言仔肩克也則二字共訓爲克猶權輿之爲始箋

亦云仔肩任也雖所訓不同亦二字共義○箋緝熙至之志
○正義曰釋詁文釋詁云緝熙光也故爲光明鄭讀佛爲輔弼之弼
時是釋詁文釋詁云肩勝也即堪任之義故爲任也敬之者
止謂恭敬其事而已言不聰達者敬雖由己隨事而生事有
不知無所施敬言不聰達其意也日就謂學之使每日有成
就月將謂至於一月則有可行言當習之以積漸也定本集
注漸作浸王身當理政事而言學有光明是王意以己不達
於政未能即任其事且欲學作有光明於彼光明之人謂選
擇賢中之賢乃從之學以賢者必有光明之德故以光明表
賢也身方學之未堪爲政故輔弼是任示導我以顯明之德
行欲使輔弼之人示語已也王既謙虛如是是自知未能成
文武之功周公於是之時始有居攝之志知者以周公若已
居攝則王不得朝廟謀政明於此時未攝政也周公之攝必
當有因王自知不堪思任輔弼周公之志宜因此興故於是
乃有攝意也若然成王本欲任賢周公因之以攝所以管蔡
流言復爲疑惑者成王本欲身自爲主委任賢臣及周公居
攝乃代之爲主人臣而代天子曠世之所罕聞成王既幼復
爲管蔡所惑故致疑也周公不爲臣輔之必攝其政者若使
爲臣奉主每事稟承雖可以盡心而不得行意欲制礼作樂
非攝不可故不得已而居之也中庸曰非天子不議礼不制

度不考文又曰雖有其德苟无其位不敢作禮樂焉周公之攝王政其意在於此也

敬之一章十二句

附釋音毛詩注疏卷第十九

黄中楷栞

毛詩注疏校勘記（十九之三）　阮元撰盧宣旬摘錄

○振鷺

宋爲殷後也　閩本明監本毛本同案浦鏜云宋當未字誤是也

士與襯也　閩本明監本毛本同案浦鏜云櫬誤襯下同是

無厭依之者　閩本明監本依作射毛本初刻同剜改作倦案所改是也

前云絜白之德也　閩本明監本同毛本前作所案所改是

○豐年

數億至億曰秭　小字本相臺本案此正義本也正義云數億至億曰秭於今數爲然定本集注皆云數億至萬曰秭一本作數億至億曰秭釋文云數億至萬曰秭考伐檀楚茨傳億字毛用今數則此傳自亦是今數當以正義本爲長

以洽百里　唐石經小字本相臺本同案釋文云祫本或作洽案載芟正義云賓之初筵與豐年皆有以洽百禮之文是正義本此作洽與彼二經同也彼二經箋皆云洽合也此無箋者從可知而省祫雖有合義而其字非此之用當以正義本爲長

〇有瞽

而合乎祖也　唐石經小字本相臺本同案釋文云而合乎祖也本或作合乎太祖正義云定本集注直云合於祖無太字此太祖謂文王也考雍序云禘太祖也鄭云大祖謂文王若此序先云太太祖不容鄭不解之正義以彼注云謂文王者傳合於此非也當以釋文定本集注爲長

告神以知善否　閩本明監本同毛本善作和案所改是也譜正義云以觀其和否是其證

或曰畫之　小字本相臺本同案正義云或曰畫之謂既刻又畫之以無明文故爲兩解段玉裁云或曰當作以白字之誤也說文業下云大版也所以飾懸鐘鼓捷業如鋸齒以白畫之象其鉏鋙相承也正用此傳

鞉鞉鼓也　小字本相臺本同考文古本同閩本明監本毛本下鞉字誤小案正義云鞉者春官小師注云鞉如鼓而小言如鼓而小卽不得云小鼓矣釋文鞉下云鞉鞉鼓也通志堂本亦誤改作小

職播鞉柷圉　閩本明監本同毛本職下剜添掌字案所補是也

業卽栒上之柷　閩本明監本毛本同案浦鏜云板誤柷是也

加於大板　閩本明監本毛本同案於當作施形近之譌

以掛懸絃　閩本明監本毛本絃作紘案皆誤也當作紘

言掛懸紘者紘謂懸之繩也　閩本明監本毛本紘誤紘案下紘字亦紘之誤山井鼎云案禮記注作紘爲是是也

飾鞞多是也　閩本明監本毛本同案山井鼎云禮注鞞作彌是也

夏后氏之足鼓　閩本明監本毛本同案此不誤浦鏜云鼓足誤倒非也足鼓在商頌傳不盡依

明堂位耳亦載廣雅

中有推 閩本同明監本毛本推作椎案所改是也下同

所以止鼓之謂止 閩本明監本毛本同案浦鏜云所以鼓之以止樂之誤是也爾雅疏卽取此正作所以鼓之以止樂可證

背上有二十七鉏敔刻 閩本明監本毛本同案浦鏜云鋙誤敔考爾雅疏浦校是也

蓋依漢之大予樂而知之 閩本明監本毛本大予誤天子案下正義引小師注云今大予樂官有之不誤東都賦曰正予樂李善注引東觀漢記太予樂是也山井鼎據誤本後漢書欲改爲大子非又見爾雅疏

如今賣餳者所吹也 小字本同毛本同相臺本餳作餳閩本明監本同案餳字是也見六經正誤正義中字同釋文亦誤餳

管如籧小字本相臺本同案釋文云籧字又作篴正義引
注之籧爲笛也小師注云管如笛形小當是其本作笛字故引後

張皇反[補]通志堂本同盧本反作也云舊譌作反今從
宋本案正義引方言云餳謂之張皇是張皇卽
爲餳之别名也字是也小字本所附亦作反非

餳之類也閩本明監本毛本餳作餭案所改是也

長多其成功小字本相臺本同案考文古本上有永長也
觀多五字考釋文永觀下云注同當是其本
有觀多之訓考文古文采而爲之耳

○潛

謂周公成王太平時閩本明監本同毛本平下剜入之
字案所補是也

乃命魚師始漁閩本明監本毛本同案浦鏜云漁誤魚
是也此與下矢魚互易之誤耳

公矢漁於棠　閩本明監本毛本漁作魚案所改是也此誤與上互易

潛槮也　閩本明監本毛本同小字本相臺本槮作椮案釋文云槮也素感反舊詩傳及爾雅本作米旁參小爾雅云云郭景純因改爾雅從小爾雅作木旁參音霜甚反又疏𥸍反正義云槮字諸家本作米邊爾雅作木邊積柴之義也然則槮用木不用米當從木爲正也考正義所謂諸家本者卽釋文所謂舊詩傳也爾雅釋文亦云爾雅舊文并詩傳並米旁作是椮字特郭璞所改不可轉依以改詩傳正義所說非也當以釋文本爲長

橬槮也〔補〕釋文挍勘記通志堂本同盧本槮作椮云椮字舊譌從米旁今改正案所改是也

傳滲沮至潛槮　閩本明監本毛本槮誤椮案此不知正義本作槮而以釋文椮字改之也

○雝

神明安慶孝子愛予之多福皆是禘文王之事也　閩本明監本慶作愛毛本初刻同後剜去予上愛字案十行本孝至也剜添者二字是慶愛二字皆當衍神明安孝子五

字爲一句

蓋此明也閩本同明監本毛本明作時案所改是也

反採得之後閩本明監本同毛本反作及案所改是也

和敬賢者之嘗也閩本同明監本毛本嘗作常案所改是也

嘉哉皇考斥文王也小字本同閩本明監本毛本同相臺本皇作君案君字是也正義云可嘉美哉君考文王又云故知嘉哉君考斥文王也是其證閔予小子及訪落皆經言皇考箋言君考也

下音似〔補〕通志堂本音似作同姒釋文挍勘記云盧本同姒作音似云舊譌下同姒今從宋本正案考此宋本謂十行本所附也小字本相臺本所附亦是音似○按舊挍非也下同姒不誤古姒姓或作似如潛夫論及漢碑可證此當是鄭箋作大似故陸云下同姒宋本所附乃妄改也大明思齊作大姒則不爲音

○載見

鞗革有鶬　唐石經小字本相臺本同案此釋文本也釋文云
鶬七羊反本亦作鎗同正義本是鎗字

曰求其章也　小字本同閩本明監本毛本同相臺本也作
者考文古本同案者字是也

如是休然盛壯而有以光　閩本明監本毛本以作顯案
所改是也

以助考壽之福　小字本相臺本同考文古本同閩本明監
本毛本考壽作壽考案正義云以助壽考
之福壽考是也雍箋考壽字兩見依彼正義亦壽考之誤

思成王之多福　閩本明監本毛本同小字本相臺本思下
有使字考文古本同案有者是也

祝嘏莫敢易其常　閩本明監本毛本同案常下浦鏜云
脫古字是也

○有客

駮而美之　相臺本同閩本明監本毛本同小字本駮作駁
案駮字乃是倨牙食虎豹之獸本當作駁取馬
色不純之意也後人輒用駮字

旣致饔則句而稍閩本明監本毛本同案浦鏜云句誤旬是也

箋云旣有大則小字本相臺本同案山井鼎云古本大下補法字不知據何本也今考此宋正義云旣有大法則矣而爲之耳非有本也

〇武

注云非樂者閩本明監本同毛本非作作案所改是也

須暇湯之子孫閩本明監本毛本同案浦鏜云湯衍字是也皇矣正義引作須夏之子孫注云夏之言暇此直作暇者以破引之

〇閔予小子

計歲首命諸羣廟皆朝閩本明監本毛本同案浦鏜云命疑令字譌是也

閔悼傷之言也小字本相臺本同案釋文閔予小子下云鄭云閔傷悼之言正義云可悼傷乎又云

故爲悼傷之言標起止云箋閔悼二本不同也

以道有此德 閩本明監本毛本同案道字當在此字下錯誤耳

信無私枉 小字本相臺本同案正義云故云言無私枉是信字當言字之誤也考文古本作言采正義

言不敢懈倦也 相臺本同閩本明監本毛本同小字本懈作解案解字是也

○**訪落**

嗣王謀於廟也 小字本相臺本同唐石經初刻朝後改廟案初刻誤也

艾扶將我 小字本同閩本明監本毛本同相臺本艾作女案女字是也正義云汝若將我就之可證考文古本作汝采正義

必有任賢待年長大之志 閩本明監本毛本同小字本相臺本必作心案心字是也山井鼎云古本後人旁記云必異本作心

〇敬之

敬之羣臣進戒嗣王也　唐石經小字本相臺本同案釋文云一本無之字正義云敬之十二句是其本有

無謂天高又高在上　小字本相臺本同案正義云定本注云無謂天高又高在上如其所言非爲異本當有誤也意必求之或定本仍作高高無又字故正義用注以目之

日月瞻視近在此也　小字本相臺本同閩本明監本毛本同案正義云日月視人其神近在於此又云日日瞻視其神近在於此是月字乃涉上而誤耳今閩本以下并正義中盡改爲日月誤之甚矣考文古本作日采正義

定本注云天謂天高又高在上　閩本明監本毛本同案上天字當作无无形近之譌十行本每書無作无當時以爲别體字也

言當習之以積漸也小字本相臺本同案正義云定本集注漸作浸釋文云浸也子鴆反考文古本作侵山井鼎云侵恐浸誤采釋文正義也

附釋音毛詩注疏卷第十九 十九之四 （六）

毛詩周頌　鄭氏箋　孔穎達疏

小毖嗣王求助也毖慎也天下之事當慎其小小時而不慎後爲禍大故成王求忠臣早輔助已爲政以救患難○毖音祕難乃旦反禍難之難皆同【疏】小毖八句○正義曰小毖詩者嗣王求助之樂歌也謂周公歸政之後成王初始嗣位因祭在廟而求羣臣助已詩人述其事而作此歌焉經言創艾往過戒慎將來是求助之事也毛以上三篇亦爲歸政後事於訪落言謀於廟則進戒求助亦在廟中與上一時之事鄭以上三篇居攝之前此在歸政之後然而頌之大列皆由神明而興此蓋亦因祭在廟而求助也○箋毖慎至患難○正義曰毖慎釋詁文箋以經文無小字而名曰小毖故解其意此意出於允彼桃蟲翻飛維鳥而來也言早輔助者初嗣王位而即求之是其早也

予其懲而毖後患莫予荓蜂自求辛螫○毖慎也荓蜂摩曳也箋云懲艾也始者管叔及其羣弟流言於國成王信之而疑周公至後三監叛而作亂周公以王命

舉兵誅之歷年乃已故今周公歸政成王受之而求賢臣以自輔助也曰我其創艾於往時矣畏慎後復有禍難羣臣小人無敢我摩曳謂爲譎詐誑欺不可信也女如是徒自求辛苦毒螫之害耳謂將有刑誅○懲直升反韓詩云苦也荓普經反爾雅作甹音同蜂本又作峯爭逢反螫音釋韓詩作辛赦赦事也摩尺制反本又作掣曳以制反艾音刈字或作忞下同創初亮反復扶又反譎音決誑九況反

【疏】予其懲而○毛以爲成王即政求助於羣臣告之云我其懲創於往時而謂管蔡誤已以爲創艾故慎彼在後恐更有患難汝等羣臣莫復於我掣曳牽我以人惡道若其如是我必刑誅於汝汝是汝自求是辛苦毒螫之害耳以管蔡誤已尋被誅戮故自說懲創戒使勿然既言將欲慎患又說當慎其小惡之初始信如彼桃蟲耳爲惡不已於後更大似桃蟲翻然而飛維爲大鳥矣其意言管蔡始則讒毀周公後遂舉兵誅叛逆是積小成大言後有此類當小即誅之勿使至大又言求助之意以我才智淺薄未任獨當國家多難之事恐我又集止於患難以蓼菜之辛苦然故須汝等助我慎之言又者非徒多難又集辛苦以此之故求人助已也○鄭於下四句文勢大同屬意小異言已所以創於往時者往始之時信以管蔡之讒爲小如彼桃蟲耳故不即誅之乃叛而作亂爲王室

大患如桃蟲翻然而飛維爲大鳥矣於時我年幼少未任統理國家衆難成之事故使周公攝政卽有三監及淮夷作亂使我又會於辛苦皆由不愼其小以致使然我今欲愼小防患故須汝等助我言已求助之意也○傳荓蜂摩曳○正義曰釋訓文孫炎曰謂相掣曳入於惡也彼作甹夆古今字耳王肅云以言才薄莫之藩援則自得辛毒孫毓云羣臣無肯牽引扶助我我則自得辛螫之毒此二家以蛢蜂爲掣曳爲善自求爲王身自求案傳本無此意故同之鄭說○箋懲艾至刑誅○正義曰懲與創艾皆嘗有事思自改悔之言此云予其懲而明是有事可創故鄭迹其創艾之所由管叔及其羣弟流言於國成王信之而疑周公金縢有其事也三監叛而作亂周公以王命誅之書序有其事也成王年十五周公自東都反而居攝稱元年其年卽舉兵東伐至二年滅殷三年踐奄叛逆之事始得平定是歷年乃已也既創往時畏愼後禍恐其將復如是故戒羣臣小子無敢掣曳我也掣曳者從傍牽挽之言是挽離正道便就邪僻故知謂譎詐誑欺不可信若管蔡流言之類也毒螫如彼毒蟲之螫故言謂將有刑誅

肇允彼桃蟲拚飛維鳥

桃蟲鷦也鳥之始小終大者箋云肇始允信也始者信以彼管蔡之屬雖有流言之罪如鷦鳥之小不登

誅之後反叛而作亂猶鷦之翻飛爲大鳥也鷦之所爲鳥題肩也或曰鴞皆惡聲之鳥。拚芳煩反鷦子消反鳥始小後大者也【疏】傳桃蟲鷦至終大。正義曰釋鳥云桃蟲鷦其雌名。鴱舍人曰桃蟲名鷦其雌名鴱郭璞曰鷦䳭亡消反。桃雀也俗名爲巧婦鷦䳭小鳥而生鵰鶚者也陸機疏云今鷦鷯是也微小於黃雀其鶵化而爲鵰故俗語鷦鷯生鵰言始小終大者始爲桃蟲長大而爲鷦鳥以喻小惡不誅成爲大惡傳言始小終大其文得與箋同俱毛以周公爲武王崩之明年卽攝政爲元年時卽管蔡流言成王信之周公舉兵誅之成王猶尚未悟既誅之後得風雷之變啓金縢之書始得周公箋言王意以管蔡流言爲小罪恨不登時誅之毛不得有此意耳是其必異於鄭當謂將來之惡宜愼其小耳故王肅云言患難宜愼其小是謂將來患難非悔不誅管蔡也。箋肇始至之鳥。正義曰肇始允信釋詁文管蔡初爲流言成王信之既信其言自然不得誅之今悔於不登時誅之者此謂啓金縢後既信周公之心已知管蔡之妄宜卽執而戮之乃迎周公當時以管蔡罪小不卽誅殺至使叛而作亂爲此大禍故所以爲創也箋又言鷦之所爲鳥題肩或曰鴞皆惡聲之鳥定本集注皆云或曰鴟皆惡鳥也案月令季冬云征鳥厲注云征鳥題肩齊人謂之擊征或曰鷹然則題肩是鷹之別名與鴞不類鴞自惡聲之鳥鷹非惡聲不得云皆惡聲之鳥也說文云鷦鷯桃蟲也郭璞云桃蟲巧婦也方言說巧婦之名自關而東謂之桑飛或謂之工雀或謂之過羸或謂之女匠自關而西謂之桑飛或謂之韤雀郭璞注云即鷦鷯是也諸儒皆以鷦爲巧婦與題肩又不類也今箋以鷦與題肩及鴞三者爲一其義未詳且言鷦之爲鳥題肩事亦不知所出遺諸後賢

未堪家多難予又集于蓼堪任予我也我又集于蓼言辛苦也箋云集會也未任統理我國家衆難成之事謂使周公居攝時也我又會於辛苦遇三監及淮夷之難也○蓼音了

【疏】傳堪任至辛苦○正義曰釋詁云堪勝亦任任之義也予我釋詁文毛不得有追悔管蔡之事上經謂慎將來則此亦謂將來之事不得與鄭同也嘗言已才智淺短未任國家多難之事既已多難又會辛苦故王肅云非徒多難而已又多辛苦是說將來之事對多難爲文蓼辛苦之菜故云又集於蓼言辛苦也○箋集會至之難○正義曰集會釋言文會謂逢遇之也世道未平戰鬬不息於王者爲辛苦之事故言又會於辛苦也上以翻飛爲喻謂長惡使成此云又集于蓼謂逢其叛逆故上箋言管蔡此箋言三監猶是一事但指憶有先後耳言三監及淮夷之難者淮夷之叛亦

三監使然故連言之也

小毖一章八句

載芟春籍田而祈社稷也籍田甸師氏所掌王載耒耜所耕之田天子千畝諸侯百畝籍之言借也借民力治之故謂之籍田○芟所銜反除草也甸田見反【疏】載芟三十一句○正義曰載芟詩者春籍田而祈社稷之樂歌也謂周公成王太平之時王者於春時親耕籍田以勸農業又祈求社稷使獲其年豐歲稔詩人述其豐熟之事而爲此歌焉經陳下民樂治田業收穫弘多釀爲酒醴用以祭祀是由王者耕籍田祈社稷勸之使然故序本其多穫所由言其作頌之意經則主說年豐故其言不及籍社所以經序有異也月令孟春天子躬耕帝籍仲春擇元日命民人社大司馬仲春教振旅遂以蒐田獻禽以祭社然則天子祈社亦以仲春與耕籍異月而連言之者雖則異月俱在春時故以春揔之祭法云王爲羣姓立社曰泰社王自爲立社曰王社此二社皆應以春祀之但此爲百姓祈祭文當主於泰社其稷與社共祭亦當謂泰社社稷焉○箋籍田至籍田○正義曰天官甸師掌耕耨王籍月

令孟春云天子親載耒耜躬耕帝籍是籍田者甸師所掌王所耕也天子千畝諸侯百畝祭義文王親耕者一人獨發三推而已借民力使終治之故謂之籍田也月令說耕籍之事云天子三推公五推卿諸侯九推周語說耕籍之事也王耕一發班三之庶人終於千畝韋昭云王無耦以一耜耕班次也三之者下各三其上王一發公三卿九大夫二十七然則每耕人數如周語其推之數如月令則王一人發而三推公三人發各五推卿九人發各九推大夫推數則無文因以三孤并六卿是爲九其大夫雖多見相三之數取二十七人爲之耳其士蓋八十一人爲之耳月令止有卿而韋昭兼言大夫明亦宜有士也庶人終於千畝謂甸師之屬徒也天官序云甸師下士一人府一人史二人胥三十人徒三百人其職云掌帥其屬而耕耨王籍注云其屬府史胥徒也耨芸芓也王以孟春躬耕帝籍天子三推三公五推卿諸侯九推庶人終於千畝庶人謂徒三百人籍之言借也王一耕之而使庶人芸芓終之是借民者謂借此甸師之徒也王者役人自是常事而謂之借者言此田耕耨皆當王親爲之但以聽政治民有所不暇故借人之力以爲已功是以謂之借也漢書孝文元年開籍田應劭曰籍田千畝典籍之田臣瓚案景帝詔曰朕親耕后親桑率天下先本不得以假借爲稱而鄭以爲

借民力者凡言典籍者謂作事設法書而記之或復追述前言號爲典法此籍田在於公地歲歲耕墾此乃當時之事何故以籍爲名若以事載典籍卽名籍田則天下之事無非籍矣何獨於此偏得籍名瓚見親耕之言卽云不得假借豈籍田千畝皆天子親耕之乎聖王制法爲此籍田者萬民之業以農爲本五禮之事唯祭爲大以天子之貴親執耒耜所以勸農業也祭之所奉必用己力所以敬明神也祭義云天子爲籍千畝躬秉耒耜以事天地山川社稷先古以爲醴酪齍盛於是乎取之敬之至也是說籍田之意也

載芟載柞其耕澤澤千耦

其耘徂隰徂畛侯主侯伯侯亞侯旅侯彊侯以

除草曰芟除木曰柞畛埸也主家長也伯長子也亞仲叔也旅子弟也強○強力也以用也箋云載始也隰謂新發田也畛謂舊田有徑路者強有餘力者周禮曰以強予任民以謂閒民今時傭賃也春秋之義能東西之曰以成王之時萬民樂治田業將耕先始芟柞其草木土氣烝達而和耕之則澤澤然解散於是耘除其根株輩作者千耦言趨時也或往之隰或往之畛父子餘夫俱行強有餘力者相助又取傭賃務疾畢已當種也○柞側伯反除木也澤澤音釋釋注同爾雅作

郝音同云耕也郭云言土解也耦五口反芸音云本又作耘除草也畛之忍反徐又音眞強其良反有餘力易本又作埸音亦長張丈反下同徑古定反閒音載芟載柞○毛以閑傭音容賃女鴆反烝音證解音蟹

疏爲周公成王之時耕籍以勸下民祈社而求穀實故其時之民樂治田業於是始芟其所田之草始柞其所田之木待其土氣烝達然後耕之其耕則釋釋然土皆解散又二人相對者有千耦之人其皆耘除此所芟柞草木之根株也其耘之時或往之隰或往之畛其所往之人維爲主之家長維處伯之長子維次長之仲叔維衆之子弟維強力之兼士○維所以傭賃之人此等俱往畛隰芸除草木盡家之衆皆服作勞有嗿然而衆其來饁饋之人即其婦之與士也此農人不以其身爲苦乃謂饁已爲勞思逆而媚其行饁之婦有愛其從來子弟是王化之深務農之至也此農人既去草木根株有畧然而利者其所用之耜以此利耜始耕於南畝之中以種其百衆之穀此穀之種實皆含此當生之活氣故從土中驛驛然其鑽土以射出其土也乃有厭然而特茂者其傑立之苗也厭厭然而長大者其齊等之苗也於是農人則緜緜然用其力麃芸之以此至於大熟則穫刈之濟濟然穗衆而難進有成實而多者其此民之積聚也乃有萬與億而及秭言其多無數也天下豐

熟而此在上稅而取之以爲三種之酒以爲五齊之醴進予
先祖先妣又以會聚其百衆之禮而爲祭祀此所爲之酒醴
有飶然其氣芬香用之以祭祀爲鬼神所饗爲我國家之光
榮也此所爲之酒醴有如椒之馨香用之以祭祀爲鬼神降
福則得年壽與成德之安寧也既治田得穀用之祭祀而使
鬼神歡悅邦國安寧祭祀得所故能誠感天地心非云此而
有此謂禎祥之應事未至而先來也心非云今而有今謂嘉
慶之事不先聞而卽至也此事乃自古以來當如此言脩德
行禮莫不獲報非獨於此周時○鄭以傚載爲熾菑織然入
地而蓺殺其草於南畝之中又以烝畀祖妣爲祭祀之礼以
事宗廟以洽百禮爲饗燕之禮以待賓客既言二禮又反而
申之言此所爲之酒醴有飶然其氣芬香用之以饗燕賓客
爲賓所悅爲我國家光榮也又其爲酒醴有如椒之香馨用
之以祭祀鬼神爲鬼神降福則得年壽與成德之安寧也又
以且爲辭以振爲古餘同○傳除草至以用○正義曰隱六
年左傳云如農夫之務去草焉芟夷蘊崇之是除草曰芟也
秋官柞氏掌攻草木及林麓是除木曰柞地官遂人云十夫
有溝溝土有畛則畛謂地畔之徑路也至此而易之主故以
畛爲場信南山云疆場翼翼是也坊記云家無二主主是一
家之尊故知主家長也主既家長而別有伯則伯是主之長

子也亞訓次也次於伯故知仲叔也不言季者以季幼少宜與諸子爲類也令旅中兼之旅訓衆也謂幼者之衆即季弟及伯仲叔之諸子故云旅子弟也此子弟謂成人堪耕芸者若幼則從饟而行下云有依其士是也强謂力能兼人故云强强力也以者傭賃之人以意驅用故云用也○箋載始至當種○正義曰此本其開地之初故載爲始原隰者地形高下之别名隰指連形而言則是未嘗墾發故知謂新發田也畛是地畔道路之名故知謂舊田有徑路者强有餘力謂其人强壯治一夫之田仍有餘力能佐助他事者也周禮曰以强予任民地官遂人文彼注云强予謂民有餘力復予之田引之以證强有餘力彼民作甿注云變民言甿異外内也然則甿民是一故以民言之以謂閑民今時傭賃者太宰以九職任萬民其九曰閑民無常職轉移執事鄭司農云閑民謂無事業者轉移爲人執事若今時傭力也是有閑民傭賃之事也又解之以之意春秋之義能東西之曰以此傭力隨主人所東西故稱以也僖二十六年左傳曰凡師能左右之曰以左右即東西也彼雖爲師發例要以者任其東西故引之以證此太平之世而得有閑民者人之才度等級不同自有不能存立於爲人所役者聖人順而任之周禮列於九職是雖太平之世必爲人傭故此得有之也土氣烝達者周語說

將耕之事云陽氣俱烝土膏其動韋昭云烝升也月令孟春天氣下降地氣上騰注云此陽氣烝達可耕之候然則土氣烝達者謂陽氣升上達出於是耕之故土得釋釋然而散也釋訓云釋釋耕也舍人曰釋釋猶藿藿解散之意言輩作者合家盡行輩輩俱作言趨時也千耦謂爲耦者于是二千人爲千耦與十千維耦異也或往之隰或往之畛言其所往皆徧也故王肅云有隰則有原言畛新可見美其陰陽和得同時就功也及解所以合家俱作之意務疾畢已當種也已猶了欲疾耕使畢了故下經而種之○**有嗿其饁思媚其婦有依其士**嗿衆貌士子弟也箋云饁饋饟也依之言愛也婦子來饋饟其農人於田野乃逆而媚愛之言勸其事勞不自苦○嗿勑感反饁于輒反饋其愧反饟式亮反

【疏】傳嗿衆至子弟○正義曰以耘者千耦饟者必多故知嗿爲衆貌士者男子之稱而不在耕芸之中宜是幼者行饟故爲子弟此經言有嗿其饁以目之婦士俱是行饟之人七月云同我婦子子卽此之士也○箋饁饋至自苦○正義曰饁饋釋詁文孫炎曰土野之饋也依文與媚相類媚爲愛故知依亦愛也**有略其耜俶載南畝播厥百穀實函斯活**畧利也箋云俶

載當作𢦏菑播猶種也實種子也函含也活生也農夫既耘除草木根株乃更以利耜熾菑之而後種其種皆成好含生氣○畧如字字書作𣂏同俶載毛並如字鄭作熾菑下篇同函戶南反下篇同熾尺志反盛也菑側其反種章勇反下其種同株音誅

疏　傳畧利○正義曰釋詁文○箋實種至活生○正義曰此說初種故知實爲種子函者容藏之義故轉爲含猶人口含之也活者生活故爲生言種子內含生氣種之必生也

驛驛其達有厭其傑厭厭其苗緜緜其麃

達射也有厭其傑言傑苗厭然特美也麃耘也箋云達出地也傑先長者厭厭其苗衆齊等也○驛音亦爾雅作繹繹云生也厭於豔反下同緜緜如字爾雅云麃也韓詩作民民云衆貌麃表嬌反芸也說文作穮音同云穮耨鉏田也字林云穮耕禾間也方遙反射食亦反長張丈反

疏　傳達射至麃耘○正義曰苗生達也則射而出故以達爲射釋訓云驛驛生也舍人曰穀皆生之貌是驛驛其達謂苗生達也也厭者苗長茂盛之貌其傑苗之傑者亦是苗也而與其苗異文傑謂其中特美者苗謂其餘齊等者二者皆美茂故俱稱厭厭但以齊等苗多重言厭厭耳以二者相涉故傳詳其文故云有厭其傑言苗傑然特美也箋申特美之意故云

先長者傑既是先長明厭厭其餘衆苗齊等者麃是芸之別名緜緜是麃之貌釋訓云緜緜麃也孫炎曰緜緜言詳密也郭璞曰芸不息也王肅云芸者其衆緜緜然不絕也**載穫濟濟有實其積萬億及秭**濟濟難也箋云難者穗衆難進也有實實成也其積之乃萬億及秭言得多也○穫戶郭反積子賜反又如字注同秭音姊【疏】傳濟濟難○正義曰釋訓云濟濟容止也在田穫刈不得有濟濟之容但容止濟濟者必舉動安舒此刈者以禾稠難進不能速疾故亦以濟濟言之言難者箋申之云穗衆難進也**爲酒爲醴烝畀祖妣以洽百禮**箋云烝進畀予洽合也進予祖妣謂祭先祖先妣也以洽百禮謂饗燕之屬○烝之丞反畀必二反注同【疏】傳百禮言多○正義曰檢定本集注皆無此文有者誤也○箋烝進至之屬○正義曰烝進畀予洽合皆釋詁文箋以下云有飶有椒重設其文則是二事故分此以當之以洽百禮爲合聚衆禮其用酒醴者祭祀以外唯饗燕耳故言謂饗燕之屬賓之初筵與豐年皆有以洽百禮之文與此同而賓之初筵其文之下鄭云有壬有林林謂諸侯之君故箋以爲合見百國所獻之禮豐年止言報祭無饗燕之義故箋不爲

說則與烝畀祖妣共爲祭祀之禮此以有二事故以爲饗燕之禮皆觀文爲義故三者皆異毛旣無饗燕之言明皆據祭祀與鄭不同

有飶其香邦家之光

飶芬香也箋云芬香之酒醴饗燕賓客則多得其歡心於國家有榮譽○飶蒲卽反芬芳也說文云食之香也字又作苾音同一音蒲必反注同

疏 傳苾芬香○正義曰飶者香之氣故爲芬香也○箋芬香至榮譽○正義曰箋以此充饗燕下充祭祀者以言邦家之光謂國有光榮是於賓客之辭也胡考之寧言身得壽考與祭之祝慶萬壽無疆義同是於鬼神之辭也故知此爲饗燕下爲祭祀以饗燕施於賓客故云得其歡心於國家有榮譽祭祀進於祖妣故云多得福祿於身得壽考

有椒其馨胡考之寧

椒猶飶也胡壽也考成也箋云寧安也以芬香之酒醴祭於祖妣則多得其福右○椒子消反徐子料反沈作俶尺叔反云作椒者誤也此論釀酒芬香無取椒氣之芳也案唐風椒聊箋云椒之性芬芳王註云椒芬芳之物此傳椒猶飶飶芬香椒是芬芳之物此正相協無故改字爲俶俶始也非芬香馨呼庭反

疏 傳椒猶至考成○正義曰椒是木名非香氣也但椒木之氣香作者以椒言香故傳辨之云猶如飶也僖二十三年左傳

曰雖及胡耇。周書謚法「保民耆艾曰胡」，胡爲壽也。考成，釋詁文。言考者明老而有成德，蕩曰「雖無老成人」是也。

匪且有且，匪今斯今，振古如茲。且，此也。振，自也。箋云：匪，非也。振，亦古也。饗燕祭祀，心非云且而有且，謂將有嘉慶禎祥先來見也；心非云今而有此今，謂嘉慶之事不聞而至也。言脩德行禮，莫不獲報，乃古古而如此，所由來者久，非適今時。○且，七也反，又子餘反。下同。見，賢遍反。

【疏】傳「且此」「振自」。○正義曰：毛雖有此訓，其義與鄭不殊。○箋「振亦」至「今時」。○正義曰：箋以爾雅有此正訓，故易傳以爲振亦古也。以上陳祭饗二事，此承上文，故云饗燕祭祀。直言饗燕祭祀，謂爲之得其所也。有天下者，主於敬待神人，接之以禮，則人神慶悅，至誠感物，祥瑞必臻，故知非且有且、非今斯今，謂嘉慶禎祥之事，非謂其有而已有之，以言報應之疾也。且實語助，但今謂今時，則且亦今時，其實是一，作者美其事而丁寧重言之耳。嘉慶謂王者所得美善之實事，禎祥謂嘉慶之前先見爲徵應者也。以其分爲二文，故屬禎祥於上句，屬嘉慶於下句。但禎祥爲嘉慶而先見，故言將有嘉慶禎祥先來見也。以禎祥是事之先應，故言先來見；嘉慶是善之實事，故云不聞而至。二者意亦同也。此禎祥嘉慶，自天爲之，享燕之禮得所，不謂其至而已

至言脩德行禮莫不獲報乃古又古以來嘗皆如此非適今時美此大平之主能重於農業獲此福慶故歌之也

載芟一章三十一句

良耜秋報社稷也○耜音似田器也疏良耜二十三句○正義曰良耜詩者秋報社稷之樂歌也謂周公成王太平之時年穀豐稔以爲由社稷之所祐故於秋物既成王者乃祭社稷之神以報生長之功詩人述其事而作此歌焉經之所陳其末四句是報祭社稷之事婦子寧止以上言其耕種多獲以明報祭所由亦是報之事也經言百室盈止婦子寧止乃是場功畢入當十月之後而得言秋報者作者先陳人事使畢然後言其報祭其實報祭在秋寧止在冬也本或秋下有冬衍字與豐年之序相涉而誤定本無冬字

畟畟良耜俶載南畝播厥百穀實函斯活畟畟猶測測也箋云良善也農人測測以利善之耜熾菑是南畝也種此百穀其種皆成好含生氣言得其時○畟楚側反爾雅云畟畟耜也郭云言嚴利也種章勇反疏畟畟良耜○毛以爲農人以畟畟然利刃善耜始事於南畝而耕之種其百衆之穀其實皆含

此當時生之氣故生而漸長農人事而芸之於是有來視汝之農人者載其方筐及其圓筥其筐筥所盛以饟者維是黍也既饟到用見其農夫所戴之笠維糾然其田器之鎛以此趙而刺地以薅去荼蓼之草其荼蓼之草既朽敗止黍稷乃茂盛止及其成熟乃穫刈之挃挃然爲聲既穫訖乃積聚之栗栗然衆多所積聚者其大如城雉之峻壯其比迫如櫛齒之相次既蹂踐而治之則以開百室一時而納之於是百室皆盈滿而多穀粟止婦子皆不行而安寧止天下大熟民安如此國家乃殺是犉牡之牲有捄然者此牲之角用此牲以報祭社稷所以報祭之者以嗣繼其先歲復求其豐年以續接其往歲。復得以養人又求良善司嗇以續古昔之人庶其常勤勸農常得豐年也鄭唯傚載爲熾菑爲異餘同○傳畟畟猶測測○正義曰以畟畟文連良耜則是刃利之狀故猶測測以爲利之意也釋訓云畟畟耜也舍人曰畟畟耜入地之貌郭璞曰言嚴利也

或來瞻女載筐及筥其饟伊黍其笠伊糾其鎛斯趙以薅荼蓼笠所以禦暑雨也趙刺也蓼水草也箋云瞻視也有來視女謂婦子來饁者也筐筥所以盛黍也豐年之時雖賤者猶食黍饁者見戴糾然之笠以田器刺地

薅去荼蓼之事言閔其勤苦○儓上方反筥紀呂反饟式亮
反笠音立糾居黝反又其皎反鎛音博趙徒了反刺也又如
字洮起了反又徒少反薅呼毛反說文云拔田草也又云或
作茠引此以茠荼蓼荼蓼上音徒下音了刺七亦反下同盛
音成去起呂反

【疏】傳笠所至水草○正義曰笠之爲器暑雨皆得
禦之故兼言也其鎛斯趙則趙是用鎛之事鎛
是鋤類故趙爲刺地也又釋草云蘠虞蓼某氏曰蘠一名虞
蓼孫炎曰虞蓼是澤之所生故爲水草也蓼是穢草荼亦穢
草非苦菜也釋草云荼委葉舍人曰荼一名委葉某氏引此
詩則此荼謂委葉也王肅云荼陸穢蓼水草然則所由田有
原有隰故並舉水陸穢草○箋瞻視至勤苦○正義曰瞻視
釋詁文下言婦子寧止明此以爲不寧故知有來視汝謂婦
子來饁者也儓筥之下卽云饟黍故知儓筥所以盛黍也少
牢特牲大夫士之祭禮食有黍明黍是貴也玉藻云子卯稷
食菜羹爲忌日貶而用稷是爲賤也賤者當食稷耳故云豐
年之時雖賤者猶食黍瞻汝是見彼農人之時而陳其笠其
鎛故知見農人戴糾然之笠以田器刺地薅去荼蓼之草
定本集注皆云薅去荼蓼之事言閔其勤苦與俗本不同

荼蓼朽止黍稷茂止穫之挃挃積之栗栗其崇如

墉其比如櫛以開百室挃挃穫聲也栗栗衆多也墉城也箋云百室一族也草穢既除而禾稼茂禾稼茂而穀成熟穀成熟而積聚多如墉也如櫛也以言積之高大且相比迫也其已治之則百家開戸納之千耦其耘輩作尚衆也一族同時納穀親親也百室者出必共洫間而耕入必共族中而居又有祭酺合醵之歡○朽虛有反爛也挃珍栗反積子賜反比毗志反注同櫛側瑟反酺音蒲又音步醵其據反又其畧反合錢飲酒也【疏】傳挃挃至墉城○正義曰釋訓云挃挃穫也栗栗衆也李巡曰栗栗積聚之衆孫炎曰挃挃穫聲也皆取此爲說也城之與牆俱得爲墉但此比高大故爲城○箋百室至之歡○正義曰周禮五家爲比五比爲閭四閭爲族族是百室爲一族於六鄉則一族於六遂則一鄰是鄭以鄉尊於遂故舉鄉言耳上篇言千耦此篇言百室雖未必一人作而其文千百不同故解其意千耦其芸輩作者尚衆故舉多言也一族同時納穀見聚居者相親故舉少言也又解族黨州鄉皆爲聚屬獨以百室爲親親之意由百宅出必共洫間而耕入必共族中而居又有同祭酺合醵之歡也故偏言之也遂人云百夫有洫故知百室共洫間而耕彼注云百夫一鄰之田爲六遂之法族在六鄉而引彼者小司徒注云鄉之田制與遂同故得

舉鄭之制以言族也祭酺者族師職云春秋祭酺注云酺者爲人物災害之神也古書酺爲步杜子春云當爲酺玄謂校人職又有冬祭馬步則未知此世所云蝝螟之酺與人鬼之步與蓋亦爲壇位如雩禜云族無飲酒之禮因祭酺而與其民以長幼相酬酢焉鄭於彼雖以酺步爲疑而以酺爲正故此以酺言之蝝螟食穀之蟲害及人物此神能爲災害故祭以止之因此祭酺聚錢飲酒故後世聽民聚飲皆謂之酺漢書每有嘉慶令民大酺五日是其事也彼注云因祭酺而與其民長幼相酬即此合醵也禮器云曾子曰周禮其猶醵與注云合錢飲酒爲醵王居明堂之禮乃命國家醵是也族師雖云祭酺不言即爲醵飲酒禮記自有醵語不云醵是族法鄭知祭酺必有飲酒合醵是族法者以族師上文云月吉則屬民而讀邦法書其孝悌睦婣有學者即云春秋祭酺亦如之是於祭酺亦屬民讀法因祭而聚族民明其必爲行禮不可徒然又以族無飲酒之禮故知因祭酺必合錢飲酒與其民長幼相酬酢也鄉飲酒之禮州長於春秋有屬民射於州序之禮黨正於國索鬼神而祭祀有屬民飲酒于序以正齒位之禮此皆禮有飲酒當以公物供之無爲須合錢也唯族無飲酒之禮明合錢飲酒是族師之法故箋以爲同族之禮

百室盈止婦子寧止

殺時犉牡有捄其角以似以續續古之人黃牛黑脣曰犉社稷之牛角尺以似以續嗣前歲續往事也箋云捄角貌五穀畢入婦子則安無行饁之事於是殺牲報祭社稷嗣前歲者復求有豐年也續往事者復以養人也續古之人求有良司穡也○犉如純反本亦作犉捄音蚪復扶又反下同

【疏】傳黃牛至往事○正義曰釋畜直云黑脣犉以言黑脣明不與身同色牛之黃者衆故知黃牛也某氏亦云黃牛黑脣曰犉取此傳爲說也地官牧人云凡陰祀用黝生毛之注云陰祀祭地北郊及社稷也然則社稷用黝牛角以黑而用黃者蓋正祀用黝至於報功以社是土神故用黃色仍用黑脣也以經言角辨角之長短故云社稷之牛角尺也王制云祭天地之牛角繭栗宗廟之牛角握賓客之牛角尺無社稷之文畢於宗廟宜與賓客同尺也祀緯稽命徵云宗廟社稷角握此箋不易毛傳蓋以祀緯難信不據以爲正也社稷太牢獨云牛者牛三牲爲大故特言之以似以續似訓爲嗣嗣續俱是繼前之言故爲嗣前歲續往歲之事前往一也皆求明年使續今年據明年而言故謂今年爲前往也○箋捄角至司穡○正義曰此有捄其角與兕觥其觩角弓其觩觩皆與角共文故爲角貌以上言其饟是婦子所爲此

言寧止遂結上句故知安無行饁之事序云秋報社稷故云於是殺牲以報祭社稷也此爲年豐報祭而云更求嗣續故知嗣前歲者復求有豐年也續往事者復求以養人也言今歲已有豐年得穀養人求今後歲復然也嗣續一義也豐年養人亦一事故因其異文而分屬之耳甫田云以介我稷黍是求有年也以穀我士女是求養人也續古之人文連烝牲之末則亦祭求之非人無以續人明求將來之人使續往古之人農事須人唯司嗇耳故知求有良司嗇謂求善田畯也言得善官教民可以益使年豐故也司嗇已所選擇而祭神求之者得賢以否亦是神明所助故因祭求之

良耜一章二十三句

絲衣繹賓尸也高子曰靈星之尸也　繹又祭也天子諸侯曰繹以祭之明日卿大夫曰賓尸與祭同日周曰繹商謂之肜○繹絲衣繹祭之服音亦祭之明日又祭也字書作釋融餘戎反尚書作肜音同

【疏】絲衣九句○正義曰絲衣詩者繹賓尸之樂歌也謂周公成王太平之時祭宗廟之明日又設祭事以尋繹昨日之祭謂之爲繹以賓事所祭之尸行之得禮詩人述其事而爲此歌焉經之所陳皆繹

祭始末之事也子夏作序則唯此一句而已後世有高子者別論他事云靈星之尸言祭靈星之時以人爲尸後人以高子言靈星尚有尸宗廟之祭有尸必矣故引高子之言以證賓尸之事子夏說受聖旨不須引人爲證毛公分序篇端於時已有此語必是子夏之後毛公之前有人著之史傳無文不知誰著之故鄭志答張逸云高子之言非毛公後人著之止言非毛公後人亦不知前人爲誰也以鄭言非毛公後人著之不云詩序本有此文則知鄭意不以此爲子夏之言也鄭知非毛公後人著之者鄭玄去毛公未爲久遠此書有所傳授故知毛時有之若是後人著之則鄭宜除去荅之以此明已不去之意以毛公之時已有此言故也高子者不知何人孟軻弟子有公孫丑者稱高子之言以問孟子則高子與孟子同時趙岐以爲齊人此言高子蓋彼是也靈星者不知何星漢書郊祀志云高祖詔御史令其天下立靈星祠張晏曰龍星左角曰天田則農祥也晨見而祭之史傳之說靈星雖有此耳未知高子所言是此以否○箋繹又至之形○正義曰繹又祭釋天文李巡曰繹明日復祭曰又祭知天子諸侯同名曰繹以祭之明日者宣八年六月辛巳有事于太廟仲遂于垂壬午猶繹有事謂祭事也以辛巳日祭壬午而繹是魯爲諸侯用祭之明日此則天子之祀同名曰繹故知天

子亦以祭之明日也故公羊傳曰繹者何祭之明日也知卿大夫曰賓尸者今少牢饋食禮者卿大夫之祭禮也其下篇有司徹云若不賓尸注云不賓尸謂下大夫也以言若不賓尸是對有賓尸者有司徹所行卽賓尸之禮是卿大夫曰賓尸案其禮非異日之事故知與祭同日然則天子諸侯謂之繹卿大夫謂之賓尸是繹與賓尸事不同矣而此序云繹賓尸者繹祭之禮主爲賓事此尸但天子諸侯禮大異日爲之別爲立名謂之爲繹繹言其尋繹昨日卿大夫禮小同日爲之不別立名直指其事謂之賓尸耳此序言繹者是此祭之名賓尸是此祭之事故特詳其文也周曰繹商謂之肜者因繹又祭遂肜繹天以明異代之禮別也彼云周曰繹商曰肜孫炎曰肜者亦相尋不絕之意尚書有高宗肜日是其事也

絲衣其紑載弁俅俅自堂徂基自羊徂牛鼐鼎及鼒絲衣祭服也紑絜鮮貌俅俅恭順貌基門塾之基自羊徂牛言先小後大也大鼎謂之鼐小鼎謂之鼒箋云載猶戴也弁爵弁也爵弁而祭於王士服也繹禮輕使士升門堂視壺濯及籩豆之屬降往於基告濯具又視牲從羊之牛反告充已乃舉鼎冪告絜禮之次也鼎圜弇上謂之鼒○紑孚浮反徐孚不反又音培又音弗載如字又

音戴同弁皮變反俅音求恭愼也說文作絿同鼐乃代反郭音乃鼐音茲徐音災郭音才說文作鎡字音茲塾音孰門側堂也或音育冪亡歷反本亦作鼏圜音圓弇古奄字

疏

絲衣其紑○正義曰此述繹祭之事上五句言祭之初下四句言祭之末初言畢者恭順則當祭尊者可知祭末舉其不慢則當祭之敬明矣是舉終始以見中舉輕以明重上言於祭之前使士之行祀在身所服以絲爲衣其色紑然而鮮絜在首載其爵色之麻弁其貌俅俅而恭順此絲衣載弁之人從門堂之上旣視壺濯及籩豆降往於門塾之基告君以濯具更視三牲從羊而往牛所以告肥充又發舉其鼐鼎及鼒鼎之覆冪而告此鼎之絜矣祭之初使畢者行事尚能恭順故至於當祭事尸祀無失者以此至於祭末旅酬之節兕觥罰爵其觩然徒設無所用之所以然者由此助祭飲美酒者皆思自安不讙譁不傲慢每事如祀故無所罰恭順如此當於神明是得壽考之休徵言祭而得祀必將得福故美而歌之○傳絲衣至之鼒○正義曰此述祭事故知絲爲之故云絲衣祭服傳繅不解弁亦當以爲爵弁爵弁之服玄衣纁裳皆以絲爲之故云絲衣也絲衣與紑共文故爲絜鮮貌也載弁謂人戴弁也戴弁者捄捄則俅俅人貌故爲恭順貌也基門塾之基者釋宮云門側之堂謂之塾孫炎曰夾門堂也冬

官匠人云門堂三之二注云以爲塾也白虎通云所以必有
塾何欲以飾門因取其名明臣下當見於君必熟思其事是
塾爲門之堂也直言自堂徂基何知非廟堂之基者以繹禮
在門不在廟故知非廟堂也郊特牲曰繹之於庫門內祊之
於東方失之矣繹於門內爲失明其當在門外祊以東方爲
失明其當在西方是祊之與繹一時之事故注云祊之禮宜
於廟門外之西室繹又於其堂神位在西二者同時而大名
曰繹又禮器曰爲祊乎外注云祊祭明日之繹祭也謂之祊
者於廟門外之傍因名焉其祭之禮旣設祭於室而事尸於
堂孝子求神非一處也以此二注言之則祊繹大同而繹統
名焉繹必在門故知基是門塾之基謂廟門外西夾之堂基
也自羊徂牛是從此往彼爲先後之次故知詩意言先小後
大爲行事之漸也釋器云鼎絕大者謂之鼐鼐旣絕大鼒自
然小故曰小鼎謂之鼒此經自堂徂基但言所往之處不言
所爲之事牛羊但言所視之物不言所往之處互相足也鼐
及鼒鼎不言自徂蒙上自徂之文鼎則先大後小與牛羊異者
取鼒鼐爲韻故變其文也○箋載猶至之鼒○正義曰載者在
上之名故經稱載弁若言以頭戴之則於人易曉故云載猶
戴也禮有冠弁韋弁皮弁皆不以絲爲衣且非祭祀之服雜
記云士弁而祭於公冠而祭於已士冠禮有爵弁服紂衣與

此絲衣相當故知此弁是爵弁士服之以助君祭也又解天子之朝羣官多矣所以不使服冕之人而使戴弁之意由繹之祀輕故使士也若正祭則小宗伯云視滌濯祭之日逆齊省鑊告時於王告備於王彼正祭重使小宗伯此繹祭輕故使士蓋亦宗伯之屬士也知使士升門堂視壺濯及籩豆者以特牲雖則士祀而士卑不嫌其祀得同君故準特牲爲說特牲先夕陳事主人卽位於堂下宗人升自西階視壺濯及籩豆反降東北面告濯具主人出復外位宗人視牲告充宗人舉鼎鼏告絜彼先視濯籩豆次視牲次舉鼎。先後與此羊牛鼐次第正同自堂徂基文在牛羊之上自然是視壺濯籩豆矣以此知自堂徂基是告濯具從羊之牛是告充鼐鼎及鼒是舉鼏告絜也祀之次者謂特牲之祀爲此次故準之以說天子之祀也鼎圜弇上謂之鼒釋器文孫炎曰鼎斂上而小口者以傳直言小鼎不說其形故取爾雅文以足之

兕觥其觩旨酒思柔不吳不敖胡考之休吳譁也考成也箋云柔安也繹之旅士用兕觥變於祭也飲美酒者皆思自安不讙譁不敖慢也此得壽考之休徵○兕字又作兕徐履反觥古橫反罰爵也字又作觵同觩音虯本又作觓吳舊如字說文作吳。吳。大言也何承天云吳。字誤當作吳從口

下大故魚之大口者名吳胡化反此音恐驚俗也音話敖五
誥反本又作傲注同譁音花讙火官反又火元反慢亡諫反
疏 傳吳譁考成○正義曰人自娛樂必讙譁爲聲故以娛
爲譁也定本娛作吳考成釋詁文○箋柔安至休徵○
正義曰柔安釋詁文少牢特牲大夫士之祭也其禮小於天
子尚無兕觥故知天子正祭無兕觥矣今此繹之禮至旅酬
而用兕觥變於正祭也知至旅而用之者兕觥所以罰失禮
未旅之前無所可罰至旅而可獻酬交錯或容失禮宜於此
時設之也有司徹是大夫賓尸之禮猶天子之繹所以無兕
觥解者以大夫禮小卽以祭日行事未宜有失故無也上經
說祭初行禮唯謂士耳此言飲美皆思自安則是諸助祭者
非獨士也以祭末多倦怠傲慢故美其於祭之末能不讙譁
不傲慢則於祭前齊敬明矣恭敬明神必將獲福
故以此得壽考之休徵壽考未然之事故言徵也

絲衣一章九句

酌告成大武也言能酌先祖之道以養天下也

周公居攝六年制禮作樂歸政成王乃後祭於廟而奏
之其始成告之而已○酌音灼字亦作汋大如字徐音

泰

疏 酌九句○正義曰酌詩者告成大武之樂歌也謂周公攝政六年象武王之事作大武之樂既成而告於廟作者覩其樂成而思其武功述之而作此歌焉此經無酌字序又說名酌之意言武王能酌取先祖之道以養天下之民故名篇爲酌毛以爲述武王取紂之事即是武樂所象眾○鄭以爲武王克殷用文王之道故經述文王之事以昭成功所由功成而作此樂所以上本之也言告成大武不言所告之廟有瞽始作樂而合乎太祖此亦當告太祖也大司樂舞大武以享先祖然則諸廟之中皆用此樂或亦徧告羣廟也言酌先祖之道者周之先祖后稷以來先世多有美道武王酌取用之除殘去暴育養天下故詩人爲篇立名謂之爲酌序其名篇之意於經無所當也鄭以經陳文王之道武王得而用之亦是酌取之義但所酌之事不止此耳經有遵養時晦毛謂武王取紂鄭爲文王養紂此言以養天下則是愛養萬民非養紂身雖養字爲同非經養也酌左傳作約古今字耳○箋周公至而已○正義曰周公攝政六年制禮作樂明堂位文雖六年已作歸政成王乃後祭於廟而奏之初成之時未奏用也其始成告之而已故此篇歌其告成之事言此者以明告之早晚謂在居攝六年告之也知然者以洛誥爲攝政七年之事而經稱周公戒成王云肇稱殷禮祀於新邑

明待成王即政乃行周祀祀既如此樂亦宜然故知大武之樂歸政成王始祭廟奏周公初成之日告之而已

於鑠王師遵養時晦時純熙矣是用大介鑠美

遵率養取晦昧也箋云純大熙興介助也於美乎文王之用師率殷之叛國以事紂養是闇昧之君以老其惡是周道大興而天下歸往矣故有致死之士於鑠王師○毛以爲助之○於音烏注同鑠舒灼反○【疏】因告大武之成故歌武王之事於乎美哉武王之用師也率此師以取是闇昧之君謂誅紂以定天下由既誅紂故於是介周道大明盛矣是大明之故遂有大而又大謂致今時之太平也又本用師取昧之事所以爲可美者以我周家用天人之和而受之言以和受殷非苟用强力也蹻蹻然有威武之貌者我武王之所爲則用此武而有嗣文王之功王能如是故歎美之實維爾王之事信得用師之道以此故作爲大武以象其事鄭以爲大武象武王伐紂本由文王之功故因告成大武追美文王之事於乎美哉文王之用師衆也乃率殷之叛國養是暗昧之君以成其惡故民服文王能以多事寡以是周道乃大興矣由有至美之德誠義足以感人是以大賢士來而助之賢士既來我文王寵而受之來者既受用故蹻蹻然有威武之

士競於我王之造言其皆來造王王則寵而用之以此而有嗣續言其傳相致遠續來不絕由是武王因之得成功作樂故歎美之實維以武王之事信得用師之道言武王以文王之故故得道也○傳鑠美至晦昧○正義曰鑠美釋詁文又云遵率循也俱訓爲循是遵得爲率武王於紂養而取之故以養爲取宣十二年左傳引此云遵養時晦者昧也故轉晦爲昧言取是暗昧則謂武王取紂不得與鄭同也又緝熙之訓皆爲光明介字毛皆爲大則此亦宜然王肅云於乎美哉武王之用衆也率以取是昧謂誅紂定天下以除昧也於是道大明是用有大大言太平也○箋純大至助之○正義曰純大熙興皆釋詁文以率句乃言信得用師之道於此未宜歎其大大故依常訓以介爲助以武王之業因於文王養紂不伐是文王之事此說大武功成文宜本之於父故以爲美文王之師養者承事之辭故云率殷之叛國以事紂左傳云者昧也皇矣云上帝耆之是養之至老故云養是暗昧之君以老其惡論語云三分天下有其二以服事殷周之德可謂之至德孔子歎美文王謂之至德是周道以養紂之故遂得大興也孟子說伯夷避紂居北海之濱太公避紂居東海之濱聞文王作興而歸之二老者天下之大老也而歸之是天下父歸之也天下父歸之其子焉往也是天下歸往之也文

武之士並歸周但下言蹻蹻是威武之貌故云有致死之士衆來助之文王率殷之叛國以事紂襄四年左傳文**我龍受之蹻蹻王之造載用有嗣**龍和也蹻蹻武貌造爲也箋云龍寵也來助我者我寵而受用之蹻蹻之士皆爭來造王王則用之有嗣傳相致○蹻居表反造毛才老反鄭七報反詣也傳直專反

（疏）傳龍和至造爲○正義曰龍之爲和其訓未聞魯頌稱蹻蹻虎臣故爲武貌造爲釋言文王肅云我周家以天人之和而受殷用武德嗣文之功傳意或然天人之和謂天助人從和同與周也○箋龍寵至相致○正義曰上言大介爲大來助周則我龍受之龍此大介寵字以龍爲聲故龍爲寵也來郎寵受人皆美之故蹻蹻之士爭來造王而王又用之則其餘嗣續而至儒行說交友之道久相待遠相致故以有嗣爲傳相致也從大介至有嗣郎之爲三等言從周之士有先後而至也**實維爾公允師**公事也箋云允信也王之事所以舉兵克勝者實維女之事信得用師之道○傳公事○正義曰釋詁文

（疏）箋允信至之道○正義曰允信釋詁文上說文王之事至此乃述武王故言武王之事所以舉兵克勝謂伐紂勝之也

酌一章九句

桓講武類禡也桓武志也○類也禡也皆師祭也○禡馬嫁反桓武志也本或以此句爲注【疏】桓九句○正義曰桓詩者講武類禡之樂歌也謂武王將欲伐殷陳列六軍講習武事又爲類祭於上帝爲禡祭於所征之地治兵祭神然後克紂至周公成王太平之時詩人追述其事而爲此歌焉序又說名篇之意桓者威武之志言講武之時軍師皆武故取桓字名篇也此經雖有桓字止言王身之武名篇曰桓則謂軍衆盡武謚法闢土服遠曰桓是有威武之義桓字雖出於經而與經小異故特解之經之所陳武王伐紂之後民安年豐克定王業代殷爲王皆由講武類禡得使之然作者主美武王意在本由類禡故序達其意言其作之所由講武是軍衆初出在國治兵也類則於內祭天禡則在於所征之地自內而出爲事之次也○箋類也至師祭○正義曰釋天云是類是禡師祭也王制云天子將出征類乎上帝禡於所征之地注云上帝謂五德之帝所祭於南郊者言祭於南郊則是感生之帝夏正於南郊祭者周則蒼帝靈威仰也南郊所祭一帝而已而云五德之帝者以記文不旨言周不得斥言蒼帝故漫

言五德之帝以摠之又嫌普祭五帝故言南郊以别之五德者五行之德此五方之帝各有本德故稱五德之帝太昊炎帝之等感五行之德生亦得謂之五德之帝但類於上帝謂祭上天非祭人帝也且人帝無時在南郊祭者以此知非人帝也謂之類者尚書歐陽說以事類祭之天位在南方就南郊祭之春官肆師云類造上帝注云造猶即也爲兆以類祀即祭上帝也類禮依郊祀而爲之者言依郊祀爲之是用歐陽事類之說爲義也言爲兆以祭上帝則是隨兵所鄉就而祭之不必祭於南郊但所祭者是南郊所祭之天耳正以言造故即就其所往爲其兆位而祭之不要在南郊此言小異於歐陽也南郊之祭天周以稷配此師祭所配亦宜用常配之人周即當以后稷也禡之所祭其神不明肆師云凡四時之大田獵祭表貉則爲位注云貉師祭也於立表處爲師祭祭造軍法者禱氣勢之增倍也其神蓋蚩尤或曰黄帝又甸祝掌四時之田表貉之祝號杜子春云貉兵祭也田以講武治兵故有兵祭習兵之祀故貉祭禱氣勢之十百而多獲由此二注言之則禡祭造兵爲軍法者爲表以祭之禡周祀作貉貉又或爲貊字古今之異也貉之言百祭祀此神求獲百倍

綏萬邦。婁豐年　箋云綏安也婁亟也誅無道安天下則亟有豐熟之年陰陽和也○

婁力住反亟欺冀反數也下同疏綏萬邦○毛以爲武王誅紂之後安此萬邦使無兵寇之害數有豐年无飢饉之憂所以得然者上天所命命爲善不解倦者以爲天子桓桓然有威武之武王則能安有其天下之事是其爲善不倦故爲天所命於是用其武事於四方除其四方之殘賊能安定其家謂成就先王之業遂爲天下之主乃歎而美之於此武王之德乃明見於天殷紂以暴虐之故武王得用此美乎道以代之○鄭唯下二句爲異言於明乎曰天言天道之大明也紂爲天下之君但由爲惡之故天以武王代之餘同○箋綏安至陽和○正義曰綏安釋詁文又云亟屢疾也同訓爲疾是屢得爲亟也經言萬國箋言天下天下卽萬國也堯典云協和萬邦哀七年左傳曰禹會諸侯於塗山卽玉帛者萬國則唐虞夏禹之時乃有此萬國耳王制之注以殷之與周唯千七百七十三國无萬國矣此言萬國者因下有萬國遂舉其大數此文廣言天下之大不斥諸侯之身國數自可隨時變易其地猶是萬國之境故得舉萬言之此安天下有豐年謂伐紂卽然僖十九年左傳云昔周飢克殷而年豐是伐紂之後卽有豐年也

天命匪解桓桓武王保有厥士于以四方克定厥家士事也箋云天

命爲善不解倦者以爲天子我桓桓有威武之武王則能安有天下之事此言其當天意也於是用武事於四方能定其家先王之業遂有天下。解音懈注同

疏 箋天命至天下。正義曰以天命匪解爲下文摠之克定厥家是天子之事故知天命以爲天子也安有天下之事謂天下衆事武王能安而有之以天下爲任而行之不解言其當於天意也以當天意故天命之於是用其武事於四方謂旣能誅紂又四方盡定由是萬國得安陰陽得和此言結上之意也家者承世之辭故云能定其家先王之業遂有天下先王雖有其業而家道未定故於伐紂其家始定也

於昭于天皇以間之 間代也箋云于曰也皇君也於明乎曰天也紂爲天下之君但由爲惡天以武王代之。於音烏注同間間厠之間注同

疏 傳間代。正義曰釋詁文毛傳未有以于爲曰皇多爲美此義必不與鄭同也王肅云於乎周道乃昭見於天故用美道代殷定天下傳意或然。箋于曰至代之。正義曰于曰皇君釋詁文言於明乎曰天言天去惡與善其道至光明也以武王代紂即是明之事言武王當天意以代紂所以歎美之

桓一章九句

賚大封於廟也賚予也言所以錫予善人也大封武王伐紂時封諸臣有功者○賚來代反與也徐又音來

【疏】賚六句○正義曰賚詩者大封於廟之樂歌也謂武王既伐紂於廟中大封有功之臣以爲諸侯周公成王大平之時詩人追述其事而爲此歌焉經無賚字序又說其名篇之意賚予也言所以錫予善德之人故名篇曰賚經之所陳皆是武王陳文王之德以戒勑受封之人是其大封之事也此言大封於廟謂文王廟也樂記說武王克殷之事云將帥之士使爲諸侯下文則云虎奔之士脫劒祀乎明堂注云文王之廟爲明堂制是大封諸侯在文王之廟也○箋大封至有功者○正義曰以言大封則所封者廣雖初定天下可有此事守文之世不應得然且宣十二年左傳曰昔武王克商而作頌其三曰敷時繹思我徂維求定引此文以爲武王之頌故知武王伐紂時封諸臣有功者封爲諸侯樂記說武王克殷未及下車而封薊祝陳下車而封杞宋又言將率之士使爲諸侯是大封也昭二十八年左傳曰昔武王克商光有天下其兄弟之國者十有五人姬姓之國者四十人古文尚書武成篇說武王克殷而反祀於周廟列爵惟五分土惟三大賚于四海而萬民悅服皆是武王大封之

事此言大封於廟樂記未至廟而已封三恪二代者言其急於先代之意耳祭統曰古者明君必賜爵祿於太廟示不敢專也然則武王未及下車雖有命封之必至廟受策乃成封耳亦在此大封之中也皇甫謐云武王伐紂之年夏四月乙卯祀於周廟將率之士皆封諸侯國四百人兄弟之國十五人同姓之國四十人如謐之言此大封是伐紂之年事也○

文王既勤止我應受之敷時繹思我徂維求定勤勞應當繹陳也箋云敷猶徧也文王既勞心於政事以有天下之業我當而受之敷是文王之勞心能陳繹而行之今我往以此求定謂安天下也○敷音孚繹音亦徧音遍下篇同

【疏】文王既勤止○正義曰武王既封諸臣有功者於文王之廟因以文王之道戒勑之言我父文王既以勤勞於政事止以勤勞於事故有此天下之業我當受而有之故我徧於是文王勞心之事皆陳而思行之我往以此維求安定言用文王之道往行天下以求天下之定此文王勞心之事是我周之受天命而王之所由於乎今汝諸臣受封者亦當陳而思行之言已陳行文王之道勑諸臣亦使陳而行之以此而至於太平故追述而歌之也○傳勤勞應當繹陳○正義曰皆釋詁文○箋敷猶至天下○正義曰敷

訓爲布是廣及之義故云猶徧也文王既勞心於政事者尚書所謂日昃不遑暇食是其事也由此勞心以有天下之業我當受之謂受其位爲天子也今我往以此求定者往者自已及物之辭謂行之於天下以求安定天下也

時周之命於繹思 箋云勞心者是周之所以受天命而王之所由也於女諸臣受封者陳繹而思行之以文王之功業勑勸之○於鄭如字王音烏王于況反又如字下篇同

疏 箋勞心至勸之○正義曰言是者上之勞心也上天之命命不解怠者故知勞心是周之所以受天命而王之所由此詩爲大封而作故知於繹思是勑諸臣受封使陳而思行之文王之道可永爲大法故以文王之功業勑勸之於亦歎辭也

賚一章六句

般巡守而祀四嶽河海也 般樂也○般薄寒反注同守手又反般樂也音洛崔集注本用此注爲序文

疏 般七句○正義曰般詩者巡守而祀四岳河海之樂歌也謂武王既定天下巡行諸侯所守之土祭祀四岳河海之神神皆饗其祭祀降之福助至周公成王太平之時詩人述其事而作此歌焉經稱

喬嶽翕河是祀河岳之事也經無般字序又說其名篇之意般樂也爲天下所美樂定本般樂二字爲鄭注未知孰是岳實有五而稱四者天子巡守遠適四方至於其方之岳有此祭祀於中岳無事故序不言焉四瀆者五岳之四故周禮岳瀆連文序既不言五岳故亦不言四瀆以河是四瀆之一故舉以爲言漢書溝洫志曰中國川原以百數莫著於四瀆而河爲宗然則河爲四瀆之長巡守四瀆皆祭言河可以兼之經無海而序言海者海是衆川所歸經雖不說祭之可知故序特言之

於皇時周陟其高山嶞山喬嶽允猶翕河高山四嶽也嶞山山之嶞嶞小者也翕合也箋云皇君喬高猶圖也於乎美哉君是周邦而巡守其所至則登其高山而祭之望秩於山川小山及高嶽皆信案山川之圖而次序祭之河言合者河自大陸之北敷爲九祭者合爲一○於音烏注同嶞吐果反注同郭云山狹而長也又同果反字又作墮喬嶽上音橋下音岳翕許及反

疏於皇時周○毛以爲於乎美哉是周家也既定天下巡省四方所至之處則登其高山之岳而祭之其祭之也於大山之傍有嶞嶞然之小山與高而爲岳者皆信案山川之圖者又合九河爲一以大小次序而祭之也徧天之下山川皆聚其神於

是配而祭之能爲百神之主德合山川之靈是周之所以受天命由此也○鄭唯以皇爲君裒爲衆爲異餘同○傳高山至翕合○正義曰岳必山之高者故知高山四岳也嶞山對高山爲小故知山之小者嶞嶞然言其狹長之意也毛於皇字多訓爲美王肅云美矣是周道已成天下无違四面巡岳升祭其高山傳意或然翕合釋詁文○箋皇君至爲一○正義曰皇君喬高釋詁文猶圖釋言文以於己是歎美之辭故以皇爲君君是周邦謂爲天子也巡守所至則登其高山而祭之謂每至其方告祭其方之岳也堯典及王制說巡守之禮皆言望秩于山川堯典注云徧以尊卑次秩祭之則知嶞山喬岳允猶翕河皆謂秩祭之事故云小山高岳皆信案山川之圖而次序祭之此卽望秩之事也喬岳與上句高山猶是一事但巡守之禮其祭主於方岳故先言陟其高山又說望秩之意言小山亦可與四岳同祭故又言喬岳令與小山爲類見其同祭之耳允猶之文承山岳之下可案山圖耳而并云川者山之與川共爲一圖言望秩山川則亦案圖耳但河分爲九合而祭之一故退翕河之文在允猶之下使之不蒙允猶自河以外其餘衆川明皆案圖祭之故云信案山川之圖信者謂審信而案之又解山不言合獨河言合者河自大陸之北敷爲九河祭者合之爲一故云翕也禹貢導河自

積石至于龍門南至于華陰東至于底柱又東至於孟津東過洛汭至于大伾北過降水至于大陸又北播爲九河同爲逆河入于海是大陸之北敷爲九河敷者分散之言與播義同故彼注云播猶散也同合也下尾合爲逆河言相迎受也然則因大陸分而爲九至下又合爲一以其首尾是一故祭者合之漢書地理志鉅鹿郡有鉅鹿縣大陸澤在其北禹貢注云在鉅鹿鄭志荅張逸云鉅鹿今名廣河澤然則河從廣河之北分爲九也禹貢兗州九河既道孔安國注云河水分爲九道在此州界平原以北是也鄭注云河水自上至此流盛而地平無岸故能分爲九以衰其勢壅塞故通利之也九河之名徒駭大史馬頰覆釜胡蘇簡絜鉤盤鬲津周時齊桓公塞之同爲一今河間弓高以東至平原鬲盤往往有其遺處焉鄭言九河之名釋水文也李巡曰徒駭者禹疏九河以徒眾起故曰徒駭大史者禹大使徒眾通水道故曰大史馬頰者河勢上廣下狹狀如馬頰覆釜者水多渚其渚往往而處狀如覆釜胡蘇者其水下流故曰胡蘇胡下也蘇流也簡者水深而簡大也絜者言河水多山石之苦故絜絜苦也鉤盤者河水曲如鉤屈折如盤故曰鉤盤鬲津者河水狹小可隔爲津故曰鬲津孫炎曰徒駭者禹疏九河功難眾懼不成故曰徒駭太史者大使徒眾故依名云胡蘇者水流多散胡

蘇然簡者水通易也鉤盤者水曲如鉤盤桓不前也鬲津者水多阨狹可隔以爲津而橫渡也是解九河之名意也溝洫志稱成帝時博士許商以爲古記九河之名有徒駭胡蘇鬲津今見在成平東光鬲界中自鬲以北至徒駭間相去二百餘里今河雖數移不離此域如商此言上舉三河之名下以縣志之則徒駭在成平胡蘇在東光鬲津在鬲縣其餘六者商所不言蓋於時以不能詳知其處故也又商言自鬲以北至徒駭間相去二百餘里則徒駭是九河之最北者鬲津是九河之最南者然則爾雅之文從北而說也太史馬頰覆釜文在胡蘇之上則三者在成平之南東光之北也簡絜鉤盤文在胡蘇之下則三者在東光之南鬲縣之北也鄭亦不能具知所在故云往往有其遺處是其不審之辭也郭璞云徒駭今在成平縣東光有胡蘇亭鬲盤今皆爲縣屬平原渤海東光成平河間弓高以東往往有其遺處焉璞言盤今爲縣以爲盤縣其餘亦不審也雖古之河跡難得而詳要於禹貢之時皆在兖州之界於漢之世則兖州之所部近南其界不及於北故鄭志趙商謂河在兖州之北已分爲九河分而復合於大陸之北又分爲九故問之曰禹貢導河至于大陸又北播爲九河然則大陸以南固未播也在於兖州安得有九乎於何時復得合爲一然後從大陸已北復播爲九也荅曰

兖州以濟河爲界河流分兖州界文自明矣復合爲一乃在下頭予走南北何所求乎觀予所云似徒見今兖州之界不及九河而靑冀州分之故疑之耳既知今亦當知古是鄭以古之九河皆在兖州之界於漢乃冀州域耳言復合爲一乃在下頭正以經云同爲逆河入于海明并爲一河乃入于海故云在下頭耳亦不知所并之處故不斥言之齊桓公塞爲一者不知所出何書其并爲一未知并從何者

敷天之下裒時之對時周之命　裒聚也箋云裒衆對配也徧天之下衆山川之神皆如是配而祭之是周之所以受天命而王也○裒蒲侯反於繹思毛詩無此句齊魯韓詩之今毛詩有者衍文也崔集注本有是採三家之本崔因有故解之

疏　裒聚多也○正義曰釋詁文○箋裒聚至而王○正義曰釋詁云裒衆多也俱訓爲多是裒得爲衆釋詁云妃合會對是對得爲配言徧天之下則無有不祭故以爲衆山川之神皆配祭之王言配者山川大小相從配之祭無不徧之意也是周之所以受天命而王者言其得神之助故能受天之命武王受命伐紂後乃巡守方始祭祀山川而云受命由此者作者以神能助人歸功於神見受命之前已能敬神及今巡守猶能敬之故所以得受天命而王天下言此是神明之助故也此篇

末俗本有於繹思三字誤也

般一章七句

閔予小子之什十一篇十一章百三十七句

附釋音毛詩注疏卷第十九（十九之四）

黄中模栞

毛詩注疏挍勘記（十九之四）

阮元撰盧宣旬摘錄

○小毖

然而頌之大列　閩本明監本同毛本列作例案所改非也列當作判形近之譌

翻飛維鳥而來也　閩本明監本毛本同案此不誤浦鏜云經作拚非也翻字出箋鄭意以拚爲翻之假借故於訓釋中竟改其字而正義依之耳

而毖後患　小字本相臺本同唐石經毖下旁添彼字案正義云故慎彼在後當是自爲文耳非其本更有彼字也用之添者誤

自求辛螫　小字本相臺本同唐石經初刻同後磨改螫作螫案螫字是也五經文字云螫式亦反是其證

蜂本又作峯　〔補〕釋文校勘通志堂本盧本峯作蠭案蠭字誤改也小字本所附亦作峯但峯亦譌字作夆爲是集韻三鍾載夆蜂二形云爾雅甹夆掣曳也或作蜂可證

摩尺制反（補）通志堂本盧本同釋文挍勘云案摩非也考爾雅釋文云掣本或作摩同充世反說文云引而縱之依此是於說文爲㨸字集韻十三祭所載掣㨸二字下皆無摩

予其懲而　閩本明監本毛本而作八句二字案所改非也山井鼎云而字上屬爲是是也正義讀而斷句釋文以懲而作音

莫復於我掣曳　閩本明監本毛本同案注作摩正義作掣摩掣古今字易而說之也標起止仍作摩釋文云摩本又作掣非正義本也今爾雅作掣考文古本注作掣者采釋文正義耳○案掣本作㨸見說文說文無掣字也作摩更非

後遂舉兵誅叛逆　閩本明監本毛本同案誅當作謀形近之譌

以蓼菜之辛苦然　閩本明監本毛本同案山井鼎云以恐似誤是也

此二家以蛢蜂也　閩本同明監本毛本蛢作荓案所改是

爲挈曳爲善　閩本明監本毛本同案此不誤浦鏜云善疑惡字誤非也王肅孫毓挈曳爲善與鄭挈曳正相反正義上有明文浦不考之甚

便就邪僻　閩本明監本毛本同案浦鏜云使誤便是也

或曰鴟皆惡聲之鳥　小字本相臺本同案正義云定本集注皆云或曰鴟皆惡鳥也云云考鳥之單名鴞者鵬也單名鴟者梟也皆與桃蟲迥非一物此箋當本作或曰鴟鴞皆惡鳥也合爾雅方言廣雅陸機疏觀之可得其證○案當作或曰鶚月令注云征鳥題肩齊人謂之擊征或曰鷹鶚與鷹正一類二注正同耳此取小鳥化大鳥之義無取惡聲之義蓋有鶚誤爲鴞之本而淺人乃妄增皆惡聲之鳥五字耳鴞惡聲之鳥見毛傳題肩非惡聲也舊挍云當作或曰鴟鴞甚誤鴟鴞鶚搗古說卽桃蟲非桃蟲所變化也詳段玉裁詩經小學

鷦鳥云桃蟲鷦其雌名鴂　閩本明監本毛本同案浦鏜云名衍字是也此涉下所引注而誤

鷦鷯亡消反桃雀也　闔本明監本毛本同案亡消反三字當旁行細書正義自爲音也

俱毛以周公　闔本明監本毛本同案山井鼎云俱恐但誤是也

始得周公　闔本明監本毛本同案得當作信

○載芟

春籍田而祈社稷也　闔本明監本毛本同唐石經籍作藉小字本相臺本同案說文作耤者爲正字諸書作藉者爲假借字或又用籍字爲之故此正義引應氏漢書注以典籍爲說也當是正義本字從竹十行本字多作籍依正義也經注本字作藉依石經也餘同此

周語說耕籍之事也　闔本明監本毛本同案浦鏜云也當云字誤是也

王耕一發　闔本明監本毛本同案此不誤浦鏜云墢誤發非也發古墢字正義所引國語自如此不與今本同也

甸師下士一人閩本明監本毛本同案浦鏜云二誤一是也

徒二百人閩本明監本毛本同案浦鏜云三誤二是也

漢書孝文元年閩本明監本毛本同案浦鏜云二誤元是也

率天下先閩本明監本毛本同案山井鼎云漢書率作爲非也正義所引漢書自如此耳

畛埸也小字本相臺本閩本明監本毛本埸誤場案釋文云埸本又作場音亦正義本字作場皆可證

强强力也閩本明監本毛本同小字本相臺本强皆作彊案强字誤也下及正義中同寫者以强爲彊之別體字而亂之耳

維强力之兼士閩本明監本毛本士作土案士字是也

爲鬼神所鄕閩本明監本毛本同案浦鏜云鄕當饗字誤是也

隰指連形而言閩本明監本毛本連作地案皆誤也當作田

又解之以之意閩本明監本毛本同案上之字當作云形近之譌

自有不能有立閩本明監本同毛本下有字作存案所改是也

及解所以合家俱作之意閩本明監本毛本同案浦鏜云及當又字誤是也

饁饋饟也小字本相臺本同案此釋文本也釋文以饁饋饟也作音可證正義云饁饋釋詁文是其本無饟字考爾雅饟字在饋字上甫田箋取彼成文併解經之饁攘二字七月傳云饁饋也此箋與之同下文云婦子來饋饟其農人於田野乃取饟字以足句耳非此句中先有饟字也當以正義本爲長

孫炎曰土野之饋也閩本明監本毛本土作饁案所改是也七月正義作饁可證

正義曰苗生達也則射而出閩本明監本毛本同案也當作地壞字耳

謂苗生達也也厭者苗長茂盛之貌閩本明監本毛本下也字作厭案此誤改耳上也字當作地讀也字句絕厭者下屬乃說經有厭之文不得重厭字

郭璞曰芸不息也　閩本明監本毛本同案此不誤浦鏜云案爾雅注作芸耨精非也正義所引自如此

釋訓云濟濟容止也　閩本明監本毛本同案此不誤浦鏜云釋訓無容字非也容字正義增之不依本書耳文王正義所引亦有可證

箋云烝進　小字本相臺本同案正義本上有傳標起止云傳百禮言多正義云檢定本集注皆無此文有者誤也

有椒其馨　唐石經小字本相臺本同案釋文云椒子消反徐子料反又云沈作俶尺叔反云作椒者誤也云云正義本是椒字與釋文本同考釋文有云無故改字爲俶當是毛氏詩舊本無作俶者特始於沈重改之耳故釋文正義唐石經皆不從也

僖二十三年左傳曰　閩本明監本毛本同案浦鏜云二誤三是也

乃古古而如此相臺本同閩本明監本毛本同小字本上古字作自案小字本誤

○良耜

秋報社稷也唐石經小字本相臺本同案釋文云本或有冬字者非正義云本或秋下有冬衍字與豐年之序相涉而誤定本無冬字

以續接其往歲閩本明監本毛本同案浦鏜云歲當事字誤是也

薅去荼蓼之事言閔其勤苦小字本相臺本同案正義云薅去荼蓼之草定本集注皆云薅去荼蓼之事言閔其勤苦與俗本不同依此是正義本事當作草無言閔其勤苦五字也

古書醻爲步閩本明監本毛本同案浦鏜云故誤古是也

如雩榮云閩本明監本毛本榮作祭案所改非也山井鼎云榮恐禜誤是也

乃命國家釀是也閩本明監本毛本同案浦鏜云家衍文是也

後求有豐年也　小字本同閩本明監本毛本同相臺本後作復考文古本同案復字是也釋文正義皆可證

求有良司穡也　小字本相臺本同案正義標起止云至司嗇是其本作嗇字

用黝生毛之　閩本明監本生作牛毛本初刻同後剜作牲案所改是也

牛角以黑而用黃者　閩本明監本毛本同案浦鏜云角當色字誤是也

亦一事故因其異文　閩本明監本毛本同案故當作箋下屬讀之山井鼎云宋板故作也其實不然當是剜也

○絲衣

商謂之彤　小字本相臺本同案釋文云之融餘戎反尚書作彤音同依此是鄭此注本用融字今正義中字皆作彤標起止亦云至之彤或其本作彤與釋文本不同也爾雅亦作彤

字書作釋補通志堂本同盧本作𥛊云舊作釋今改正

令其天下立靈星祠閩本明監本毛本同案浦鏜云其令二字誤倒是也

仲遂于垂閩本明監本同毛本于上剜入卒字案所補是也

遂形釋天閩本明監本毛本形作形案皆誤也當作取

乃舉鼎冪告絜小字本相臺本同案釋文以舉冪作音是其本無鼎字正義云是舉冪告絜也其本亦當無鼎字有者後人以正義所引特牲文添之耳

士冠禮有爵弁服紂衣閩本明監本毛本紂作緑案皆誤也當作純

視滌濯閩本明監本同毛本滌作滌案所改是也

次視牲次舉鼎閩本明監本毛本同案鼎當作冪

不吳不敖唐石經小字本相臺本同案傳云吳譁也正義云人自娛樂必讙譁為聲故以娛為譁也定本娛作

吳釋文云不吳舊如字譁也是正義本作娛釋文定本作吳也詳正義之意因傳云吳譁也而說之以娛樂讙譁又例以爲毛不破字故定經文從娛也其實此經字與泮水經同彼箋卽用此傳經文皆本是吳字說文云吳大言也義與譁合當以釋文定本爲長盧文弨校乃依史記所引改爲虞誤也

說文作吳吳大言也　(補)釋文挍勘記通志堂本同盧本二吳字皆作吳案所改是也

何承天云吳字誤當作吳從口下大　(補)通志堂本盧本吳作吳吳作吳案所改是也

傳吳譁考成　閩本明監本毛本同案吳當作娛

此言飲美皆思自安　閩本明監本毛本同案美下浦鏜云脫酒字是也

○酌

酌九句　閩本明監本毛本同案此不誤浦鏜云八誤九章末並同非也讀以實唯爾公爲一句允師爲一句唐石經亦云九句也

卽是武樂所象衆閩本明監本毛本同案盧文弨云衆疑衍是也

酌左傳作約閩本明監本毛本同案山井鼎云約當作汋是也

卽之爲三等閩本明監本毛本同案山井鼎云卽恐節誤是也

傳公士○正義曰釋詁文閩本明監本毛本在下節首十行本誤在上節末案山井鼎云士當作事是也下同

○桓

桓武志也唐石經小字本相臺本同案釋文云本或以此句作注正義云序又說名篇之意桓者威武之志云云是正義本亦爲序文

夏正於南郊祭者閩本明監本毛本同案正當作至形近之譌

以記文不旨言周閩本明監本毛本同案浦鏜云旨當指字誤是也

且入帝無時在南郊祭者　閩本明監本毛本同案時當作特形近之譌

婁豐年　唐石經小字本相臺本同閩本明監本毛本婁作屢案釋文作婁是其證也正義中字作屢當是易爲今字耳餘經依釋文皆當作婁正義自爲文作屢者皆易字之例唐石經錯見屢字者非屢乃俗字耳今杜預集解本於宣十二年傳所引此經亦作屢非左氏之舊矣

卽玉帛者萬國　閩本明監本毛本同案山井鼎云左傳卽作執是也

○賚

○般

般樂也　小字本相臺本同案此釋文本也釋文云崔集注本用此注爲序文正義云經無般字序又說其名篇之意般樂也爲天下所美樂定本般樂二字爲鄭注未知孰是是正義本爲序文與集注同也考此序解般樂也與桓序云桓武志也賚序賚予也言所以錫予善人也正爲一例當以集注正義本爲長唐石經序末無此三字出

於釋文定本而經注各本之所祖也

墮山山之隋墮小者也　小字本同閩本明監本毛本同相臺本墮作隋案相臺本是也正義云有隋隋然之小山是隋隋疊經字不容下一字作墮也釋文云字又作墮考說文山部云隋山之隋隋者乃用此傳文則作隋爲正矣十行本正義中字多作隋唯故知山之小者墮墮然一處作墮或正義本是墮字後依經注本改之而未盡也明監本毛本并改作隋隋閩本此與十行本同而上下文又改隋爲墮

東至於底柱也　閩本明監本毛本同案浦鏜云底誤底是也

鉤盤者河水曲如鉤屈折如盤故曰鉤盤　閩本明監本毛本同案浦鏜云盤李本作股以爾雅釋文考之是也但此當是正義涉孫郭本而誤非其字有譌也

以爲古記九河之名　閩本明監本毛本同案此不誤浦鏜云說誤記非也正義引漢志如此

時周之命唐石經小字本相臺本同案正義云此篇末俗本有於繹思三字誤也釋文云於繹思毛詩無此句齊魯韓有之今毛詩有者衍文也崔集注本有是採三家之本崔因有故解之今考正義釋文所說自得其實經義雜記乃并三家此句亦以爲衍誤矣

箋裒聚至而王閩本明監本毛本同案山井鼎云據注聚當作衆是

王言配者閩本明監本毛本同案浦鏜云王疑正字誤是也

附釋音毛詩注疏卷第二十

駉之什詁訓傳第二十九

毛詩魯頌　鄭氏箋　孔穎達疏

魯頌譜

魯者少昊摯之墟也國中有大庭氏之庫則大庭氏亦居茲乎○正義曰昭十七年左傳云郯子曰少皞摯之立也定四年左傳祝佗曰命伯禽封於少皞之墟是其文所出也明堂位曰封周公於曲阜少皞之墟即曲阜也漢書地理志云周興以少皞之墟曲阜封周公子伯禽爲魯侯以爲周公主應劭云曲阜在魯城中委曲長七八里然則其都在此曲阜其地則名魯也昭十八年宋衛陳鄭災左傳稱梓愼登大庭氏之庫以望之經傳之文雖不言大庭居魯而此庫繫大庭言之故爲疑辭云則大庭氏亦居此乎杜預曰大庭氏古國名在魯城內魯於其處作庫高顯故登以望氣然則大庭之居在於魯城內於其處作庫非大庭氏所作也○在周公歸政成王封其元子伯禽於魯○正義曰洛誥言七年冬周公致政成王時事其經云烝祭歲文王騂牛一武王騂牛一王命作冊逸祝冊惟告周公其後注云

謂將封伯禽也又閟宫云王曰叔父建爾元子俾侯于魯是周公歸政成王封其元子伯禽之事也史記魯世家云武王既克殷封周公旦於少皡之墟曲阜是爲魯公周公不就封於是卒相成王而使其子伯禽代就封於魯然則周公於武王之時已受魯封但身不之魯使伯禽就國至歸政之後成王乃大啓土宇令地方七百里魯之封疆於是始定故據後定言之○其封域在禹貢徐州大野蒙羽之野○正義曰禹貢海岱及淮惟徐州云蒙羽其藝大野既豬徐州是魯之界故知之○自後政衰國事多廢十九世至僖公當周惠王襄王時而遵伯禽之法養四種之馬牧於坰野○正義曰魯自伯禽之後有武公魯人追立其廟以爲世室又有孝公爲樊仲山甫所薦雖復賢於諸公不爲時所歌頌不能遵伯禽之法故揔云政衰事廢明僖公與之故致頌也世家云伯禽卒子考公酋立卒弟熙立是爲煬公卒子幽公宰立十四年弟潰弒幽公而立是爲魏公卒子厲公擢立卒魯人立其弟具是爲獻公卒子眞公濞立卒弟敖立是爲武公卒子戲立爲懿公九年兄括之子伯御與魯人攻殺懿公而立伯御爲君十一年周宣王伐魯殺伯御乃立懿公弟稱是爲孝公卒子弗湟立是爲惠公卒子息姑攝行君事是爲隱公十一年冬公子翬殺隱公立其弟允爲君是爲桓公十八年卒立太子同是

爲莊公三十二年卒立子開爲閔公立其卒於是季友奉公子申立之是爲僖公從周公數之故爲十九世僖公以惠王十九年卽位襄王二十二年薨是當周惠王襄王時也○尊賢祿士脩泮宮崇禮教○正義曰有駜愉僖公用臣必先致祿食振鷺言絜白之士羣集君朝是尊賢祿士也泮水頌僖公能脩泮宮是脩泮宮崇禮教也舒瑗云魯不合作頌故每篇言頌以名生於不足故也能脩泮宮土功之事春秋經不書者泮宮止國學也脩謂舊有其宮脩行其教學之法功費微少非城郭都邑例所不書也○僖十六年冬會諸侯于淮上謀東畧公遂伐淮夷○正義曰春秋僖十六年經書冬十有二月公會齊侯宋公等於淮左氏傳曰會于淮謀鄫且東畧如傳之意以言此會主爲謀鄫且東行畧地今鄭言謀東略則鄭意言此會非直謀鄫且謀東畧以爲二俱謀之僖九年左傳宰孔云齊侯不務德而勤遠畧故北伐山戎南伐荆楚西爲此會東畧之不知西則否矣是謂征伐爲畧也此言謀東畧者謂東征伐而畧地也淮會旣有此謀公所以遂伐淮夷泮宮之篇所說伐淮夷事是也但春秋經傳僖公無伐淮夷之事故鄭推校早晚以爲淮會之謀東畧卽是謀伐淮夷旣謀卽伐故稱遂也案左傳僖十六年冬公會諸侯于淮未歸而使師取項公爲齊所止十七年方始得還傳云書曰公

至自會猶有諸侯之事焉且諱之也然則伐淮夷者是在十七年末公還之後乃與師伐之詩稱旣作泮淮夷攸服則是受成於學然後出師非因會而遂行也淮會謀東略者與諸侯共謀詩稱伐淮夷者專美魯侯蓋以淮夷居淮水之上在徐州之界最近於魯於時霸者使魯獨征之故詩專美僖公也用兵征伐事之大者春秋之例君舉必書所以經傳無伐淮夷文者當是史文脫漏故經傳皆闕。僖二十年新作南門又脩姜嫄之廟至於復魯舊制未徧而薨○正義曰二十年新作南門春秋經也閟宮云閟宮有侐實實枚枚又曰新廟奕奕奚斯所作是又脩姜嫄之廟也序稱僖公能遵伯禽之法而牧馬門廟魯之舊事是至於復魯舊制也伯禽之後國事多廢則所廢者非徒馬及門廟而已故云未徧而薨所以死後追頌若然新然。南門左傳云書不時也而以爲僖公之美者僖公新作南門意在脩復古制但不從啓塞之時是於禮爲小失春秋貶纖介之惡故取以爲譏論其復舊之情實爲美事作南門脩廟其事相類故鄭言脩廟因說作門贊成僖公之大美言其致頌之本意也脩姜嫄之廟春秋不書者魯國舊有此廟更脩理之用功少例所不書也。國人美其功季孫行父請命於周而作其頌○正義曰旣言未徧而薨乃云請周作頌則此頌之作在僖公薨後知者以大夫無故不得出境上請天子追頌君德雖則羣臣發意其行當請於君若在僖公之時不應聽臣請王自頌已德明是僖公薨後也文六年行父始見於經十八年史克名見於傳則克於文公之時爲史官矣然則此詩之作當在文公之世其年月不可得而知也行父請周而不見於經者凡羣臣出使嘉好聘享受命而行者乃書之耳此行父適周自以羣臣之心請王作頌雖復告君乃行不稱君命以使非史策所得書也駉頌序云史克作是頌廣言作頌不指駉篇則四篇皆史克所作閟宮云新廟奕奕奚斯所作自言奚斯作新廟耳而漢世文人班固王延壽之等自謂魯頌是奚斯作之謬矣故王肅云當文公時魯賢臣季孫行父請于周而令史克作頌四篇以祀是肅意以其作在文公之時四篇皆史克所作也四篇一人之作而爲此次者以駉言務農重穀爲政之本又善於任賢故次有駜言君臣之有道也君臣同心則能脩教征伐故次泮水言能脩泮宫服淮夷也文武旣備明神降福則能克剪放命復其疆宇故終以閟宫四篇皆頌僖公之美德也若然春秋僖八年秋七月禘于太廟用致夫人三十一年夏四月四卜郊不從猶三望三十三年薨于小寢皆爲春秋所譏則是行不純善而得作頌者春秋所譏皆人事小失非有損於國家僖以魯之先君國事多廢遠遵伯禽之法能復周公之

宇安寧魯國作爲賢君緣王者不陳其詩故臣子請而作頌亦猶他國作詩美其君耳非是太平德洽和樂頌聲雖復行有小失不妨其作文也僖公能遵伯禽之法尚爲魯人所頌則伯禽之德自然堪爲頌矣所以無伯禽頌者伯禽以成王元年受封於魯於時天下太平四海如一歌頌之作事歸天子列國未有變風魯人不當作頌○文公十三年太室屋壞書○正義曰此春秋經也閟宫箋與此俱引此文者以彼傳云書不恭也杜預云簡慢宗廟使至傾頹故書以見臣子不恭然則宗廟毀壞者譏其不恭明脩造繕治者於事爲善申說僖公之復舊制作新廟爲可頌之事故引大室壞而反以證之公羊穀梁皆以太室爲世室謂伯禽之廟服杜皆以爲太廟之室鄭無所說蓋與左氏義同也○初成王以周公有太平制典法之勳命魯郊祭天三望如天子之禮故孔子錄其詩之頌同於王者之後○正義曰明堂位云武王崩成王幼周公踐天子之位以治天下六年制禮作樂頒度量而天下大服七年致政於成王以周公爲有勳勞於天下命魯公世世祀周公以天子之禮是以魯君孟春乘大輅載弧韣旂十有二旒日月之章祀帝于郊配以后稷天子之禮也是成王命魯之郊天也春秋每云不郊猶三望是魯郊祭天而因祭三望也鄭以三望爲河海岱是魯之境內山川也祭其境內

山川則自是諸侯常法亦云天子之禮者以春秋郊望連文故因說郊天而并云三望耳禮運云夫杞之郊也禹宋之郊也契是王者之後得郊天由命魯得郊天。子祀郊爲王者之後故孔子亦錄其詩之頌同於王者之後也王者之後而有頌者正謂宋有商頌解魯頌所以得與商頌同稱頌之意也○問者曰列國作詩未有請於周者行父請之何也曰周尊魯巡守述職不陳其詩至於臣頌君功樂周室之聞是以行父請焉○正義曰變風之序皆不言請周此獨言請故問而釋之王制說巡守之禮云命太師陳詩以觀民之風俗然則天子巡守采諸國之詩觀其善惡以爲黜陟今周尊魯若王者巡守述職不陳其詩雖魯人有作周室不采商譜云巡守述職不陳其詩示無貶黜客之義然則不陳魯詩亦示無貶黜魯之義也巡守陳詩觀民風俗善則賞之惡則貶之既示無貶黜不采其詩雖有善詩不得復采故王道既衰變風皆作而魯獨無之以無魯風故知巡守述職不陳其詩魯之臣子緣周室尊魯不陳其詩是不欲使魯有惡既不欲其惡當喜聞其善至於臣頌君功亦樂使周室聞之是以行父請焉魯人請周不作風而作頌者以頌者美盛德之形容是詠歌之善稱王者有成功盛德然後頌聲作焉今魯詩稱穆穆魯侯敬明其德是美盛德也既克淮夷孔淑不逆是成功也既有盛德復有成功雖不可上比聖王足得臣子追慕故借其嘉稱以美其人言其所美有形容之狀故稱頌也以作頌非常故特請天子以魯是周公之後僖公又實賢君故特許之不然亦不得轉借其名而作頌也○周之不陳其詩者爲憂耳其有大罪侯伯監之行人書之亦示覺焉○正義曰又解不陳其詩所以爲勸誡者其大罪州牧侯伯監察之行人之官書記之亦足示覺知之焉雖則不陳其詩亦足以爲黜陟也商譜云示無貶黜客之法此言亦示覺焉互相補足皆是示法而已其有善惡不得不黜陟之也此言主於戒惡故言有大罪耳其實小善小惡亦監之書之也侯伯者州牧之别名僖元年左傳曰凡侯伯救患分災討罪禮也是州內諸侯有善惡者侯伯當監之也秋官小行人云及其萬民之利害爲一書其禮俗政事教治刑禁之逆順爲一書其悖逆暴亂作慝猶犯令者爲一書其札喪凶荒厄貧爲一書其康樂和親安平爲一書凡此五物者每國辨異之以此反命于王以周知天下之故是諸國有善惡行人當書之

駉頌僖公也僖公能遵伯禽之法儉以足用寬以愛民務農重穀牧于坰野魯人尊之於是季

孫行父請命于周而史克作是頌季孫行父季文子也史克魯史也○駉古熒反說文作驍又作駫同牧徐音目坰苦熒反徐又苦營反或苦瓊反遠也下同父音甫注同

【疏】駉四章章八句至作是頌○正義曰作駉詩者頌僖公也僖公能遵伯禽之法伯禽者魯之始封賢君其法可傳於後僖公以前莫能遵用至於僖公乃遵奉行之故能性自節儉以足其用情又寬恕以愛於民務勤農業貴重田穀牧其馬於坰遠之野使不害民田其爲美政如此故既薨之後魯國之人慕而尊之於是卿有季孫氏名行父者請於周言魯爲天子所優不陳其詩不得作風今僖公身有盛德詩爲作頌既爲天子所許而史官名克者作是駉詩之頌以頌美僖公也定本集本皆重有僖公字言能遵伯禽之法者伯禽賢君其法非一僖公每事遵奉序者總以爲言也不言遵周公之法故者以周公聖人身不之魯魯國之所施行皆是伯禽之法故繫之於伯禽以見賢能慕賢之意也儉者約於養身爲費寡少故能畜聚貨財以足諸用寬者緩於馭物政不苛猛故能明慎刑罰以愛下民此雖僖公本性亦遵伯禽爲然也務農謂止舍勞役盡力耕耘重穀謂愛惜禾黍不妄損費其事是一但所從言之異耳由其務農故牧於坰遠之野使避民居

與良田即四章上二句是也其下六句是因言牧在於坰野即說諸馬肥健僖公思使之善終說牧馬之事也儉以足用寬以愛民說僖公之德與務農重穀爲首引耳於經無所當也僖公之愛民務農遵伯禽之法非獨牧馬而已以馬畜之賤尚思使之善則其於人事無所不思明矣魯人尊之以下以諸侯而作頌詩爲非常故說其作頌之意雖復主序此篇其義亦通於下三篇亦是行父所請史克所作也此言魯人尊之謂既薨之後尊重之也○箋季孫至魯史○正義曰行父是季友之孫故以季孫爲氏死謚曰文子左傳世本皆有其事文十八年左傳稱季文子使太史克對宣公知史克魯史也此雖借名爲頌而體實國風非告神之歌故有章句也禮諸侯六閑馬四種有良馬有戎馬有田馬有駑馬僖公使牧於坰野馬皆肥健作者因馬有四種故每章各言其一首章言良馬朝祀所乘故云彭彭見其有力有容也二章言戎馬齊力尚強故云伾伾見其有力也三章言其田馬田獵齊足尚疾故云驛驛見其善走也卒章言駑馬主給雜使貴其肥壯故云祛祛見其強健也馬有異種名色又多故每章各舉四色以充之宗廟齊豪則馬當純色首章說良馬而有異毛者容朝車所乘故也

駉駉牡馬在坰之野駉駉良馬腹幹肥張也坰遠野也邑

外曰郊郊外曰野野外曰林林外曰坰箋云必牧於坰野者辟民居與良田也周禮曰以官田牛田賞田牧田任遠郊之地

薄言駉者有驈有皇有驪有黃以車彭彭

牧之坰野則駉駉然驪馬白跨曰驈黃白曰皇純黑曰驪黃騂曰黃諸侯六閑馬四種有良馬有戎馬有田馬有駑馬彭彭有力有容也箋云坰之牧地水草既美牧人又良飲食得其時則自肥健耳○驈戶橘反阮孝緒于密反顧野王餘橘反郭音述驪力知反沈又郎西反說文字林云深黑色馬也跨苦花反又苦故反又胡化反郭云髀間也蒼頡篇云兩股間也騂息營反赤黃曰騂下文同字林火營反種章勇反駑音奴飲食上音蔭下音嗣又並如字

思無疆思馬斯臧

箋云臧善也僖公之思遵伯禽之法反覆思之無有竟已乃至於思馬斯善多其所及廣博○疆居良反竟也覆芳服反

【疏】駉駉至斯臧○正義曰僖公養四種之馬又能遠避良田魯人尊重僖公作者追言其事駉駉然腹幹肥張者所牧養之良馬也所以得肥張者由其牧之在於坰遠之野其水草既美牧人又良飲食得所莫不肥健故皆駉駉然薄言駉者有何馬也乃有白跨之驈馬有黃白之皇馬有純黑之驪馬有黃騂之

黃馬此等用之以駕朝祀之車則彭彭然有壯力有儀容矣是由牧之以理故得使然此僖公思遵伯禽之法反覆思之無有竟已其所思乃至於馬亦令之使此善是其所及廣博不可忘也定本牧馬字作牡馬○傳驈驪至曰坰○正義曰腹謂馬肚幹謂馬脅宣十五年左傳曰雖鞭之長不及馬腹謂鞭馬肚也莊元年公羊傳曰拉公幹而殺之謂折公脅也肥張者洸而張大故其色驪驪然是馬肥之貌耳但毛以四章分說四種之馬故言驪驪良馬腹幹肥張明首章爲良馬二章爲戎馬也坰者闊廣之義故爲遠釋地云邑外謂之郊郊外謂之牧牧外謂之野野外謂之林林外謂之坰此傳出於彼文而不言郊外曰牧注云郊外曰野者自郊以外野爲通稱因卽據野爲說不言牧馬且彼郊外之牧與此經牧馬字同而事異若言郊外牧嫌與牧馬相涉故略之也郊牧野林坰自邑而出遠近之異名孫炎曰邑國都也設百里之國五者之界界各十里然則百里之國國都在中去境五十每十里而異其名則坰爲邊畔去國最遠故引之以證坰爲遠也彼據小國言之郊爲遠郊牧野林坰自郊外爲差則郊也牧也野也坰也四者不同處箋稱牧於坰野又言牧在遠郊便是郊牧坰野共爲一處與爾雅異者自國都以外郊爲大限言牧在遠郊謂所牧之處在遠郊之外正謂在坰是也野

者郊外通名故周禮六遂在遠郊之外遂人職云凡治野田是其郊外之地揔稱野也牧於坰野自謂放牧在坰非遠近之名雖字與爾雅相涉其意皆不同也孫炎言百里之國十里爲郊則郊之遠近計境之廣狹以爲差也聘禮云賓及郊注云郊遠郊周制天子畿内千里遠郊百里以此差之遠郊上公五十里侯四十里伯三十里子三十里男十里也近郊各半之是鄭之所約也以聘禮下云賓至于近郊故知賓及郊者爲遠郊也司馬法云王國百里爲遠郊且王畿千里其都去境五百里爾雅從邑之外止有五明當每皆百里故知遠郊百里也知近郊半之者書序云周公既没命君陳分正東郊成周於時周都王城而謂成周爲東郊則成周在其郊也於漢王城爲河南成周爲洛陽相去不容百里則所言郊者謂近郊故注云天子近郊五十里今河南洛陽相去則然是鄭以河南洛陽約近郊之里數也周禮杜子春注云五十里爲近郊白虎通亦云近郊五十里遠郊百里是儒者相傳爲然昭二年叔弓如晉左傳曰晉侯使郊勞服虔云近郊三十里或當别有依約與鄭異也書傳云百里之國二十里之郊七十里之國九里之郊三十里之國三里之郊言其百里七十里是夏殷諸侯之國其郊與周異也〇箋必牧至之地

正義曰解牧馬必在坰野之意以國内居民多近都之地

貴必牧於坰野者避民居與良田故也以序云務農重穀牧於坰野故知有避民田之義也引周禮者地官載師文彼注鄭司農云官田者以備公家之所耕也牛田者以養公家之牛也賞田者賞賜之田也牧田者牧六畜之田亦謂官田庶人在官者其家所受田也牛田牧田畜牧者之家所受田也必易司農者以載師掌在○土之法以物地事所陳者爲制貢賦而言也若官所耕田及牛牧之田則自公家所田無賦稅之事下文何云近郊十一遠郊二十而三爲稅法也以此故易之彼司農以牛田爲牧家所受則非復放牧之田而引證此者以牧人之牧六畜常在遠郊之外因近其牧之處而給之田故引此爲證牧馬之處當遠於國也彼雖天子之法明諸侯亦當然則牧在遠地避民良田乃是禮法當然自僖公以前不能如禮故特美之○傳牧之至力有容也○正義曰上言駉駉牡○馬在坰之野是馬之肥乃言其牧處此云薄言駉者有驕有皇是就其所牧之中言肥馬之色此駉駉之肥由牧之使然故傳辨之云牧之坰野則駉駉然釋畜云驪馬白跨驈孫炎曰驪黑色也白跨股腳白也郭璞云跨髀間也然則跨者所跨據之處謂髀間白也釋畜又云黃白皇舍人曰黃白色雜名皇也其驪與黃則爾雅無文月令孟冬云駕鐵驪象時之色檀弓云夏后氏尚黑戎事乘驪故知純黑曰驪

爾雅黃白皇謂黃而色白者名之爲皇則黃而赤色者直名爲黃明矣故知黃騂曰黃騂者赤色謂黃而雜色者也諸侯六閑馬四種夏官校人有其事故知邦國六閑傳雖變邦國以爲諸侯耳以四章所論馬色既别皆言以事明其每章各有一種故言此以充之不於上經言之者以上文二句四章皆同無可以爲别異故就此以車異文而引之也閑謂馬之所在有限衞之處校人之注以爲二百一十六匹爲一廐每廐爲一閑諸侯有四種其三種别爲一閑駑一種而分爲三閑也傳既言馬有四種又辨四種之異故云有良馬有戎馬有田馬有駑馬彼校人上文辨六馬之屬種戎齊道田駑本無良馬之名鄭於彼注以爲諸侯四種無種戎而有齊道田駑此傳有良戎而無齊道與彼異者彼上文説六馬之屬下言天子六種邦國四種家二種自上降殺以兩明當漸有其等差其義必如鄭説今傳言良馬非彼六馬之名則戎馬非彼之義戎馬自以時事名之蓋謂齊馬爲良馬道馬爲戎馬也何則國之大事在祀與戎諸侯之國必有朝祀征伐之事謂朝祀所乘爲良馬征伐所乘爲戎馬非周禮之種戎也彼鄭注以次差之玉路駕種馬戎路駕戎馬金路駕齊馬象路駕道馬田路駕田馬駑馬給宫中之役彼以天子具有五路故差之以當六馬而諸侯路車多少不等有自金路以下者

有象路以下者有革路以下者車雖有異馬皆四種則知其爲差次不得同天子故傳準所用别爲立名謂之良戎不言齊道案魯以同姓勳親有金路以下則當金路象路共駕良無馬戎路駕戎馬田路駕田馬駑馬給宫中之役其餘諸侯無金路者事窮則同蓋亦準其時事分乘四種大夫本無路車亦有二種之馬明以時事乘之不必要駕路車也若然案夏官戎右注云此充戎路之右田亦爲之右然則戎田相類何知不象路駕戎馬戎路駕田馬而必知諸侯有金路者金路象路共駕良馬戎路駕戎馬者以兵戎國之大事當駕善馬不得與田馬同也天子戎路以其無飾故畀於象路戎馬以其尚強故戎馬先於齊馬以此知諸侯戎路亦不得與田路同馬且戎路之衡高於田路田馬不得駕之冬官輈人爲輈國馬之輈深四尺有七寸田馬之輈深四尺注云國馬謂種馬戎馬齊馬道馬高八尺兵車乘車衡高八尺七寸田馬七尺則衡高七尺七寸是戎馬之高當與齊道同不與田馬等故知戎馬不得駕田馬也戎路必駕戎馬則知有金路者金路象路共駕良馬明矣校人又云凡頒良馬而養乘之注云良善也善馬五路之馬彼以五路之馬皆以爲良此傳獨以齊馬爲良馬者以其用之朝祀故謂之良不與周祀同也朝祀所乘鄭取其力亦須儀容故云彭彭有力有容言其能備

五御之威儀也○箋臧善至廣博○正義曰臧善釋詁文彊
者竟也故言反覆思之無竟已言伯禽之法非一僖公每事
思之所思衆多乃至於思馬斯善以馬是賤物
舉微以見其著多大其思之所及者能廣博也**駉駉牡馬**
在坰之野薄言駉者有騅有駓有騂有騏以
車伾伾蒼白雜毛曰騅黃白雜毛曰駓赤黃曰騂蒼祺曰
騏伾伾有力也○騅音隹駓符悲反字又作駓郭
云今桃花馬也字林作駓音丕騏音其伾敷悲反說
文同字林作駓走也父之反音丕騏音其字又作騏**思無**
期思馬斯才才多材也 **疏** 傳倉白至有力○正義曰釋畜云倉白雜毛騅郭璞曰即今騅
馬也又云黃白雜毛駓郭璞曰今之桃華馬也此二者皆云
雜毛是體有二種之色相間雜上云黃白曰皇黃騂曰黃止
一毛色之中自有淺深與此二色者異故不云雜毛也其騂
騏爾雅無文周人尚赤而牲用騂綱○祀稱陽祀用騂牲是騂
爲純赤色言赤黃者謂赤而微黃其色鮮明者也上云黃騂
曰黃謂黃而微赤此云赤黃曰騂謂赤而微黃此其所以異
也騏者黑色之名倉騏曰騏謂青而微黑今之驄馬也顧命
曰四人騏弁注云青黑曰騏引詩云我馬維騏是騏爲青黑

色此章言戎馬戎馬貴多力故云伾伾有力

駉駉牡馬在坰之野薄言駉者有驒有駱有駵有雒以車繹繹青驪驎曰驒白馬黑鬣曰駱赤身黑鬣曰駵黑身白鬣曰雒繹繹善走也○驒徒河反說文云馬文如鼉魚也韓詩及字林云白馬黑髦也駱音洛樊孫爾雅並作白馬黑髦鬣尾也駵音留字林云赤馬黑髦尾也雒音洛本或作駱同繹音亦善足也一本作善走也崔本作驒驎本亦作粼郭良忍反毛色有深淺班駮隱粼今之連錢驄也呂沈良振反孫炎音隣云似魚鱗也鬣力輒反

【疏】傳青驪至善走○正義曰釋畜云青驪驎驒孫炎云色有淺深似魚鱗也郭璞曰色有深淺班駮隱粼今之連錢驄也又云白馬黑鬣駱郭璞引禮記曰夏后氏駱馬黑鬣然則髦卽是鬣皆謂馬之鬉也定本集注髦字皆作鬣其駵雒爾雅無文爾雅有駵白駁駵馬黃脊騝音乾則駵是色名說者以駵爲赤色若身鬣俱赤則騂馬故爲赤身黑鬣曰駵卽今之駵馬也黑身白鬣曰雒則未知所出檢定本集注及徐音皆作駱字而俗本多作駁字爾雅有駵白駁謂赤白雜色駁而不純非黑身白鬣也東山傳曰駵白曰駁謂赤白雜取爾雅爲說若此亦爲駁不應傳與彼異且注爾雅者樊光

孫炎於駵白駁下乃引易乾爲駁馬引東山皇駁其馬皆不引此文明此非駁也其字定當爲騅但不知黑身白鬣何所出耳此章言田馬田獵尚疾故言繹繹善走

思無斁思馬斯作作始也箋云斁厭也思遵伯禽之法無厭倦也作謂牧之使可乘駕也○斁音亦

【疏】傳作始○正義曰釋詁云俶作也始也俶之所訓爲作爲始是作亦得爲始思馬斯始謂令此馬及其古始如伯禽之時也○箋斁厭至乘駕○正義曰斁厭釋詁文彼作射音義同以上章斯臧斯才皆馬之身事故易傳以作爲作用謂牧之使可作用乘駕也

駉駉牡馬在坰之野薄言駉者有駰有騢有驔有魚以車祛祛陰白雜毛曰駰彤白雜毛曰騢豪骭曰驔二目白曰魚祛祛彊健也○駰舊於巾反讀者並音因騢音遐說文云赤白雜色文似鰕魚驔音簟徒點反字林云又音譚有魚如字字書作𩤐字林作䁷音並同毛云一目白曰魚爾雅云一目白瞯二目白䁷瞯音閑祛起居反彤徒冬反赤也骭戶晏反

【疏】傳陰白至強健○正義曰釋畜云陰白雜毛駰舍人曰今之泥驄也樊光曰駰者目下白也孫炎曰陰淺黑也郭璞曰陰淺黑今之泥驄或云目下白或

云白陰皆非也璞以陰白之文與驪白黃白倉白彤白相類故知陰是色名非目下白與白陰也又云彤白雜毛騢舍人曰赤白雜毛今赭馬名騢郭璞云彤赤也卽今赭白馬是也又云一目白瞷二目白魚舍人曰一目白曰瞷兩目白爲魚郭璞曰似魚目也其驔爾雅無文說文云骭骹也郭璞曰骭脚脛然則骭者膝下之名釋畜云四骹皆白驓無豪骭白之名傳言豪骭白者蓋謂豪毛在骭而白長名爲驔也驓則四骹雜白而毛短故與驔異也此章言駑馬主以給官中之役貴其肥壯。故曰祛祛強健也

思無邪思馬斯徂箋云徂猶行也思遵伯禽之法專心無復邪意也牧馬使可走行。邪似嗟反注同復扶又反〔疏〕箋徂猶至走行。正義曰徂訓爲往行乃得往故徂猶行也思牧馬使可走行亦上章使可乘駕之事也王肅云徂往也所以養馬得往古之道毛於上章以作爲始則此未必不如肅言但無迹可尋故同之鄭說

駉四章章八句

有駜頌僖公君臣之有道也有道者以禮義相與之謂也。駜備

筆反又符必反　【疏】有駜三章章九句至有道○正義曰君字林父必反　以恩惠及臣臣則盡忠事君君臣相與皆有禮矣是君臣有道也經三章皆陳君能祿食其臣臣能憂念事君夙夜在公是有道之事也此主頌僖公而兼言臣者明君之所爲美由與臣有道道成於臣故連臣而言之○箋有道至之謂○正義曰蹈履有法謂之禮行允事宜謂之義君能致其祿食與之燕飲是君以禮義與臣也臣能夙夜在公盡其忠敬是臣以禮義與君也

有駜有駜駜彼乘黄　駜馬肥彊貌馬肥彊則能升高進遠臣彊力則能安國箋云此喻僖公之用臣必先致其祿食祿食足而臣莫不盡其忠○乘繩證反下同

夙夜在公在公明明　箋云夙早也言時臣憂念君事早起夜寐在於公之所在於公之所但明義明德也禮記曰大學之道在明明德○大學音泰

振振鷺鷺于下鼓咽咽醉言舞于胥樂兮　振振羣飛貌鷺白鳥也以興絜白之士咽咽鼓節也箋云于於胥皆也僖公之時君臣無事則相與明義明德而已絜白之士羣集於君之朝君以禮樂與之飲酒以鼓節之咽咽然至於無筭爵則又舞燕樂以盡其歡君臣於是則皆喜樂也○咽

本又作淵鼓同烏玄反又於巾反樂音洛注喜樂下于胥樂兮及注安樂同朝直遥反【疏】有駜至樂兮○正義曰言有駜有駜然肥強之馬此駜然肥強者彼之所乘黃馬也將欲乘之先養以芻秣故得肥強乘之則可以升高致遠得爲人用矣以興僖公有賢能之臣將任之則先致其祿食故皆盡忠任之則可以安國治民得爲君用矣羣臣以盡忠之故常侵早逮夜在於公所其在於君所則君臣無事相與明義明德而已以君臣閒暇共明德義故在外賢士競來事君振振然而羣飛者絜白之鷺鳥也此鷺鳥於是下而集止於其所以喻絜白者衆士也此衆士於是來而集止於君朝既集君朝與之燕樂以鼓節之咽咽然至於無筭爵而醉爲君起舞以盡其歡於是君臣皆喜樂兮是其相與之有道也○傳駜馬至安國○正義曰以駜與乘黃連文故知駜者馬肥強之貌以序言君臣有道下句皆說臣事故知以肥馬喻強臣也四馬曰乘故言乘黃○箋此喻至其忠○正義曰傳以馬之肥強喻臣之強力馬由人所養飼乃得肥強肥強乃能致遠人得祿食充足乃能盡忠盡忠乃肯用力若其不然雖有強力不肯用之故箋申傳意案夏官司士云以功詔祿儒行云先勞而後祿不亦易祿乎然則臣當先施功勞然後受祿此僖公用臣所以先致祿食者彼二文皆謂君初用臣

臣初仕君必試之有功乃與之祿若其位定之後食祿是常君當豐其祿食要其功効不得復待有功方始祿之故美信公先致祿食使臣盡忠此則禮之常法美僖公能順禮也○箋夙早至明德○正義曰夙早釋詁文以臣之於君德義而已以經有二明故知謂明義明德也定本集本皆云議明德也無上明字施物得宜爲義義在身得理爲德雖內外小殊而大理不異引大學明德者彼謂顯明明德之事故引之以證此爲明德也○箋于於至喜樂○正義曰于於胥皆釋詁文絜白之士不仕庸君以僖公君臣無事相與明義明德而已德義明乃爲賢人所慕故絜白之士則羣集於君之朝既言君臣相與明義明德別言絜白之士羣集君朝則絜白之士謂舊臣之外新來者也上言在公明明據臣爲文則明義明德雅應臣明之耳而云相與者以言在公則是共公明之故知君臣並明德義也以禮與之飲酒謂爲燕禮燕禮以樂助勸故以鼓節之咽咽然醉始言舞故知至於無筭爵則有舞盡歡以君與臣燕故知君臣於是皆喜樂也

有駜

有駜有駜彼乘牡夙夜在公在公飲酒言臣有餘敬而君有餘惠〔疏〕傳言臣至餘惠○正義曰臣禮朝朝暮夕不當常在君所今閒暇無事而夙夜在公是臣有餘敬也君之

於臣饗燕有數今以無事之故卿與之飲酒是君有餘惠也

振振鷺鷺于飛鼓咽咽醉言歸于胥樂兮箋云飛喻羣臣飲酒醉欲退也〔疏〕箋飛喻至欲退○正義曰以上言於下此言於飛是既下而飛去故知喻羣臣飲酒醉欲退也絜白之士謂新來之人但所來之人卽在臣側且與舊臣同燕故以羣臣言之

有駜有駜駜彼乘駽青驪曰駽○駽呼縣反徐又火玄反又胡眄反又音炫

夙夜在公在公載燕箋云載。言則也〔疏〕傳青驪曰駽○正義曰釋畜云青驪駽舍人曰青驪馬今名駽馬也孫炎曰色青黑之間郭璞曰今之鐵驄也

自今以始歲其有君子有穀詒孫子于胥樂兮歲其有豐年也箋云穀善詒遺也君臣安樂則陰陽和而有豐年其善道則可以遺子孫也○歲其有本或作歲其有矣又作歲其年者矣皆衍字也詒孫子以之反本或作詒厥孫子詒于孫子皆是妄加也遺唯季反下同〔疏〕自今至樂兮○正義曰君臣有道如此可致陰陽和順從今以爲初始歲其當有豐年言君德可以感之也君子僖公有善道

可以遺其子孫言其德澤堪及於後也以此之故於是君臣皆喜樂兮○傳歲其有豐年○正義曰春秋書有年者謂五穀大熟豐有之年故知其有年謂從今以去當有豐年也定本集注皆云歲其有年此詩僖公薨後乃作而云自今以始者上言在公載燕因卽據燕爲今與將來爲始非以作詩爲始○箋穀善貽遺○正義曰穀善釋詁文貽遺釋言文

有駜三章章九句

泮水頌僖公能脩泮宮也○泮普半反 疏 泮水八章章八句至泮宮 正義曰作泮水詩者頌僖公之能脩泮宮也泮宮學名能脩其宮又脩其化經八章言民思往泮水樂見僖公至於克服淮夷惡人感化皆脩泮宮所致故序言能脩泮宮以摠之定本云頌僖公脩泮宮无能字

思樂泮水薄采其芹 泮水泮宮之水也天子辟廱諸侯泮宮言水則采取其芹宮則采取其化箋云芹水菜也言已思樂僖公之脩泮宮之水復伯禽之法而往觀之采其芹也辟廱者築土雝水之外圓如璧四方來觀者均也泮之言半也半水者蓋東西門以南通水北无也天子諸侯宮異制因形然○僖音希頻音判本多作泮泮宮諸侯之學也泮

半也半有水半无水也鄭注禮記言頖班也所以班政
教芹其巾反辟音璧下同圜音圓觀古亂反又音官　魯
侯戾止言觀其旂其旂茷茷鸞聲噦噦無小
無大從公于邁戾來止至也言觀其旂言法則其文章也茷茷言有法度也噦噦言其聲也箋
云于行邁行也我采水之芹見僖公來至于泮宮我則觀其
旂茷茷然鸞和之聲噦噦然臣无尊卑皆從君行而來稱言
此者僖公賢君人樂見之○茷蒲害
反又普貝反本又作茷噦呼會反
疏思樂至于邁○正
義曰僖公能脩泮
宮爲宮立水水傍生菜宮內行化魯人言已思樂往泮宮之
水我欲薄采其芹之菜也既采其菜又觀其化傳魯侯僖公
來至此泮宮我觀其車之所建之旂而有文章法度則其旂
乃茷茷然有法度其鸞則噦噦然有聲言其車服得宜行趨
中節也又魯之羣臣无小无大皆從公往行而至泮宮言僖
公之賢人樂見之也○傳泮水至其化○正義曰此美僖公
之脩泮宮述魯人之辭而云思樂泮水故知泮水卽泮宮之
外水也天子辟廱諸侯泮宮王制文其餘諸侯止有泮宮一
學魯之所立非獨泮宮而已明堂位曰米廩有虞氏之庠也
序夏后氏之序也瞽宗殷學也頖宮周學也是魯禮得立四

代之學魯有四代之學此詩主頌其脩泮宮者先代之學尊魯侯得立之示存古法而已其行禮之飲酒養老兵事之受成告克當於周世之學在泮宮也僖公之伐淮夷將行則在泮定謀既克則在泮獻馘作者主美其作泮宮而能服淮夷故特言其脩泮宮耳僖公志復古制未必不四代之學皆脩之也又解泮宮泮水正是一物而此詩或言宮或言水之意以菜生於水化出於宮言水則采取其芹言宮則采取其化故詩言采芹藻之菜則言泮水說行禮謀獻之事則云泮宮下章云既作泮宮淮夷攸服是言克淮夷者由宮內行化而服之故言宮也泮宮之名既定亦可單稱為泮此經四言在泮及集于泮林皆謂泮宮為泮也采者取菜之名而化亦言采者俱是已往取之因采菜而同其文○箋芹水至形然○正義曰采菽云觱沸檻泉言采其芹芹至於泉水是小菜也言水菜者解其就泮水之意藻茆亦水菜從此可知也魯人之樂泮水意在觀化非主采菜但水能生菜因采取之并以采菜為言故箋解其意言已思樂僖公之脩泮宮之水復伯禽之法而往觀之采其芹也是其思樂者樂僖公所脩觀宮因采其菜其往不專為菜又申傳辟廱泮宮之義辟廱者築土為堤以壅水之外使圓如璧令四方來觀者均故謂之辟廱也釋詁云肉倍好謂之璧孫炎云肉身也好孔也身大而

孔小然則壁體圓而內有孔此水亦圓而內有地是其形如壁也圓既中規而望水內則遠近之路等故四方來觀者均言均得所視也此箋言築土雝水四方來觀者均說水之外畔靈臺傳云水旋丘以節觀者說水之中央所據不同互相發見也言四方來觀者均則辟廱之宮內有館舍外无墻院也後漢書稱光武中元二年初載建三廱明帝即位親行其禮天子始冠通天衣日月備法物之駕盛清道之儀坐明堂而朝羣臣登靈臺以望雲物袒割辟廱之上尊養三老五更饗射禮畢帝正坐自講諸儒問難於前冠帶搢紳之人圜橋門而觀聽者蓋億万計是由外无墻院故得圜門觀之也天子之宮形既如壁則諸侯宮制當異矣而泮爲名則泮是其制故云泮之言半半水者蓋東西門以南通水北无也既以蓋爲疑辭必疑南有水者以行禮當南面而觀者宜北面畜水本以節觀宜其先節南方故知南有水而北无也北无水者下天子耳亦當爲其限禁故云東西門以南通水明門北亦有溝塹但水不通耳諸侯樂用軒懸去其南面泮宮之水則去北面者樂爲人君而設貴在近人與其去之寧去遠者泮水自以節觀故留南方各從其宜不得同也天子諸侯之宮異制因形然言由形異制殊所以其名亦別也定本集注皆作形然俗本作殺字誤也此解辟廱泮宮之義皆以其形

名之而王制注云辟明也廱和也所以明和天下泮之言班也所以班政教也以物有名生於形因名立義以此天子諸侯之宮實圓水半水耳不以圓半爲名而謂之辟泮故知辟泮之稱有義存焉故於禮注解其義與此相接成也○傳戾來至有聲○正義曰釋詁云戾來至也俱訓爲至是戾得爲來也止者至而止住故云至非訓止爲至也復解泮宮在郊旂鸞在車之飾諸侯禮當有之今云言觀者欲法則其文意故美而觀之也此是魯人作詩而自稱其君爲魯侯者以其魯君之美可爲四方所則因其請王而作遂爲外人之辭以示僖公之德非獨魯人所頌也○箋其音至德音○正義曰以其馬是僖公之馬故知其音是僖公之音以文承馬下嫌是馬音故明之

思樂泮水薄采其藻魯侯戾止其馬蹻蹻其馬蹻蹻其音昭昭其馬蹻蹻言彊盛也箋云其音昭昭僖公之德音○藻音早水草也蹻居表反昭之繞反**載色載笑匪怒伊教**色温潤也箋云僖公之至泮宮和顏色而笑語非有所怒於是有所教化也**思樂泮水薄采其茆**茆鳧葵也○茆音卯徐音柳韋昭萌藻反干寶云今之鳧䖘草堪爲

菹江東有之何承天云此菜出東海堪為菹醬也鄭小同云江南人名之蓴菜生陂澤中草木疏同又云或云水戻一云今之浮菜即猪蓴也本草有鳧葵陶弘景以入有名無用品解者不同未詳其正沈以下同及草木疏所說為得鳧音符

魯侯戾止在泮飲酒既飲旨酒永錫難老箋云在泮飲酒者徵先生君子與之行飲酒之禮而因以謀事也已飲美酒而長賜其難使老難使老者最壽考也長賜之者如王制所云八十月告存九十日有秩者與○者與音餘

順彼長道屈此羣醜屈收醜衆也箋云順從長遠屈治醜惡也是時淮夷叛逆既謀之於泮宮則從彼遠道往伐之治此羣為惡之人○屈丘勿反鄭云治也徐云鄭又其勿反韓詩云屈收也收斂得此衆聚

〔疏〕思樂至羣醜○毛以為魯人言己思樂往泮宮之水我薄欲采其茆之菜也既采其菜又觀其化値魯侯來至在泮水之宮與羣臣飲酒謂召先生君子與之行飲酒之禮既飲此美酒而得其宜則天長與之以難老之福故能順彼仁義之長道以收斂此羣衆人民○鄭以為既飲此美酒又長賜其難老之人謂所養老人常有賙餼也又言僖公行飲酒之禮因以謀征伐之事乃欲從彼長遠之道路以治此

羣爲惡之人謂時淮夷叛逆魯謀伐之此章言其謀行故下章言其伐克也○傳茆鳬葵○正義曰陸機疏云茆與荇菜相似菜大如手亦圓有肥者著手中滑不得停莖大如匕柄葉可以生食又可鬻滑美江南人謂之蓴菜或謂之水葵諸陂澤水中皆有○箋在泮至者與○正義曰泮宮者行禮養老之宮而云在泮飲酒明是以禮飲酒故知徵先生君子與之行飲酒之禮也鄉飲酒鄉射之禮皆以明日息司正而復行小飲酒之禮云徵唯所欲以告于先生君子可也鄉射注云先生鄉大夫致仕者君子有德不仕者鄉飲酒注云先生不以筋力爲禮於是可以釆○可者召雖所欲是飲酒之禮有召老之法下句言永錫難老明是召之與飲也王制云天子將出征受命於祖受成於學注云定兵謀也天子之禮如是則知諸侯亦然下章言淮夷攸服明當於是謀之故知行飲酒之禮因以謀伐淮夷之事也難老者言其身力康彊難使之老故云謂最壽考者長賜終老者之身賜之不絕故言如王制所云八十月告存九十日有秩彼注以爲告存者每月致膳有秩者日有常膳然則八十者每月一致膳九十者日日常有膳所膳之物則無文蓋如漢世老人有名德者時詔郡國常以八月致羊酒之類也王制告存之文承七十不俟朝之下則謂朝臣有德致仕者也庶人之老者則不能然直

行復除以養之耳王制又云凡三王養老皆引年八十者一子不從政九十者其家不從政注云引戶校年當行復除老人衆多非賢者不可皆養之也○傳屈收醜衆○正義曰屈者屈彼從已是收斂之義故爲收也醜衆釋詁文毛云收此羣衆則是不斥淮夷當謂順行長遠之道收斂魯國之民人也王肅云天長與之難老之福乃能順彼仁義之長道以斂此羣衆傳意或然○箋順從至之人○正義曰順者隨從之義長者遥遠之言故順爲從長爲遠也屈治釋詁文彼屈作淈某氏引此詩是音義同也下云既作泮宫淮夷攸服則將伐淮夷於泮宫謀之明是飲酒因謀此則謀之之事故以醜爲惡此則謀治之耳未是兵已行也下云淮夷攸服乃是伐而服之

穆穆魯侯敬明其德敬愼威儀維民之則允文允武昭假烈祖

假至也箋云則法也僖公之行民之所法傚也僖公信文矣爲脩泮宫也信武矣爲伐淮夷也其聰明乃至於美祖之德謂遵伯禽之法○假古百反行下孟反又如字

靡有不孝自求伊祜

箋云祜福也國人無不法傚之者皆庶幾力行自求福祿○祜音戶【疏】穆穆至伊祜○正義曰言穆穆然美者是魯侯僖公

能敬明其德又敬慎其舉動威儀內外皆善維爲下民之所法則也信有文矣信有武矣文則能脩泮宫武則能伐淮夷旣有文德又有武功其明道乃至於功烈美祖謂遵伯禽之法其道同於伯禽也以此化民民皆傚之魯國之民無有不爲孝者皆庶幾庶行孝自求此維多福祿言能勉力行善則福祿自來歸之僖公行己有道化之深也

明明魯侯克明其德旣作泮宫淮夷攸服箋云克能攸所也言僖公能明其德脩泮宫而德化行於是伐淮夷所以能服也

矯矯虎臣在泮獻馘淑問如皋陶在泮獻囚囚拘也箋云矯矯武貌馘所格者之左耳淑善也囚所虜獲者僖公旣伐淮夷而反在泮宫使武臣獻馘又使善聽獄之吏如皋陶者獻囚言伐有功所任得其人○蟜本又作矯亦作蹻居表反馘古獲反截耳也皋陶音遙皋陶唐虞之士官

疏明明至獻囚○正義曰明明然有明德之魯侯甚能明其德也又說其明德之事旣作泮水之宫以行其德化謀伐淮夷而淮夷所以順服是其德之明也僖公旣伐淮夷有功而反矯矯然有威武如虎之臣使之在泮宫之內獻其截耳之馘善問獄如皋陶者使之在泮宫之內

獻其所執之囚言折馘則有威武執囚則善問獄美其所伐有功而所任得人也○箋克能攸所○正義曰皆釋言文○傳囚拘○正義曰釋言文○箋馘所至其人○正義曰釋詁云馘獲也皇矣傳曰殺而獻其左耳曰馘故云馘所獲者之左耳謂臨陣格殺之而取其耳也淑善釋詁文囚所虜獲者謂生執而係虜之則所謂執訊者也王制云天子將出征受成於學出征執有罪反釋奠於學以訊馘告注云釋菜奠幣禮先師是將出則謀於學而後行反則禮先師以告克故僖公旣伐淮夷而反在泮宮也彼云以訊馘告者即此獻馘是其事也所馘者是不服之人須武臣之力當殺其人而取其耳故使武臣如虎者獻之所囚者服罪之人察獄之吏當受其辭而斷其罪故使善聽獄如皐陶者獻之執俘截耳而還言伐有功也有武力者折馘善問獄者執囚言任得其人也此章言淮夷攸服即說獻囚急見所任得人以明其服之狀故下二章更說往伐之事

濟濟多士克廣德心桓桓于征狄彼東南桓桓威武貌箋云多士謂虎臣及如皐陶之屬征征伐也狄當作剔剔治也東南斥淮夷○狄王他歷反逷也孫毓同鄭作剔音同沈云毛如字未詳所出韓詩云鬄除也

烝烝皇皇不吳○

不揚不告于訩在泮獻功烝烝厚也皇皇美也揚傷也箋云烝烝猶進進也皇皇當作暀暀暀暀猶往往也吳譁也訩訟也言多士之於伐淮夷皆勸之有進進往往之心不讙譁不大聲僖公還在泮宮又無以爭訟之事告於治訟之官者皆自獻其功○烝之丞反皇毛如字鄭作暀于況反吳鄭如字讙也又王音誤作吳音話同瘍余章反訩音凶讙音歡譁音花爭爭鬭之爭【疏】濟濟至獻功○毛以爲上言任得其人此本往還之事言濟濟然多威儀之多士皆能廣其德心謂心德寬弘並無褊躁又桓桓然有威武之容其往征也遠服彼東南淮夷之國此多士之德烝烝然而厚皇皇然而美不爲過誤不有損傷於軍旅之間更無忿競其迴還也不有告於官司爭訟之事者暀在泮宮之內獻其戰功而已美其軍旅齊整又能克捷鄭雖以狄彼東南三句爲異言以威武往征剔治彼東南之國其往之時莫不相勸有進進往往之心不讙譁不揚聲美其樂戰之心而在軍又整餘同○傳桓桓威武貌○正義曰釋訓云桓桓威也故爲威武貌毛無破字之理瞻卬傳以狄爲遠則北狄亦爲遠也王肅云率其威武往征遠服東南謂淮夷來服也○箋多士至淮夷○正義曰上言反而獻功此又本其初往此言濟濟多士還是獻捷之人故知

多士謂虎臣及如皋陶之屬所謂伐而正其罪故以征爲伐征伐所以治罪故讀狄爲剔剔治毛髮故爲治也淮夷之國在魯之東南故知東南斥淮夷也○傳烝烝至揚傷○正義曰釋訓云烝烝作也衆作是厚重之意故爲厚也皇皇美釋詁文揚與誤爲類故爲傷謂不過誤不損傷也王肅云言其人德厚美不過誤有傷者○箋烝烝至其功○正義曰釋詁云烝進也故烝烝猶進進也謂前進則皇爲往行故知皇當作往釋詁云往往皇皇美也俱訓爲美聲又相近故因而誤也鄭讀不吳爲不娛人自娛樂必讙譁爲聲故以娛爲譁也詾訟釋言文揚者高舉之義不娛爲不讙譁不揚爲不揚聲故云多士之伐淮夷皆勸之有進進往往之心不讙譁不大聲謂初反及在軍之時能如此也僖公還泮宮又無爭訟之事告治獄之官由在軍不競故無所告皆自獻其功而已

角弓其觩束矢其搜戎車孔博徒御無斁既克淮夷孔淑不逆觩虬

貌五十矢爲束搜衆意也箋云角弓觩然言持弦急也束矢搜然言勁疾也博當作傅甚傅緻者言安利也徒行者御車者皆敬其事又無厭倦也僖公以此兵衆伐淮夷而勝之其士卒皆順軍法而善無有爲逆者謂堙井刊木之類○觩音

蚪搜依字作揆色留反博徐云毛如字王同大也鄭作傳音附繹本又作射又作斁作懌皆音亦厭也施式氏反本又作弛同致直置反卒尊忽反埋音因塞也刊苦干反服虔云削也

式固爾猶淮夷卒獲

箋云式用猶謀也用堅固女軍謀之故故淮夷盡可獲服也謀謂度已之德慮彼之罪以出兵也○度待洛反

【疏】角弓至卒獲○毛以爲多士以威武而往伐淮夷望而即服故角弓其觩然弛而不張束矢其搜然衆而不用其兵車甚博大徒行御車之人皆敬其事無厭倦者故能克服淮夷既克淮夷而淮夷甚化於善不復爲逆亂也此淮夷不逆是僖公之功故述而美之言僖公用能固執大道之故故淮夷卒皆服也○鄭以爲既言服而獻功更陳克捷之勢言僖公之伐淮夷也以角爲弓其張則觩然而持弦甚急所束之矢其發則搜然而勁又且疾其戎車甚傳緻而牢固徒行之人又並無厭倦者從軍之初發至於既克淮夷其軍旅士卒甚善矣不有違逆軍法號令者此皆僖公之德故稱美之言此由僖公用堅固爾軍謀之故故淮夷盡得服也○傳觩弛至衆意○正義曰毛以美僖公之克淮夷必美其以德不以力此當設言爲不戰之辭故以觩爲弛貌荀卿論兵云魏氏武卒衣三屬之甲操十二石之弩負矢五十箇是一弩用五十矢

矣荀則毛氏之師故從其言以五十矢爲束也大司寇云入束矢於朝注云古者一弓百矢其百箇與則鄭意以百矢爲束此箋不易傳者百矢爲束亦無正文以尚書及左傳所言賜諸侯以弓矢者皆云彤弓一彤矢百以一弓百矢故謂束矢當百箇而在軍之礼重弓以備折壞或亦分百矢以爲兩束故不易傳也已。以爲搜與束矢共文當言其束之多故搜爲衆意得。以弓言觩矢言搜其意言弓不張矢不用是僖公不至大戰而克服淮夷也又毛於猶字皆訓爲道則下句猶亦爲道王肅云言弓弛而不張矢衆而不用兵車甚博大徒行御車無厭其事者已克淮夷淮夷甚化於善不逆道也魯侯能固執其大道卒以得淮夷傳意或然上有囚馘則非全不戰傳意蓋以此章爲深美之言。箋角弓至之類。正義曰以上言獻馘獻囚是戰而克之此章不宜復言弛弓束矢故云角弓觩然則言持弦急謂弓張故弦急也搜爲矢行之聲故束矢搜然言勁且疾也車之廣狹度量有常不得以甚博爲言故博當作傳其車甚傳緻言安穩而調利也用兵貴於順禮而云孔淑不逆則謂士卒所爲不逆軍之正法故云士卒甚順軍法而善無有不善者於旣克淮夷之下乃云孔淑不逆言其從始至終皆不逆也此美僖公用兵不逆則當時行兵有逆者謂堙井刊木之類襄二十五年左傳云陳侯

會楚子伐鄭當陳隧者井堙木刊服虔云堙塞刊削也○箋式用猶謀○正義曰式用釋言文猶謀釋詁文

翩彼飛鴞集于泮林食我桑黮懷我好音翩飛貌鴞惡聲之鳥也黮桑實也箋云懷歸也言鴞恒惡鳴今來止於泮水之木上食其桑黮爲此之故改其鳴歸就我以善音喻人感於恩則化也○翩音篇鴞于嬌反黮說文字林皆作葚時審反爲于僞反**憬彼淮夷來獻其琛元龜象齒大賂南金**憬遠行貌琛寶也元龜尺二寸賂遺也南謂荆楊也箋云大猶廣也廣賂者賂君及卿大夫也荆楊之州貢金三品○憬九永反沈又孔永反說文作懬音獷云闊也一曰廣大也琛勑金反犍爲舍人云美寶曰琛賂音路遺唯季反【疏】正義曰翩然而飛者彼飛鴞惡聲之鳥今來集止於我泮水之林食我泮宮之桑黮歸我好善之美音惡聲之鳥食桑黮而變音喻不善之人感恩惠而從化憬然而遠行者是彼淮夷來就魯國獻其琛寶其所獻之物是大龜象齒又廣賂我以南方之金言君臣並皆得之是脩泮宮所致故以此結篇也○傳憬遠至荆楊○正義曰淮夷去魯既遙故以憬爲遠行貌琛圭釋言

文舍人曰美寶曰琛來獻其琛摠言獻寶其龜象南金還是寶中之別以其物貴特舉而言其獻非唯此等也漢書食貨志云龜不盈尺不得爲寶此言元龜龜之大者故云元龜尺二寸也賂者以財遺人之名故賂爲遺也荆楊之州於諸州最處南偏又此二州出金今云南金故知南謂荆楊也禹貢徐州淮夷蠙珠洎魚則淮夷居在徐州貨唯珠魚而已其土不出龜象其國不屬荆楊而得有龜象南金獻於魯者禹貢所陳謂常貢天子土地所出此則僖公伐而克之覺以賂魯其國先得此寶以其國寶爲獻非是淮夷之地出此物也○箋大猶至三品○正義曰大賂者賂之多大故云大猶廣也春秋襄二十五年晉師諸侯伐齊齊人賂晉侯自六正五吏三十帥及處守者皆有賂是及羣臣故知廣賂者君及卿大夫也又申傳南荆楊之義故云荆楊之州貢金三品禹貢楊州厥貢惟金三品荆州云厥貢羽毛齒革惟金三品彼注云三品者銅三色也王肅以爲三品金銀銅鄭不然者以梁州云厥貢鏐鐵銀鏤爾雅釋器云黃金之美者謂之鏐白金謂之銀貢金銀者既以鏐銀爲名則知金三品者其中不得有金銀也又檢禹貢之文厥貢鏐鐵錫鉛而獨無銅故知金卽銅也僖十八年左傳曰鄭伯始朝于楚楚子賜之金既而悔之與之盟曰無以鑄兵故以鑄三鍾考工記云六分其金而

錫居一謂之鍾鼎之齊是謂銅爲金也三色者蓋青白赤也

泮水八章章八句

附釋音毛詩注疏卷第二十（二十之一）

詩疏二十之一

嘉慶二十年南昌重栞宋本用文選樓藏本校定

盧宣旬校定

刑部員外南昌黄中栻栞

毛詩注疏挍勘記（二十之一）

阮元撰盧宣旬摘錄

駉之什詁訓傳 閩本明監本毛本同唐石經小字本相臺本皆無之什二字案釋文云本或作駉之什者隨例而加耳商頌亦然鹿鳴正義云今魯頌四篇商頌五篇皆不滿十無之什也或有者承此雅頌之什之後而誤耳云云是釋文正義本皆無此二字唐石經及經注各本是也十行本始誤同或本耳考文古本亦有之什二字可見其本之未善

魯頌譜

其封域在禹貢（補）案其上當○

立子開爲閔公立其卒 閩本明監本毛本同案浦鏜云二年誤立其是也

以惠王十九年卽位 閩本明監本毛本同案浦鏜云八誤九從年表挍是也

襄王二十二年薨 閩本明監本毛本同案下二字浦鏜云五誤從年表挍是也

脩泮宮守禮教閩本明監本毛本同案浦鏜云崇誤守考正義云是脩泮宮崇禮教也浦挍是也

舒援云閩本明監本毛本同案浦鏜云瑗誤援以正義考之是也隋書經籍志作援

僖十六年冬〔補〕案僖上當〇

詩稱旣作泮閩本明監本毛本稱旣誤倒案泮下當有宮字

新然南門〔補〕案然當作字之譌

由命魯得郊天子禮明監本毛本由誤申閩本不誤案盧文弨云子禮上當有用天二字是也此天字複而脫

周爲王者之後閩本明監本毛本同案山井鼎云作同於王者之後是也

是不欲侵魯有惡閩本明監本毛本同案盧文弨云侵疑使是也

周之不陳其詩者爲憂耳閩本明監本毛本同案浦鏜云優誤憂是也駉正義曾爲天子所優可證

示無貶黜客之法閩本明監本毛本同案此不誤浦鏜云義誤法非也彼譜是義字而正義云示無貶黜者示法而已故此引作法不盡依本文也上文引仍作義如此等者非有定例不可拘也

○駉

頌僖公也僖公能遵伯禽之法唐石經小字本相臺本同案正義云定本集注皆重有僖公字是正義本直云頌僖公能遵伯禽之法云云也考此頌僖公也一句乃揔序而後申其意故文與下三篇序不同正義本乃涉下而誤當以定本集注爲長

牧于坰野唐石經小字本相臺本同案釋文以牧乎作音是其本于作乎也考正義云牧其馬於坰遠之野于於古今字易而説之則其本當是于字唐石經以下之所從出也

詩爲作頌 閩本明監本毛本同案浦鏜云誦誤詩是也

駉駉牡馬 小字本相臺本同唐石經初刻牡後改牧下同案釋文云牡馬茂后反草木疏云騭馬也說文同本或作牧正義云定本牧馬字作牡馬考在六朝時江南書皆作牝牡之牡河北本悉爲放牧之牧見顏氏家訓顏據此章傳良馬之文以爲有騭無騲定從牡字段玉裁云考周官馬政凡馬特居四之一絕無郊祀朝聘有騭無騲之說且序云牧于坰野傳云牧之坰野則駉駉然正義云駉駉然腹幹肥張者所牧養之良馬也經文作牧爲是顏氏說誤詳詩經小學今考正義云但毛以四章分說四種之馬故言駉駉良馬腹幹肥張明首章爲良馬二章爲戎馬也又云以四章所論馬色既別皆言以車明其每章各有一種故言此以充之不於上經言之者以上文二句四章皆同無可以爲別異故就此以車異文而引之也正義此言深得傳旨若如顏說則四章止有良馬耳自與傳乖已不可通矣當以正義本爲長經義雜記又以爲釋文於牡馬下引草木疏云騭馬也陸機亦作牡乃三國時本更爲可據其說非也草木疏雖亡但所云騭馬也者非有專疏此詩之明徵也特陸引之使就此牡字耳下文云說文同今說文具存更何得指馬部騭字爲專解

此詩乎又以爲唐石經初刻牧後改牡亦誤

不言牧馬閩本明監本毛本同案浦鏜云馬當焉誤是也

又言牧在遠郊閩本明監本毛本同案浦鏜云任誤在是也

子三十里閩本明監本毛本同案浦鏜云二誤三是也

或當別有依終閩本明監本毛本同案終當作約形近之譌

三十里之國也閩本明監本毛本同案浦鏜云五誤三是

以載師掌在士之法閩本同明監本毛本士作土案所改是也山井鼎云在恐任誤是也

上言駉駉牡馬閩本明監本毛本同案牡當作牧此不知正義本作牧者誤改之耳

乃言其牧處閩本明監本毛本同案乃當作及形近之譌

皆言以事閩本明監本毛本同案浦鏜云車誤事是也正義下文可證

故知戎馬不得耦田馬也閩本明監本同毛本上馬字作路案所改是也

蒼祺曰騏小字本同閩本明監本毛本同相臺本祺作騏案釋文云蒼祺字又作騏相臺本依之改也釋文之意以祺爲假借字但考小戎尸鳩傳騏文皆本是綦文此傳用字當同蒼騏亦本是蒼綦也祺字恐非此之用正義云蒼騏曰騏謂青而微黑不知其本果作騏抑或後人所改也段玉裁云古假騏爲綦因而以騏釋騏小戎尸鳩傳皆同此亦以虍釋虛以要釋要之例也

字林作駓走也[補]釋文挍勘記通志堂本盧本同案駓字各本皆誤當作駍集韻六脂云駍馬走也本此陸氏有駓下本云字林作駍伾伾下本云字林作駍今釋文皆云字林作駓者伾伾下誤也小字本十行本所附字林作駍反在有駓下亦誤倒今特訂正

而牲用騂綱閩本明監本毛本綱誤剛案所改非也此當作犅犅形近之譌

以車繹繹唐石經小字本相臺本同案釋文云繹繹崔本作驛考正義於序下云故云驛驛見其善走也是其

本字作驛與崔本正同其此章正義云故言繹繹善走當是後人以經注本改之耳浦鏜乃挍序下云繹驛經作繹繹此不知經注本非正義本之誤也○案繹者正字驛者俗字此蓋正義易字釋經之例也

白馬黑鬣曰駱　小字本相臺本同案正義云定本集注髦字皆作鬣是其本作黑髦也釋文云黑鬣力輒反又駱下云樊孫爾雅並作白馬黑髦爾雅釋文同又四牡騑騑駱馬傳釋文云黑鬣力輒反本亦作髦音毛依此則正義本四牡傳亦當是髦字但未有明文耳

善走也　小字本相臺本同案釋文繹繹下云善足也一本作善走也正義本是走字此及序下標起止皆可證

班駁隱甐〔補〕通志堂本盧本同影宋本甐作甐釋文挍勘鄰云案甐字誤也爾雅釋文所載郭注作鄰甐郎鄰也唐揚之水甐甐可互證

班駁隱鄰　閩本明監本毛本班駁誤斑駮明監本毛本鄰作甐閩本作鄰案此當作鄰皆形近之譌

也釋文騂字下亦誤爲瓶○案此本無正字皆用同音字耳舊挍非也瓶字多讀作去聲故郭良刃反呂良振反

驪馬黃脊騝音乾 閩本明監本脊誤春毛本不誤案音乾二字當傍行細書乃正義自爲音也

皆作駱字 閩本明監本毛本同案駱當作雒下文云其字定當爲雒是其證

以車祛祛 小字本同閩本明監本毛本同唐石經作袪袪相臺本同案袪字是也六經正誤云作袪誤从示者祛逐也从衣者袪袂也考此但毛居正聽爲區別其實說文不載祛祛字無容見於毛氏詩也惟從衣之字每見混於從示之字今釋文正義祛字從示者皆傳寫之誤而毛居正以後人又誤認從示爲正耳

豪骭曰驔 小字本相臺本同案此釋文本也釋文驔下云豪骭曰驔此經注各本之所本也正義云釋畜云四骹皆白驔無豪豪骭白之名傳言豪骭白者蓋謂豪毛在骭而白長名爲驔也是其本骭下有白字

二目白曰魚　小字本相臺本同案釋文云毛云一目白曰魚爾雅云一目白瞯二目白魚考正義亦引爾雅并舍人郭璞注而不云有異是其本字與爾雅同亦作二目也但考毛傳多有與爾雅不合者如卷耳崔嵬陟岵岵屺之類或此傳亦然正義本依爾雅改耳

主以給官中之役　閩本明監本毛本同案山井鼎云官恐宮誤是也

貴其肥牡　閩本明監本毛本牡作壯案所改是也

思馬斯徂　明監本馬誤焉各本皆不誤

○有駜

但明義明德也　小字本相臺本同案正義云以經有二明故知謂明義明德也定本集注皆云議明德也無上明字段玉裁云義是衍字羣經言明明者皆連二字爲文當作但明明德也今考此箋之下引大學在明明德彼注云謂顯明其至德也訓同爾雅及毛大明傳還與此明明相證成不得如正義所說以二明字分屬一義

一德也段說爲是下箋則相與明義明德而已義字衍同定本集注亦誤

本又作淵鼓 補 案淵鼓二字當鼝之譌文選東京賦雷鼓鼝鼝注引詩咽咽作鼝鼝鼝即鼘字說文鼘鼓聲也詩曰鼝鼓鼘鼘

其在於君所 閩本明監本毛本同案君當作公上句可證

載言則也 閩本明監本毛本同小字本相臺本載下有之字考文古本同案有者是也

今之鐵總也 補 毛本總作驄案所改是也

歲其有 小字本相臺本同唐石經有下旁添年字案釋文云歲其有本或作歲其有矣又作歲其有年者矣皆衍字也正義本未有明文唯周頌豐年正義云魯頌曰歲其有年當是其本有年字與或作本同唐石經本之添也考此詩有與下子韻不容更有年字依釋文本爲是惠棟引漢西嶽華山廟碑有歲其有年之文此或出於三家耳考文古本有矣字采釋文釋文亦有誤當正

詒孫子　小字本相臺本同唐石經詒下旁添厥字案釋文云本或作詒厥子孫詒于孫子皆是妄加也正義本未有明文考正義說此經云可以遺其孫子若以其說厥則其本或有厥字也但當依釋文爲是惠棟引劉氏列女傳貽厥孫子此正三家詩也

歲其有豐年也　小字本相臺本同案此正義本也正義云定本集注皆云歲其有年標起止云傳歲其有豐年可證也考此經本云歲其有傳本云歲其有年也傳以有年說經之有也經誤衍有下年字傳又誤衍年上豐字皆失其旨當以定本集注爲長

又作歲其年者矣　〔補〕通志堂本盧本歲其下有有字小字本所附同釋文挍勘段玉裁云矣字衍

箋穀善貽遺　閩本明監本毛本同案浦鏜云貽箋作詒通非也當是正義本經作貽字不與各本同耳

○泮水

頌僖公能脩泮宮也唐石經小字本相臺本同案此正義本也標起止云至泮宮下文同可證釋文云頖宮音判本多作泮考此亦序與經不同字之例當以釋文本爲長

其旂茷茷唐石經小字本相臺本同案釋文云伐伐蒲害反又普貝反言有法度本又作茷茷正義云則其旂乃茷茷然有法度與釋文又作本同也經義雜記以爲正義本當亦作伐是以釋文改正義失之矣羣經音辨人部載此乃取諸釋文非賈昌朝會見經文作伐之本也

噦噦言其聲也閩本明監本毛本同小字本相臺本其作有考文古本同案有字是也正義云其鸞則噦噦然有聲可證也

箋云于行閩本同小字本相臺本行作往考文古本同明監本毛本作邁案往字是也行形近之譌邁字誤改也

傳魯侯僖公閩本明監本毛本同案浦鏜云僖誤傳是也三章正義云僖魯侯來至其證也

明堂位曰采廩也　毛本同閩本明監本采作米案所改是

是小菜也　補小當作水下句言水菜者可證

其住不專爲菜　補住當作往

釋詁云肉倍好　閩本明監本毛本同案浦鏜云器誤詁是也

光武中元二年初載建三廱　閩本明監本毛本同案浦鏜云元誤二載疑衍字以後漢書儒林傳考之浦挍是也

欲法則其文意　閩本明監本毛本文誤立案意當作章形近之譌

箋其音至德音　閩本同明監本毛本以此節正義改入下章其音昭昭句注下首脫箋字案此十行散附時所誤繫耳

菜大如手　閩本明監本毛本同案浦鏜云葉誤菜是也

又可鬵閩本明監本同毛本鬵作鬻案所改是也

於是可以采閩本明監本毛本同案山井鼎云鄉飲酒注作於是可以來是也

可者召唯所欲閩本同案山井鼎云鄉飲酒注作可者召不召唯所欲又云當以彼注爲正也

非也此正義不全引耳明監本毛本作可以召亢誤

皆庶幾庶行孝閩本明監本毛本同案浦鏜云庶行當力行之誤是也箋文可證

矯矯虎臣唐石經小字本相臺本同案釋文云蟜蟜本又作矯正義云矯矯然有威武如虎之臣是其本作矯字也

故云馘所獲者之左耳閩本明監本毛本同案獲當作格箋文是格字正義下文云謂臨陣格殺之可證

不吳不揚唐石經小字本相臺本同案正義云鄭讀不吳爲不娛人自娛樂必讙譁爲聲故以娛爲譁也釋文

云不吳鄭如字譁也王音誤考此經字與緇衣同鄭此箋卽彼傳也釋文以爲鄭如字者最合箋意正義以爲鄭讀不娛者亦自據其彼經而言耳卽王音誤其經仍是吳字但讀作誤以爲申毛而與鄭相難也盧文弨挍乃以此併前緇衣同改爲虞皆失之也釋文於不吳下于訩上以瘍字作音云余章反今考箋云不大聲則經自是揚字正義本及唐石經等皆不作瘍字或是傳揚傷也傷字釋文本作瘍與正義本不同而爲之作音个本誤錯出在上耳瘍傷古通用巧言釋文有其證盧文弨於此釋文瘍上添入不字亦爲專輒○案此毛鄭不同毛作瘍訓傷鄭讀瘍爲揚訓大聲後人從鄭改經字

吳譁也　小字本相臺本同案此正義本也正義云故以誤爲譁也釋文云讙也音歡考鄭用緇衣傳當以正義本爲長

其往征也　閩本明監本毛本征誤往下以威武往征剔治彼東南之國毛本亦誤

則北狄亦爲遠也　閩本明監本毛本同案北字山井鼎云恐此是誤是也

故知皇當作往釋詁云往往 閩本明監本毛本同案浦鏜云三往字皆當作暀是也

徒御無斁唐石經小字本相臺本同案釋文云繹本又作射又作斁或作懌皆音亦厭也正義本未有明文今無可考餘經射斁字多不畫一依釋文本則此經又假借作繹其用字之例本有如此者也

甚傅緻者閩本明監本毛本同小字本相臺本緻作致案致字依定本釋文是也

巳以爲搜與東矢共文 閩本明監本毛本同案巳當作毛形近之譌

得以弓言觟矢言搜 閩本明監本毛本同案浦鏜云傳誤得是也

琛圭釋言文 閩本明監本毛本同案山井鼎云圭當作寶是也

厥貢鏐鐵錫鉛 閩本明監本毛本同案錫當作銀見下鏐鐵銀在梁州鉛在青州也

而獨無銅 明監本毛本而誤銀閩本不誤案山井鼎云作銀屬上讀者似是非也上文銀誤作錫乃

誤改去而字耳

附釋音毛詩注疏卷第二十　二十之二

毛詩魯頌　　鄭氏箋　　孔穎達疏

閟宮頌僖公能復周公之宇也宇居也。閟筆位反音祕同僖音希〔疏〕閟宮八章首章十七句二章十二句三章三十八句四章十七句五章六章章八句七章八章章十句至之宇。正義曰作閟宮詩者頌美僖公能復周公之宇謂復周公之時土地居處也明堂位曰成王以周公爲有勳勞於天下是以封周公於曲阜地方七百里革車千乘是周公之時土境特大異於其餘諸侯也伯禽之後君德漸衰鄰國侵削境界狹小至今僖公有德更能復之故作詩以頌之也復周公之宇雖辭出於經而經之所言止爲常許此則揔序篇義與經小殊其言復周公之宇主以境界爲辭但僖公所行善事皆是復故非獨土地而已自三章周公之孫以下皆述僖公之德作者將美僖公追述遠祖上陳姜嫄后稷至於文武大王爰及成王封建之辭魯公受賜之命言其所以有魯之由與僖公之事爲首引耳序者以其非頌所主之意故從而畧之

閟宮有侐實實枚

枚 閟，閉也。先妣姜嫄之廟在周，常閉而無事。孟仲子曰：是禖宮也。伷，清淨也。實實，廣大也。枚枚，礱密也。箋云：閟神也，姜嫄神所依，故廟曰神宮。○伷，況域反。說文云：靜也。一音火季反。枚，莫回反。韓詩云：閒暇無人之貌也。嫄音元。禖，莫回反。礱，路東反。厲也。

赫赫姜嫄，其德不回。上帝是依，無災無害。彌月不遲， 上帝是依，依其子孫也。箋云：依依其身也。彌，終也。赫赫乎顯著姜嫄也，其德貞正不回邪，天用是馮依而降精氣。其任之，又無災害，不坼不副，終人道十月而生子，不遲晚。○災字又作灾，本亦作菑，音同。邪，似嗟反。馮依，本又作憑，同，皮陵反。一本作馮依其身。坼，勑宅反，裂也。副，孚逼反。

是生后稷。降之百福，黍稷重穋，稙稺菽麥。奄有下國，俾民稼穡。 先種曰稙，後種曰稺。箋云：奄猶覆也。姜嫄用是而生子后稷，天神多與之福，以五穀終覆蓋天下，使民知稼穡之道，言其不空生也。后稷生而名弃，長大，堯登用之，使居稷官，民賴其功，後雖作司馬，天下猶以后稷稱焉。○重，直容反，本又作種，同。穋音六，本又作稑，音同。稙，徵力反，徐時力反。韓詩曰：長稼也。稺音雉。韓詩云：幼稼也。菽音叔，大豆。

也畀必爾反本又作俾下皆同長張丈反

有稷有黍有稻有秬奄有下土纘禹之緒緒業也箋云秬黑黍也緒事也堯時洪水爲災民不粒食天神多予后稷以五穀禹平水土乃教民播種之於是天下大有故云纘禹之事也

疏美之故申說以明之○秬音巨纘子管反繼也粒音立

閟宮至之緒○毛以爲將美僖公上述遠祖周人立姜嫄之廟常閉而無事欲說姜嫄又先言其廟言在周所閉之宮有侐然清淨其宮之內則實實然而甚廣大其宮之材則枚枚然而礱之密之此是姜嫄廟也既言其廟遂說其身赫赫然顯著者其姜姓之女名嫄也此姜嫄其德貞正不回邪故上帝之天用是之故依其所生子孫使其在母之時令其母無災殃無患害終人道之月而生之不遲也是所生者乃是后稷天神又下與之以百種之福使之有明哲之性曉稼穡之事又與之黍與之稷先種後熟之重後種先熟之穋先種之植後種之穉及菽之與麥下此衆穀令稷種之同有天下諸國使民知稼穡之道民賴后稷之功多又復申說其事后稷之所種者有稷有黍有稻有秬以此衆穀徧教下民同有此穀於天下之土以繼大禹之業言禹平水土稷教播種事業可以相繼故言纘禹之緒以美之○鄭以閟宮爲神宮於魯

國有其宮故先言廟而逆說姜嫄上帝是依謂憑依其身降之精氣又以奄爲覆緒爲事爲異餘同○傳閟閉至礱密○正義曰莊三十二年左傳稱公見孟任從之閟謂閉戶拒公故閟爲閉也下句言赫赫姜嫄則此述姜嫄之廟禮生曰母死曰妣姜嫄是周之先母故謂之先妣說姜嫄之廟而謂之閟宮故知常閉而無事春官大司樂云舞大濩以享先妣則先妣之廟有祭事矣且立廟所以祭神而云閉而無事者案祭法王立七廟五廟皆月祭之二祧享嘗乃止彼文據周爲說其言不及先妣先妣立廟非常而祭之又疏月朔四時祭所不及比於七廟是閉而無事也周禮定其用樂明其有祭之時但其祭時節禮無明文或因大祭而則祭之也傳亦以此司樂之文知姜嫄之廟在周耳言其在周則謂魯無其廟以周立是非常故魯不得有也孟仲子曰是謂禖宮蓋以姜嫄祈郊禖而生后稷故名姜嫄之廟爲禖宮嫄廟清淨之處故以侐爲清淨實謂宮內所容重言實實故謂宮之廣大枚枚者細密之意故云礱密晉語及書傳說天子廟飾皆云斲其材而礱之加密石焉是礱密之事也又鄭注禮器云宮室之飾士首本大夫達稜諸侯斲而礱之天子加密石是也○箋閟神至神宮○正義曰箋以詩人之作覩事興辭若魯無姜嫄之廟不當先述閟宮又卒章云新廟奕奕奚斯所作發首

言閟宮於末言新廟則所新之廟新此閟宮首尾相承於理爲順奚斯作之自然在魯不宜獨在周也且立廟而祭不宜以閉爲名釋詁云毖神溢愼也俱訓爲愼是閟得爲神閟與毖字異音同故閟爲神也以其姜嫄神之所依故廟曰神宮凡廟皆是神宮以姜嫄之事說之於下故先言神宮以顯之○傳上帝至子孫○正義曰毛氏不信履迹之事不得言天依姜嫄故爲依其子孫正謂依助后稷使其母無災害也此直依其子耳兼言孫者以后稷後世克昌皆是天所依祐并孫言之以協句也○箋依依至遲晚○正義曰箋以生民之篇說姜嫄履帝迹而有后稷則是上帝馮依姜嫄而使之有子故以依爲依其身履其拇指之處而心體歆歆然如有人道感已是其依之也以姜嫄其德貞正不回邪上天用是之故馮依其身而降之精氣使得懷任后稷也生民言不坼不副無災無害文在先生如達之下則謂當生之時無災害也此篇無災無害文在彌月不遲之上則是未生之時無災害言懷任以至於生其母常無災害故文有先後災害可兼未生其不坼。不副惟謂生時不爾此箋云其生。之又無災害不坼不副災害謂懷任時坼副謂生時也以其意與彼同故引彼爲說家語執轡篇大戴禮本命篇皆云人十月而生此云彌月不遲故知終人道十月而生子美其不遲晚也○傳先種至曰稺○正義曰重穋稙稺生熟早晚之異稱耳非穀名先種曰稙後種曰稺當謂先種先熟後種後熟但傳畧而不言其熟耳七月傳曰後熟曰重先熟曰穋天官内宰鄭司農注云先種後熟謂之種後種先熟謂之稑是傳亦畧而不言其種與此互相明也執競傳以奄爲同則此奄亦爲同也王肅云堯命以后稷使民知稼穡下國同時有是大功也○箋奄猶至稱焉○正義曰網奄覆鳥獸而取之故以奄猶覆也天神多與之福者王肅云謂受明哲之性長於稼穡是言天授之智慧爲與之福也以五穀終覆蓋天下使民知稼穡之道謂堯遭洪水之後種百穀以教民也言其不空生謂生必濟世不徒然也孝經援神契曰聖人不空生生必有所制是大賢不徒生也又解后稷其名曰弃末爲司馬不言弃爲司馬而言后稷之意以其居稷官之日民賴其功後雖作司馬天下猶以后稷稱之周本紀云初欲弃之因名曰弃堯典云帝曰弃是后稷生名曰弃也本紀又云堯舉弃爲農師天下得其利是堯登用之使居稷官民賴其功也堯典之文末說舜命羣官使禹宅百揆即天官也契在五教爲司徒即地官也伯夷爲秩宗即春官也咎繇爲士即秋官也垂爲共工即冬官也雖夏官不言命而上句禹讓稷契之下帝曰弃黎民阻飢汝后稷播時百穀褒述其爲稷之功不言命而爲官明

是稷作司馬爲夏官也且尚書刑德故云稷爲司馬契爲司徒故云後雖作司馬猶以后稷稱焉○傳緒業○正義曰釋詁云業緒也故緒爲業也○箋秬黑至明之○正義曰秬黑黍釋草文緒事釋詁文事業大同耳當時所爲謂之事後人所祖謂之業禹稷同時其事相繼此述當時之事非謂在後相祖故易之爲事堯典云帝曰湯湯洪水方割是堯時洪水爲災也思文之美后稷云粒我烝民是洪水之時民不粒食也生民云誕降嘉種者從上而下之辭是天神多與后稷以五穀也言天神與者以種之必長歸功於天非天實與之也若洪水未平則無地可種故知禹平水土乃教民播種之於是天下大有謂大有五穀也禹能平水土稷能種穀二者俱以利民故謂之繼禹之事稷之播種種禹所治之地故言禹平水土乃教民播種爲先後之辭耳其實禹稷所爲亦同時矣非洪水大平之後始教之也此經與上事同文重故解其意美之申說以明之

后稷之孫實維大王居岐之陽實始翦商翦齊也箋云翦斷也大王自豳徙居岐陽四方之民咸歸往之於時而有王迹故云是始斷商○大音泰後大王大平皆同翦子踐反鄭斷也斷音短下同豳彼貧反王于況反**至于文武纘大王**

之緒致天之屆于牧之野無貳無虞上帝臨女虞誤也箋云屆極虞度也文王武王繼大王之事至受命致天所以罰極紂於商郊牧野其時之民皆樂武王之如是故戒之云無有二心也無復計度也天視護女至則克勝○屆音戒貳音二極紀力反下同度待洛反下同復扶又反敦商之旅克咸厥功箋云敦治旅眾咸同也武王克殷而治商之臣民使得其所能同其功於先祖也后稷大王文王亦周公之祖考也伐紂周公又與焉故述之以美大魯○敦鄭都回反注同王徐都門反厚也與音預

疏后稷至厥功○毛以爲上言后稷之事此又接說其後言后稷後世之孫實維是周之大王也此大王自豳而來居於岐山之陽民歸往之初有王迹實始有翦齊商家之萌兆也至於文王武王則能繼大王之業於時商家暴虐天欲誅之武王乃致天之誅於牧野之地民皆樂戰不自以爲苦反勸戒武王云今天下歸周無有貳心無有疑誤乃由上天之臨視汝矣言民從天助往必克勝欲使之勉力決戰也武王於是伐而克之乃以亂法治商之眾民莫不得所能同其功於先祖謂先祖欲成王業武王卒能成之是合同其功○鄭雖以翦爲斷緒爲事無貳無

虞謂民勸武王無有二心無復計度上帝今臨視汝爲異餘同○傳翦齊箋翦斷至斷商○正義曰翦齊釋言文齊卽斬斷之義故箋以爲斷斷其意同也大王之居岐陽民咸歸之是有將王之迹故云是始斷商言有滅商之萌兆也○傳虞誤○正義曰大明云上帝臨女無貳爾心傳云無敢懷貳心以爲民無貳心傳以虞爲誤則亦爲民之情謂民無疑誤也王肅云天下歸周無貳心無疑誤上帝臨命汝傳意或然○箋屆極至克勝○正義曰屆極虞度釋言文釋言又云殛誅也然則此極又轉爲誅紂爲無道天欲誅之武王奉行天意故云致天之屆牧誓云時甲子昧爽武王朝至于商郊牧野乃誓是致天所罰殺紂於牧野定本集注皆云極紂於牧野極是殺非也箋以汝者汝武王故以無貳無虞爲戒武王之辭太誓說十一年觀兵盟津之時八百諸侯皆曰受可伐王曰爾未知天意未可伐是其所計度故今戒之云無有貳心無復計度也致天之誅雖武王耳此經文武共文以其受命代紂事相接成故也○箋敦治至先祖○正義曰旅衆釋詁文武王克紂治商之衆故以敦爲治釋詁云咸皆也皆亦同之義故以咸爲同也同其功於先祖者周自后稷以來世脩其業大王文王之意皆欲成周之功但時未可耳今武王誅紂克先祖之意故美其能同其功於先祖言與先祖同成其功

也

王曰叔父建爾元子俾侯于魯大啓爾宇爲周室輔王成王也元首宇居也箋云叔父謂周公也成王告周公曰叔父我立女首子使爲君於魯謂欲封伯禽也封魯公以爲周公後故云大開女居以爲我周家之輔謂封以方七百里欲其彊於衆國○乃命魯公俾侯于東錫之山川土田附庸箋云東東藩魯國也旣告周公以封伯禽之意乃策命伯禽使爲君於東加賜之以山川土田及附庸令專統之王制曰名山大川不以封諸侯附庸則不得專臣也○藩方元反策初革反令力呈反周公之孫莊公之子龍旂承祀六轡耳耳春秋匪解享祀不忒周公之孫莊公之子謂僖公也耳耳然至盛也箋云交龍爲旂承祀謂視祭事也四馬故六轡春秋猶言四時也忒變也○解音懈忒他得反皇皇后帝皇祖后稷享以騂犧是饗是宜降福旣多騂赤犧純也箋云皇皇后帝謂天也成王以周公功大命魯郊祭天亦配之以

君祖后稷其牲用赤牛純色與天子同也天亦饗之宜之多予之福○騂息營反赤色也犧許宜反純毛牲周公皇祖亦其福女秋而載嘗夏而楅衡白牡騂剛犧尊將將毛炰胾羹籩豆大房萬舞洋洋孝孫有慶諸侯夏禘則不礿秋祫則不嘗惟天子兼之楅衡設牛角以楅之也白牡周公牲也騂剛魯公牲也犧尊有沙飾也毛炰豚也胾肉也羹大羹鉶羹也大房半體之俎也洋洋眾多也箋云此皇祖謂伯禽也載始也秋將嘗祭於夏則養牲楅衡其牛角為其觸牴人也秋嘗而言始者秋物新成尚之也大房玉飾俎也其制足間有橫下有柎似乎堂後有房然萬舞干舞也○楅音福逼也犧尊鄭素河反毛云有沙飾則宜同鄭王許宜反尊名也將七羊反炰蒲包反胾側吏反羹音庚又音衡洋音羊徐音翔禴羊灼反祫咸夾反楅音逼有沙蘇河反刻鳳皇於尊其羽形婆娑然也一云畫也豚字又作豘徒門反鈃字又作鉶音刑為其于偽反牴都禮反橫古曠反一音光柎方于反俾爾熾而昌俾爾壽而臧保彼東方魯邦是嘗

不虧不崩，不震不騰。三壽作朋，如岡如陵。

震動也，騰乘也。壽考也。箋云：此皆慶孝孫之辭也。俾，使。臧，善。保，安。嘗，守也。虧、崩皆謂毀壞也。震、騰皆謂僭踰相侵犯也。三壽，三卿也。岡陵，取堅固也。○熾，尺志反。僭，子念反。

【疏】「王曰」至「如陵」。○毛以爲上既述遠祖之功，以美大魯國，此乃說其封建之由，及今僖公之事。言將欲封魯之時，成王乃告周公曰：叔父，我今欲立汝首子，使之爲侯於魯國，大開汝之所居，永爲周室藩輔。告周公既訖，乃爲書以策命魯公伯禽，使之爲侯於東方，賜之以境內之山川，使之專有；又賜之以境內之土田，并小國之附庸，命使四鄰小國附屬之，言其統於衆國也。至於今日，周公後世之孫，魯莊公之子，謂僖公也，其車建交龍之旂，所承奉宗廟祭祀，所乘四馬，其六轡耳耳然而至盛。春秋四時，非有解息，所獻所祀，不有忒變。因論祭祀之事，皇皇而美者，爲君之天及君祖后稷，獻之以赤與純色之牲。天與后稷於是歆饗之，於是以爲宜，下福與之，既已多大矣。非徒天與后稷降之多福，周公與君祖伯禽亦其福汝僖公矣。又言祭宗廟得禮，故先祖福之。更說祭廟之事，將於前秋則爲嘗祭，此夏而已楅衡其牛，言豫養所祭之牛，設橫木於角以楅之，令其不得觝觸人也。所養者是白色之牡與赤色之特盛酒之器有犧羽所飾之尊將將然而盛美也其饌則有爓火去其毛而炰之豚又有切肉之胾與大羹鉶羹其食器有竹籩木豆又有大房之俎鼎俎既陳籩豆已列於是歌舞其神執干戚而爲萬舞者洋洋然衆多禮樂不愆祭祀得所孝孫僖公於是有慶賜之榮作者喜其德當神明故設辭慶之使汝得福熾盛而昌大使汝年命長壽而臧善安於彼東方之國魯邦是其常有其堅固如山不可虧損不可崩落言其無毀壞之時其安靜如川不可震動不可乘陵言其無僭踰相犯國之三壽考之卿與作朋友君臣相親國家堅固使之如岡然如陵然言永無散亂也○鄭唯秋而載嘗爲異以載爲始言秋而始欲嘗祭於夏則養牲餘同○傳王成成至宇居○正義曰洛誥說周公攝政七年十有二月歸政成王之事其經云歲文王騂牛一武王騂牛一王命作册逸祝册告周公其後注云歲成王元年正月朔日於郊二特牛祫祭文武於文王廟使逸讀所作册祝之書告神以周公其宜爲後者謂將封伯禽則是成王即政之元年正月朔日封伯禽也呼周公爲叔父知王是成王也釋詁云元首始也俱訓爲始是元得爲首屋宇用以居人故以宇爲居○箋東東藩至得專臣○正義曰諸侯爲天子藩屏故云東藩魯國也賜謂與之使爲已有故言加賜之山川及附庸令專統之也以土田者

是魯國之土田亦旣封爲魯君自然田爲魯有而山川附庸與土田共蒙賜之文土田旣是專統則知山川附庸亦專統也箋以專統土田是諸侯之常而山川附庸則是加賜故特言加賜之山川附庸以明之凡言賜之謂非所當得也故引王制名山大川不以封諸侯故山川當言賜也附庸則不得專臣故附庸亦言賜也王制云名山大澤不以封鄭以經有山川故改澤爲川也彼又說夏殷之禮云子男五十里不能五十里者不合於天子附於諸侯曰附庸言附諸侯事大國不得專臣也若然魯亦不得專臣而與山川土田同言賜者以於法不得有之故言賜耳非謂賜之使專臣也何則諸侯之有附庸者以其土田猶少未及大國之數故令有附庸使之附屬功德若進擬以給之其地方五百里者土地已極無復進期不得更有附庸也魯爲侯爵以周公之勲受上公之地可爲五百里耳於法無附庸也明堂位封周公於曲阜地方七百里是於五百里之上又復加之附庸故注云上公之封地方五百里加魯以四等之附庸方百里者二十四并五五二十五積四十九開方之得七百里大司徒注云凡諸侯爲牧正帥長及有德者乃有附庸爲有祿者當取焉公無附庸侯附庸九同伯附庸七同子附庸五同男附庸三同進則取焉退則歸焉魯於周法不得有附庸故言錫之也言地方

七百里者包附庸以大言之也附庸二十四言得兼此四等矣如鄭此言是由法不得有故謂之賜猶不使魯專臣也論語云顓臾昔者先生以爲東蒙主是社稷之臣顓臾魯之附庸謂之社稷之臣者以其附屬於魯亦謂魯之社稷其國猶自繼世非專臣也以非專臣故季氏將伐若其純臣魯君季氏豈得伐取之也言四等附庸者侯九伯七子五男三并之得二十四也夏殷之禮不能五十里者爲附庸則周法一附庸不滿百里而云九同七同者聚積其國使得同耳非謂一同一附庸也。箋交龍至忒變。正義曰交龍爲旂春官司常文承者奉持之義故云承祀謂視祭事此龍旂承祀謂視宗廟之祭何則明堂位云魯君孟春乘大輅載弧韣旂十有二旒日月之章祀帝于郊配以后稷天子之禮也彼祀天之旂建日月之章明此龍旂是宗廟之祭也異義古詩毛說以此龍旂承祀爲郊祀者自是舊說之謬非鄭所從故此箋直言視祭不言祭天也作者錯舉春秋以明冬夏故云春秋猶言四時也釋言云爽忒也孫炎曰忒變雜不一是忒爲變之義也。箋皇皇至之福。正義曰釋詁云皇皇美也后君也以天者尊神故以美言之而謂之爲君也論語曰皇皇后帝注云帝謂大微五帝此亦云皇皇后帝直言謂天者以論語說舜受終于文祖宜揔祭五帝魯不得徧祭五帝故直言謂天謂祭周所感生蒼帝也故明堂位祀帝于郊之下注云帝謂蒼帝靈威仰也昊天上帝魯不祭是魯君所祭唯祭蒼帝耳蒼帝亦太微五帝之一故同稱皇皇后帝焉明堂位稱成王以周公爲有勳勞於天下是以魯君祀帝於郊配以后稷天子之禮也是成王命魯郊天亦配以后稷之事言亦者亦周也地官牧人云陽祀用騂牲毛之注云陽祀祭天於南郊是天子祭天南郊用赤牛純色今魯亦云享以騂犧是與天子同也天亦饗之宜之言亦者亦周也以諸侯不得祭天嫌其不可故每事言亦也○傳諸侯至衆多○正義曰毛以載爲則言秋而則嘗謂當祫之年雖爲祫祭而則爲嘗祭故解其意言諸侯之禮於夏爲大祭之禘則不爲時祭之礿於秋爲大祭之祫則不爲時祭之嘗唯天子兼之雖爲禘祫不廢時祭今魯亦如天子之禮故言秋而則嘗謂爲祫復爲嘗鄭禘祫志云儒家之說禘祫通俗不同或云歲祫終禘或云三年一祫五年再禘鄭駮異義云三年一祫五年一禘百王通義以禮讖所云故作禘祫志考春秋禘祫之數定以爲三年祫五年禘毛氏之言禘祫唯此傳耳而不辨禘祫年數或與鄭同也傳言夏禘秋祫則以爲禘在夏祫在秋鄭於禘祫志云周改先王夏祭之名爲礿故禘以夏先王祫於三時周人一焉則宜以秋是從毛此說爲禘在夏祫在秋也諸侯禘則不

礿祫則不嘗所以下天子也雖天子兼之言魯礼亦如天子故云㦸嘗也傳之此言無正文正以王制說先王之法云天子犆礿祫禘祫嘗祫烝言天子當祫之歲以春物未成犆礿而已於夏秋冬則爲祫復爲時祭也王制又云諸侯礿犆禘一犆一祫嘗祫烝祫其意言諸侯當祫之歲春則犆礿夏則祫而不禘秋冬乃爲時祭而復爲祫也先王之礼諸侯與天子不同明知周世諸侯亦當異於天子故知禘則不礿祫則不嘗鄭於諸侯禘祫更無明說亦當如此傳也楅衡謂設橫木於角以楅迫此牛故云設牛角以楅之也地官封人云凡祭祀飾其牛牲設其楅衡注云楅設於角衡設於鼻如椵狀如彼注楅衡別兩處設之此箋申傳言楅衡其牛角爲其觝觸人以楅衡爲一者無文故兩解也白牡周公牲騂剛魯公牲者文十三年公羊傳云魯祭周公何以爲牲周公用白牡魯公用騂犅羣公不毛何休云白牡殷牲也周公死有王礼謙不敢與文武同也不以夏黑牲者嫌改周當以夏避嫌也魯公諸侯不嫌也故從周制是周公魯公異牲之意也說文云犅特也白牡謂白特騂犅謂赤特也犧尊之字春官司尊彝作獻尊鄭司農云獻讀爲犧犧尊飾以翡翠象尊以象鳳皇或曰以象骨飾尊此傳言犧尊者沙羽飾與司農飾以翡翠意同則皆讀爲娑傳言沙卽娑之字也阮諶礼圖云犧尊

飾以牛象尊飾以象於尊腹之上畫爲牛象之形王肅云將
將盛美也大和中魯郡於地中得齊大夫子尾送女器有犧
尊以犧牛爲尊然則象尊尊爲象形也王肅此言以二尊形
如牛象而背上負尊皆讀犧爲羲與毛鄭義異未知孰是毛
炰豚者地官○封人祭祀有毛炰之豚故知毛炰是豚彼注
云爛○去其毛而炰之也胾謂切肉也故云胾切肉是也大
羹鉶羹者以特牲士之祭祀尚有大羹鉶羹故以此羹兼二
羹也特牲注云大羹湆○煑肉汁不和貴其質也鉶羹肉味之
有菜和者也大羹謂大古之羹鉶羹謂盛之鉶器其大羹則
盛之於登以大爲名故不舉所盛之器也大房與籩豆同文
則是祭祀之器器之名房者唯俎耳故知大房半體之俎明
堂位曰俎有虞氏以梡夏后氏以嶡殷以椇周以房俎注云
梡斷木爲四足而已嶡謂中足爲橫距之象椇謂曲橈之也
房謂足下跗也上下兩間有似於堂房然是俎稱房也知是
半體者周語云禘郊之事則有全烝王公立飫則有房烝親
戚燕饗則有殽烝如彼文次全烝謂全載牲體殽烝謂體解
節折則房烝是半體可知此亦云房故知是半體之俎言禘
郊乃有全烝宗廟之祭唯房烝耳故舉大房而言也昏禮婦
饋舅姑特豚合升側載注右胖載之舅俎左胖載之姑俎是
俎載半體之事也明堂位稱祀周公作○大廟俎用梡嶡○此云

大房蓋魯公之廟用大房也洋洋與萬舞共文則是舞者之貌故爲衆多魯得以八佾舞周公故美舞者衆多也○箋皇祖至干舞○正義曰以周公皇祖之下即云白牡騂犅騂犅是魯公之牲故知皇祖謂伯禽也此皇祖之文在周公之下故以爲二人上文皇祖在后稷之上且上與皇皇后帝連文則是配天之人故知上文皇祖即后稷也箋以禘祫之事於文不見不宜以載爲則故易之爲始以秋物新成始可嘗之故言始嘗也定本集注皆言秋物新成尙之也言貴尙新物故言始也作嘗字者誤也又解房俎稱大之意以其用玉飾之美大其器故稱大也知大房玉飾者以俎豆相類之物明堂位說祀周公之禮云薦用玉豆豆旣玉飾明俎亦玉飾其制足間有橫其下有跗以明堂之文差次爲然跗上有橫似於堂上有房故謂之房也萬舞干舞宣八年公羊傳文○傳震動至壽考○正義曰震動壽考皆釋詁文月令稱累牛騰馬騰是相乘之義故爲乘也○箋此皆至堅固○正義曰上言孝孫有慶此則致福之言故爲慶孝孫之辭下章用兵之後亦有此慶則作者以意慶之非嘏辭也俾使臧善皆釋詁文自保守者安居之義故保爲安也魯邦是常言其常守魯國故以常爲守也虧崩以山喻故皆謂毁壞也震騰以川喻故皆謂僭踰相侵犯也言上下相侵犯猶水之相乘陵也老

者尊稱天子謂父事之者爲三老公卿大夫謂其家臣之長者稱室老諸侯之國立三卿故知三壽即三卿也言作朋者謂常得賢人僖公與之爲朋即伐木傳云國君友其賢臣是也岡陵不動之物故言取其堅固也

公車千乘朱英綠縢二矛重弓大國之賦千乘朱英矛飾也縢繩也重弓重於鬯中也箋云二矛重弓備折壞也兵車之法左人持弓右人持矛中人御○乘繩證反注千乘同英如字徐於耕反縢徒登反重直龍反注同鬯勑亮反弓衣也字或作韔同

公徒三萬貝冑朱綅烝徒增增貝冑貝飾也朱綅以朱綅綴之增增衆也箋云万二千五百人爲軍大國三軍合三萬七千五百人言三萬者舉成數也烝進也徒進行增增然○冑直又反綅息廉反說文云綫也沈又菴林反又音侵烝之升反增如字綴沈知稅反又張劣反

戎狄是膺荆舒是懲則莫我敢承膺當承止也箋云懲艾也僖公與齊桓舉義兵北當戎與狄南艾荆及羣舒天下無敢禦也○艾音刈

俾爾昌而熾俾爾壽而富黃髮台背壽胥與試箋云此慶

僖公勇於用兵討有罪也黄髮台背皆壽徵也胥相也俾壽而相與試謂講氣力不衰倦○台背他來反下音貝

爾昌而大俾爾耆而艾萬有千歲眉壽無有害

箋云此又慶僖公勇於用兵討有罪也中時魯微弱爲鄰國所侵削今乃復其故故喜而重慶之俾爾猶使女也眉壽秀眉亦壽徵○艾五蓋反中張仲反重直用反

【疏】公車至有害○正義曰上既美其祭祀鬼神此又美其用兵征伐公之兵車有千乘矣車上皆有三人右人所持者朱色之英左人所持者綠色之繩此朱英綠繩者是二矛重弓也言二矛載於車上皆朱爲英飾重弓共在閟中以綠繩束之又公之徒衆有三萬人矣以貝飾胄其甲以朱綫綴之進行之時增增然衆多車徒既多甲兵又備西戎北狄來侵者於是以此膺當之荆楚羣舒叛逆者於是以此懲創之軍之所征往無不克則無有於我僖公敢禦止之者由其無敵於天下故得民庶安寧土境復故作者喜其討罪設辭慶之使汝昌大而熾盛使汝長壽而富足髮有黄色之髮背有台文之背得有如此長壽相與講試氣力奇其老而不衰也以其用兵之善又重慶之使汝得福則昌而且大使汝年壽則耆而又艾使得萬有千歲爲秀眉之壽無有患害以魯衰

而復興故喜而重慶之也○傳大國至閟中○正義曰明堂位云封周公於曲阜地方七百里革車千乘今復其故也司馬法成方十里出革車一乘計魯方七百里爲車多矣而云千乘者坊記云制國不過千乘然則地雖廣大以千乘爲限故云大國之賦千乘司馬法兵車一乘甲士三人步卒七十二人計千乘有七萬五千人則是六軍矣與下公徒三萬數不合者二者事不同也礼天子六軍出自六鄉萬二千五百家爲鄉萬二千五百爲一軍地官小司徒曰凡起徒役無過家一人是家出一人鄉爲一軍此則出軍之常也天子六軍既出六鄉則諸侯三軍出自三鄉下云公徒三萬自謂鄉之所出非此千乘之衆也此云公車千乘自謂計地出兵非彼三軍之事也二者不同故數不相合所以必有二法者聖王治國安不忘危故令所在皆有出軍之制若從王伯之命則侯國之大小出三軍二軍若其前敵不服用兵未已則盡其境內皆使從軍故復有此計地出軍之法但鄉之出軍是正故家出一人計地所出則非常故成出一車以其非常故優之也清人云二矛重英故知朱英矛飾蓋絲纓而朱染之以爲矛之英飾也小戎云竹閉緄縢傳曰緄繩縢約謂內弓於閉以繩束之此云縢繩者縢亦爲約之以繩非訓縢爲繩但傳詳彼而畧此耳重弓謂內弓於閟閟中有二弓小戎云交韔

二弓是其事也○箋二矛至人御○正義曰弓矛所用執一而已解其有二矛重弓之意故云備折壞也考工記云酋矛常有四尺夷矛三尋則矛法自有二等此云二矛知非二等之矛者以重弓是一弓而重之故知二矛亦一矛而有二俱是備折壞也矛有二等此當是酋矛何則考工記又云攻國之兵用短守國之兵用長此美其當戎狄懲荆舒則是往伐之明是酋矛而有二也此朱英綠縢與二矛重弓兩句自相充配朱英是二矛飾之以朱染綠縢是重弓束之以綠繩所異者二矛各自有英飾二弓共束以綠繩耳又解車乘之下即說弓矛之意故云兵車之法左人持弓右人持矛中人御宣十二年左傳云楚許伯御樂伯攝叔爲右以致晉師樂伯曰吾聞致師者左射以菆樂伯在左而云左射是左人持弓也成十六年晉侯與楚戰于鄢陵左傳稱欒鍼爲右使人告楚令尹子重曰寡君之使使鍼御持矛焉哀二年鐵之戰左傳稱郵無恤御簡子衛太子爲右禱云蒯聵不敢自佚備持矛焉是右人持矛也甘誓云左不攻于左汝不共命右不攻于右汝不共命御非其馬之正汝不共命既云左右又別云御是御在中央也○傳貝冑至增增衆○正義曰貝者水蟲甲有文章也冑謂兜鍪貝非爲冑之物故知以貝爲飾說文云綅綫也然則朱綅直謂赤綫耳文在冑下則是甲之所用

故云以朱綅綴之謂以朱綫連綴甲也增增衆釋訓文定本集注皆作增字其義是也俗本作增誤也○箋萬二至增增然○正義曰萬二千五百人爲軍大國三軍皆夏官序文也舉成數者謂略其七千五百直言三萬耳如此箋以爲僖公當時實有三軍矣荅臨碩云魯頌公徒言三萬是三軍之大數又以此爲三軍者以周公受七百里之封明知當時從上公之制備三軍之數此敘云復周公之宇故此箋以三萬爲三軍言其復古制也又以凡舉大數皆舉所近者若是三万七千五百文數可爲四萬此頌美僖公宜多大其事不應減退其數以爲三萬故荅臨碩謂此爲二軍以其不安故兩解之也今以春秋檢之則僖公無三軍襄十一年經書作三軍明已前無三軍也昭五年又書舍中軍若僖公有三軍則作之當書也自文至襄復減爲二則舍亦當書也春秋之例以軍賦事重作舍皆書於僖公之世無作舍之文使知當時無三軍也鄭以周公伯禽之世合有三軍僖公能復周公之宇遵伯禽之法故以三軍解之其實於時唯二軍耳烝進釋詁文步行曰徒故以爲行也上句既云公徒則知此言烝徒謂進行之時且與增增共文明是行時衆多也○傳膺當承止○正義曰膺當釋詁文承者當待之義不敢當待卽是不敢禦止故以承爲止也○箋懲艾至禦之○正義曰懲艾皆創

故爲艾也僖公之時齊桓爲霸故知與齊桓公舉義兵也僖公之世用兵於戎狄荆舒者唯有僖公耳僖四年經書公會齊侯等侵蔡蔡潰遂伐楚楚一名荆羣舒又是楚之與國故連言荆舒其伐戎狄則無文唯十年經書齊侯許男伐北戎其時蓋魯使人助之師賤兵少故不書或別有伐時經傳脱漏如伐淮夷之類

泰山巖巖魯邦所詹。奄有龜蒙遂荒大東至于海邦淮夷來同莫不率從魯侯之功

詹至也龜山也蒙山也荒有也箋云奄覆荒奄也大東極東海邦近海之國也來同爲同盟也率從相率從於中國也魯侯謂僖公。大音泰本又作泰下注大室皆同荒如字韓詩作荒云至也近附近之近

[疏]泰山至之功。毛以爲旣美征伐遠夷又美境界復故言泰山之高巖巖然魯之邦境所至也魯境又同有龜山蒙山遂包有極東之地至於近海之國淮夷舊不服者亦來與之同盟凡此東方之國莫不相率而從中國是魯侯僖公之功也。鄭以奄爲覆覆有龜蒙之山遂奄有極東之地餘同。傳詹至至荒有。正義曰詹至釋詁文春秋定十年齊人來歸鄆讙龜陰之田謂龜山之北田也論語說顓臾云昔者先王以爲東

蒙主謂顓臾主蒙山也魯之境內有此二山故知龜蒙是龜山蒙山也龜蒙今在魯地故言奄有泰山則在齊魯之界故言所詹見其不全屬魯也禮祭法諸侯之祭山川在其地則祭之亡其地則不祭春秋僖三十一年不郊猶三望者公羊傳曰三望者何泰山河海鄭駮異義云昔者楚昭王曰不穀雖不德河非所獲罪言境內所不及則不祭也魯則徐州地禹貢海岱及淮惟徐州以昭王之言魯之境界亦不及河則所望者海也岱也淮也是之謂三望又王制云諸侯祭名山大川之在其地者注云魯人祭泰山晉人祭河是也是由魯境至於泰山故得望而祭之禮器云齊人將有事於泰山必先有事於配林齊人亦祭泰山是齊境亦及之矣由其泰山廣長故二國皆以爲望也荒訓爲奄此云荒有者亦謂奄有之也○箋奄覆至中國○正義曰釋言云弇蓋也孫炎曰弇覆蓋亦覆之義故以奄爲覆荒奄釋言文大者廣遠之言以大東爲極東地之最東至海而已大東之下即云至于海邦故以東爲極東言其極蓋地之東偏春秋之世諸侯同盟以獎王室故知來同爲同盟當僖公之世東方淮夷小國見於盟會雅邾莒滕杞而已其餘小國及淮夷同盟不見於經蓋主會者不列之耳言莫不率從有從魯之嫌故明之相率從於中國以僖非盟主不得爲從魯故也

保有鳧

繹遂荒徐宅至于海邦淮夷蠻貊及彼南夷莫不率從莫敢不諾魯侯是若鳧山也繹山也宅居也淮夷蠻貊而夷行也南夷荊楚也若順也箋云諾應辭也是若者是僖公所謂順也○鳧音符山名也繹音亦一音夕字又作嶧同山名也貊字又作貉武伯反行下孟反應應對之應○【疏】保有至是若○正義曰此又美僖公境界廣遠威德所及言安有鳧山嶧山遂有是徐方之居至于近海之國淮夷爲蠻貊之行者及彼南方之夷謂荊楚之國莫不相率而從於中國若王伯有命則莫敢不應諾順從此皆由魯侯之功於是順服也○傳鳧山至若順○正義曰禹貢徐州嶧陽孤桐謂嶧山之陽有桐木也鳧嶧連文與龜蒙相類故知是鳧山嶧山也宅居釋言文言淮夷蠻貊如夷行者以蠻貊之文在淮夷之下嫌蠻貊亦服故辨之以僖公之從齊桓雖能服淮夷耳非能服南夷之蠻東夷之貊故即淮夷蠻貊謂淮夷如蠻貊之行僖四年從齊桓伐楚而服之故言南夷謂荊楚鄭志荅趙商云楚交中國而近南夷末世夷行故謂之夷也若順釋言文定本集注若順之上有諾順兩字○天錫公純嘏眉壽保魯

居常與許，復周公之宇。常許，魯南鄙、西鄙。箋云：純，大也。受福曰嘏。許，許田也，魯朝宿之邑也。常或作嘗，在薛之旁。春秋魯莊公三十一年築臺于薛是與？周公有嘗邑，許田未聞也。六國時齊有孟嘗君，食邑於薛。○嘏，古雅反。朝，直遥反。薛字又作辥，息列反。與音餘。

魯侯燕喜，令妻壽母。宜大夫庶士，邦國是有。既多受祉，黃髮兒齒。箋云：燕，燕飲也。令，善也。喜公燕飲於內寢，則善其妻，壽其母，謂爲之祝慶也。與羣臣燕，則欲與之相宜，亦祝慶也。是有，猶常有也。兒齒，亦壽徵。○兒，五兮反，齒落更生細者也，字書作齯，音同，一音如字。爲，于僞反。祝，之又反，下同。

【疏】「天錫」至「兒齒」。○毛以爲既言僖公威德被及廣遠，又言天與之福。復其故居，天乃與公大夫之福，使有秀眉之壽，而保其魯國，又能居其常邑與許邑，復周公之故居也。魯侯僖公燕飲而皆喜，燕於內寢，則善其妻，壽其母，謂爲之祝慶，使妻善而母壽也；其燕於外寢，則宜其大夫與衆士，亦謂爲之祝慶，使與之相宜也。其魯之邦國，七百里之封，僖公於是常保有之。既多受其福，又有黃髮兒齒，由僖公每事得所，故慶之，使享其永年。○鄭唯以嘏爲福爲異，餘同。○傳「常許」至「西鄙」。○正義曰春秋言伐我東鄙西鄙者皆謂伐其邊邑故月令注云鄙界上之邑此美其復故之宇當舉邊邑言之故知常許皆是鄙邑也言常許魯南鄙西鄙則常爲南鄙許爲西鄙或當有所依據不知出何書也○箋純大至於薛○正義曰純大釋詁文禮特牲少牢尸致福於主人皆謂之嘏是受福曰嘏傳以常許爲魯之鄙邑書傳無文故箋易之許許田也魯朝宿之邑也諸侯有大德受采邑於京師爲將朝而宿焉謂之朝宿之邑魯以周公之故成王賜之許田春秋之時魯不朝周邑無所用而許田近於鄭國鄭有祊田地勢之便而與鄭易之桓元年鄭伯以璧假許田公羊傳曰許田者何魯朝宿之邑也此魯朝宿之邑曷爲謂之許田諱取周田繫之許近許也如此則魯之有許見於經傳明此常與許卽是彼之許邑彼以近許繫許則非魯之鄙邑故箋言此以易傳也桓公以許與鄭僖公又得居之故美其能復周公之宇也春秋於僖公之世不書得許田蓋經傳闕漏故無其事也旣以許爲朝宿而常邑無文故推本其事言常字詩本或有作嘗字者常邑在薛之傍春秋魯莊公三十一年築臺于薛是與築臺于薛春秋經文是與者其是此嘗邑與嘗在薛傍魯有薛邑故言是與爲疑之辭周公之有許邑事見春秋嘗則無文故云周公有嘗邑許田未聞也鄭云嘗邑在薛之傍亦無明文故

又自言其證六國時齊有孟嘗君食邑於薛以其居薛邑而號孟嘗君則嘗在薛傍共爲一地也六國者韓魏燕趙齊楚在春秋之後俱僭稱王號爲六國孟嘗君者姓田名文父曰靜郭君田嬰嬰者齊威王少子而齊宣王庶弟也宣王卒嬰相齊湣王湣王三年封田嬰嬰卒文代立於薛是爲孟嘗君史記有其傳

徂來。之松新甫之柏是斷是度是尋是尺 徂徠山也新甫山也八尺曰尋○斷音短度待洛反

松桷有舄路寢孔碩新廟奕奕奚斯所作 桷榱也舄大貌路寢正寢也新廟閔公廟也有大夫公子奚斯者作是廟也箋云孔甚。碩大也奕奕姣美也脩舊曰新新者姜嫄廟也。僖公承衰亂之政脩周公伯禽之教故治正寢上新姜嫄之廟姜嫄之廟廟之先也奚斯作者教護屬功課章程也至文公之時大室屋壞○桷音角方曰桷舄音昔徐又音託奕音亦榱巴追反姣古卯反屬音燭

孔曼且碩萬民是若 曼。長也箋云曼脩也廣也且然也國人謂之順也○曼音萬

【疏】徂來至是若○毛以爲僖公威德遠及國內咸宜乃命彼賢臣脩造寢廟取彼徂來山上之松新甫山上之柏於是斬斷之於是量度之

其度之也於是用八尺之尋於是用十寸之尺既量其材乃用松爲桷有舄然而大作爲君之正寢甚寬大又新作閟公之廟奕奕然廣大作寢則人安作廟則神悅人神安悅君德備矣此廟是誰爲之乃是奚斯所作美其作之得所故舉名言之奚斯監護而已其作用民之力故又美民之勸事言廟甚長廣而且大用功雖多萬民於是謂之順民既以之爲順明其不憚劬勞故言之以頌僖公也○鄭唯以新廟爲姜嫄之廟爲異餘同○傳桷榱至是廟○正義曰桷之與榱是椽之别名莊二十四年刻桓宮桷謂刻其椽也舄是桷狀故爲大貌王肅云言無刻飾文章徒見松桷強大至牢固義或當然路寢正寢公羊穀梁傳並云然定本集注云路正也釋詁云路大也以君之正寢故以大言之言新廟是作此廟僖公繼閟公爲君故以新廟爲閟公廟王肅云僖公以庶兄後閟公爲之立廟奕奕盛大美其作之中禮能自儉而崇大宗廟是申說毛義稱作是廟美僖公之意也奚斯與新廟連文故云公子奚斯作是廟欲見作者主爲新廟而言奚斯其意不兼路寢也閔二年慶父出奔莒左傳曰以賂求共仲于莒莒人歸之及密使公子魚請不許哭而往共仲曰奚斯之聲也乃縊是奚斯爲公子也如傳文蓋名魚而字奚斯○箋孔甚至屋壞○正義曰孔甚釋言文碩大釋詁文孔碩言其寢美也定

本集注云孔碩甚佼美也與俗本異春秋有新作南門新作雉門說者皆以脩舊曰新改舊曰作故鄭依用之以閔公後死禮當遷入祖廟止可改塗易簷不應別更作之而此詩首章言閟宮卒章言新廟明是脩彼閟宮使之新故易傳以爲所新者姜嫄之廟也作寢廟所以爲美者以僖公承衰亂之後寢廟廢壞能脩周公伯禽之教故治其正寢上新姜嫄之廟由其脩治廢壞故可美也又言姜嫄之廟廟之先者欲見姜嫄之廟旣新之則餘廟毀壞亦脩之然則舉其治正寢則餘寢亦治之矣又解奚斯所作之意正謂爲之主帥主帥教令工匠監護其事屬付功役課其章程而已非親執斧斤而爲之也中候握河紀說帝堯受河圖之禮云稷辨護注云辨護供時用相禮儀是監典謂之護也昭三十二年左傳說城成周之事云屬役賦丈謂付屬作者以功役也漢書稱高祖使張倉定章程謂定百工用材多少之量及制度之程品是屬課章程之事也引文十三年太室屋壞者與譜同以壞者譏其不恭則脩者事爲可善反明詩人稱新作寢廟以美僖公之意也○箋曼脩至之順○正義曰定本集注箋曼脩也廣也且然也國人謂之順與俗本不同

閟宮八章二章章十七句一章章十二

句一章三十八句二章章八句二章

章十句

駉四篇二十三章二百四十三句

附釋音毛詩注疏卷第二十（二十之二）

大清嘉慶二十年重栞
宋用文選樓藏本校

黃中模栞

毛詩注疏挍勘記二十之二

阮元撰盧宣旬摘録

○閟宫

侐清淨也　按各本皆同攷釋文作清靜也引說文侐靜也當依釋文更正楚茨傳莫莫言清靜而敬至也亦可證

天神多與之福　小字本相臺本同案與當作予下箋云天神多予后稷以五穀是其證正義作與乃易字耳考文古本亦作與非

先種之稙　閩本明監本同毛本稙作穉案所改是也下非穀名先種曰稙誤同

而則祭之也　閩本明監本毛本同案此不誤浦鏜云則疑衍字非也而則祭者下經之而載嘗也本句下正義可證

此箋云其生之又無災害　閩本明監本毛本同案浦鏜云任誤生是也

又解后稷其名曰弃 閩本明監本毛本弃作棄下同案箋字作棄生民可證正義自爲文亦用棄字引尚書史記乃依彼作弃字十行本盡作弃以閩本以下盡作棄皆有誤凡唐石經於棄字皆作弃以其中爲世字諱而避之也正義避諱之例則不如此如泄字唐石經避作洩而正義仍作泄當是作正義時例但缺畫也

且尚書刑德故云 閩本明監本毛本同案浦鏜云放誤故是也

纘大王之緒 毛本纘誤贊明監本以上皆不誤

箋云屆極虞度也 小字本相臺本同考文古本同閩本明監本毛本極作殛案殛字誤也釋文云屆極紀力反下同之屆下云極也正義云屆極虞度釋言文云云是正義釋文二本皆本是極字也閩本以下又盡改正義中極字作殛誤甚十行本不誤見下段玉裁尚書撰異中凡三論極殛字至爲詳矣

致大平天所以罰 小字本相臺本同案大平及以三字衍也正義云是致天所罰複舉箋文可爲

明證且此與大平迴不相涉而武王又實未大平其說見於芣苢正義斷爲衍字無疑矣各本皆誤當正

極紂於商郊牧野 小字本相臺本同考文古本同案正義云殺紂於牧野定本集注皆云極紂於牧野極是殺非也是正義本極作殺必當時俗本如此而正義定從定本集注以極爲是以殺爲非也釋文屆極下云下同是釋文本亦作極不作殺

謂民勸武王無有二心 閩本明監本同毛本二作貳案所改是也

箋屆極至克勝 閩本明監本毛本極誤殛案山井鼎云宋板此疏除釋言又云殛誅也外皆作極考此一殛字亦極之誤菀柳正義引可證也

克先祖之意 閩本明監本毛本同案浦鏜云克當竟字誤是也

秋物新成尚之也 小字本相臺本同案正義云以秋物新成始可嘗之故言始嘗也定本集注皆言秋物新成尚之也言貴尚新物故言始也作嘗字者誤也是正義本尚作嘗

下有柎　小字本相臺本同閩本明監本毛本柎作跗案釋文云有柎方于反考常棣箋用拊字從手柎拊實一字也正義中字皆作跗或是其所易今字耳各本依之未是

俾爾熾而昌　唐石經小字本相臺本同案盧文弨云俾一作畀見校官碑今考上釋文以畀民作音云本又作俾下皆同是釋文本作畀字也餘經盡然盧未細考耳又案段玉裁云說文云俾門持人也凡經傳言俾者皆取義於此門持人今說文譌作門侍人莊述祖正之畀者俾之假借字

魯邦是嘗　唐石經小字本相臺本嘗作常閩本明監本毛本同案嘗字誤也

與赤色之特　閩本明監本毛本同案此不誤浦鏜云特當犅字誤非也正義下引說文云犅特也故此自爲文以犅爲特也

則有爛火去其毛而炰之豚　閩本明監本毛本爛作以案皆誤也當作爓下文彼注云爓去其毛而炰之也同

正月朔日於周二特牛　閩本明監本毛本同案於當作也周當作用烈文正義引可證

地官〇封人　閩本明監本毛本〇作中案皆誤也當衍

大羹湆煑肉汁也　閩本毛本同明監本湆作湇案所改是

稱祀周公作大廟　閩本明監本毛本同案浦鏜云於誤作是也

卽云白牡騂犅　閩本明監本毛本牡誤牲案浦鏜云犅經作剛非也正義中犅字皆其所易耳

天下無敢禦也　小字本同閩本明監本毛本同相臺本也作之案之字是也正義云則無有於我僖公敢禦止之也標起止云至禦之可證也考文古本也上有之字采正義

萬二千五百爲軍　閩本明監本毛本同案浦鏜云爲上疑脫人字是也

俗本作增誤也　閩本明監本同毛本增作憎案所改是也

是三軍之大數又以此爲三軍者　閩本明監本毛本同案三字盧文弨云當

作二下同是也正義下文云故荅臨碩謂此爲二軍二字不誤可證

文數可爲四萬 閩本明監本毛本同案浦鏜云文疑大字誤是也

使知當時無三軍也 閩本明監本毛本同案浦鏜云便誤使是也

唯有僖公耳 閩本明監本毛本同案僖字盧文弨云當作桓是也浦鏜校改上文僖公二字作春秋非也

師賤兵少 閩本明監本毛本同案山井鼎云師當作帥是也此因帥字俗體有作師者而譌耳

魯邦所詹 唐石經小字本相臺本同考文古本詹作瞻案古本非也傳訓詹爲至毛氏詩不作瞻明甚唯說苑等引此文作瞻者是三家詩也韓詩外傳有其證

淮夷蠻貊而夷行也 小字本相臺本同案此傳而當依正義作如其讀則以淮夷蠻貊四字爲逗傳之複舉經文者也如夷行也四字爲句傳文之說經也以毛公文字簡奥故說經本但有淮夷而并言蠻貊之

意云如夷行也如者譬況之言謂經此文是譬況淮夷之行也以爲足以明之矣厥後作正義者所受之讀未誤故引而伸之曰言淮夷蠻貊如夷行者以蠻貊之文在淮夷之下嫌蠻貊亦服故辨之以僖公之從齊桓唯能服淮夷耳非能服南夷之蠻東夷之貊故卽淮夷蠻貊謂淮夷如蠻貊之行其言極爲明晰可據以正各本如作而之誤卽可據以正岳本點淮夷二字逗蠻貊而夷行也六字爲句之誤也經義雜記讀之不審一改傳文作淮夷蠻貊夷行如蠻貊也再改正義言淮夷蠻貊如夷行者作言淮夷如蠻貊之行者紛紛塗竄皆由未得其句逗所致

鳧嶧連文

閩本明監本毛本嶧誤繹案經文作繹此作嶧者繹嶧古今字易而說之也例見前禹貢爾雅說文皆作嶧是嶧爲正字釋文云字又作嶧亦指禹貢等言之也毛氏詩但作繹古文多假借也○段玉裁云繹山與葛嶧山是兩山尚書嶧陽孤桐此葛嶧山也地理志在東海下邳今在淮安府邳州曾頭及左傳邾國之繹此繹山也地理志在魯國騶縣今在兖州府鄒縣前說云繹嶧古今字非是繹山字史記及漢書作嶧要以秦碑作繹爲正

許口田未聞也 小字本許田不空考文古本同閩本明監本毛本空處誤補許字相臺本許田作所由案所由是也

天乃與公大夫之福 閩本明監本毛本夫作大案所改是也

許田未聞也 閩本明監本毛本同案此許田亦所由之誤

徂來之松 唐石經相臺本同閩本明監本毛本同小字本來作徠考文古本同案傳徂來山也相臺本仍作來餘本皆作徠正義中來字十行本作來閩本以下改作徠而標起止未改是正義本唐石經皆作來爲可據矣

孔甚碩大也奕奕姣美也 小字本相臺本同案正義云孔甚釋言文碩大釋詁文孔碩言其寢美也定本集注云孔碩甚佼美也與俗本不同考正義上文云作爲君之正寢甚寬大又新作閟公之廟奕奕然廣大初無奕奕佼美之文今本箋有誤故與定本集注及俗本俱不合釋文以甚姣作音當是其本與定本集注同今釋文各本甚誤作其非也

新者姜嫄廟也小字本同閩本明監本毛本同相臺本無也字新上有所字考文古本有案無者是也相臺本乃所謂以疏中字微足其義者耳

曼脩也廣也且然也國人謂之順也小字本相臺本同案正義云定本集注箋曼脩也廣也且然也國人謂之順與俗本不同如其所言非爲異本當有誤也今無可考

附釋音毛詩注疏卷第二十

究

毛詩商頌　鄭氏箋　孔穎達疏

商頌譜

商者契所封之地有娀氏之女名簡狄者吞鳦卵而生契堯之末年舜舉爲司徒有五教之功乃賜姓而封之○正義曰殷本紀云契母曰簡狄有娀氏之女也爲帝嚳次妃三人行浴見鳥墮其卵簡狄取吞之因孕生契契長而佐禹治水有功帝舜乃封於商又中候亦有其事文十八年左傳云高辛氏有才子八人天下之民謂之八元舜臣堯舉八元使布五教於四方父義母慈兄友弟恭子孝內平外成又尚書堯典云帝曰契汝作司徒敬敷五教五教在寬由此言之敷五教者是契之所爲舉八元使布五教者正謂舉契使布之也故云堯之末年舜舉爲司徒有五教之功也乃賜姓曰子而封之於商也中候握河紀云堯曰嗟朕無德欽奉丕圖賜示二三子斯封稷契皐陶賜姓號注云斯此封三臣賜姓號者契爲子稷爲姬皐陶未聞又契握湯說契云賜姓子氏以題朕躬注云題名也躬身也引孝經援神契曰堯知天命賜契子氏知有湯是堯賜之姓而封之商也本紀稱帝舜封契於商者長發箋云堯封之於商爲小國舜之

末年益其土地爲大國是舜亦封之故歸之舜也商者成湯一代之大號而此云商者契所封之地則鄭以湯取契之所封以爲代號也服虔王肅則不然襄九年左傳曰閼伯居商丘相土因之服虔云商丘地名相土契之孫因之者代閼伯之後居商丘湯以爲號又書序王肅注云契孫相土居商丘故湯因以爲國號而鄭玄以爲由契封商者契之封商見於書傳史記中候其文甚明經典之言商者皆單謂之商未有稱爲商丘者又相土居商丘以後不恒厥邑相土之於殷室雖是先公後者譬之於周則公劉之儔耳旣非湯功所起又非王迹所因何當取其所居以爲代號也商之有契猶周之有稷成湯以商爲代號文王不以邰爲代號者自契至湯雖則八遷而國號不改商名未易成湯以商受命故當以商爲號周卽處邰處豳國名變易大王來居周地其國始名曰周文王以周受命當以周爲號不得遠取邰也若然湯在亳地受命不以亳爲代號而禮記郊特牲云亳社北牖襄三十年左傳云鳥鳴于亳社皆謂殷亡國之社也謂之亳社者禮存亡國之社以爲戒亳實湯所居地故指地而言以殷紂無道喪滅湯之所居欲使諸侯觀之思自保固故不舉代號而指亳社也亳是湯之所居耳及紂滅之時則在朝歌非復亳地也成湯之初以商爲號及盤庚遷於殷以後或呼爲殷故名

序云盤庚五遷將治亳殷注云商家改號曰殷玄鳥云殷受命咸宜殷武云撻彼殷武是其兼稱殷也雖或稱殷不是全改商號故大明云殷商之旅蕩云咨汝殷商皆取前後二號而雙言之是其不全改也○世有官守十四世至湯則受命代夏桀定天下○正義曰堯以契爲司徒又封之商國子孫則當世爲諸侯或入列王官故云世有官守國語云玄王勤商十四世而興殷本紀云契卒子昭明立卒子相土立卒子昌若立卒子曹圉立卒子冥立卒子振立卒子微立卒子報丁立卒子報乙立卒子報丙立卒子主壬立卒子主癸立卒子天乙立是爲成湯是從契至湯爲十四世也中候維予命云天乙在亳東觀於洛黄魚雙躍出濟于壇黑烏以雒隨魚亦上化爲黑玉赤勒曰玄精天乙受神福命之予伐桀命克予商滅夏天下服是受命伐桀定天下也○後世有中宗者嚴恭寅畏天命自度治民祇懼不敢荒寧後有高宗者舊勞於外爰洎小人作其卽位乃或諒闇三年不言言乃雍不敢荒寧嘉靖殷邦至于小大無時或怨○正義曰此尚書無逸文也彼注云中宗謂大戊也高宗謂武丁也舊猶久也爰於洎與也武丁爲太子時殷道衰爲其父小乙將師役於外與小人之故言知其憂樂也作起也諒闇轉作梁闇楣謂之梁闇廬也小乙崩武丁立憂喪三年之禮居凶廬柱楣不言政

事。此三王。有受命中興之功時有作詩頌之者○正義曰受命謂成湯也中興謂中宗高宗也商頌五篇唯有此三王之詩故鄭歷言其功德也殷本紀云大戊立亳有祥桑穀共生於朝一暮大拱大戊懼問伊陟伊陟曰臣聞妖不勝德帝之政其有闕與帝其脩德大戊從之而祥桑穀枯死殷復興諸侯歸之故稱中宗禮記喪服四制曰書云高宗諒闇三年不言善之也王者莫不行此禮何以獨善高宗高宗者武丁武丁者殷之賢王繼世卽位而慈良於喪當此之時殷衰而復興禮廢而復起故善之善之故載之書中高而宗之故謂之高宗是中宗高宗中興也由此三王皆有功德時人有作詩頌之者那序云祀成湯是頌成湯也烈祖序云祀中宗是頌中宗也玄鳥殷武序皆云高宗長發居中從可知是玄鳥三篇頌高宗也此頌之者皆在崩後頌之那祀成湯經稱湯孫箋以湯孫爲太甲則那之作當太甲時也烈祖祀中宗箋稱此祭中宗諸侯來助明是其崩之後或子孫之時未知當誰世也玄鳥祀高宗箋以祀當爲祫高宗崩而始祫祭於契之廟歌是詩焉是崩後可知也殷武云祀高宗則亦在其崩後玄鳥殷武既是崩後則知長發之作亦在崩後矣長發述其生存之日禘祭先王殷武述其征伐荆楚脩治寢室皆是崩後追述之也○商德之壞武王伐紂乃以陶唐氏火正閼伯之墟封紂兄微子啓爲宋公代武庚爲商後○正義曰商德之壞謂紂時也樂記說武王伐紂旣下車而投殷之後於宋是伐紂卽封微子昭元年左傳曰昔高辛氏有二子伯曰閼伯季曰實沈居于曠林不相能也日尋干戈相征討后帝不臧遷閼伯于商丘主辰商人是因故辰爲商星襄九年左傳曰陶唐氏之火正閼伯居商丘祀大火而火紀時焉相土因之故商主大火以此言之是宋居閼伯故地故漢書地理志云周封微子於宋今之睢陽是也本陶唐氏火正閼伯之墟鄭取其言以爲說也書傳云武王殺紂繼公子祿父史記衞世家云武王已克殷紂復以殷餘民封紂子武庚祿父以奉其先祀是武王初殺紂以武庚爲商後也至周公攝政武庚叛而誅之乃命微子代武庚爲商後書序云成王旣黜殷命殺武庚命微子是命微子在成王時也今因伐紂之下卽連言封微子於宋代武庚爲商後者以封之於宋竟爲商後以宋是武王所封故故終言之○其封域在禹貢徐州泗濱西及豫州盟豬之野○正義曰禹貢徐州云泗濱浮磬豫州云導河澤被孟豬地理志云孟豬澤在梁國睢陽東北是孟豬在豫州地理志云宋地今之梁國市楚山陽濟陰東平及東都之須昌壽張皆宋分也據時驗之是宋之封域東至泗濱西至孟豬也○自從政衰散亡商之禮樂七世至戴公時當

宣王大夫正考父者校商之名頌十二篇於周太師以那爲首歸以祀其先王。正義曰微子爲商之後得行殷之禮樂明時商頌皆在宋矣於後不具明是政衰而失之那序云微子至於戴公其間禮樂廢壞是散亡商之禮樂也史記宋世家云微子啓卒弟仲衍立卒子宋公稽立卒子丁公申立卒子湣公共立卒弟煬公熙立湣公子鮒祀殺煬公而自立是爲厲公卒子釐公舉立卒子惠公覸立卒子哀公立卒子戴公立自微子至戴公凡十君除二及餘八君是微子之後七世至戴公也世家又云惠公四年周宣王卽位戴公二十九年周幽王爲犬戎所殺考校其年宣王以戴公十八年崩是戴公當宣王時也正考父考校商之名頌十二篇於周之大師以那爲首魯語文也韋昭云名頌頌之美者然則言校者宋之禮樂雖則亡散猶有此詩之本考父恐其舛謬故就太師校之也此頌皆爲祀先王而作故知校之既正歸以祀其先王也。孔子錄詩之時則得五篇而已乃列之以備三頌著爲後王之義監三代之成功法莫大於是矣。正義曰今詩是孔子所定商頌止有五篇明是孔子錄詩之時已亡其七篇唯得此五篇而已王者存二王之後所以通大○三統夏之篇章既以泯弃唯有商頌而已孔子既錄魯頌同之二王之後乃復取商頌列之以備三頌著爲後王之義使後人監觀三代之成法其法莫大於是言聖人之有深意也○問者曰列國政衰則變風作宋何獨無乎曰有焉乃不錄之王者之後時王所客也巡守述職不陳其詩亦示無貶黜客之義也○正義曰巡守之陳詩者以觀民之好惡示有刺責則貶黜之今不陳其詩示無貶黜客之義亦既示無貶黜不陳惡詩雖有其美者亦不得復採故所以無宋詩也示無貶黜者示法而已其有大罪亦當如魯譜所云侯伯監之行人書之不得全無貶黜故春秋之時杞爲伯爵是其爲時王所黜也○又問曰周大師何由得商頌曰周用六代之樂故有之○正義曰以周用六代之樂樂章固當有之故得有商頌也然則自夏以上周人亦存其樂而得無其詩者或本自不作或有而滅亡故也此商頌五篇自是商世之書由宋而後得有故鄭爲譜因商而又序宋也

那。祀成湯也微子至于戴公其間禮樂廢壞有正考甫者得商頌十二篇於周之大師以那爲首

禮樂廢壞者君怠慢於爲政不脩祭祀朝聘養賢待賓之事有司忘其禮之儀制樂師失其聲之曲折由是散

亡也自正考甫至孔子之時又無七篇矣正考甫孔子之先也其祖弗甫何以有宋而授厲公○那乃河反微子名啓紂庶兄周武王封之於宋爲殷後正考父音甫本亦作甫宋湣公之曾孫孔子七世祖大音泰後大甲大古大戊大祖皆放此朝直遙反折之設反

【疏】那一章二十二句至爲首○正義曰：那詩者祀成湯之樂歌也成湯創業垂統制禮作樂及其崩也後世以時祀之詩人述其功業而作此歌也又揔序商頌廢興所由言微子至于戴公之時其間十有餘世其有君闇政衰致使禮樂廢壞令商頌散亡至戴公之時其大夫有名曰正考父者得商頌十二篇於周之太師此十二篇以那爲首是故孔子錄詩之時得其五篇列之以備三頌也殷本紀云主癸生天乙是爲成湯案中候雒予命云天乙在亳注云天乙湯名是鄭以湯之名爲天乙也則成湯非復名也周書諡法者周公所爲禮記檀弓云死諡周道也則自殷以上未有諡法蓋生爲其號死因爲語耳諡法安民立政曰成除殘去虐曰湯蓋以天乙有此行故號曰成湯也長發稱武王載旆又呼湯爲武王者以其伐紂革命成就武功故以武名之非其號諡也國語云校商之名頌十二篇此云得商頌十二篇謂於周之太師校定眞僞是從太師而得之也言得之太師以那爲首則太師先以那爲首矣且殷之

剏基成湯爲首那序云祀成湯明知無先那者故知太師以那爲首也經之所陳皆是祀湯之事毛以終篇皆論湯之生存所行之事鄭以奏鼓以下言湯孫太甲祭湯之時有此美事亦是祀湯而有此事故序揔云祀成湯也○箋禮樂至厲公○正義曰禮樂廢壞者正謂禮不行樂不用故令之廢壞廢壞者若牆屋之不脩也但禮事非一箋略舉禮之大者以言焉由君不復行禮有司不復脩習故忘其禮之儀制由君不復用樂樂師不復脩習故失其聲之曲折由是禮樂崩壞故商詩散亡也知孔子之時七篇已亡者以其考甫校之太師歸以祀其先王則非煩重蕪穢不是可棄者也而子夏作序已無七篇明是孔子之前已亡滅也世本云宋湣公生弗甫何弗甫何生宋父宋父生正考甫正考甫生孔父嘉爲宋司馬華督殺之而絕其世其子木金父降爲士木金父生祁父祁父生防叔爲華氏所偪奔魯爲防大夫故曰防叔防叔生伯夏伯夏生叔梁紇叔梁紇生仲尼則正考甫是孔子七世之祖故云孔子之先也其祖弗父何以有宋而授厲公昭七年左傳文也服虔云弗父何宋湣公世子厲公之兄以有宋言湣公之適嗣當有宋國而讓與弟厲公也宋世家稱厲公殺煬公而自立傳言弗父何授之者何是湣公世子父卒當立而煬公篡之蓋厲公既殺煬公將立弗父何而何讓與

厲公也

猗與那與置我鞉鼓猗歎辭那多也鞉鼓樂之所成也夏后氏足鼓殷人置鼓周人縣鼓箋云置讀曰植植鞉鼓者爲楹貫而樹之美湯受命伐桀定天下而作濩樂故歎之多其改夏之制乃始植我殷家之樂鞉與鼓也鞉雖不植貫而搖之亦植之類○猗於宜反與音余下同置毛如字殷人置鼓鄭作植字時職反又音值鞉音桃小鼓也夏戶雅反注同縣音玄下同楹音盈柱也貫古亂反濩戶故反殷湯樂曰大濩

奏鼓簡簡衎我烈祖湯孫奏假綏我思成衎樂也烈祖湯有功烈之祖也假大也箋云奏鼓奏堂下之樂也烈祖湯也湯孫太甲也假升綏安也以金奏堂下諸縣其聲和大簡簡然以樂我功烈之祖成湯湯孫太甲又奏升堂之樂弦歌之乃安我心所思而成之謂神明來格也禮記曰齊之日思其居處思其笑語思其志意思其所樂思其所嗜齊三日乃見其所爲齊者祭之日入室僾然必有見乎其位周旋出戶肅然必有聞乎其容聲出戶而聽愾然必有聞乎其歎息之聲此之謂思成○衎苦旦反假毛古雅反鄭作格升也樂音洛下以樂我同齊側皆反本亦作齋下同者市志反爲于僞反僾音愛愾苦代反

鞉鼓淵淵嘒

嘒管聲既和且平依我磬聲嘒嘒然和也平正平也依倚也磬聲之清者也以象萬物之成周尚臭殷尚聲箋云磬玉磬也堂下諸縣與諸管聲皆和平不相奪倫又與玉磬之聲相依亦謂和平也玉磬尊故異言之○淵古玄反又烏玄反嘒呼惠反倚於綺反於赫湯孫穆穆厥聲庸鼓有斁萬舞有奕於赫湯孫盛矣湯爲人子孫也大鍾曰庸斁斁然盛也奕奕然閑也箋云穆穆美也於盛矣湯孫呼太甲也此樂之美其聲鍾鼓則斁斁然有次序其干舞又閑習○於音烏注同庸如字依字作鏞大鍾也斁奕繹並音亦繹字又作懌同我有嘉客亦不夷懌○自古在昔先民有作溫恭朝夕執事有恪夷說也先王稱之曰在古古曰在昔昔曰先民有作有所作也恪敬也箋云嘉客謂二王後及諸侯來助祭者我客之來助祭者亦不說懌乎言說懌也乃大古而有此助祭禮禮非專於今也其禮儀溫溫然恭敬執事薦饌則又敬也○恪苦各反說音悅下同薦牋練反本又作薦同饌士戀反顧予烝嘗湯孫之將箋云顧猶

念也將猶扶助也嘉客念我殷家有時祭之事而來猗
者乃太甲之扶助也序助者之來意也○烝之丞反【疏】與
至湯孫之將○毛以爲成湯崩後祀於其廟詩人美湯功業
述而歎之曰猗與湯之功亦甚多而能制作護樂植立我殷
家鞉與鼓也既立一代之樂用之以祭其先祭之時廟中奏
此鞉鼓其聲簡簡然而和大也以樂我有功烈之祖湯之上
祖有功烈者謂契冥相土之屬也既以樂祭祖而德當神明
故更述湯功美其奏樂言湯之能爲人子孫也奏此大樂以
祭鬼神故得降福安我所思而得成也思之所成者正謂萬
福來宜天下和平也又述祭時之樂其鞉鼓之聲淵淵而和
也嘒嘒然而清烈者是其管籥之聲諸樂之音既以和諧且
復齊平不相奪倫又依倚我玉磬之聲與之和合以其樂音
和諧更復歎美成湯於乎赫然盛矣者乃湯之爲人之子孫
也穆穆然而美者其樂之音聲大鍾之鏞與所植之鼓有斁
然而盛執其干戈爲萬舞者有奕然而閑習言其用樂之得
宜也於此之時有王者之後及諸侯來助湯祭我有嘉善之
賓客矣其助祭也豈亦不夷悅而懌樂乎言其夷悅而懌樂
也此助祭之法乃從上古在於昔代先正之民有作此助祭
之禮非專於今故此嘉客依禮來助祭其儀溫溫然而恭敬
早朝夕在於賓位其執事薦饌則有恭敬此嘉賓所以

求顧念我此烝嘗之時祭者正以湯爲人之子孫亦有顯大之德所致也以湯能制作禮樂善爲子孫嘉客助祭鬼神降福故陳其功德以歌頌之也○鄭以奏鼓以下皆述湯孫祭湯之事烈祖正謂成湯是殷家有功烈之祖也湯孫奏假謂太甲奏升堂之樂綏我思成謂神明來格安我所思得成也於赫湯孫美太甲之盛顧予烝嘗謂嘉客念太甲之祭湯孫之將言來爲扶助太甲唯此爲異其文義畧同○傳猗歎至縣鼓○正義曰齊風猗嗟共文是猗爲歎謂美而歎之也那多釋詁文鞉鼓樂之所成者禮記曰鼓無當於五聲五聲不得不和是樂之所成在於鼓也鞉則鼓之小者故連言之王制曰天子賜諸侯樂則以柷將之賜伯子男樂則以鞉將之注云柷鞉皆所以節樂是樂成亦由鞉也夏后氏足鼓以下皆明堂位文所異者唯彼置作楹傳依此經而改之矣○箋置讀至之類○正義曰金縢云植璧秉圭注云植古置字然則古者置植字同故置讀曰植此云植我鞉鼓明堂位作楹鼓故知植鞉鼓者爲楹貫而樹之大濩之樂殷之樂也此述成湯之功而云植我鞉鼓明是美湯作濩樂故歎之多其改夏之制始植我殷家之鼓也呂氏春秋仲夏紀云殷湯即位夏爲無道暴虐萬民湯於是率六州以討桀之罪乃命伊尹作爲大濩歌晨露脩九招六列以見其善高誘注云大濩晨露九

招。六列皆樂名也是成湯作濩樂之事也晨露九招。六列之樂蓋大濩之樂別曲名也又解鞉亦稱鞀之意鞉雖不植以木貫而搖之亦植之類故與鼓同言植也春官小師注云鞉如鼓而小持其柄搖之傍耳還自擊是說鞉之狀也○傳衎樂至假大○正義曰衎樂假大皆釋詁文下傳湯爲人子孫則此篇上下皆述湯事美湯之祭而云烈祖則是美湯之先公有功烈者故云烈祖湯有功烈之祖湯之前有功烈者止契冥相土之屬也王肅云湯之爲人子孫能奏其大樂以安我思之所成謂萬福來宜天下和平○箋奏鼓至思成○正義曰禮設樂懸之位皆鍾鼓在庭故知奏鼓堂下樂也以序稱祀成湯則經之所陳是祀湯之事不宜爲湯之祀祖故易傳以烈祖爲湯下篇烈祖旣是成湯則知此亦成湯其子孫奏鼓以樂之也殷本紀湯生太丁太丁生太甲太甲成湯適長孫也故知湯孫謂太甲也孫之爲言雖可以關之後世以其追述成湯當在初崩之後太甲是殷之賢王湯之親孫故知指謂太甲也假升綏安皆釋詁文也以奏者作樂之名假又正訓爲升故易傳以奏假爲奏升堂之樂對鼓在堂下故言奏升堂之樂樂之初作皆擊鍾奏之經雖言鼓而鍾亦在焉故云以金奏堂下諸懸也琴瑟在堂故知奏升堂之樂謂弦歌之聲也於祭之時心之所思唯思神耳故知安我心所思而成之謂神明來格也皐陶謨說作簫韶之樂得所而云祖考來格意與此協故言神明來格取彼意以爲說也所引祀記祭義文也致思之深想若聞見覗其有所成故引以證之此之謂思成也所思五事先思居處後思樂嗜者先祖而後精自外而入內也居處措身之所笑語貌之所發此皆目所可見是外之粗者在內有常理可測度者志意也在內無常緣物而動者樂嗜也內事難測深思然後及之故後言之也齊三日乃見其所爲齊者謂致齊也散齊則不御不弔而已未能至於深思而及此五事也祭之日所以得有出戶而聽者彼注云周旋出戶謂設薦時也無尸者闔戶若食閒則有出戶而聽之是由無尸者有闔戶出聽之事也古之祭者莫不以孫行者爲尸而得有無尸者士虞記云無尸則祀及薦饌皆如初注云無尸謂無孫列可使者也是祭有無尸者故作記者言及之也○傳磬聲至尚聲○正義曰傳意亦以磬爲玉磬聘義說玉之德云其聲清越以長是玉聲必清故云聲之清者解其別言依磬之意也象萬物之成者以秋天是萬物成就之時其律呂數短聲調皆清故楚辭宋玉云秋之爲氣也天高而氣清周尚臭殷尚聲郊特牲文言此者以祭祀之祀有食有樂此詩美成湯之祭先祖不言酒食惟論聲樂由其殷人尚聲故解之○箋磬玉磬○正義曰此申說

傳意言磬聲清之意也知是玉磬者以鍾鼓磬管同爲樂器磬非樂之主而云鼓管和平來依磬聲明此異於常磬非石磬也皐陶謨云戛擊鳴球謂玉磬也成二年左傳齊人賂晉以玉磬是古人以玉爲磬也由玉磬尊故異言之○傳於赫至然閑○正義曰毛以此篇祀成湯美湯之德而云湯孫故云湯善爲人之子孫也以上句言衎我烈祖陳湯之祭祖故以孫對之子孫祭祖而謂祖善爲人之子孫猶閔予小子言皇考之念茲皇祖永世克孝也此篇三云湯孫於此爲傳者舉中以明上下也釋樂云大鍾謂之鏞是大鍾曰庸也以斁爲鍾鼓之狀故爲盛奕萬舞之容故爲閑也箋云斁斁然有次序亦言其音聲盛也○箋嘉客至扶助○正義曰王制祭名統言四時祭名皆云春礿夏禘秋嘗冬烝注以爲夏殷祭名是烝嘗爲時祭故云念我殷家有時祭之事而來也若然郊特牲云饗禘有樂而食嘗無樂故春禘而秋嘗注禘當爲礿字之誤也王制云春礿夏禘鄭引王制夏殷以正特牲之文則特牲所云食無樂當是夏殷祀矣此云烝嘗則是秋冬之祭而上句盛陳聲樂者此經所陳揔論四時之祭非獨爲秋冬發文直以烝嘗之言爲韻耳縱使嘗實無樂而礿禘有之故得言其聲樂也且祀文殘缺鄭以異於周法者卽便推爲夏殷未必食嘗無樂非夏祀也箋以湯孫爲太甲故言太甲

之扶助傳以湯爲人之子孫則將當訓爲大不得與鄭同也王肅云言嘉客顧我烝嘗而來者乃湯爲人子孫顯大之所致也

那一章二十二句

烈祖祀中宗也中宗殷王大戊湯之玄孫也有桑穀之異懼而脩德殷道復興故表顯之號爲中宗。○烈祖。烈祖有功烈之祖復扶又反下亦復同

疏烈祖一章二十二句。○正義曰烈祖詩者祀中宗之樂歌也謂中宗既崩之後子孫祀之詩人述中宗之德陳其祭時之事而作此歌焉經稱成湯王有天下中宗承而興之諸侯助祭神明降福皆是祀時之事故言祀以總之。○箋中宗至中宗。○正義曰案殷本紀云湯生太丁太丁生太甲崩子沃丁立崩弟太庚立崩子小甲立崩弟雍己立崩弟大戊立是太戊爲湯之玄孫也本紀又云太戊立亳有祥桑穀共生於朝一暮大拱大戊懼問伊陟伊陟曰帝之政其有闕與帝其脩德大戊從之而祥桑穀枯死殷復興諸侯歸之故稱中宗是表顯立號之事也禮王者祖有功宗有德不毀其廟故異義詩魯說丞相匡衡以爲殷中宗周成宣王皆以時毀古文

尚書說經稱中宗明其廟宗而不毀謹案春秋公羊御史大夫貢禹說王者宗有德廟不毀宗而復毀非尊德之義鄭從而不駁明亦以爲不毀也則非徒六廟而已鄭言殷六廟者據其正者而言也禮稽命徵曰殷五廟至於子孫六注云契爲始祖湯爲受命王各立其廟與親廟四故六是此六者後定不毀故鄭據之以爲殷立六廟至於中興之主有德則宗宗既無常數亦不定故鄭不數二宗之廟也

嗟嗟烈祖有秩斯祜申錫無疆及爾斯所既載清酤賚我思成秩常申重酤酒賚賜也箋云祜福也賚讀如往來之來嗟嗟乎我功烈之祖成湯既有此王天下之常福天又重賜之以無竟界之期其福乃及女之此所女女中宗也言承湯之業能興之也既載清酒於尊酌以祼獻而神靈來至我致齊之所思則用成重言嗟嗟美歎之深○祜音戶疆居良反竟也下同酤音戶賚毛如字鄭音來重直用反下皆同王天下于況反竟音境本又作境祼古亂反齊側皆反本亦作齋

亦有和羹既戒既平鬷假無言時靡有爭綏我眉壽黃耇無疆戒至鬷總。假大也總大無言无爭也箋云和羹者五味調腥熟得節食之於人性安和喻諸侯有和順之德也我既祼獻神靈來至亦復由有和順之諸侯來助祭也其在廟中既恭肅敬戒矣既齊立平列矣至于設薦進俎又總升堂而齊一皆服其職勸其事寂然無言語者無爭訟者此由其心平性和神靈用之故安我以壽考之福歸美焉○鬷子東反假毛古雅反鄭音格至也下以假以享同爭爭鬬之爭注同綏音妥安也耇音苟總音揔調音條祼音灌

約軧錯衡八鸞鶬鶬以假以享我受命溥將自天降康豐年穰穰

八鸞鶬鶬言文德之有聲也假大也箋云約軧轂飾也鸞在鑣四馬則八鸞假升也享獻也將猶助也諸侯來助祭者乘篆轂金飾錯衡之車駕四馬其鸞鶬鶬然聲和言車服之得其正也以此來朝升堂獻其國之所有於我受政教至祭祀又溥助我言得萬國之歡心也天於是下平安之福使年豐○軧祁支反錯如字徐又采故反鶬七羊反本又作鏘溥音普穰如羊反轂古木反下音式鑣彼苗反篆直轉反朝直遙反

來假來饗降福無疆

箋云享謂獻酒使神享之也諸侯助祭者來升堂來獻酒神靈又下與我久長之福也○假音格鄭云升也王云至也

顧予烝嘗湯孫之將箋云：此祭中宗，諸侯來助之。所言湯孫之將者，中宗之享此祭由湯之功，故本言之。

【疏】嗟嗟至之將○毛以爲中宗崩後，子孫祀之。中宗之有天下，乃由成湯創業，作者述成湯之功，言其福流於後，故言嗟嗟乎我功烈之祖成湯也，有常者是此王天下之福，言當常王天下也。成湯既有此福，天又重賜我商家以无疆境之期，故得及爾中宗以此處所也，謂能成湯之業，復使中興也。中宗既有此業，故余°祀之。既載清酒於樽，酌以祼獻，以其絜敬之故，神明賜之我所思而得成，亦謂萬福來宜天下和平也。其祭之時，非直羣臣而已，亦有和羹也。羹者五味調和，以喻諸侯有和順之德。此和順諸侯來在廟中，既肅敬而戒至矣，既齊立於列位矣，莫不揔集大衆而能寂然無言語者，於時凡在廟中無有爭訟者。以此故，神靈安我孝子以秀眉之壽，使得黃髮耇老無有疆境之福也。既言在廟助祭，又本其初來之時所乘之車，以朱篆約其長轂之軝，以綵飾錯置於衡之上，其八鸞之聲則鏘鏘然，以其大祀而來，以獻國之所有於我殷王，受其政教之命。至祭祀之時，又溥來助祭，由此得萬國之歡心，故從天下平安之福，故獲得豐年穰穰然，而每物豐多也。既言天使之豐，又說神降之福，中宗之神來至其坐矣，來享其祭矣，乃下與大福無有疆境也又言諸侯所以來故念我此烝嘗之時祭者乃由湯善爲人子孫亦顯大之所致也此祭中宗而引湯善爲子孫者以湯是商家王業之所起故歸功於湯○鄭以賚我思成謂神靈來至我孝子所思得成也鬷假無言謂揔集升堂皆無言語也以假以享謂來朝升堂獻國之所有也來假謂諸侯來升堂獻酒來饗謂神來歆饗之湯孫之將正謂此時設祭之君諸侯來扶助之然則此時祭者當是中宗子孫而云湯孫者中宗之饗此祭由湯之功故本言之雖中宗子孫亦是湯遠孫故亦得言湯孫也唯此爲異其文義畧同○傳秩常至賚賜○正義曰秩常申重賚賜皆釋詁文也言賜我思成者王肅云先祖賜我思之所欲成也知酤是酒者以此說祭事而云既載清酤與旱麓清酒既載事同故知酤是酒也○箋祜福至思成○正義曰祜福釋詁文以思成者齊之所思成也思之得成由神明來格故知賚讀如往來之來商之王功起於湯故知功烈之祖正謂成湯也王天下之常福言湯之子孫常王天下也既言常福又言重賜無疆界福之長短天之所賜故知是天重賜之也及汝之此所所謂處所言中宗之得中興是天福之所及也此祭祭中宗也故知汝者汝中宗也言中宗承湯之業能中興之故陳湯有常福以及中宗也酒者祼獻所用故知既載清酒於樽謂

酌以祼獻案禮言周法祼用鬱鬯殷祀雖則不明其祼亦應用鬱而云用酒以祼獻者鬱鬯釀秬爲酒築鬱金草和之而已摠而言之亦是酒也詩人所述舉其大綱非如記事立制曲辯酒齊之異清酤之言可兼祼獻之用故鄭並舉祼獻以洗之○傳戒至至言無爭也○正義曰言戒至者謂恭肅敬戒而至非訓戒爲至也鬷摠古今字之異也故轉之以從今假大釋詁文摠大無言無爭者以諸侯大衆摠集或有言語忿爭故云無言無爭美其能心平性和也○箋和羹至美焉○正義曰祭之設饌有大羹鉶羹何知不實論羹而以爲喻諸侯有和順之德者以昭二十年左傳晏子曰和如羹焉水火醯醢鹽梅以烹魚肉燀之以薪宰夫和之齊之以味濟其不及以泄其過君子食之以平其心君臣亦然故曰亦有和羹既戒且平鬷假無言時靡有爭彼引此和羹證君臣之和則知以和羹爲喻非實羹也下句約輒錯衡諸侯來朝之事無言無爭又美助祭之人故知亦有和羹謂諸侯對朝廷羣臣而稱亦也釋詁假爲升故易傳以鬷假爲設薦進俎之時諸侯摠集而升堂齊一也神之降福自祭之得祀非獨爲助祭者也而云神靈用是之故安我以壽考之福者善其助祭得祀故歸美焉○傳八鸞至假大○正義曰此解在車之飾非直鸞和而已獨言鸞聲之意故云言文德之有聲也有聲

謂此助祭諸侯有文德有聲聞故作者因事見義舉其鸞聲
以顯之傳訓假爲大而其義不明但軧衡是諸侯之車以享
謂獻國之所有則以假亦是來朝之事當謂以大禮而來朝
也○箋約軧至歡心○正義曰軧者長轂之名約謂以組色
纏約之故云約軧轂飾也采芑言約軧錯衡文與此同傳云
朱而約之則此亦當以皮纏約而朱漆之也鄭於秦風駟驖
之箋云置鸞於鑣異於乘車禮記註云鸞在衡則鄭以乘車
之鸞必在衡而此之鸞在鑣者以鸞之所在經無正文而殷
周或異故從舊說以爲在鑣以示不敢質也言篆轂金飾者
考工記云容轂必直陳篆必正注云篆轂約也容轂者治轂
爲之形容彼言篆轂卽此約軧故言諸侯來助祭者乘篆轂
金飾錯衡之車也知金飾者以采芑約軧錯衡與輅車有奭
連文奭亦貌則彼是金輅彼爲金輅則此亦金輅知約軧錯
衡爲金飾也案春官巾車之職金輅同姓以封則王子母弟
同姓公侯乃得乘金輅耳殷禮雖亡不應三等之爵皆乘金
輅此說諸侯來助獨言金輅舉其尊者言之耳假之爲升乃
是正訓諸侯之朝必升堂授玉故易傳以假爲來朝升堂也
朝必獻國所有故言以享也旣行朝禮後乃助祭故云至祭
祀又溥助我言其得萬國之歡心也○箋享謂至獻酒○正
義曰箋以說祭之事而云來享故知是獻酒使神享之也獻

酒必升堂故知來假謂未升堂獻酒也傳於上下假皆不訓爲升則此亦不得與鄭同也王肅云祖考來至來享嘉薦然則音爲格故訓爲至也○箋此祭至言之○正義曰此祭中宗在中宗崩後當是中宗子孫而云湯孫故知本之傳於上篇以湯孫爲湯爲人子孫則此亦當然祭中宗而美湯之爲人子孫者王肅云祭中宗而引湯者本王業之所起也

烈祖一章二十二句

玄鳥祀高宗也 祀當爲祫祫合也高宗殷王武丁中宗玄孫之孫也有雊雉之異又懼而脩德殷道復興故亦表顯之號爲高宗云崩而始合祭於契之廟歌是詩焉古者君喪三年既畢禘於其廟而後祫祭於太祖明年春禘于羣廟自此之後五年而再殷祭一禘一祫春秋謂之大事○玄鳥玄鳥燕也一名鳦音乙祀毛上如字鄭作祫戶夾反三年喪畢之祭也雊古豆反之異尚書云高宗祭成湯有飛雉升鼎耳而雊是也復扶又反契息列反殷之始祖也本又作偰同又作卨古字也後放此古者喪三年既畢祫于大祖明年禘于羣廟一本作古字君喪三年既畢禘于其廟而後祫祭于太祖明年春禘于羣廟案此序一注舊有兩本前祫後禘是前本禘夾一祫是後本也【疏】

玄鳥一章二十二句○正義曰玄鳥詩者祀高宗之樂歌也鄭以祀爲祫謂高宗崩三年喪畢始爲祫祭於契之廟詩人述其事而作此歌焉以高宗上能興湯之功下能垂法後世故經遠本玄鳥生契帝命武湯言高宗能興其功業又述武丁孫子無不勝服四海來至百祿所歸言高宗之功澤流後世因祫祭而美其事故序言祫以揔之毛無破字之理未必以此爲祫或與殷武同爲時祀但所述之事自有廣狹耳○箋祀當至大事○正義曰知此祀當爲祫者以經之所陳乃上述玄鳥生商及成湯受命若是四時常祀不應遠頌上祖殷武與此皆云祀殷武所陳高宗身事而已則知此與彼殊宜當爲祫也案殷本紀太戊生仲丁及外壬及河亶甲亶甲生祖乙祖乙生祖辛祖辛生祖丁祖丁生陽甲及盤庚及小辛及小乙小乙生武丁是武丁爲太戊玄孫之孫書序云高宗祭成湯有飛雉升鼎耳而雊作高宗肜日殷本紀稱武丁見雉升鼎耳懼而脩政行德天下咸驩殷道復興立其廟爲高宗喪服四制說高宗之德云當此之時殷衰而復興禮廢而復起高而宗之故謂之高宗是殷道復興表顯立號之事也禮三年喪畢祫於太祖之廟以新崩之主序於昭穆此高宗崩喪畢之後新與羣廟之主始合祭於契之廟故詩人因此祫祭之後乃述序其事而歌作詩焉鄭駁異義云三年一

祫百王通義則殷之祫祭三年一爲而必知此崩而始祫者以序云祫高宗也若是三年常祫則毀廟之主陳於太祖未毀廟之主皆升合食於太祖使徧及先祖不獨主於高宗今序言祫高宗明是爲高宗而作祫故知是崩後初祫於契之廟也既言崩而始祫因辯祫之先後及言古者君喪以下以明禘祫之疏數也大宗伯及王制之注皆云魯禮三年喪畢祫於太祖明年春禘於羣廟自此之後五年而再殷祭一禘一祫春秋謂之大事彼二注其言與此正同而云魯禮則此云古者君喪以下謂魯禮也此箋及禮注所言禘祫疏數經無正文故鄭作魯禮禘祫志以推之其畧云魯莊公以其三十二年秋八月薨閔二年五月而吉禘此時慶父使賊殺子般之後閔公心懼於難務自尊成以厭其禍至二年春其間有閏二十一月禫除喪夏四月則祫又即以五月禘此月大祭故譏其速譏其速者明當異歲也經獨言吉禘於莊公閔公之服凡二十一月於禮少四月又不禫無恩也魯閔公二年秋八月公薨僖二年除喪而明年春禘自此之後乃五年再殷祭六年祫故八年經曰秋七月禘於大廟用致夫人然致夫人自魯禮因禘事而致哀姜故譏焉魯僖公以其三十三年冬十二月薨文二年秋八月祫僖薨至此而除間有閏積二十一月從閔除喪不禫故明月即祫經云八月丁卯大

事於太廟躋僖公僖公之服亦少四月不刺者有恩也魯文公以其十八年春二月薨宣二年除喪而祫明年春禘自此之後五年而再殷祭與僖爲之同六年祫故八年禘經曰夏六月辛巳有事於大廟仲遂卒于垂說者以爲有事謂禘爲仲遂卒張本故略之言有事耳魯昭公十一年夏五月夫人歸氏薨十三年夏五月大祥七月而禫公會劉子及諸侯於平丘公不得志八月歸不及祫冬公如晉明十四年春歸乃祫故十五年春乃禘經曰二月癸酉有事於武宮傳曰禘於武公及二十五年傳將禘於襄公此則十八年祫二十年禘二十三年祫二十五年禘於茲明矣儒家之說禘祫也通俗不同學者競傳其聞是用訩訩爭論從數百年來矣竊念春秋者書天子諸侯中失之事得禮則善違禮則譏可以發起是非故據而述焉從其禘祫之先後考其疏數之所由而粗記注焉魯禮三年之喪畢則祫於太祖明年春禘於羣廟僖也宜也八年皆有禘祫祭則公羊傳所云五年而再殷祭祫在六年明矣明堂位曰魯王禮也以相準況可知也此是鄭君考校魯禮禘祫疏數之事也閔二年五月吉禘於莊公即是春秋之經而於禘之前經無祫事鄭知四月祫者以文二年經書大事於太廟公羊傳曰大事者何祫也彼是除喪而祫則知閔之吉禘之前亦當先有祫祭於祫所以不識者以

時有慶父之難君子原情免之但爲祫足以成尊不假更復爲禘而五月又禘故譏之而書吉禘也譏之言吉則是未應從吉故知明當異歲也且五年而再殷祭乃是公羊傳文後禘去前禘當五年矣僖也宣也皆八年有禘明知前禘當在三年矣文公以二年祫祭祫在除喪之年禘宜在三年是其與祫當異歲也鄭以春秋上下考校知其必然故此箋及禮注皆爲定解仍恐後学致惑故又作志以明之如志之言五年再殷祭先祫後禘而此云一禘一祫先言禘者恐其文便無義例也春秋謂之大事指謂文二年祫祭之事耳其禘則春秋或謂之禘或云有事皆不言大事僖宣八年之經是也此箋或云古者君喪三年喪畢禘於其廟而後祫於太祖自此之後五年而再殷祭者其文誤也何則禮注及志皆無此言則此不當獨有也定本亦無此文

天命玄鳥降而生商宅殷土芒芒

玄鳥鳦也春分玄鳥降湯之先祖有娀氏女簡狄配高辛氏帝帝率與之祈于郊禖而生契故本其爲天所命以玄鳥至而生焉芒芒大貌箋云降下也天使鳦下而生商者謂鳦遺卵娀氏之女簡狄吞之而生契爲堯司徒有功封商堯知其後將興又錫其姓焉自契至湯八遷始居亳之殷地而受命國日以廣大芒芒然湯之受命由契之功故本其

天意○芒莫剛反後同娀夙忠反契母之本國名郊禖音梅本亦作高禖卵力管反亳傍各反地名

古帝命武湯正域彼四方方命厥后奄有九有正長域有也九有九州也箋云古帝天也天帝命有威武之德者成湯使之長有邦域爲政於天下方命其君謂偏告諸侯也湯有是德故覆有九州爲之王也

商之先后受命不殆在武丁孫子○長張丈反下同徧音遍武丁高宗也箋云后君也商之先君受天命而行之不解殆者在高宗之孫子言高宗興湯之功法度明也

武丁孫子武王靡不勝龍旂十乘大糦是承○解音懈勝任也箋云交龍爲旂糦黍稷也高宗之孫子有武功有王德於天下者無所不勝服乃有諸侯建龍旂者十乘奉承黍稷而進之者亦言得諸侯之歡心十乘者二王後八州之大國○武王于況反又如字注同勝毛音升鄭式證反乘繩證反注同糦尺志反韓詩云大祭也任音壬下何任同

邦畿千里維民所止肇域彼四海畿疆也箋云止猶居也肇當作兆王畿千里之內其民居安乃

後兆域正天下之經界言其爲政自內及外○疆居良反四海來假來假祁祁景員維河殷受命咸宜百祿是何景大員均何任也箋云假至也祁祁衆多也員古文作云河之言何也天下既蒙王之政令皆得其所而來朝覲貢獻其至也祁祁然衆多其所貢於殷大至所云維言何乎言殷王之受命皆其宜也百祿是何謂當擔負天之多福○假音格下同祁巨移反或上之尺之二反負毛音圓鄭音云河王以爲河水本或作何何音河河可反本亦作荷音同鄭云擔負也下篇何天同朝直遙反擔都藍反下篇同

【疏】天命至是何○毛以爲契母簡狄於春分玄鳥至日祀於高禖而生契封商後世有此殷國今以高宗有國本而美之言上天命此玄鳥使下而生此商國故契之子孫得言此殷王其國境廣大芒芒然既揔言天命生商又指陳商興之節古之天帝命有威武之德者成湯令長有彼四方之國謂爲之君長有其土地天既命成湯爲長又令四方歸之方方命其諸侯之君使歸成湯故得同有此九州之民也成湯既受天命子孫又能循之商之先君受天之命年世延長所以不至危殆者在此高宗武丁善爲人之孫子也此武丁爲人之子孫○行其先祖武德之王道威德

盛大無所不勝任之也故於此祀高宗也乃有諸侯建龍旂
者十乘來助殷祭於祭之時有大黍稷之食此諸侯於是奉
承而進之言高宗澤及天下故子孫祭之得萬國之歡心也
高宗前世殷政衰微又述高宗能興之狀殷之邦畿之內地
方千里維是民之所安止矣然後始有彼四海言高宗爲政
先安畿內之民後安四海之國以爲已有由此能有彼四海
故四海諸侯莫不來至其來至也祁祁然數甚衆多此衆多
諸侯其辭皆云殷王之政甚大均矣維如河之潤物然言其
無不霑及也成湯既受天命子孫克循其道則殷之受命皆
得其宜故百衆福祿於是宜擔負之高宗興殷之道能爲四
海所慶故因其祀也述而歌之鄭以爲簡狄吞鳦卵生契故
言天命玄鳥降而生商也正域彼四方言長有邦域爲政於
四方又以奄爲覆言覆有九州爲之王也又受命不怠在武
丁孫子謂行之不解怠者在武丁之孫子言高宗興湯之功
法度著明以教戒後世子孫行之不解怠也武王靡不勝謂
武丁孫子有武功有王德者於天下無所不勝由高宗功被
後世故子孫能服天下也兆域彼四海謂正天下之經界爲
營兆境域以至於彼四海也景云維河言諸侯大至所言維
云何乎殷受命咸宜百祿是荷即其言之所云也唯此爲異
餘文義畧同○傳玄鳥至大貌○正義曰釋鳥云燕燕鳦也

色玄故又名爲玄鳥毛氏不信讖緯以天無命鳥生人之理而月令仲春云是月也玄鳥至之日以大牢祀于高禖天子親往后妃率九嬪御玄鳥降則日有祀郊禖之禮也大戴禮帝係篇說帝嚳卜其四妃之子皆有天下云有娀氏女簡狄則契爲高辛之子簡狄高辛之妃而云玄鳥至生商則是以玄鳥至日祈而得之也故以爲春分玄鳥降湯之先祖簡狄祈郊禖而生契也玄鳥以春分而至氣候之常非天命之使生契但天之生契將令王有天下故本其欲爲天所命以玄鳥至而生焉記其祈福之時美其得天之命故言天命玄鳥使下生商也玄鳥之來非從天至而謂之降者重之若自天來然月令季春戴勝降于桑注云是時指在桑言降者若始自天來重之故稱降也襄四年左傳稱芒芒禹迹畫爲九州是芒芒爲大貌也○箋天使至天意○正義曰鄭以中候契握云玄鳥翔水遺卵流娀簡吞之生契封商殷本紀云簡狄行浴見玄鳥墮其卵簡狄取吞之因孕生契此二文及諸緯候言吞鳦生契者多矣故鄭據之以易傳也書序云自契至於成湯八遷湯始居亳又云盤庚五遷將治亳殷於湯言居亳於盤庚言亳殷則殷是亳地之小別名故知湯是亳之殷地而受命之也自契至湯八遷者皇甫謐云史失其傳故不得詳是八遷地名不可知也其亳地在河洛之間書序注云

今屬河南偃師地理志河南郡有偃師縣有尸鄉殷。殷湯所
都也皇甫謐云學者咸以爲亳在河洛之間書序注云今。屬
河南偃師地理志河南郡有偃師縣有尸鄉殷湯所都也。皇
甫謐云學者咸以亳在河洛之間今河南偃師西二十里有
尸鄉亭是也謐考之事實失其正也孟子稱湯居亳與葛爲
鄰案地理志葛今梁國寧陵之葛鄉是也湯地七十里耳葛
伯不祀湯使亳衆爲之耕有童子餉食葛伯奪而殺之古文
仲虺之誥曰湯征自葛始計寧陵去偃師八百里而使亳衆
爲耕有童子餉食非其理也今梁國自有二亳也南亳在穀
熟之地北亳在蒙地非偃師也書序曰盤庚五遷將治亳殷
即偃師是也然則殷有三亳二在梁國一在河洛之間穀熟
爲南亳即湯都也蒙爲北亳即景亳是湯所受命也偃師爲
西亳即盤庚所徙者也立政之篇曰三亳阪尹是也如謐之
言非無理矣鄭必以亳爲尸鄉者以地理志言尸鄉爲殷湯
所都是舊說爲然故從之也且中候格予命云天乙在亳東
觀在洛若亳在梁國則居於洛東不得東觀於洛也所言三
亳阪尹謂其尹在阪謐之所言三亳其地非皆有阪故立政
注云三亳者湯舊都之民分爲三邑其長居險故云阪尹蓋
東成皋南轘轅西降谷也是鄭以三亳爲分亳民於三處有
亳地也杜預以景亳爲周地河南鞏縣西南有湯亭或說即

偃師也漢書音義曰臣瓚案湯居亳今濟陰薄縣是也今薄有湯冢已氏有伊尹冢皆相近又以亳爲濟陰薄縣以其經無正文故各爲異說地名變易難得而詳也孟子稱湯以七十里有天下則湯之初國猶尚小耳言日以廣大芒芒然謂至湯身而漸大也又解將述成湯而遠言契意以湯之受命由契之功故本其天意而言契之初生也○傳正長至九州域○正義曰正長釋詁文域有者言封域之內皆爲已有非訓域爲有也言九有九有是同有天下之辭言分天下以爲九分皆爲已有故知九有九州也傳於奄字皆訓爲同王肅云同有九州之貢賦也○箋古帝至之王○正義曰湯之受命上天命之故知古帝謂天也尚書緯云曰若稽古帝堯稽同也古天也是謂天爲古故得稱天爲古帝也方命其君謂於四方之國方方命之故爲徧告諸侯言湯有是德天道遠矣非與人道言云徧告之者正謂授湯聖德令之所征無敵使諸侯徧聞是徧告之也○傳武丁高宗○正義曰作詩所以稱王名者王肅云殷質以名篇商之先君成湯受天命所以不危殆者在武丁之爲人孫子也毛以爲湯孫湯爲人子孫則此亦當如肅言也○箋商之至度明○正義曰商之先君受天命成湯是也以天下之大王業之重創基甚難守亦不易故言行之不懈怠者在高宗之孫子美此高宗孫子能得

行之不懈怠也又解此詩主頌高宗而美高宗子孫者言高宗與湯之功法度著明故子孫能得行之亦是高宗之美故主頌高宗而言其子孫也○箋交龍至大國○正義曰交龍爲旂春官司常文也言以大糦是承謂奉承助祭祭之粢盛唯黍稷耳糦字從米故知是黍稷也乃有諸侯建龍旂者十乘奉承黍稷而進之殷禮既亡無可案據若以周法言之則謂諸侯乘墨車建龍旂入天子之門至祭時奉黍稷之饌以助祭也覲禮曰侯氏裨冕乘墨車載龍旂弧韣乃朝注云墨車大夫制也乘之者入天子之國車服不可盡與王同交龍爲旂諸侯所建是入天子之門乘墨車也其在道路則隨其尊卑故覲禮記云偏駕不入王門注云在傍與己同曰偏駕同姓金輅異姓象輅四衛革輅蕃國木輅駕之與王同謂之偏駕不入王門者乘墨車以朝偏駕之車舍於館矣是未入於王門駕不入王門者則所駕之車隨其尊卑其建龍旂則終始同也又解諸侯衆多獨言十乘之意謂二王之後與八州之大國故十也八州州大國謂州牧也諸侯當以服數來朝而得十乘並至者舉其有十乘耳未必同時至也或者王不巡守之歲則諸侯並時來朝四時更來則年之間而十乘俱至也○傳畿疆○正義曰畿者爲之畿限疆畔故爲疆也毛無破字之理則肇當訓爲始王肅云殷道衰四夷來侵至高

宗然後始復以四海爲境域也○箋肇當至及外○正義曰箋以肇域共文當謂界域營兆故轉肇爲兆言已令千里之內民得安居乃後正天下之經界以四海爲兆域先安畿內後正四海言其自內及外也○傳景大負均何任○正義曰景大釋詁文負者周匝之言故爲均也荷者在負之義故爲任也傳解維河之義既以景負爲大均則維河者當謂政教大均如河之潤物然言其霑潤無所不及也○箋假至至多福○正義曰假至釋詁文彼作格音義同轉負爲云河爲何者以頌介既醉言維何者皆是設問之辭與下句發端此下句言殷受命咸宜是對前之語則此言維何當與彼同不得爲水傍河也故知河當爲何維何既是問辭則大負是諸侯大至口之所云不得爲大均之義且古文云負字同故易傳也上言兆域彼四海以四海爲界也既言四海爲界也因卽乘而立文言四海來假正謂四海之內中國諸侯來至貢獻并自四夷貢獻也所云維言何乎將欲述其美殷之言故開其問端也荷任卽是擔負之義故言擔負天之多福

玄鳥一章二十二句

附釋音毛詩注疏卷第二十〔二十之三〕

毛詩注疏校勘記二十之三

阮元撰盧宣旬摘錄

卷第二十　二十之三　六九　十行本此下脫那詁訓傳第三十一行閩本以下有考文古本同是也但那下仍衍之什二字說見前又閩本以下誤在毛詩商頌鄭氏箋孔穎達疏後說見卷一當依唐石經小字本相臺本刪之什二字補在毛詩商頌一行之上也

商頌譜

汝作司徒敷五教五敎在寬　明監本毛本敷上有敬字閩本剜入案所補非也正義引之不備耳浦鏜云衍五教二字非也考殷本紀重五教二字正用尚書文唐石經初刻亦然後乃摩去合諸此正義所引可知唐時本尚書自重二字不得依今本輒刪之也

斯封稷臯陶　閩本明監本毛本同案稷下浦鏜云脫契字是也長發正義引有

契孫相土居商丘　閩本同明監本毛本土作士案所改非也當是王肅自用土字故依彼引

之不得用正義改爲士也○按楊升菴欲改左傳士氏爲士氏以合在周爲唐杜之文而不知士即理官士氏以官得氏也

故名序云（補）毛本名作書是也

代夏桀定天下 閩本明監本毛本同案代當作伐正義可證

中候維予命云 閩本明監本毛本同案浦鏜云雒誤維是也那正義引作雒

此三主有受命中興之功 閩本同明監本毛本主作王案所改是也此正義及長發正義引皆可證山井鼎考文所載以爲毛本主宋板王諸本同皆誤

故故終言之 閩本明監本毛本不重故字案所改非也下故字當作譜此亦寫者誤而未及改正耳不當輒刪

西及豫州盟豬之野 閩本明監本毛本同案陳譜作明豬正義引此文亦作明今作盟當

誤正義中孟字據地理志及陳譜正義所引尚書訂之則當作盟

導河澤　閩本明監本毛本同案河字盧文弨云當作菏是也此誤落去上卄耳

今之梁國市　補　閩本明監本毛本同案市當作沛

及東都之須昌壽張　閩本明監本毛本同案都字盧文弨云當作郡是也

自從政衰　閩本明監本毛本同案浦鏜云後誤從是也

所以通大三統　閩本明監本毛本同案大當作天形近之譌通天三統書傳駮異義皆有其文引在振鷺正義

○那

那祀成湯也　小字本同閩本明監本毛本同相臺本那作那唐石經初刻那摩改那案那字是也下同

有正考甫者　唐石經小字本相臺本同案釋文云父本亦作甫此唐石經之所出也正義云其大夫有名曰

正考父者是其本作父字今正義中父甫字互歧乃合併以後依經注有所改耳

正義曰那詩詩者 補 閩本明監本毛本上詩字作之案所改非也當衍一詩字

死因爲語耳 閩本同明監本毛本語作謚案所改是也

以其伐紂革命 閩本明監本毛本同案紂當作桀

宋父生正考甫 閩本明監本同毛本甫作父案所改是也但餘多仍作甫

言湣公之適辞 補 毛本辞作嗣

亦不夷懌 唐石經小字本相臺本同案釋文云繹字又作懌正義本是懌字當爲唐石經之所本也○按懌者俗字從繹爲是

先王稱之曰在古 小字本相臺本同段玉裁云魯語先聖王之傳恭猶不敢專稱曰自古古曰在昔昔曰先民韋注引傳亦曰先王稱之曰自古然則各本作在字譌也山井鼎云古本本同後改在作自不知據何本

也考此乃依國語改而偶有合也

序助者之來意也　相臺本同閩本明監本毛本同小字本之來作來之案小字本是也

而能制作護樂　閩本明監本毛本護作濩案所改非也當是正義本作護字正義下文皆作濩乃合併以後依經注改之耳

大鍾之鏞　閩本明監本毛本同案經傳作庸正義作鏞庸鏞古今字易而說之也例見前

乃從上古在於昔代先正之民　閩本明監本毛本正作王案所改是也又按作正義時其本作在昔

視其有所成　閩本明監本毛本同案視當作是

則特牲所云食無樂當是夏殷禮矣　閩本明監本毛本食下有嘗字是上無當字案所補是也所刪非也

○烈祖

既齊立乎列矣補 毛本同案乎當平字之譌

鬷總假大也 小字本相臺本同案釋文以總也作音是其本多也字

神靈用之故 小字本相臺本同案之是也此也正義說經云以此故可證下文云而云用是之故當是正義自爲文耳考文古本用下有是字采正義而爲之耳

假升也 小字本相臺本同考文古本同閩本明監本毛本升誤大案山井鼎云不可與傳混也是也

來假來饗 唐石經小字本相臺本同考文古本同閩本明監本毛本饗誤享案經中饗享二字截然有别享者下享上也饗者上饗下也自歐陽脩本義以來諸家論之審矣○按有同字義别而相因者如獻神爲享神食其所獻亦爲享是也此等在訓詁中蓋未可枚舉後儒曲爲分别乃以獻之作享神食所獻作饗於我將閟宫烈祖皆用此例定其字故唐石經宋本似是而非今俗本槩作享似非而是此篇前享字箋云獻也後享字箋云謂獻酒使神享之也相承爲

說當時斷非有二形也

亨謂獻酒使神亨之也 閩本明監本毛本同小字本相臺本亨作饗案考文古本同案亨字誤見上十行本下箋中宗之亨此祭誤同與經文爲岐出正義中歆饗字亦饗亨錯雜此寫者以亨爲饗别體字而亂之耳閩本以下仍之而不覺又因此而改經文亦爲亨誤甚

來升堂來獻酒 小字本相臺本同案來升堂者來假也來獻酒者來饗也上箋云饗謂獻酒使神饗之也此箋乘上爲文故省而但言獻酒下箋說經降福無疆云神靈又下與我久長之福也又者又神饗之也是此獻酒括上使神饗之而言明甚矣箋之兩來字即經之兩來字本自無誤正義云來假謂諸侯來升堂獻酒來饗謂神來歆饗之又云獻酒必升堂故知來假謂來升堂獻酒也以獻酒連升堂入於來假之下以來饗屬之神來微失箋意箋意來饗之來仍是諸侯來不是神來但饗是神饗之耳王肅述毛則以兩來字皆屬之神此其與鄭異也經義雜記因正義此言以爲下一來字是淺人所增其說非也

故余祀之閩本明監本毛本余作今案此皆誤也當作祭形近之譌

又言諸侯所以來故念我（補）毛本故作顧

箋祜福至思成也閩本同明監本毛本思作用案所改是

駿惣古今字之異也閩本同明監本毛本惣作總案所改非也惣卽總字正義自爲文多用之唯順經注乃有總字明監本以下悉改之爲總者非

旣戒且平閩本明監本毛本同案此不誤浦鏜云旣平誤且平非也考杜預注及正義傳文本作且晏子春秋亦作且可見此正義引傳爲是今傳作旣者依此詩改之耳申鑒亦引作且皆不與毛氏詩同

箋約軝至歡心閩本明監本毛本軝誤軧下同案正義本是軝字上文作軧者皆後人改耳已見采芑經

鄭於秦風駟驖之箋云閩本明監本毛本驖作鐵案所改是也

謂未升堂獻酒也 閩本同明監本毛本未作來案所改是也

○元鳥

古者君喪三年既畢禘於其廟而後祫祭於太祖明年春禘于羣廟 小字本相臺本同案釋文云古者喪三年既畢祫于大祖明年禘于羣廟一本作古者君喪三年既畢禘于其廟而後祫祭于大祖明年春禘于羣廟此序一注舊有兩本前祫後禘是前本也兩禘夾一祫是後本也正義此箋或云古者君喪三年喪畢禘於其廟而後祫于大祖自此之後五年而再殷祭者其文誤也何則禮注及志皆無此言則此不當獨有也定本亦無此文惠棟云正義本無經及傳箋南宋刻正義始增入之而誤入宋時所傳之本此箋正義已言其誤而書仍載者刻書之人載入之箋不與正義相涉故也今考正義本與釋文同所謂前本者也

而歌作詩焉 補 毛本同案作當此字之譌

此月大祭故譏其速 閩本明監本毛本同案此當作比形近之譌

僖二年除喪而 閩本明監本毛本同案而下當脫祫字

因禘事而致哀美 閩本明監本毛本同案山井鼎云美當作姜是也

僖公之服亦少四月 閩本明監本毛本同案此不誤浦鏜云文誤僖非也上文閔公之服自服者而言也此僖公之服自所爲服而言也二者文不同而義俱通無容改而一之也

學者競傳其間 (補)閩本明監本毛本同案間當作聞

仍恐後字致惑 閩本明監本毛本同案山井鼎云字恐學誤是也

祈于郊禖而生契 小字本相臺本同案釋文云郊禖本或作高禖正義云祈於高禖而生契是正義本當作高字下文又作郊禖者或合併後所改○按月令作高禖毛傳生民元鳥皆作郊禖月令正義分析甚明是傳不當作高也或云郊或云高者鄭志焦喬荅王權甚明此正義自當作郊禖舊挍非也

受命不殆　唐石經小字本相臺本同案箋云受天命而行之不解殆者正義云又受命不怠在武丁孫子謂行之不解怠者在武丁之孫子言高宗興湯之功法度著明以教戒後世子孫行之不解怠也又云言行之不懈怠者在高宗之孫子美此高宗孫子能得行之不懈怠也考此經字作殆故正義引王述毛以爲危殆也鄭以爲殆卽懈怠字故箋云不解殆殆而字仍作殆正義乃易爲怠字而說之也趙岐注孟子告子下王弼注易震皆用殆爲怠可見在鄭時不煩改字矣殷武經用怠字此不畫一之例也

八州之大國　小字本相臺本同案釋文云大國與音余是其本國下有與字正義云又解諸侯衆多獨言十乘之意謂二王之後與八州之大國故十也不云言與爲疑辭是其本無也此無正文當以釋文本爲長

景員維河　唐石經小字本相臺本同案釋文云鄭云河之言何也王以爲河水本或作何正義云轉員爲云河爲何者云云是其本作河也此經本是何字故王申毛以爲河水或作本乃以箋改經耳

音河河可反本亦作苛　(補)釋文挍勘通志堂本盧本同案盧文弨云音河當作音荷非也條

入釋文云何戈何可反又音河是河字不誤也小字本所附同相臺本所附作又河可反又字當有苛盧文弨云荷字之誤是也

員古文作云 按作字衍也謂員是古文云字此言古文之假借說文多云古文以某爲某皆言假借秦誓古文若弗員來衛包始改爲云來員是古文云是今字若衍作字則古今互易矣詳段玉裁詩經小學

謂當擔負天之多福 小字本相臺本同案此與長發箋擔皆當作檐羣經音辨木部檐下載此箋是其證也羣書亦多用從木字如釋名云檐任也之屬正義中本皆作檐今檐擔錯雜改之而未盡也音辨本取釋文而通志堂本誤改從才

得言此殷王 閩本明監本毛本同案山井鼎云言恐居誤王土誤是也

○行其先祖武德之王道 閩本同明監本毛本○作能案所改非也○當衍

元鳥降則日有祀郊禖之禮也 閩本同明監本毛本則作之案此誤改也則日

二字當倒耳郊當作高見上○按作郊者是

注云是時指在桑閩本明監本毛本同案山井鼎云指當作恆是也

簡狄行洛閩本毛本同明監本洛作浴案浴字是也譜正義引作浴

墮其卵閩本明監本毛本同案浦鏜云墮本紀作墮是也譜正義引作墮

故知湯是亳之殷地而受命之也閩本同明監本毛本下之字作者案所改非也之當衍字

殷殷湯所都也閩本明監本毛本不重殷字脫也字案不重是也

學者咸以爲亳在河洛之閒書序注云今屬河南偃師地理志河南郡有偃師縣有尸鄉殷湯所都也皇甫謐云學者咸以亳在河洛之閒閩本明監本毛本無書序以下至河洛之閒四十二

字案此十行本複衍也

且中候格予命云閩本明監本毛本同案山井鼎云格恐洛誤是也譜正義引作雒

東觀在洛閩本明監本毛本同案在當作於譜正義引作於此與下互換而誤也

不得東觀於洛也閩本明監本毛本同案於當作在此與上互換

言九有九有閩本明監本毛本同案上九字當作奄下文云是同有天下之辭以同解奄也

殷質以名篇閩本明監本毛本同案篇當作著形近之譌

在傍與己同曰偏駕閩本明監本毛本同案己當作王

荷者在負之義閩本明監本毛本同案蒲鏜云在當任字誤是也

既言四海爲界也閩本明監本毛本同案蒲鏜云也疑衍字是也

將故述其美殷之言〔補〕毛本故作欲案欲字是也

荷任即是擔負之義明監本毛本脫荷字閩本不誤案擔當作檐見上

故言檐負天之多福閩本明監本毛本檐作擔字按儋是正字俗作擔从手蓋唐早有之集韻平聲儋擔同字去聲擔檐同字

附釋音毛詩注疏卷第二十（二十之四）

毛詩商頌　鄭氏箋　孔穎達疏

長發大禘也　大禘郊祭天也禮記曰王者禘其祖之所自出以其祖配之是謂也○長如字禘大計反王云殷祭也王者于況反又如字

［疏］長發七章首章八句次四章章七句一章九句卒章六句○正義曰長發詩者大禘之樂歌也禘者祭天之名謂殷王高宗之時以正歲之正月祭其所感之帝於南郊詩人因其祭也而歌此詩焉經陳洪水之時已有將王之兆玄王政教大行相土威服海外至於成湯受天明命誅除元惡王有天下又得賢臣爲之輔佐此皆天之所祐故歌詠天德因此大禘而爲頌故言大禘以揔之經無高宗之事而爲高宗之頌者以高宗禘祭得禮因美之而爲此頌故爲高宗之詩但作者主言天德止述商有天下之由故其言不及高宗此則鄭之意耳王肅以大禘爲殷祭謂禘祭宗廟非祭天也毛氏既無明訓未知意與誰同○箋大禘至是謂○正義曰祭法云殷人禘嚳而郊冥注云禘謂冬至祭天於圜丘則圜丘之祭名爲禘也又王制及祭統言四時祭名春礿夏禘秋嘗冬烝注云蓋夏

爵制則殷之夏祭宗廟亦名禘也又鄭駁異義云三年一祫五年一禘百王通義以爲禮讖云殷之五年殷祭亦名禘也然則祭之名禘者多矣而知此大禘爲郊祭天者以冬至爲祭乃是天皇大帝神之最尊者也爲萬物之所宗人神之所主非於别代異姓曲有感助經稱帝立子生商謂感生之帝非天皇大帝也且周頌所詠靡神不舉皆無圓丘之祭殷人何獨捨其感生之帝而遠述昊天上帝乎以此知非圓丘之禘也時祭所及親廟與太祖而已而此經歷言玄王相土非時祭所及又非宗廟夏禘也五年殷禘鄭於禘祫○志推之以爲禘祭各就其廟今此篇上述商國所興之由歷更前世有功之祖非是各就其廟之言以此又知非五年殷祭之禘也彼諸禘者皆非此篇之義故知此云大禘唯是郊祭天耳祭天南郊亦名爲禘故引禮記以證之所引者喪服小記及大傳皆有此文大傳注云凡大祭曰禘自由也祭其先祖所由生謂郊祀天也王者之先祖皆感太微五帝之精以生蒼則靈威仰赤則赤熛怒黄則含樞紐○白則白招拒黑則汁光紀皆用正歲之正月郊祭之蓋特尊焉孝經曰郊祀后稷以配天配靈威仰也宗祀文王於明堂以配上帝謂汎配五帝也如彼注則殷人之祖出於汁光紀故以正歲正月於郊禘而祭之故此序謂之大禘也易緯稱王○王之郊一用夏正故知

郊天皆用正歲正月也鄭志趙商問此云案祭法殷人禘嚳而郊冥又喪服小記及大傳皆云王者禘其祖之所自出以其祖配之注皆以爲祭天皇大帝以嚳配之然則此詩之禘亦宜以爲圜丘之祭不審云郊何荅曰郊祀后稷以配天則以祖配其祖從出之明文也云注皆以爲祭天皇大帝詩之大禘宜爲圜丘之祭探意大過得無誣乎禘者祭名天人共云是鄭解此禘爲郊天之事也小記大傳言禘祖之所自出者注皆以爲郊所感之帝而商云祭天皇大帝故云得無誣乎祭法稱殷人禘嚳而郊冥此若郊天當以冥配而不言冥者此因祭天歌詠天德言其能降靈氣祐殷興耳其意不述祭時之事不美所配之人昊天有成命郊祀天地亦是南郊之祭而辭不及稷何怪此篇不言冥也馬昭云長發大禘者宋爲殷後郊祭天以契配不郊冥者異於先王故其詩詠契之德宋無圜丘之禮唯以郊爲大祭且欲别之於夏禘故云大禘此說非也何則名曰商頌是商世之頌非宋人之詩安得云宋郊契配也諸稱三王有受命中興之功時有作詩頌之者則是殷時作之理在不惑而云宋人郊天虛妄何甚而馬昭雖出鄭門其言非鄭意也若然商非宋詩而樂記云溫良而能斷者宜歌商注云商宋詩者以宋承商後得歌商頌非謂宋人作之也

濬哲維商長發

其祥洪水芒芒禹敷下土方外大國是疆幅隕既長濬深洪大也諸夏爲外幅廣也隕均也箋云長猶久也隕當作圓圓謂周也深知乎維商家之德也久發見其禎祥矣乃用洪水禹敷下土正四方定諸夏廣大其竟界之時始有王天下之萌兆歷虞夏之世故爲久也○濬音峻悊音哲字或作哲芒音亡依韻音忙疆居良反竟竟界也幅方目反隕音員徐于貧反夏戸雅反下皆同圍音還又音圓王知音智見賢遍反禎音貞祥也竟音境天下于況反下湯王言王之王德皆同有娀方將帝立子生商有娀契母也將大也契生商也箋云帝黑帝也禹敷下土之時有娀氏之國亦始廣大有女簡狄吞鳦卵而生契堯封之於商後湯王因以爲天下號故云帝立子生商〔疏〕濬哲至生商○毛以爲有深智者維我商家之德也昔在前世久發見其禎祥之見在何時乎往者唐堯之末有大水芒芒然有大禹者敷廣下土以正四方京師之外大國於是畫其疆境令使中國廣大均平既已長遠矣於是時契已佐禹是其禎祥久見也又說商興之由有娀氏之女方欲長大之時天爲之生立其子而使之生商謂上天祐契使賢而生有商國也○鄭以隕爲圓

言中國廣大而圓周也有娀方將謂有娀之國方始廣大黑帝憑依簡狄使之有子立其子使生商國其文義畧同○傳濬深至隕均○正義曰濬深釋言文洪大釋詁文諸夏爲外對京師爲内也幅如布帛之幅故爲廣也王肅云外諸夏大國也京師爲内諸夏爲外言禹外畫九州境界禹平治水土中國既廣已平均且長也○箋隕當至爲久○正義曰箋云深智乎維商家之德者摠歎商家深智不指斥一人也禹敷下土廣大其境界之時正謂水害既除輔成五服之時也始有王天下之萌兆謂契能佐禹治水敬敷五教功被當世故後嗣克昌是其王之萌兆也爾時已有萌兆即是久見其祥比○至成湯之興歷虞夏之世故爲久也○傳有娀至生商○正義曰有娀契母之姓婦人以姓爲字故云有娀契母也將大釋詁文謂契母方成大之時天爲生立其子商者成湯王天下一代之大號此商之有天下其本由契而來故言契生商也詩言商興所由上須言契而已上句乃述禹敷下土者以契禹俱事帝堯皆有大功故將欲論契先言洪水也○箋帝黑至廣大○正義曰禘者郊天之名郊祭所感之帝商是水德黑帝之精故云黑帝謂汁光紀也且以下云立王故以黑帝言之以有娀是簡狄國名非簡狄之身言有娀方將不得爲簡狄長大故以爲禹敷下土之時有娀氏之國亦始廣

大也有娀氏國之大大小非復商家之事而言及之者君子言人之美務欲加之因其國實廣大見簡狄爲大國之女猶大明之篇言摯莘也

玄王桓撥受小國是達受大國是達率履不越遂視既發

玄王契也桓大撥治履禮也箋云承黑帝而立子故謂契爲玄王遂猶偏也發行也玄王廣大其政治始堯封之商爲小國舜之末年乃益其土地爲大國皆能達其教令使其民循禮不得踰越乃偏省視之教令則盡行也○撥本末反韓詩作發發明也偏音遍下同治直吏反

【疏】傳玄王至履禮○正義曰上言有娀生子此句即言玄王故知玄王即契也且國語云玄王勤商十四世而興玄王爲契明矣履禮釋言文公羊傳云撥亂世謂治亂世故以撥爲治也○箋承黑至盡行○正義曰箋以契不爲王玄又非謚解其稱玄王之意玄黑色之別以其承黑商立子故謂契爲玄王也以湯有天下而稱王契即湯之始祖亦以王言之尚書武成云昔先王后稷國語亦云昔我先王后稷又曰我先王不窋韋昭云周之禘祫文武不先不窋故通謂之王商頌亦以契爲玄王是其爲王之祖故呼爲王非追號爲王也玄王廣大其政治正謂達其教令是也知堯封爲小國舜益爲大國者中候握河

紀說堯云斯封稷契皐陶賜姓號是堯封之也考河命說舜之事云褒賜羣臣賞爵有功稷契皐陶益土地是舜益地爲大國也自殷以上大國百里握河紀注云稷契公也公卽周礼三公八命其出封加一等然則堯之封契已應百里便是土地之極而舜又益之者以其身有大功特加褒賜如周之賜魯衛之屬越礼特賜旣賜之後不必止於百里而已率履不越文承是達之下明民從政化非契身率礼故云使其民循礼不得踰越徧省視之教令則盡行卽是達之驗也

相土烈烈海外有截　相土契孫也烈烈威也箋云截整齊也相土居夏后之世承契之業入爲王官之伯出長諸侯其威武之盛烈烈然四海之外率服截爾整齊○相息亮反注相上皆同截才結反長張丈反

【疏】箋相土至整齊○正義曰截者斬斷之義故爲齊也相土是昭明之子契之孫也故云居夏后之世承契之業契封商國相土嗣之止爲一國之君而已不得威行海外今云海外有截故知入爲王官之伯出長諸侯也僖四年左傳管仲說太公爲王官之伯云五侯九伯汝實征之以夾輔周室是王官之伯分主東西得征其所職之方故得云威武烈烈然而四海之外截而整齊分主東西則威加一面而已而云四海者不知所主何方故摠舉四海言之截然整齊謂守

其所職不敢內侵外畔也王肅云相土能繼契四海之外截然整齊而治言有烈烈之威則相土在夏爲司馬之職掌征伐也說春秋者亦以太公爲司馬之官故得征五侯九伯與鄭異也

帝命不違至于湯齊至湯與天心齊箋云帝命不違者天之所以命契之事世世行之其德浸大至於湯而當天心○湯齊如字浸子鴆反

湯降不遲聖敬日躋昭假遲遲上帝是祗帝命式于九圍不遲言疾也躋升也九圍九州也箋云降下假暇祗敬式用也湯之下士尊賢甚疾其聖敬之德日進然而以其德聰明寬暇天下之人遲遲然言急於已而緩於人天命是故愛敬之也天於是又命之使用事於天下言王之也○日躋子兮反鄭注禮記讀上爲湯躋讀此爲日齋齋莊也假古雅反鄭云暇也徐云毛音格鄭音暇案王肅訓假爲至格是王音也沈云鄭箋云寬暇以此義訓非韓字也祗諸時反下士遐嫁反

疏帝命至九圍○正義曰上陳玄王相土論商興所由此下皆述成湯指言與事言天之所以命契之事自契之後世世行而不違失天心雖已漸大未能行同於天至於成湯而動合天意然後與天心齊也因說成湯之行湯之下士尊賢甚疾

而不遲也其聖明恭敬之德日升而不退也以其聰明寬假天下之人遲遲然而舒緩也上天以是之故常愛敬之故天命之使用事於九州爲天下王也○傳至湯與天心齊○正義曰言至湯者謂從契而至湯也自契以後雖則不違天命未能齊於天心至湯而與之齊以爲漸大之意也上言帝命即云湯齊故知湯所與齊唯天心耳易稱聖人與天地合其德此之謂也傳以此爲湯齊甚分明矣而孔子閒居注云詩讀湯齊爲湯躋者言三家詩有讀爲躋者也○箋帝命至天心○正義曰契无受命之事矣而云天命契者正謂授以上智之性使之佐舜有功建國於商德垂後裔是天所以命契之事也湯以孤聖獨興父祖未有王迹而云其德浸大者以言至於湯齊又爲漸高之勢故述其意言浸大耳定本作浸字其實相土至湯有令聞者雖其冥勤其官而水死耳其餘不能漸大也○傳升至九州○正義曰躋升釋詁文謂九州爲九圍者蓋以九分天下各爲九處規圍然故謂之九圍也○箋降下至於人○正義曰降下式用釋言文祗敬釋詁文假者假借之義故爲暇也湯爲天子而云湯降故知下者是下士尊賢也晉維宋公孫固說公子重耳之德引此詩乃云降有禮之謂也是亦以此爲下賢也寬暇天下之人謂不責人所不能馭之舒緩也待士則疾馭下則舒言其急於已而

綴於人也受小球大球爲下國綴旒何天之休球玉綴表旒章也箋云綴猶結也旒旌旗之垂者也休美也湯既爲天所命則受小玉謂尺二寸圭也受大玉謂珽也長三尺執圭搢珽以與諸侯會同結定其心如旌旗之旒縿著焉擔負天之美譽爲衆所歸鄉○球音求美玉也下同綴陟劣反徐又張衛反毛云表也鄭云結也二同休虛虯反珽吐頂反天子玉笏長三尺杼上終葵首長直亮反縿所銜反著直略反鄉本亦作嚮許亮反下篇同不競不絿不剛不柔敷政優優百禄是遒絿急也優優和也遒聚也箋云競逐也不逐不與人爭前後○絿音求徐音虯遒子由反又在由反

【疏】受小球至是遒○毛以爲上言用事九圍此言用事之實湯之用事也受小球玉謂尺二寸之鎮圭也大球玉謂三尺之珽也受此二玉以作天子爲下國諸侯之表章能荷負天之美譽也又述湯之行能致美譽之由湯之性行不爭競不急躁不大剛猛不大柔弱舉事其得其中敷陳政教則優優而和美以此之故百衆之禄於是聚而歸之福禄聚歸能荷之也鄭唯下國綴旒爲異言湯受二玉與諸侯而會同諸侯心繫天子如旌旗之旒綴著於縿餘同○傳球玉至

旒章○正義曰禹貢雍州厥貢球琳琅玕是球爲玉之名也綴之爲表表其訓未聞冕之所垂及旌旗之飾皆謂之旒旒者所以章明貴賤故爲章也○箋綴猶至著焉○正義曰內則云衣裳綻裂紉箴請補綴是綴爲連結之義也○又襄十六年公羊云君若贅旒然言諸侯反繫屬於大夫也此言綴旒文與彼同明以旌旗爲喻故易傳以綴猶結也旒爲旌旗之垂也秋官大行人及考工記說旌旗之事皆云九旒七旒爾雅說旌旗云練旒九是旌旗垂者名爲旒也言受小玉大玉者此小玉大玉是天子之器非爲天子不得執用湯既爲天所命則得用之是受之於天故言受也知小玉謂尺二寸圭大玉謂珽長三尺者考工記玉人云大圭長三尺杼上終葵首天子服之鎭圭尺有二寸天子守之所服所守唯此二玉故知也春官典瑞云王搢大圭執鎭圭藻五采五就以朝日覲禮云天子乘龍載大旂象日月升龍降龍出拜日於東門之外反祀方明注云此謂會同以春者也引朝事儀曰天子冕而執鎭圭尺有二寸乘大輅率諸侯朝日於東郊所以教尊尊也退而見諸侯由此而言知朝日與諸侯會同俱是執圭搢珽今言受小玉大玉即云爲下國綴旒故知執圭搢珽與諸侯會同結定其心如旌旗之旒縿結著焉也定本云如旌旗之縿旒者○焉此言執圭搢珽而玉人云天子執冒四寸以

朝諸侯者此謂國外會同彼謂在國受朝也故玉人注云名玉曰冒者言其德能覆冒天下也四寸者方以尊接卑以小爲貴是爲在國受朝下諸侯故執冒也

受小共大共爲下國駿厖何天之龍共法駿大厖厚龍和也箋云共執也小共大共猶所執搢小球大球也駿之言俊也龍當作寵寵榮名之謂○小共大共毛音恭鄭音拱執也一云毛亦音拱駿音峻鄭俊也又一云毛亦作俊讀厖莫邦反徐云鄭音武講反是叶拱及寵韻也龍毛如字鄭作寵

敷奏其勇不震不動不戁不竦百祿是總○戁恐竦懼也箋云不震不動不可驚憚也○傅音孚本亦作敷戁奴版反竦小勇反總子孔反本又作鬷音宗恐曲勇反憚表丹反

【疏】受小至是總○毛以爲此又言成湯之用事也受小玉之法受大王之法施之諸侯成諸侯之性行爲下國之大純厚能荷負天之和道也又述成湯之行能荷天之和道所由湯之陳進其勇不可震不可動不戁恐不竦懼所征無敵克平天下百衆之祿於是揔聚而歸之故能荷天之和道也○鄭以爲此又覆述上章言湯受小玉而執之受大玉而執之執此二玉與諸侯會同爲下國作英俊厚德之君能荷負天之榮寵餘同

○傳共法至寵和○正義曰傳讀共爲恭敬之恭故爲法也駿大龐厚釋詁文龍之爲和其訓未聞言小法大法正謂執圭搢珽與諸侯爲法也言爲下國大厚謂成其志性使大純厚也王肅云言湯爲之立法成下國之性使之大厚乃荷任天之和道也○箋共執至之謂○正義曰拱執釋詁文以此章文類於上玉必以手執之故易傳以爲小拱大拱猶所執搢小球大球也大球寶搢之而言執者將搢亦執故同言拱也又以上言綴旒爲諸侯之所繫屬則知此言駿龐亦是諸侯之言天子故讀駿爲俊言成湯與諸侯作英俊厚德之君也又荷天之龍與上荷天之休其文相值孫爲美譽則此宜爲榮名且韻宜爲寵故易之也

武王載旆有虔秉鉞如火烈烈則莫我敢曷武王湯也旆旗也虔固曷害也箋云有之言又也上既美其剛柔得中勇毅不懼於是有武功有王德及建旆興師出伐又固持其鉞志在誅有罪也其威勢如猛火之炎熾誰敢禦害我○旆蒲具反鉞音越中張仲反

苞有三蘖莫遂莫達九有有截苞本蘖餘也箋云苞豐也天豐大先三正之後世謂居以大國行天子之禮樂然而無有能以德自遂達於天者故天下歸鄉湯九州齊

一截然。○蘖五葛反，韓詩云色也。

韋顧既伐，昆吾夏桀。

有韋國者，有顧國者，有昆吾國者。箋云：韋，豕韋，彭姓也。顧、昆吾，皆己姓也。三國黨於桀惡，湯先伐韋、顧，克之。昆吾、夏桀則同時誅也。○韋顧二國名也。漢書古今人表作韋鼓。已音紀，又音杞。

【疏】武王至夏桀。○以爲上言成湯進勇，此述爲勇之事。有有武功，有王德之成湯，載其旌旗以出征伐，又能固執其鉞，志在誅殺。有罪其威勢嚴猛，如火之炎熾烈烈然，曾無於我成湯敢害之者。又述成湯得衆之由。克伐既滅，封其支子爲王者之後，猶樹木既斬其根，本更有蘖生之條。言夏桀與二王之後根本也。上有三種蘖餘承藉，雖重必無德行，莫有能以行申遂天意者，莫能以德自達於天者。天下諸國無所歸依，故九州諸侯截然齊整，一而歸湯也。九州諸國既盡歸湯，雖有韋顧、昆吾黨桀爲惡，成湯於是恭行天罰，韋、顧二國既已伐之，又伐昆吾之與夏桀，羣惡既盡，天下廓清，成湯於是乃即眞爲天子。○鄭雖以苞爲豐，言天豐有三正之餘，使爲大國，而不能遂達，故九州歸湯，餘同。○傳"苞本蘖餘"。○正義曰：易稱"繫于苞桑"，謂桑本，故以苞爲本。盤庚云"若顛木之有由蘖"，謂本根已順，更生枝餘，故云蘖餘也。言本有三餘，謂上世受命創基之君爲之本，當時二王之後及今夏桀是其餘也。其意與箋言三正之後亦同。箋苞豐至截然。正義曰苞豐釋詁文以此詩之旨言國之大者不得天意故使諸國一時歸湯而云豐有三蘖蘖者樹木於根本之上更生枝餘之名則知三蘖皆諸帝王之後也郊特牲稱王者存二代之後猶尊賢也尊賢不過二代則是先代有二與今王爲三也故云天豐大先三正之後世謂居以大國行天子之禮樂也三正者謂夏與唐虞也正朔三而改夏以建寅爲正則舜當以建子堯當以建丑是之謂三正也桀爲天子與二王之後尊卑不類但三者俱得行其正朔故與桀同稱三也以三者承藉餘緒國大禮盛宜爲天下所歸而不能以德自達故天下歸湯美湯以小國而得天意也莫達謂不能以德自達則莫遂謂不能以行申遂天意也。箋韋豕至時誅。正義曰鄭語云祝融其後八姓不歷數之已姓昆吾顧溫彭姓豕韋則商滅之矣故知韋即豕韋彭姓也顧與昆吾皆已姓也鄭語又云豕韋爲商伯此已滅之又得爲商伯者成湯伐之不滅其國故子孫得更與爲伯也爲湯所伐明與桀同心故知三國黨於桀桀惡昆吾夏桀共文在既伐之下故知先伐韋顧克之昆吾夏桀則同時誅昆吾與桀亦是成湯伐之而不言伐者以上句言既伐足明下句亦是伐作文之體句有所施以其足相發明不須更言伐也禮器云湯放桀武王伐紂時也則桀放而不誅而云同時誅者對則誅放有異散文則放之遠方亦爲誅也昭十八年左傳云二月乙卯周毛得殺毛伯過萇弘曰毛得必亡是昆吾稔之日也侈故之以言昆吾以乙卯日亡也是吾與桀同日誅則桀亦以乙卯日亡也故檀弓注云桀以乙卯亡則亡日必是乙卯未知何月也

昔在中葉有震且業允也天子降予卿士

葉世也業危也箋云中世謂相土也震猶威也相土始有征伐之威以爲子孫討惡之業湯遵而與之信也天命而子之下予之卿士謂生賢佐也春秋傳曰畏君之震師徒橈敗○中如字又張仲反橈女教反一音女卯反亂也

實維阿衡實左右商王

阿衡伊尹也左右助也箋云阿倚衡平也伊尹湯所依倚而取平故以爲官名商王湯也○左音佐注同右音又注同倚於綺反下同

【疏】昔在至商王○毛以爲旣言成湯伐桀又上本未興之時及得臣之助云昔在中間之世謂成湯之前商爲諸侯之國有震懼而且危怖矣至於成湯乃有聖德言實也上天子而愛之下大賢之人予之使爲卿士此卿士者實爲阿衡之官實佐助我成湯故能克桀而有天下此皆上天之力高宗祭又得禮故因大禘之祭述而歌也○鄭以爲昔在中世謂相土

之時有征伐之威且爲子孫討惡之業故成湯亦遵用其道皇天子而愛之餘同○箋中世至橈敗○正義曰傳以業爲危則湯未興之前國弱而危懼也箋易之者以此篇上述玄王相土言至湯而齊於天心則是自契以來作漸盛之勢不應於此方言上世衰弱故易傳也以上言相土烈烈威服海外是相土有征伐之威爲子孫討惡之業也所引春秋傳者成二年左傳文引之者證震得爲威之義○傳阿衡至右助○正義曰以言左右商王則是功最大者成湯佐命之臣唯伊尹耳故知阿衡是伊尹也伊是其氏尹正也言其能正天下故謂之伊尹阿衡則其官名也君奭曰在昔成湯既受命時則有若伊尹格于皇天在太甲時則有若保衡格于上帝注云伊尹名摯湯以爲阿衡至太甲改曰保衡阿衡保衡皆公官然則伊尹摯阿衡保衡一人也彼注阿衡爲公官此言卿士者三公兼卿士也

長發七章一章八句四章章七句一章九句一章六句

殷武祀高宗也【疏】殷武六章首章六句二章七句三章五句四章五句五章章六句卒章七

句至高宗。正義曰：殷武詩者，祀高宗之樂歌也。高宗前世殷道中衰，宮室不脩，荆楚背叛。高宗有德，中興殷道，伐荆楚，脩宮室。既崩之後，子孫美之，詩人追述其功而歌此詩也。經六章，首章言伐楚之功，二章言責楚之義，三章、四章、五章述其告曉荆楚，卒章言其脩治寢廟，皆是高宗生存所行，故於祀而言之，以美高宗也。

撻彼殷武，奮伐荆楚。罙入其阻，裒荆之旅。撻，疾意也。殷武，殷王武丁也。荆楚，荆州之楚國也。罙，深。裒，聚也。箋云：有鍾鼓曰伐。罙，冒也。殷道衰而楚人叛，高宗撻然奮揚威武，出兵伐之，冒入其險阻，謂踰方城之險，克其軍率而俘虜其士衆。○撻，他達反，韓詩云：達也。罙，面規反，說文作罙，從冖米，云冒也。阻，莊呂反，險也。裒，蒲侯反。冒，莫報反，下同。險，於儉反。窄也。俘音孚。四也。

有截其所，湯孫之緒。箋云：緒，業也。所，猶處也。高宗所伐之處，國邑皆服其罪，更自勑整截然齊壹，是乃湯孫大甲之等功業。○處，昌慮反，下同。

疏 撻彼至之緒。○毛以爲撻然而疾者，彼殷王之武丁也。又言其疾之意，乃能奮揚其威武，往伐荆楚之國，深入其險阻之内，聚荆國之人衆，俘虜而以歸也。既伐楚克之，則無往不服，有截然而齊整者，其高宗往伐之處所，是高宗之功，乃湯之爲人子孫之業也美高宗之伐與湯同也鄭以罙爲冒又以湯孫之緒爲太甲之等功業高宗之功與太甲之等同也餘同○傳撻疾至裒聚○正義曰撻疾是速疾之意言伐楚之疾也述高宗而言殷武故知是殷王武丁也定本直云殷武武丁也荆是州名楚是國名故云荆州之楚也周有天下始封熊繹爲楚子於武丁之世不知楚君何人也罙者深入之意故爲深也裒聚釋詁文○箋有鍾至士衆○正義曰有鍾鼓曰伐莊二十九年左傳文以其遠入險阻宜爲冒突之義故易傳爲冒也僖四年左傳稱楚大夫屈完對齊桓公曰楚國方城以爲城漢水以爲池雖君之衆無所用之服虔云方城山也漢水名皆楚之隘塞耳今言冒入其阻故知踰方城之隘戰勝必當俘虜言聚荆之旅故知俘虜其士衆也○箋緒業至功業○正義曰釋詁云業緒也反覆相訓緒得爲業是乃湯孫太甲之等功業言高宗此功同於太甲之等殷之諸賢王之功也太甲以下皆是湯孫故言之等以包之傳於那篇言湯孫者湯爲人子孫則此亦當然故王肅云於所伐截然大治是湯爲人子孫之業大武丁之伐與湯同

維女荆楚居國南鄉昔有成湯自彼氐羌莫敢不來享莫敢不來王

曰商○是常鄉所也箋云氐羌夷狄國在西方者也享獻也世見曰王維女楚國近在荆州之域居中國之南方而背叛乎成湯之時乃氐羌遠夷之國來獻來見曰商王是吾常君也此所用責楚之義女乃遠夷之不如○氐都啼反世見賢遍反而背音佩

【疏】箋氐羌至不如○正義曰氐羌之種漢世仍存其居在秦隴之西故知在西方者也享獻釋詁文氐羌遠夷一世而一見於王以經言來故解之云世見曰來王秋官大行人云九州之外謂之藩○國世一見謂其國父死子繼及嗣王卽位乃來朝是之謂世見也言維汝荆楚則是以言告楚故知此所用責楚之義謂未伐之前先以此言告之但此詩主美伐功故上章先言伐事此章盡五章以來更本其告責之禮耳

天命多辟設都于禹之績歲事來辟勿予禍適稼穡匪解辟君適過也箋云多眾也來辟猶來王也天命乃令天下眾君諸侯立都於禹所治之功以歲時來朝覲於我殷王者勿罪過與之禍適徒勑以勸民稼穡非可解倦時楚不脩諸侯之職此所用告曉楚之義也禹平水土弼成五服而諸侯之國定是以云然○多辟音壁下同注放此王音辟邪也適直革反徐張革反注同韓詩云數也解音

辭注同朝直遙反【疏】天命至匪解○正義曰此亦責楚之辭言上天之命乃令天下衆君諸侯建設都邑於禹所治功處謂布在九州也常以歲時行朝覲之事來見君王我殷王勿予之患禍不責其罪過雖告之以勸民稼穡之事非得有解惰而已王者之待諸侯其義如此而汝何得不脩諸侯之職不來朝見王也○箋禹平至云然○正義曰箋以諸侯之立其來久矣非由禹治洪水始建都邑而云設都於禹之績故作此言以解之皋陶謨云禹曰予惟荒度土功弼成五服至于五千注云荒奄也奄大九州四海之土敷土既畢廣輔五服而成之至於面各五千里四面相距爲萬里堯制五服服各五百里要服之內四千里曰九州其外荒服曰四海禹所弼五服之殘數亦每服者合○五百里故有萬里之界焉又禹貢云五百里甸服每言五百里一服者是堯舊服每服之外更言三百里二百里者是禹所弼之殘數也堯之五服服五百里耳禹平水土之後每服更以五百里輔之是五服服別千里故一面而爲差至於五千也賈逵馬融之說尚書云甸服之外每百里爲差所納總銍秸粟米者是甸服之外特爲此數其侯服之外每言三百二百里者還就其服之內別爲名耳非是服外更有其地也史記司馬遷說以爲諸小數者皆是五百里服之別名大界與堯不殊四面相距

爲五千里耳王肅注尚書捴諸義而論之云賈馬既失其實鄭玄尤不然矣禹之功在於平治山川不在於拓境廣土土地之廣三倍於堯而書傳無稱焉則鄭之創造難可據信漢之孝武疲弊中國甘心夷狄天下戶口至減太半然後僅開緣邊之郡而已禹方憂洪水三過其門而不入未暇以征伐爲事且其所以爲服之名輕重顛倒遠近失所難得而通先王規方千里以爲甸服其餘均平分之公侯伯子男使各有寰宇而使甸服之外諸侯皆入禾稾非其義也史遷之旨蓋得之矣如肅之難非無理也鄭不然者何哉將以山川帶地土境不移前聖後聖義終一揆禹之所導山川也西被流沙東漸滄海南距衡山之陽北臨碣石之北經塗所宜萬有餘里若其所弼五服唯極五千而遠遊夷狄之表勞功荒服之外復何爲哉又周公制禮作爲九服蠻畿之內尚至七千舜禹之功不應劣於周世何由土境蹙促三倍狹於周世又外傳稱禹會諸侯于塗山執玉帛者萬國執玉帛者唯中國耳若要服之內唯止四千率以下等計之正容六千餘國況諸侯之大地方百里三等分土纔至數千安得有萬國之言乎唐堯之初協和萬國於時境界蓋應廣矣至於洪水滔天丞民不粒土地既削國數亦減故五服之界纔至五千泊乎禹治洪水地平天成災害既除大制疆域固當復其故地而至

五千何云不在於拓境廣土也若云大禹之功不在拓境廣土則武王周公之功豈專以境界爲事而能使要服之內有七千里乎且經稱弼成五服至於五千若五服之廣猶是堯之傳制何弼成之有乎而稱之以爲功也凡言至於者皆從此到彼之辭明是自京師而至於四境爲五千耳若其四面相距爲五千則設文從何而往而言至於哉漢之孝武德非聖人乘其六世之資而與夷狄角力及開緣邊之郡境界踰於萬里何由舜禹之境纔至五千此乃所以爲證非所以爲難也肅意將謂大禹之德不逮於漢武乎何其取譬之非類也先王作法遭時制宜甸服之外去京未遠使入禾藁復何傷乎而云非其義也鄭以尚書之文上下相校禹稱弼成五服至於禹貢歷數服名正合五千之數參之以周漢之域驗之於山川之圖則廣万里爲得其實故不從賈馬別爲此說

天命降監下民有嚴嚴敬

不僭不濫不敢怠遑命于下國封建厥福

也不僭不濫賞不僭刑不濫也封大也箋云降下遑暇也天命乃下視下民有嚴明之君能明德慎罰不敢怠惰自暇於政事者則命之於小國以爲天子大立其福謂命湯使由七十里王天下也時楚僭號王位此又所用告曉楚之義○僭

子念反王天下于況反

〔疏〕傳嚴敬至封大○正義曰嚴敬釋詁文襄二十六年左傳曰善爲國者賞不僭刑不濫賞僭懼及淫人刑濫懼及善人彼文又引此詩故知不僭不濫謂賞不僭差刑不濫溢也定四年左傳曰吳爲封豕長蛇是封爲大之義○箋降下至之義○正義曰降下遑暇釋言文明德慎罰康誥文中候契握曰若稽古王湯既受命興由七十里起孟子所云湯以七十里文王以百里案契爲上公受封舜之末年又益以土地則當爲大國過百里矣而成湯之起止由七十里蓋湯之前世有君衰弱土地減削故至於湯時止有七十里耳以此經責楚之辭而說成湯有明德而王天下矣明是於時楚僭慢王位故告曉之

商邑翼翼四方之極赫赫厥聲濯濯厥靈壽考且寧以保我後生

商邑京師也箋云極中也商邑之禮俗翼翼然可則傚乃四方之中正也赫赫乎其出政教也濯濯乎其見尊敬也王乃壽考且安以此全守我子孫此又用商德重告曉楚之義○重直用反

〔疏〕商邑至後生○正義曰此又責楚之辭言商王之都邑翼翼然皆能祇讓恭敬誠可法則乃爲四方之中正也赫赫乎顯盛者其出政教之美聲也濯濯乎光明者其見

尊敬如神靈也故商王得壽考且又安寧以保守我後嗣所生子以我商家之德盛明如此汝何故敢背叛不從我化乎以楚不識商之明德故告曉之

陟彼景山松栢丸丸是斷是遷方斲是虔松桷有梴○旅楹有閑寢成孔安

丸丸易直也遷徙虔敬也梴長貌旅陳也寢路寢也箋云椹謂之虔升景山掄材木取松柏易直者斷而遷之正斲於椹上以爲桷與衆楹路寢既成王居之甚安謂施政教得其所也高宗之前王有廢政教不脩寢廟者高宗復成湯之道故新路寢焉○斷音短注同斲陟角反說文云斫也虔其連反爾雅作榩桷音角梴丑連反又力鱣反柔梴物同耳字音鱣俗作。易以豉反下同椹陟金反掄魯門反擇也沈音倫理也

【疏】陟彼至孔安○毛以爲高宗前王有廢於政教不脩寢廟者高宗既伐荆楚四方無事乃使人升彼大山之上觀松柏之木丸丸然易直者於是斬斷之於是遷徙之又方正而斲之於是之時工匠皆敬其事不惰慢也以松爲屋之榱桷有梴然而長陳列其楹有閑然而大及寢室既成王居之而甚安矣美其能脩治寢廟復故法也○鄭以榩又爲椹言正斲於椹上又以旅爲衆雅此爲異餘同○傳丸丸至路寢

○正義曰易直者言其滑易而調直也徙謂徙之來歸也虔敬旅陳釋詁文桷者椽也椽以長爲善故梴爲長貌王之所居路寢是寢之尊者故知謂路寢也箋云不解閑義梴爲桷之長貌則閑爲楹之大貌王肅云桷楹以松柏爲之言無彫鏤也陳列其楹有閑大貌○箋梴謂至寢焉○正義曰梴謂之梴釋宮文孫炎曰梴斵材質也以其方論斵斫楹桷不宜言敬故易傳也地官山虞云凡邦工入山掄材不禁注云掄猶擇也此經丸丸之文在斵遷之上是謂擇取易直者故言升景山掄材木也言爲桷與衆楹則訓旅爲衆也以其方始斵之未宜已爲陳列故易傳也居寢所以行政政不得所王者不安故知居之甚安謂施政教得其所也今美高宗之能脩寢廟明是前王有廢政教不脩寢廟者也案殷本紀盤庚崩弟小辛崩弟小乙立崩子武丁立盤庚始遷於殷明即爲寢廟其不脩者蓋小辛小乙耳未知誰世故不斥言經止有寢耳箋并言廟者君子將營宮室宗廟爲先明亦脩廟故連言之經無廟者詩人之意主美寢也

殷武六章三章章六句二章章七句一章五句

那五篇十六章百五十四句

附釋音毛詩注疏卷第二十（二十之四）

黃中杕栞

毛詩注疏挍勘記二十之四

阮元撰盧宣旬摘錄

○長發

歷更前世有功之祖　閩本明監本同毛本更作陳案所改是也

赤則赤摽怒也　閩本明監本毛本同案浦鏜云熛誤摽是也

黃則含樞細　閩本同明監本毛本細作紐案所改是也

易緯稱王王之郊　閩本明監本毛本同案山井鼎云上王恐三誤是也

諸稱三王有受命中興之功　閩本明監本毛本同案浦鏜云譜誤諸是也

幅隕旣長　唐石經小字本相臺本同閩本同考文古本同明監本毛本隕誤幀

隕當作圓　相臺本同閩本明監本毛本同小字本圓作員案正義云鄭以隕爲圓是其本作圓也釋文云作圓音還又音圓考圜卽圓之正字考工記注云故書圜或作員當作圓其證也羣書圜圓員不一

王知音智（補）通志堂本盧本竝無王字案當是下王天下王字誤在上

天下于況反（補）通志堂本盧本竝作王天下于況反案天下上當有王字此誤在前知音智上

禹平治水土　閩本明監本毛本同案禹當作內形近之譌

上須言契而已　閩本明監本毛本同案上當作止形近之譌

以其承黑商立子　閩本明監本毛本同案山井鼎云商恐帝誤是也

國語亦云昔我先王后稷　閩本明監本毛本同案先王浦鏜云周語作先世非也國語本作昔我先王世后稷誤本乃無王字耳正義所引當亦王世兩有而緜正義引云昔我先世后稷各少一字

文武不先不窋　閩本明監本毛本上不字誤之窋誤窟案上文我先王不窋十行本已誤窟閩本以下同

故爲齊也　閩本明監本毛本同案齊上浦鏜云脫整字是也

截而整齊　閩本明監本毛本同案浦鏜云而箋作爾此譌是也

其德浸大　小字本相臺本同案釋文云浸大子鴆反正義云定本作浸字如其所言非爲異本當有誤也意必求之或正義本是漸字正義云雖已漸大又云以爲漸大之意也又云其餘不能漸大也當是本此箋文又云而云其德浸大者又云故述其意言浸大耳二浸字依經注本之所改也○按古浸寖同字容是一本作寖耳

不違言疾也　補毛本違作遲案遲字是也

天命是故愛敬之也　閩本明監本毛本同小字本相臺本命作用案用字是也

非韓字也　補釋文挍勘通志堂本同盧本韓作攺云改舊譌韓非也案小字本所附亦如此韓當作形近之譌

以其聰明寬假天下之人　閩本明監本毛本假作暇案所改是也

傳升至九州 閩本明監本毛本同案升上當脫躋字

晉維宋公孫固 閩本明監本固誤因毛本不誤案山井鼎云維恐語誤是也

如旌旗之旒縿著焉 小字本相臺本同案正義云定本云如旌旗之縿旒者焉釋文云旒縿所銜反著焉直略反是釋文本與正義本同也此箋當讀旒字略逗縿著焉三字爲句定本非是○按爾雅及周禮注正幅曰縿旒著於正幅之旁然則當云旌旗之縿旒著焉正義本非

舉事其得其中 閩本明監本毛本上其字作甚案所改非也此其字之誤

如旌旗之縿旒者焉 閩本明監本毛本者誤首○按依定本上縿下旒爲是者字亦是著字之譌也直略反

敷奏其勇 唐石經小字本相臺本同案釋文云傅奏音孚本亦作敷正義本未有明文今無可考大戴禮所引是傅字此亦如尚書敷納敷土敷淺原多引作傅也

百祿是總　唐石經小字本相臺本同案釋文云是總子孔反本又作鬷音宗正義標起止云至是總是其本作總字鬷總烈祖正義以爲古今字也○按此當鬷字爲長淺人以總字與上文三上聲相叶而輒改耳

戁恐竦懼也　小字本相臺本同案釋文以恐也作音是其本多也字考文古本有亦采釋文耳

捄爲美譽　補　案捄當作休毛本不誤

九州齊一截然　閩本明監本毛本同小字本相臺本一作壹考文宋板同

○以爲上言成湯進勇　閩本明監本毛本同案浦鏜云以上當脫毛字是也

克伐旣滅以封支子　閩本明監本毛本同案克伐當作先代形近之譌

謂本根已順也　明監本毛本順作顛閩本作顧案顛字是

不歷數之　閩本明監本毛本同案浦鏜云下誤不是也

移故之以譌　補　閩本明監本毛本同案移當作侈形近之譌

是吾與築〔補〕毛本是作昆案昆字是也

言實也上天子而愛之閩本明監本毛本同案浦鏜云言疑信字譌是也實當衍字此以信也說經允也浦屬上句讀者誤

○殷武

撻彼殷武小字本相臺本同唐石經自撻彼起下至設都止五行每行十二字案此落去上序一行從後改入故變而每行多二字也

罙入其阻唐石經小字本相臺本同閩本明監本毛本罙誤采案依字當作罙詳詩經小學

裒聚釋詁○也閩本明監本毛本詁下有文字案所補是

曰商是常小字本相臺本同唐石經商下旁添王字案旁添誤也箋云曰商王是吾常君也王字是箋文而非經文也

謂之藩國　閩本明監本毛本藩作蕃案所改非也藩卽蕃字耳○按依說文藩是正字

此章盡五章以來更本其告責之禮耳　明監本毛本以來更誤敘未伐閩本更誤史以來不誤

亦每服者合五百里　閩本明監本毛本同案浦鏜云合當各之誤是也

經塗所宜　閩本明監本毛本同盧文弨云宜疑亘嚴杰云亦非也此用蜀都賦經涂所亘五千餘里之句亘居鄧切竟也

丞民不粒　閩本同明監本毛本丞作烝案所改是也

時楚僭號王仰　閩本同小字本相臺本仰作位明監本毛本同案位字是也正義云明是於時楚僭慢王位或其本是慢字然無明文也考文古本作慢采正義

中候契握曰若稽古王湯　閩本明監本毛本同案曰字當重而誤脫其一

松桷有梴 唐石經小字本相臺本同案釋文云梴丑連反又力鱣反長貌柔梴物同耳字音羶俗作埏段玉裁云釋文柔挻物同耳老子音義曰挻字林云長也丑連反又一曰柔挻合此二音義觀之則毛詩本作挻而說文木部梴字恐後人羼入今考正義云有梴然而長五經文字木部云梴長貌見詩頌其本字皆從木唐石經之所本也釋文舊多誤當正詳後考證

字音鱣 〔補〕釋文挍勘通志堂本盧本同按小字本所附作羶不誤

俗作 〔補〕釋文挍勘通志堂本同盧本作下有埏字云埏字舊無今補白帖卷一百引詩松桷有埏則唐時本有俗從土者案段玉裁云是也今考小字本此十行本所附皆作下更無字當是釋文舊如此矣

鄭以棲又爲樵 閩本明監本毛本同案浦鏜云又疑衍字是也經及箋作虔正義作棲虔棲古今字易而說之也例見前

箋云不解閑義之譌 閩本明監本毛本同案云當作亦形近

弟小辛崩閩本同明監本毛本辛下有立字案所補是也

傳古樓景印

圖書在版編目（CIP）數據

阮刻毛詩注疏 ： 典藏版 / （清） 阮元校刻． -- 杭州 ：
浙江大學出版社， 2020.2(2024.8 重印）
（四部要籍選刊 / 蔣鵬翔主編）
ISBN 978-7-308-20002-8

Ⅰ． ①阮… Ⅱ． ①阮… Ⅲ． ①《詩經》—注釋 Ⅳ．
① I222.2

中國版本圖書館 CIP 數據核字 (2020) 第 015711 號

阮刻毛詩注疏（典藏版）
（清）阮元 校刻

叢書策劃	陳志俊
叢書主編	蔣鵬翔
責任編輯	王榮鑫
責任校對	吴 慶
封面設計	温華莉
出版發行	浙江大學出版社 （杭州市天目山路 148 號 郵政編碼 310007） （網址：http://www.zjupress.com）
排 版	杭州尚文盛致文化策劃有限公司
印 刷	浙江海虹彩色印務有限公司
開 本	880mm×1230mm 1/32
印 張	101.5
字 數	1078 千
印 數	1401—1900
版 印 次	2020 年 2 月第 1 版 2024 年 8 月第 3 次印刷
書 號	ISBN 978-7-308-20002-8
定 價	598.00 元

浙江大學出版社市場運營中心聯繫方式 （0571）88925591；http://zjdxcbs.tmall.com